RELIURE SERREE
Absence de marges
intérieures

Illisibilité partielle

JULES MARY

LE
Régiment

ROMAN

Conserver la Constitution

TOME SECOND

PARIS

ERNEST KOLB, ÉDITEUR

8, RUE SAINT-JOSEPH

ROMANS DE JULES MARY

Chaque Volume est du prix de **3 fr. 50**

IMP. DE LA SOC. DE TYP., NOIZETTE 8, RUE CAMPAGNE-PREMIÈRE, PARIS.

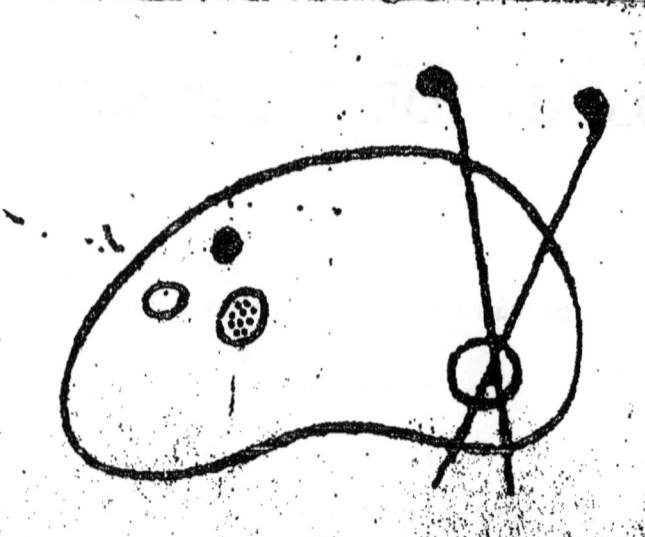

Fin d'une série de documents
en couleur

LE RÉGIMENT

ROMANS DU MÊME AUTEUR

QUAND MÊME, 8e édition...................... 1 vol.

LA FIANCÉE DE JEAN CLAUDE, 2e édition......... 1 —

LA FAUTE DU DOCTEUR MADELOR, 16e édidion .... 1 —

LES NUITS ROUGES, nouvelle édition............. 1 —

L'AVENTURE D'UNE FILLE, 2e édition............ 1 —

UN COUP DE REVOLVER, 3e édition.............. 1 —

LE ROMAN D'UNE FIGURANTE, 3e édition......... 1 —

LE BOUCHER DE MEUDON, 4e édition............. 1 —

LA NUIT MAUDITE, 3e édition.................. 1 —

L'ENDORMEUSE, 4e édition.................... 1 —

L'OUTRAGÉE, 4e édition..................... 1 —

LA JOLIE BOITEUSE, 4e édition................ 1 —

LES DEUX AMOURS DE THÉRÈSE, 2e édition........ 1 —

LES FAUX MARIAGES, 3e édition............... 1 —

LA BIEN-AIMÉE, 5e édition................... 1 —

LA MARQUISE GABRIELLE, 4e édition........... 1 —

    LES AMOURS PARISIENNES, 4e édition....... 1 —

    LE BAISER, 4e édition................. 1 —

LE WAGON 303, 4e édition................... 1 —

ROGER-LA-HONTE, 8e édition................. 2 —

L'AMI DU MARI, 23e édition.................. 1 —

LES PIGEONNES, 24e édition................. 1 —

LA SŒUR AINÉE, 4e édition.................. 1 —

JE T'AIME, 42e édition..................... 1 —

LA BELLE TÉNÉBREUSE, 5e édition.............. 1 —

GUET-APENS, 10e édition.................... 1 —

PARADIS PERDU, 14e édition.................. 1 —

AMOUR DÉFENDU........................... 1 —

ÉMILE COLIN — IMPRIMERIE DE LAGNY

JULES MARY

LE

RÉGIMENT

TOME II

PARIS

ERNEST KOLB, ÉDITEUR

8, RUE SAINT-JOSEPH, 8

LE RÉGIMENT

DEUXIÈME PARTIE

CAS DE MORT

I

Bien qu'il affectât d'être très calme, Antoine de Pontalès n'était pas cependant complètement rassuré.

Dès le lendemain même, il se présentait chez Patoche.

Celui-ci était encore au lit.

Quelle douce vie il menait, depuis qu'il avait découvert cette source de fortune qu'on appelait Pierre Gironde !

Et d'abord, plus d'affaires ! Il n'avait guère songé, contrairement à ce qu'il avait promis à Marguerite, à relancer son cabinet et à se créer des correspondants. Il n'avait pensé qu'à jouir, en voluptueux pour lequel ces plaisirs sont inconnus depuis longtemps. Certain désormais, d'avoir de l'argent plein les mains, il avait remonté sa garde-robe, avait relié connaissance avec quelques anciennes maîtresses, avait loué une petite maison sur la Marne, où il allait deux ou trois jours par semaine, tendre des filets et pêcher à la ligne, comme un vertueux personnage qu'il était, animé de goûts simples.

Et tous les matins, en se réveillant, il se disait :

— Que c'est bon, la fortune !

Il ne s'endormait point pourtant dans ces délices. Au temps de sa misère, un mois auparavant, alors qu'il était aux abois, sans plus de crédit et mourant de faim, il avait bien fallu se procurer de l'argent ; et comme il n'était pas très scrupuleux sur les moyens à employer, il avait fait trois billets à son ordre, payables à trois mois, chacun de cinq mille francs, qu'il avait lancés dans le commerce en imitant, pour l'acceptation sans laquelle ces billets n'eussent jamais eu de valeur, la signature de l'une des maisons de banque américaines de Paris, au crédit assuré : E. W. Jacobson.

La signature était admirablement imitée et les billets passèrent dans le commerce sans aucune contestation.

Or, ce souvenir inquiétait un peu Patoche, non qu'il se crût menacé à bref délai, — il avait encore plusieurs mois avant l'échéance, — mais il désirait retirer les faux billets de la circulation, ce qui était possible en les remboursant.

Une partie de la somme demandée à madame de Cheverny dans la lettre que nous venons de lire devait recevoir cet emploi.

Quand Pontalès entra dans le cabinet où trônait

toujours la formidable et imposante caisse, Patoche, nous l'avons dit, faisait la grasse matinée.

Cependant, il était onze heures.

Mais Patoche, la veille, avait soupé en gaie compagnie et, rentré tard, ou plutôt rentré avec le jour il regagnait le temps perdu

Son domestique, — il avait depuis huit jours un valet de chambre, — prit la carte du député et vint reveiller son maître.

— Que le diable t'emporte, dit Patoche de méchante humeur.

Il prit la carte, y jeta un coup d'œil et tressaillit.

— Hein ? Antoine de Pontalès ? Ai-je bien lu ?

Mais oui, il ne se trompait pas.

Il sauta hors du lit, passa une robe de chambre à grands ramages, chaussa des pantoufles rouges, se coiffa d'un béret, — autant de nouveaux achats depuis sa nouvelle fortune, — et il réfléchissait :

— Que me veut-il, celui-là?... Ah! je devine...

Evidemment Pontalès avait reçu les confidences de sa sœur.

Patoche releva la tête et eut un sourire sinistre.

— Toi, mêle-toi de ce qui te regarde... et ne me crée pas d'ennui, sinon, malheur à toi.

Et si Pontalès l'avait vu, en cet instant, l'ancien intendant de son père, il eût été édifié sur ses intentions.

Patoche passa dans son cabinet, traînant la jambe.

— Monsieur, dit-il, en saluant avec cérémonie, — et il indiqua un siège.

Les deux hommes échangèrent un regard aigu, pareils à deux adversaires qui tâteraient le fer, sur le terrain.

Par l'implacable dureté, ils étaient dignes l'un de l'autre, du reste.

— Monsieur Patoche, dit Antoine, vous me re-
connaissez sans doute? Je suis le fils de votre ancien maître.,.

Patoche s'inclina.

— Qu'est-ce qui me vaut l'honneur de votre visite?

— Vous vous en doutez bien un peu?

Patoche ouvrit de grands yeux.

— Non, pas le moins du monde.

— Eh bien, je vous mettrai au courant en deux
mots : ma sœur, madame de Cheverny, m'a tout
raconté.

— Cela regarde madame de Cheverny...

— Monsieur Patoche, je dispose de quelque influence, vous devez le savoir; eh bien, je tenais à
vous dire, moi-même, que je ne négligerai rien, à
l'occasion, pour vous guérir de votre défaut de
chantage.

— Monsieur, dit Patoche très froid, votre influence se heurtera à une vie toute de travail et
d'honneur. Je vous défie d'y trouver quoi que ce
soit qui puisse y laisser pénétrer la justice.

— Vous êtes un habile homme, mais qui sait?

— Monsieur, puisque vous êtes le confident de
madame votre sœur, vous n'ignorez pas que j'ai besoin de cent mille francs.

— Vous exigez d'elle, en effet, cette somme exor-
bitante.

— Me l'apportez-vous?

— Non.

— Alors, monsieur, dit Patoche saluant de re-
chef, j'ai l'honneur..,

Et il fit mine de reconduire Pontalès vers la porte.

— Si j'allais trouver le préfet de police et si je
lui racontais ce qui se passe, croyez-vous, monsieur
Patoche, que vous garderiez longtemps votre liberté?

— Possible que non, monsieur, mais une fois

sous les verrous, croyez-vous que si je racontais aux juges qui ne manqueront pas de m'interoger, ce qui s'est passé il y a vingt deux ans à Malpalu, on ne me rendrait pas bien vite la clé des champs?

Antoine devint blême. Patoche souriait. Antoine se remit.

— Monsieur Patoche, vous êtes un coquin capable de tout...

— A deux de jeu, monsieur, fit l'homme, tendant la main ouverte.

— Je vous soupçonne, en toute cette affaire, d'avoir inventé quelque misérable intrigue dans laquelle vous avez fait tomber ma sœur. Madame de Cheverny craint et aime son mari. Elle ne peut se défendre, mais moi je vous préviens que je n'ai aucune raison de vous redouter. Voici les conditions que je vous dicte : Vous déclarerez que toute cette histoire d'enfant retrouvé n'est qu'un mensonge. Vous quitterez la France pour n'y plus remettre les pieds. Alors, je vous compterai les cent mille francs dont vous avez besoin. Est-ce convenu ?

Patoche souriait d'un air méprisant.

— Convenu? pas le moins du monde. L'enfant retrouvé est bien celui de votre sœur. Je ne quitterai pas la France. Et je ne veux pas m'engager, quand j'aurai dépensé les cent mille francs, à ne point en demander d'autres.

— Misérable !

— Pas de gros mots ou je vous les renvoie. Vous me valez!

Pontalès, pris d'une rage soudaine, avait fait un pas vers Patoche. Celui-ci était sur ses gardes. Il mit le bureau entre lui et le député.

— Tout doux! tout doux! Je ne suis ni Julien Rémondet, un pauvre diable blessé et sans défense, — ni un bébé au maillot!

Le mot ne fit point cesser la rage de Pontalès, mais lui rendit de la prudence. Il resta un momen silencieux, puis, plus calme :

— Au revoir donc, monsieur Patoche, et à bientôt, je l'espère.

— Monsieur, je suis votre serviteur.

Pontalès sortit; Patoche, par la fenêtre, le regarda remonter la rue Saint-Honoré. Malgré tout, Patoche était inquiet.

— Voilà une tuile... Comment faire pour l'empêcher de tomber !... Évidemment il ne connaît pas encore le nom de celui que madame de Cheverny prend pour son fils. S'il l'avait connu, il me l'eût dit, mais il l'apprendra un jour ou l'autre. Quelle surprise quand il saura que celui-là n'est autre que son secrétaire !... Il interrogera Gironde... Et alors, de deux choses l'une : ou Gironde dira la vérité, et je suis flambé, moi; ou Gironde, jouant jusqu'au bout son rôle, racontera l'histoire que je lui ai forgée. Bien, mais ceci même offre un autre danger. Pontalès ne se laissera pas prendre à cette histoire. Il voudra la contrôler, remonter jusqu'aux sources mêmes. Et là encore, je suis flambé. Comment faire? Pontalès est le péril !... Lui seul... Les autres, je ne les crains pas... Entre moi et la fortune, aucun obstacle si ce n'est Pontalès...

Il s'assit devant son bureau.

Il avait le regard de plus en plus sinistre.

C'était une vie d'homme qui se jouait, en cet instant-là, dans cette âme de bandit.

Tout à coup, il se releva :

— Dommage, dommage, murmura-t-il... du sang, je n'aime pas cela... il n'y a point de sang dans ma vie... Il va y en avoir... hum !.. Enfin, je ne puis pas faire autrement,...

Il avisa, sur son bureau, une sorte de stylet napolitain, court, à manche d'ivoire, à lame triangulaire.

Il le prit, le considéra quelque temps, essuya avec sa manche son front qui se baignait de sueur, et glissa l'arme dans sa poche.

Antoine était sorti dans un état d'exaspération difficile à décrire.

Tout d'abord, et n'écoutant que sa colère, il s'était dirigé droit vers la Préfecture de police.

Mais au moment d'entrer, la réflexion lui revint. C'était grave, ce qu'il allait faire. Certes, il se débarrassait de Patoche, mais lui-même allait se trouver dans des complications d'où il ne sortirait pas sain et sauf.

Puis, il déshonorait sa sœur. Il déshonorait le colonel de Cheverny.

Il passa devant la Préfecture, sans entrer.

Chez lui, il songea longtemps sans trouver un moyen d'échapper à Patoche. Il fallait payer. Il le sentait. C'était encore la meilleure manière, la seule, d'obtenir son silence.

Après, il verrait. Quel était cet enfant retrouvé par le misérable? n'était-ce pas un mensonge? quelque intrigue adroitement combinée?

Il le saurait bientôt, assurément, et alors il ne craindrait plus. Mais il fallait gagner la confiance de Patoche et payer.

Antoine consulta sa montre. Il n'était pas trois heures. Il avait le temps de passer chez son banquier, d'en retirer cent mille francs, avant que la caisse fût fermée.

Il fut chez lui vers cinq heures.

A six heures, on lui monta un courrier qu'il lut machinalement. Lettres d'affaires, lettres demandant des rendez-vous. Il y en eut une cependant qui attira plus particulièrement son attention. Elle n'était pas signée. Et l'écriture lui en était inconnue.

Elle portait ces simples mots :

« J'ai changé d'avis. Il y a peut-être moyen de s'arranger. Attendez-moi demain vers cinq heures et éloignez les importuns pour que nous puissions causer à l'aise. »

Antoine n'eut pas de peine à comprendre que cette lettre venait de Patoche. Son front s'éclaircit. Il était soulagé.

— Le gredin! murmura-t-il. Quelles conditions va-t-il me poser?

Le lendemain, Antoine attendait Patoche à l'heure dite.

Il avait travaillé toute la journée avec Gironde, n'était pas allé à la Chambre et quand il vit qu'il était quatre heures et demie, il appela le domestique qui introduisait auprès de lui les visiteurs :

— J'attends une visite vers cinq heures. Vous introduirez dans mon second cabinet et vous me préviendrez aussitôt. A part cette visite, je ne veux plus recevoir personne. Vous veillerez à ce que nous ne soyons pas dérangés.

— Bien, monsieur.

Le domestique avait l'habitude de ces sortes de recommandations.

Il alla s'asseoir dans le vestibule et attendit.

Antoine était rentré dans son bureau et donnait des signatures à Gironde qui partit aussitôt et rentra chez lui rue de Courcelles.

Vers cinq heures, le timbre de l'antichambre résonna.

Le valet de chambre ouvrit.

— Monsieur ne reçoit pas! fut sa première parole.

Le visiteur insista.

— M. de Pontalès doit m'attendre... ne vous l'a-t-il pas dit?,.. à cinq heures?... il a dû vous prévenir...

— C'est vrai... j'ignorais que ce fût monsieur.

Le domestique disparut un moment.

L'homme qui venait d'entrer ne ressemblait en rien à Patoche. Il était vêtu d'un long pardessus clair, d'une redingote grise, et coiffé d'un chapeau haut de forme également gris. Il avait la même taille que Patoche et la même corpulence, mais il portait un lorgnon légèrement teinté de bleu qui cachait son regard. En outre, et ce qui le différenciait surtout de Patoche, c'est qu'il avait toute sa barbe, une barbe brune très soignée, très fournie et assez longue.

Le domestique revenait :

— Si monsieur veut prendre la peine de me suivre?

Ils traversèrent un salon d'attente, le valet de chambre ouvrit une porte et l'homme se trouva seul dans le petit bureau de Pontalès, pendant que le domestique allait avertir ce dernier.

Alors, en un tour de main, le lorgnon fut enlevé, la fausse barbe et la fausse moustache disparurent dans le long manteau d'été.

Et il n'y eut plus que la figure glabre, flasque et bouffie de Patoche, aux yeux sinistres et résolus.

Il s'était assis et attendait.

Antoine de Pontalès entra bientôt. Patoche se leva et salua.

— Je vous écoute, dit Antoine. Soyez bref; quelles conditions?

— Vous êtes très riche, riche à plusieurs millions.

— C'est possible.

— M. de Cheverny, aussi, est très riche, comme vous.

— Au fait.

— Un demi-million ne vous ruinerait pas... et cela me ferait tant de plaisir!

1.

Antoine resta hébété, frappé de stupeur.

— Un demi-million? Vous êtes fou!

— Non. J'ai bien réfléchi. Donnez et vous n'entendrez plus parler de moi, parole. Je me retirerai à la campagne. J'aime tant la campagne, si vous saviez! Et réfléchissez —dit le misérable après un silence —que si vous ne donnez pas ce que je demande, je l'obtiendrai de madame de Cheverny, quand même!

Pontalès reprit un peu de sang-froid.

— Remarquez, Patoche, que si vous êtes en possession d'un secret qui a son importance pour ma sœur, ce secret, par contre, ne m'intéresse aucunement. Je vous offre la somme que vous me demandiez hier, pas un sou de plus. Et en exigeant un demi-million, laissez-moi croire que vous vous moquez de nous.

— Jamais je n'ai été plus sérieux,

— Alors je suis bien bon de continuer à vous entendre. Dans huit jours, je saurai la vérité sur la découverte de ce prétendu fils de ma sœur, quelque gredin de votre espèce avec lequel vous vous serez ligué pour nous faire chanter. Allez, monsieur Patoche, notre entretien est fini. Vous n'aurez pas un centime.

— C'est votre dernier mot, monsieur de Pontalès?

— Le dernier, et je souhaite qu'il vous fasse réfléchir. Autrement les cellules des maisons centrales sont des endroits propices aux méditations et je vous ferai faire connaissance avec elles. Adieu.

Pontalès s'était assis à une table et feuilletait un copie-lettres.

Déjà sans doute il ne se souvenait plus de Patoche.

Il lui tournait le dos.

Patoche était debout au milieu du petit bureau

Il était plus blême encore que lorsqu'il était entré. Mais aucun tremblement par les membres. Une haine implacable dans les yeux.

Si Pontalès l'avait regardé, pendant cette seconde-là, il se fût épouvanté, aurait appelé, aurait été sauvé.

Mais il affectait de ne plus faire attention à l'homme.

Celui-ci s'avança. Il touchait presque Pontalès.

— Alors, c'est dit? Nous n'en parlerons plus?

— Vous êtes encore là? fit Antoine en haussant les épaules. La maison centrale a des charmes pour vous, n'est-ce pas?

— Aucuns.

— Eh bien?

—Eh bien, j'aime mieux jouer quitte ou double...

Sa main qui fourrageait la poche intérieure de son pardessus en sortit tout à coup, armée du stylet.

Le bras se leva derrière le dos de Pontalès, s'abaissa avec un élan terrible et le stylet disparut tout entier entre les deux épaules.

Pontalès se leva, détendu par un ressort, la face tournée vers le meurtrier, les traits horriblement contractés.

Il étendit les mains pour se défendre.

Il ouvrit la bouche pour crier.

Les mains retombèrent inertes, la bouche ne laissa échapper aucun cri.

Pontalès s'affaissa dans le fauteuil resté derrière lui, demi-couché.

Il était mort, tué raide.

Julien Rémondet et le petit Jacques venaient d'être vengés !

Patoche faisait preuve d'un effrayant sang-froid.

Si Pontalès avait jeté un cri, appelant à lui, donnant l'éveil, — c'est-à-dire si sa main, à lui, Patoche, avait été plus faible et avait frappé moins sûrement, c'en était fait de lui. Les gens accouraient et le surprenaient en flagrant délit.

Au lieu de cela, rien, pas un cri, pas un bruit; pas même une chaise renversée; un crime silencieux et très propre.

Et le misérable, pendant une seconde, contempla son œuvre.

Mais la situation était trop critique et pour lui trop périlleuse pour qu'il s'abîmât longtemps dans cette contemplation.

Une lueur sanglante, dans ses petits yeux, indiqua qu'il triomphait dans son acte abominable.

Puis, prestement, il rajusta sa fausse barbe, sa fausse moustache, son lorgnon bleuté.

Cela fut vite prêt.

Prudent jusqu'au bout et ne voulant laisser aucune prise au hasard, il enleva son pardessus et l'inspecta rigoureusement.

Pas une tache de sang!

Le stylet était resté dans la blessure, empêchant le sang de couler.

Il le retira avec précaution, l'essuya sur des paperasses et le glissa dans sa poche.

Puis boutonnant son pardessus, se coiffant de son chapeau qui dissimulait sa calvitie, il ouvrit la porte et sortit.

Dans le salon d'attente, personne,

Dans le vestibule, le domestique lisait un journal. Il se leva et alla ouvrir la porte qui donnait sur le palier, très correct.

Patoche s'avança.

Il fallait parler à cet homme, lui dire quelque chose de banal, pour prouver sa parfaite tranquillité d'esprit, pour empêcher une inquiétude, qui sait? un soupçon, mais une contraction nerveuse lui fermait, chose bizarre, les lèvres comme avec un cadenas. Arrêté sur le seuil, tourné vers le domestique, il essayait de parler et ne le pouvait.

Enfin, avec un effort suprême, il balbutia :

— Monsieur de Pontalès, très occupé, vous fait dire de ne pas le déranger avant l'heure du dîner.

— Bien, monsieur.

La porte se referma. Patoche se retrouvait seul. Il lui avait semblé qu'il avait parlé d'une voix sourde, indistincte, pâteuse, et que le crime qu'il laissait derrière lui se lisait aisément sur sa figure.

Il descendit l'escalier.

Mais au fur et à mesure qu'il s'éloignait, il perdait de son énergie ; la tension des nerfs diminuait ; les jambes mollissaient.

Pourtant, la présence d'esprit demeurait aussi nette ; la volonté, l'intelligence étaient toujours aussi vigoureuses ; le corps, seul, faiblissait, trop fortement secoué, tout à l'heure.

Il n'en hâta point sa marche pour cela.

Dans l'escalier, il ne rencontra personne.

Le concierge, sur le seuil, ne fit pas attention à lui.

Il était venu à pied, par prudence, sachant que les cochers ont servi bien souvent, avec leur étonnante mémoire des physionomies, à retrouver une piste d'assassin.

Il s'en retourna à pied également.

Mais dès qu'il eut fait cent mètres, il prit par des petites rues, tournant sur lui-même, sans se presser, de façon à dépister les gens qui l'eussent suivi, dans le cas où un hasard aurait fait découvrir le crime.

Et le poids de son cœur s'allégeait, de minute en minute.

Il ne lui restait plus qu'une précaution à prendre ; il était allé s'affubler de sa barbe dans un endroit désert du Bois de Boulogne ; il s'y rendit, et caché à tous les yeux, derrière un massif, il enleva ses postiches, les roula dans sa poche.

En regagnant la rue Saint-Honoré, il longea les quais exprès, baguenauda, par cette belle soirée chaude d'été, le long de la Seine et s'assit même au bord de l'eau.

Ce n'était point une manie poétique qui le prenait soudain.

A un certain moment, il laissa glisser le stylet, à la poignée duquel adhéraient encore des taches de sang.

Le stylet s'enfonça dans la Seine.

Autour de lui, pas un regard.

Décidément, son cœur s'allégeait de plus en plus.

Rentré chez lui, il jeta dans la cheminée sa fausse barbe et une liasse de vieux journaux.

Il brûla le tout.

Il se déshabilla, visita scrupuleusement ses vêtements, n'y découvrit rien de suspect, découpa son pardessus par morceaux, en fit un paquet et la nuit venue, ressortit, le paquet sous le bras.

Ce fut encore la Seine, sinistre dépositaire de tant de lugubres secrets, qui reçut de cent mètres en cent mètres, et fragment par fragment, le pardessus gris et ample qui aurait pu faire reconnaître Patoche et dont il ne resta bientôt plus rien.

Après quoi, et ces précautions prises, il alla dîner fort tranquille.

Il termina sa soirée dans un café-concert, prit un bock en sortant, sur la terrasse d'un café du boulevard.

Il rencontra quelques amis avec lesquels il causa.

Il eut envie de passer au cercle d'Antin, mais il avait évité d'y remettre les pieds depuis l'affaire de Jacques.

Il rentra rue Saint-Honoré, en fumant un cigare.

La nuit, cependant, fut agitée.

Il ne pouvait pas dormir plus d'une demi-heure de suite.

Il se réveillait en sursaut, avec des cauchemars, le front baigné de sueur. Il entendait des voix lointaines qui criaient : « A l'assassin ! »

Quand il avait compris, après un moment de peur, qu'il venait de rêver, il se mettait à rire et se rendormait d'un autre côté.

Le matin, en se levant, son premier soin fut de lire les journaux.

C'est ainsi qu'il se mit au courant des événements qui avaient suivi sa sortie de l'hôtel de la rue de Courcelles.

Le valet de chambre, Joseph, était entré vers sept heures dans le cabinet de son maître, après avoir frappé à plusieurs reprises et n'avoir pas obtenu de réponse.

Il avait trouvé Pontalès mort, déjà raidi.

Rien n'était dérangé dans la pièce, ni les papiers sur le bureau, ni les tiroirs, ni les cartons dans le cartonnier, ni les meubles.

Dans un portefeuille jeté sur le bureau, on trouva une liasse de cent billets de mille francs.

Le vol n'était donc pas le mobile du crime.

La justice était venue aussitôt, avait procédé à une enquête minutieuse, un peu déroutée par ce que nous sommes obligés d'appeler la simplicité même du meurtre.

Joseph avait été interrogé à différentes reprises.

Dans l'esprit du chef de la Sûreté, qui était accouru en personne à la première nouvelle de l'assassinat, c'était le visiteur qui avait tué Pontalès. Aucun doute. Quel était cet homme ? Joseph ne l'avait jamais vu. Quels rapports existaient-ils entre lui et

Pontalès ? Personne ne pouvait le dire. On retrouva la lettre non signée par laquelle Patoche lui demandait un rendez-vous sans témoins. Cela établissait la préméditation du crime. Mais Patoche était trop prudent pour n'avoir pas contrefait soigneusement son écriture. Et la lettre ne contenait aucun détail précis.

On se perdit en conjectures.

La justice devinait bien que le meurtrier avait de son mieux dissimulé sa figure, que cette barbe était fausse, que ce lorgnon devait empêcher plus tard de reconnaître les yeux — la chose de l'homme qui change le moins.

Où chercher, où trouver ? Aucun indice.

Patoche, les pieds dans ses pantoufles, enveloppé de sa belle robe de chambre à ramages, lisait les journaux dans son fauteuil.

— Je crois bien que je peux me tranquilliser ! murmurait-il.

Il ne sortit pas de chez lui cette journée-là. Il attendit le soir, alla dîner au restaurant et chercha dans les feuilles ce qu'on avait découvert de nouveau sur le crime de la rue de Courcelles.

Les journaux du soir n'étaient pas plus avancés que ceux du matin.

Le lendemain, il alla rue Ampère et fit passer sa carte à madame de Cheverny. Marguerite lui fit répondre qu'elle ne recevait pas et le valet lui expliqua que sa maîtresse était en deuil de son frère, si dramatiquement mort deux jours auparavant.

Il n'insista point, diplomate jusqu'au bout.

Mais comme sa bourse était vide et comme, d'autre part, il songeait toujours aux trois faux billets lancés sur la maison E. W. Jacobson, il écrivit à Marguerite une lettre pressante, d'allure polie, mais sous l'entortillement des phrases de laquelle on devinait la menace de l'homme décidé à tout.

La mort d'Antoine avait frappé Marguerite de stupeur.

Un instant, elle avait pensé à Patoche.

Elle ignorait que son frère l'eût revu et d'autre part l'homme décrit par Joseph ne ressemblait pas à Patoche.

Elle éloigna donc cette pensée.

Mais, — comme elle n'aimait pas Antoine, — celui-ci lui avait fait trop de mal pour qu'elle eût conservé dans son cœur un peu d'affection fraternelle, — elle songea que Pontalès venait de payer d'un coup le crime auquel il avait prêté les mains autrefois.

Elle avait compté malgré tout sur son frère pour payer à Patoche l'énorme somme qu'il exigeait.

Maintenant que son frère était mort, elle était bien obligée de s'adresser à son mari.

Cette pensée la remplissait de terreur.

Que dirait-elle ? Une première fois, il ne s'était pas trop étonné. Il avait donné les cinquante mille francs qu'elle demandait. Il avait bien fallu mentir. Mais cette fois ! quels mensonges inventerait-elle donc ? Non, elle n'oserait jamais. Qu'elle obtienne de lui seulement une partie de la somme, elle essayera de compléter le reste.

Elle s'en ouvrit au colonel.

C'était quelques jours avant leur départ pour Nancy. Le congé de M. de Cheverny allait expirer et déjà l'officier se préparait à quitter Paris pour rejoindre son régiment. Marguerite devait le suivre, ainsi que nous l'avons dit, avec Bernerette, puisque Bernard s'était engagé dans le 145e, le régiment de son père. De cette façon-là, son fils ne serait point séparé d'elle. Le colonel conservait, du reste, quand même, son hôtel de la rue Ampère et il s'occupait de faire restaurer un joli château, les Aulnaies, où il comptait installer sa femme et sa fille pendant la belle saison. Les Aulnaies sont situées à quatre ou cinq lieues de Nancy.

Georges et Marguerite prenaient leurs dernières dispositions pour leur prochain départ lorsque madame de Cheverny, qui avait depuis quelques minutes sur les lèvres la brûlante et terrible question, se décida enfin à l'exprimer.

— Avant de quitter Paris, dit-elle tremblante, ayant à peine la force de parler distinctement, j'aurais besoin de quelque argent... Je ne t'ai pas habitué à de pareilles demandes et il n'y a pas longtemps que tu m'as donné une grosse somme...

— Et cela ne t'a pas suffi?

— Non, mon ami.

— C'était, si je me rappelle... cinquante mille francs?...

— Oui.

— Et tu as refusé de m'expliquer leur emploi?...

— N'as-tu pas confiance en moi?

Il se mit à rire.

— J'espère que tu n'en doutes pas?

— Non. Et c'est parce que je sais que tu as confiance en moi que je m'adresse à toi de nouveau, dans les mêmes circonstances.

Il souriait toujours.

— Voyons, combien vous faut-il, vilaine prodigue, pour vos dépenses secrètes? C'est donc énorme, que vous hésitez?

— Je voudrais, dit-elle...

Et elle hésitait, en effet, elle n'osait dire le chiffre de cent mille.

— Non, pensait-elle... cent mille, jamais... soixante mille... cinquante, peut-être... et je vendrai mes diamants... ceux auxquels je tiens le moins, ceux qui ne me viennent ni de ma mère, ni de mon mari.

Et se jetant à corps perdu dans l'inconnu, e .o dit un chiffre :

— Cinquante mille francs... encore.

Et comme il fronçait les sourcils, avec un singulier regard de surprise, d'inquiétude, — de soupçon peut-être, — un regard que jamais elle ne lui avait vu — elle se hâta d'ajouter :

— Ce sera la dernière fois... ne me refuse pas... je t'en prie.

Et mentalement :

— Oh ! oui, la dernière fois !... Jamais plus je ne m'exposerai à une épouvante pareille... Patoche exigera ce qu'il voudra... Je mourrai plutôt que d'affronter les soupçons de Georges.

Le colonel se taisait.

Il réfléchissait et son regard scrutateur interrogeait toujours sa femme, si troublée, qu'elle n'aurait pu, même si elle l'avait voulu, cacher son émotion. Cette émotion apparaissait visible, dans tous les traits de sa physionomie, dans sa pâleur, dans le tremblement de ses mains qui tordaient son mouchoir tout mouillé de sueur, dans ses lèvres desséchées et que vainement elle essayait de rafraîchir. Et son pauvre regard si doux n'osait plus soutenir celui de son mari.

Georges lui prit les mains, attira vers lui sa femme :

— Comme tu trembles ! comme tu es pâle !

— Mais non, tu te trompes !

— Que se passe-t-il, voyons ?

— Rien, Georges. Pourquoi t'effrayer mal à propos...

Il eut un léger signe d'impatience.

— S'il ne s'était rien passé, pourquoi serais-tu aussi émue?.,..

— Je t'assure.

— Et en supposant même, ce que tu tiens à me faire croire, que tu sois comme tous les jours, cette demande que tu m'adresses, ces cinquante mille francs dont tu as besoin, quelque temps après les cinquante mille autres que je t'ai donnés, tout cela ne prouve-t-il pas qu'il se passe dans ta vie quelque chose d'anormal?...

Elle faisait l'étonnée et à son tour essayait de sourire.

— S'il y avait, en mon existence, quelque chose d'anormal, ne serais-tu pas le premier à en recevoir la confidence?

— C'est vrai?

— Je te le jure! dit-elle avec un suprême effort.

Il soupira. Cela ne l'avait pas convaincu.

— C'est donc bien difficile à me dire?

— Quoi?

— L'emploi de cet argent. En quoi consiste-t-il?

— En dotations, en bonnes œuvres... Nous sommes riches, nous vivons simplement... Nous ne dépensons pas nos revenus, loin de là... Alors, j'ai pensé à faire profiter les pauvres de ce que nous avons de superflu.

— Mais au train dont tu y vas, c'est nous qui serons bientôt ces pauvres. Songe que nous avons Bernerette à doter.

— Oh! je ne l'oublie pas.

— Alors c'est la dernière fois que tu me fais pareille demande?

— Oui... probablement.

— Tu vois... Tu laisses une porte ouverte à un emprunt nouveau.

Il l'embrassa tendrement.

— Je ne suis pas avare. Je tiens à ne rien te refuser. Tu auras ce que tu demandes et même, cette fois, je ne pousserai pas plus loin l'indiscrétion. Mais n'oublie pas, ma chère Marguerite, que je suis obligé de gérer ta fortune et d'en rendre compte plus tard à nos enfants. Dans ces conditions, tu ne seras pas surprise, à l'avenir, si je réponds à une nouvelle demande de toi en te priant de me faire le détail de tes dépenses — non point de tes dépenses ordinaires, toilette, coquetteries, bibelots et autres — mais de celles qui semblent depuis quelque temps te tenir si fort au cœur...

Elle baissait la tête. Elle sentait le reproche.

Oui, il lui faudrait bien en venir, quelque jour, à la terrible révélation de ce qui troublait sa vie. A moins que Patoche ne s'attendrît! A moins qu'il n'eût pitié! A moins que, satisfait de ce qu'il avait obtenu, il n'exigeât plus rien! Mais cela, c'était une conjecture, un rêve qu'elle faisait. Que deviendrait-elle si Patoche, cruel jusqu'au bout, jusqu'au bout voulant abuser d'elle, tendait la corde à la briser?..

Elle frémissait, en y pensant.

Georges lui fit remettre dans la journée les cinquante mille francs.

Elle crut que Patoche s'en contenterait.

Elle lui écrivit, — non pour le faire venir rue Ampère, — elle craignait trop qu'il ne s'y rencontrât avec son mari, — mais pour lui donner rendez-vous rue Saint-Honoré.

Patoche l'attendit. Elle lui donna l'argent. Elle lui raconta ses angoisses; elle lui dit qu'elle était perdue s'il poussait plus loin ses exigences; elle croyait que Patoche avait un cœur et elle s'adressait à ce cœur.

Le misérable la laissa parler.

Et quand, tout en larmes et haletante, elle attendait sa réponse, il dit avec indifférence:

— C'est très bien, oui, madame, je comprends, mais je vous assure que j'ai besoin de cet argent... Donc, il me le faut, vous entendez ?

Il se rapprocha d'elle et lui souffla dans la figure ce dernier mot à voix basse :

— Il me le faut !

Le soir même, Marguerite avait vendu une partie de ses diamants et Patoche était payé.

II

Chez Marjolaine, la tristesse régnait depuis quelques jours. La jolie modiste avait beau avoir en Jacques une confiance entière ; elle avait beau être certaine qu'il était incapable de tricher au jeu, néanmoins elle le voyait souffrir de cette accusation et elle en souffrait elle-même. Silencieux, triste, préoccupé, Jacques n'était plus ressorti depuis le soir où il avait été entraîné par Patoche. Il restait toute la journée dans sa chambre, les yeux vagues, le sourcil froncé. Et il voyait avec terreur arriver le moment où il lui faudrait rejoindre son régiment.

Comment serait-il accueilli dans cette famille de soldats ?

Lui, qui était l'honneur même, n'allait-on pas l'accuser de nouveau, le mettre à l'index !

L'affaire du cercle d'Antin avait fait beaucoup de bruit.

Plusieurs journaux avaient reproduit l'article qui avait été envoyé le jour même, et à dessein, au colonel de Cheverny.

Les journaux de Nancy avaient dû s'en emparer, puisqu'il était question d'un sous-officier du 145°, et le reproduire comme les autres.

Dès lors, tout le régiment était prévenu.

Officiers supérieurs, officiers, sous-officiers connaissaient son déshonneur, à cette heure-là, tous, jusqu'aux soldats peut-être.

Il apparaîtrait au milieu d'eux comme un réprouvé. Déjà sans doute on commentait là-bas cette affaire. Déjà les résolutions étaient prises.

Quelle honteuse réception lui était-elle préparée?

Et, enfermé dans sa chambre, n'écoutant ni les douces et tendres paroles de Marjolaine, ni les consolations de l'oncle César, Jacques, en pensant à cela, pleurait de rage.

Son colonel l'avait chassé! Que feraient les autres?

Enfin, il était à la veille de partir. Le soir même il devait prendre le train pour être le lendemain matin à l'appel, à la Pépinière.

Le pauvre garçon frémissait, rien qu'à la pensée de se retrouver devant ses égaux et devant ses chefs.

De noires idées traversaient son cerveau en détresse.

Tout d'abord, celle du suicide.

Mais n'était-ce pas s'avouer coupable, mourir déshonoré?

Le pouvait-il? Non. Il devait vivre, dans l'intérêt de son honneur même.

Puis, la désertion.

Oui, telle était l'épouvante qu'il concevait, par avance, en pensant à l'accueil qui lui était préparé, qu'il songea à ne pas se présenter.

Personne ne croirait qu'il eût assez du métier militaire. Ceux qui le connaissaient savaient combien il adorait son métier. Personne ne croirait non plus qu'il avait déserté par lâcheté. De sa bravoure, de son énergie, de son indifférence aux dangers, il avait donné maintes preuves. Il ne craignait pas cela.

En désertant, c'était une sorte de liberté qu'il recouvrait et il pouvait user de cette liberté pour essayer d'éclaircir l'impénétrable mystère de la scène du cercle d'Antin.

Il était faible devant cette idée. Elle gagnait en son esprit.

Heureusement que près de lui veillait l'oncle César, dont la vive intelligence — cachée sous une allure bonhomme et rustique de vieux paysan — comprenait les tempêtes de cette âme en détresse.

L'oncle César un jour, après déjeuner — Jacques n'avait même pas touché aux plats — l'avait pris à part, et brusquement :

— Jacques, un concheil...

— Mon oncle ?

— Je devine che que tu penches.

Jacques hocha la tête et son front se rida davantage.

— Tu penches à dégerter.

Jacques fit un mouvement violent de recul.

Ce mot odieux, honteux pour un soldat, c'était la première fois qu'il était prononcé devant lui. Désertion!! Quelle lâcheté! Certes, il y pensait, mais sans se douter de la puissance de ce mot sur son cœur!... Dèserteur! c'est-à-dire qui a fui son devoir et trahi son pays.

L'oncle César, impitoyable, continuait.

— Ne dis pas le contraire. Tu y chonges!! Chela che voit. Ecoute.

Et avec beaucoup plus d'émotion qu'il n'en montrait d'ordinaire :

— Je ne chuis qu'un pauvre diable chans un chou vaillant, mais chela ne m'empêche pas de t'aimer comme chi tu étais mon fils. Chuppogeons que tu dégertes ! Qu'arrivera-t-il ? Chuppogeons également que nous trouvions plus tard la clef du

mychtère qui t'occupe ! Qu'arrivera-t-il encore ?
Tu écriras à ton régiment que tu es innocent du
vol, mais tu n'en rechteras pas moins coupable...
coupable de dégertion. Et ce chera la prigeon pour
toi... et le déghonneur pour toute ta vie... Va donc
rejoindre ton régiment... attends les événements...
Aie confianche dans ton oncle... Ah ! chi j'étais
riche, chi j'étais riche... Tu aimais bien ton père
adoptif, n'èche pas ?

— De toute mon âme ! disait Jacques, touché.

— Et il t'aimait bien ?

— Certes.

— Et bien, conchidère-moi comme ton père
adoptif. Chela ne te chera pas diffichile, puichque
je lui rechemble de figure comme deux gouttes d'eau
du même ruisseau se rechemblent.

— Je serai demain à l'appel, mon oncle, et je remets mon honneur entre vos mains.

— Je chais ce que ch'est que l'honneur. Le tien
est en bonnes mains. Pachienche, pachienche !...

Ce jour-là, le dernier que Marjolaine et Jacques
avaient à passer ensemble, Bernard vint chez la
modiste.

On ne l'attendait pas. Les jeunes gens ne s'étaient
pas revus depuis que le colonel avait prié Jacques
de ne pas assister à la soirée à laquelle il l'avait
invité. Bernard vint droit à Jacques et lui tendit les
mains.

Un instant, — une seconde, — Jacques s'imagina
que Bernard était porteur d'une bonne nouvelle,
que son innocence était reconnue, que sa loyauté
n'était plus mise en doute.

Sa figure s'éclaira.

— Bernard ! dit-il, Bernard, que venez-vous m'apprendre ?

Celui-ci avait compris. Il secoua la tête tristement.

— Je n'ai rien à vous apprendre. Seulement vous partez ce soir, moi aussi; mon père, lui, est à Nancy déjà, et ma mère et ma sœur vont nous y rejoindre. Ma mère et ma sœur sont donc seules aujourd'hui rue Ampère. Elles ont pensé à vous. Elles se sont dit que vous deviez être désespéré et elles m'ont prié — car c'est de leur part que je viens — de venir vous chercher et de vous amener vers elles. Ma mère ne sait si elle vous reverra à Nancy. Elle n'oublie pas que vous avez sauvé la vie de mon père. Elle vous aime. Enfin, je puis tout vous dire, car peut-être ne viendriez-vous pas, ni ma sœur, ni ma mère, ni moi, nous ne croyons à votre culpabilité. Nous avons tenté de convaincre mon père. Il ne demandait pas mieux que d'être persuadé, mais vous ne pouviez lui donner la moindre preuve et il se heurtait contre la réalité même qui l'obligeait à ne plus vous considérer que comme un sous-officier dans lequel il n'avait plus confiance, que comme un mauvais soldat. Avant que vous partiez, quels que soient les événements qui peuvent se dérouler à Nancy, ma mère veut vous revoir. Ne lui refusez pas ce bonheur.

Jacques était ému, jusqu'aux larmes, par la délicatesse de ce procédé. Cependant il hésitait. Lui qui se savait innocent, il avait été chassé, en somme, de cette maison. Sa fierté se révoltait.

Il se tourna vers Marjolaine pour lui demander conseil.

— Il est bien entendu que Marjolaine vous accompagne, dit Bernard. Mademoiselle Marjolaine a fait la conquête de ma mère et de ma sœur.

— Vous êtes bon, Bernard, et vous essayez de consoler ma tristesse. Soit, j'irai, et je dirai à votre mère, que, pour lui prouver combien je lui suis reconnaissant de la confiance qu'elle me témoigne *quand même* — et il appuya sur le mot — je suis prêt à faire pour elle le sacrifice de ma vie, si quelque jour ma vie peut être, pour votre mère, bonne à quelque chose. Ce jour-là le colonel lui-même ne doutera plus.

Marjolaine s'habilla. Ils partirent.

Madame de Cheverny reçut Jacques avec tendresse. Oui, elle croyait en ce jeune homme. Est-ce que ce visage où se reflétait la physionomie de Julien Rémondet, — par ce qu'elle s'imaginait être un singulier hasard, — pouvait cacher des pensées aussi viles, une âme aussi basse que les pensées et que l'âme d'un voleur au jeu?

Elle voulait réchauffer ce pauvre endolori à la chaleur de son cœur et le réconforter de son sourire, sans se douter que celui-là qu'elle consolait ainsi et qu'elle obligeait, de cette façon, à se rattacher à la vie, celui-là était son fils.

— Jacques, dit-elle, si vous souffrez trop quelque jour prochain, n'oubliez pas que jadis, au Tonkin, alors que vous veniez de le sauver d'une horrible mort, M. de Cheverny vous a dit que sa famille serait la vôtre. Il vous a depuis fermé la porte de sa maison. Il y a de tristes nécessités de discipline. Mais moi, je ne juge qu'avec mon cœur, et mon cœur m'entraîne vers vous, Jacques. Lorsque vous pleurerez trop, si l'on vous fait trop souffrir, souvenez-vous qu'un cœur maternel vous est ouvert... et venez, mon ami, vous y retremper et y chercher des forces. L'avenir prouvera que j'ai eu raison.

Il éclata en sanglots. Elle lui tendait les bras. Il lui présenta le front. Elle l'embrassa longuement, étrangement troublée. Entre ce front de jeune homme et ses lèvres venait de passer la figure de Julien, triste ainsi qu'elle l'avait vue au dernier jour lorsqu'il emporta dans ses bras le bébé que l'on arrachait à la colère d'Antoine.

Jacques murmurait :

— Oh! madame, que vous êtes bonne... Si vous saviez comme je suis malheureux... J'ai voulu mourir... Oui, je l'ai voulu... Que vous êtes bonne de me montrer que la vie est encore possible...

Et il pleurait, pendant que Marguerite, elle-même, les mains dans celles du pauvre garçon, sentait ses yeux se mouiller.

Bernerette s'approcha :

— Et vous trouverez une sœur en moi, comme en Bernard un frère.

Gironde entra au même moment.

Il avait, depuis quelque temps, d'assez fréquentes occasions de venir rue Ampère. Les affaires de la succession d'Antoine l'y amenaient tout naturellement, et, de cette façon, il voyait Bernerette et madame de Cheverny à son aise, sans craindre d'éveiller les soupçons.

Ajoutons qu'il n'avait pas pensé que Patoche pût être le meurtrier de Pontalès.

Si quelqu'un, doué de divination, avait observé les personnages qui se trouvaient là, il eût pu faire, sur les différentes physionomies, des observations bien curieuses, à partir du moment où Gironde entra.

A part chez Bernerette dont le visage, qui passa successivement de la rougeur à la pâleur, trahit une émotion joyeuse, il y eut de l'inquiétude chez Marguerite et chez Bernard.

Et les yeux de la mère et les yeux du fils s'étaient portés instinctivement sur la jeune fille.

Mère et fils avaient fait un mouvement comme pour la défendre, pour se jeter entre elle et Gironde.

Jacques ne connaissait pas celui-ci.

2.

Il fut fort étonné de le voir s'avancer vers lui, les mains tendues, et de l'entendre dire :

— Monsieur, j'ai l'honneur d'appartenir comme sous-lieutenant de réserve au 145e régiment de ligne, où je vois, à vos galons et à votre képi, que vous êtes sergent. Nous ferons ensemble les grandes manœuvres dans quelques semaines.

Jacques salua militairement et ne répondit pas.

Madame de Cheverny crut de son devoir de présenter les deux jeunes gens l'un à l'autre.

— M. Pierre Gironde, dit-elle... M. Jacques, à qui mon mari a dû deux fois la vie pendant la campagne du Tonkin.

Tous deux s'inclinèrent. Rien ne les poussait l'un vers l'autre, ni haine, ni affection. Gironde se sentait plutôt porté à se faire de Jacques un allié en le voyant si intime dans la maison.

Quant au sous-officier, tout entier à sa triste préoccupation, déjà il ne pensait plus au nouveau venu.

Mais chez la pauvre femme abusée, l'instinct maternel parlait trop haut pour qu'elle ne songeât pas à faire de ces deux hommes deux amis.

Elle les rapprocha l'un de l'autre.

Puis, voulant emmener Bernerette et dérober l'enfant à la funeste influence de l'amour qui s'était si brusquement déclaré en elle, Madame de Cheverny l'appela et sortit du salon.

Les trois hommes restèrent seuls, avec Marjolaine.

Bernard restait songeur.

— A quoi pensez-vous, monsieur ? disait Gironde.

Le jeune homme tressaillit. Il ne pouvait se défendre contre un sentiment de répulsion qui l'éloignait de cet homme. Il voyait sa mère si malheureuse, si obsédée d'épouvante à cause de ce fils né de sa faute, que Bernard prenait ce fils en haine.

En vain il essayait de réagir contre ce sentiment. En vain il se disait que cet homme était son frère — né de la même mère — et que son enfance solitaire lui donnait droit au respect et à l'affection, — que justement parce que Gironde avait souffert, on devait avoir pitié de lui, et lui pardonner beaucoup s'il avait besoin d'être pardonné ; — en vain Bernard se disait tout cela !... Il ne voyait en Gironde qu'un homme condamné de par le hasard à rendre sa mère malheureuse. Et il redoutait, en plus, de par la dangereuse puissance de sa beauté, tout un effondrement dans le cœur de Bernerette.

— A quoi pensait-il ? demandait Gironde. Peut-être à tout cela ! Pourquoi s'en inquiétait-il, cet homme ?...

Bernard eut un geste d'impatience, vite réprimé.

— Je songe, dit-il, à tous les événements, grands et petits détails de la vie, qui depuis quelques années ont concordé vers un but unique et ont amené aujourd'hui votre rencontre, monsieur Gironde, avec Jacques...

Gironde se mit à rire, — un peu surpris quand même.

— N'est-ce pas chose, après tout, fort commune, et d'où vient que vous semblez vous en étonner ?...

Bernard ne répondit pas. Il suivait une idée, tout au fond de son cœur. Il avait les yeux tristes et le front soucieux.

Il se tourna vers Marjolaine :

— Et vous, Marjolaine, ne vous paraît-il pas que cela soit singulier ? Voici Jacques enfant abandonné, qui n'a connu que vous et n'a jamais reçu les caresses d'un père et d'une mère ! Voici M. Gironde, enfant abandonné comme Jacques, — car vous n'avez pas connu vos parents, monsieur Gironde, du moins je crois vous l'avoir entendu dire?...

— C'est exact...

— Et tous deux, Jacques et vous, trouvez ici, chez nous, une famille, une affection... Mon pauvre Jacques, comme vous avez dû rêver de votre mère!... Quelle torture ce doit être, surtout pour les petits enfants, de n'avoir pas ces tendresses maternelles si bonnes!... Et ni l'un ni l'autre, ni vous, monsieur Gironde? ni vous, Jacques? vous n'avez aucun indice qui puisse faire découvrir vos parents?...

— Aucun! dit Gironde, inquiet, se demandant où il voulait en venir.

— Aucun! dit Jacques en soupirant.

— Que feriez-vous, Jacques, si tout à coup il vous était donné d'espérer que vous retrouverez votre mère?

— A quoi bon y songer? C'est une espérance irréalisable. Longtemps je l'ai gardée dans mon cœur, pourtant, cette espérance, parce que l'on croit toujours que sera réparée tôt ou tard l'injustice dont on souffre. Et puis je l'ai perdue...

— Et cependant si l'on vous disait que votre mère existe?

— Bernard, pourquoi m'attrister par ces questions?

—Loin de moi de vouloir vous attrister, Jacques. Je vous aime beaucoup; et parce que je vous aime, je considère que j'ai le droit de tout connaître de vos pensées les plus chères.

— Moi aussi, je vous aime, Bernard, et je vous répondrai. Il n'y aurait pas pour moi de plus grand bonheur que de retrouver ma mère, quelle qu'elle fût, riche ou pauvre!... Quelle qu'elle fût, coupable ou non!... Coupable, elle doit se repentir de m'avoir abandonné... Innocente de cet abandon, que de tortures! Que je retrouve ma mère, plus de remords et plus de tortures!... Et si heureux qu'on soit, on n'est jamais assez riche de bonheur pour négliger tous les trésors de tendresse qu'un fils amasse en vingt ans et réserve à la mère qu'il n'a pas connue.

— Mais, Jacques, supposez que ce soit un grand péril pour elle que de vous retrouver! Que feriez-vous si l'on vous disait : « Une imprudence, une tendresse trop visible peut perdre votre mère. Elle occupe dans la société un haut rang. Elle est mariée. Elle a des enfants et un mari qui l'adorent. La faute d'autrefois n'est pas oubliée, mais la souffrance est assoupie dans le fond de son cœur. D'un mot, d'un geste, vous allez briser sa vie. » Que feriez-vous, Jacques, si l'on vous disait cela?...

— Pourrais-je hésiter?... Ne serait-ce pas mon devoir de me sacrifier?... d'éviter les imprudences que causerait sans cesse à la pauvre femme son affection pour moi, surexcitée par le souvenir?... Est-ce que ce serait une preuve de tendresse que de vouloir quand même de son amour... et d'aimer mieux perdre sa mère, abîmer son bonheur, faire s'effondrer sa vie, que de conserver en soi, pour soi, le secret de sa naissance?... Je me sacrifierais... seulement...

Et il baissa la tête, rêveur...

— Seulement je demanderais pourtant à connaître ma mère.. Il ne faut pas non plus, d'un enfant, exiger trop. Je demanderais à ce qu'on me la nommât, à ce qu'on me la montrât. Et alors, je l'aimerais! Oh! comme je l'aimerais silencieusement, sur l'autel de mon cœur! Jamais elle ne me soupçonnerait... mais je voudrais, de temps en temps, sans qu'elle s'en doutât, respirer sur son chemin l'air qu'elle vient de respirer, mettre mes pieds dans la trace de ses pas, m'emparer des choses effleurées par sa main, et à genoux, baiser le bas de sa robe— Et je serais heureux... heureux... de l'aimer ainsi, dans le mystère de moi-même... Ce ne serait plus un rêve.,. Ce serait ma mère! J'aurais ma mère!... Mon Dieu, pourquoi m'avoir fait dire tout cela, Bernard? Pourquoi m'avoir attristé?

Bernard pensait :

— Celui-là mérite de retrouver sa mère. Et l'autre?...

Et s'adressant à Gironde :

— Et vous, monsieur, quelle serait votre attitude vis-à-vis de votre mère? Partageriez-vous les mêmes craintes, les mêmes scrupules?...

— Non pas complètement, monsieur, dit Gironde sur ses gardes et qui soupçonnait que Bernard, peut-être, avait connaissance de la vérité. Je serais prudent si je retrouvais ma mère, afin de lui épargner les ennuis; mais j'estime que l'aimer de loin sans me faire connaître ne serait pas lui donner une grande preuve d'affection. Je l'aimerais alors pour mon seul plaisir, non pour le sien. Je lui enlèverais, sans raison, le bonheur immense qu'elle éprouverait à retrouver son enfant qu'elle croyait perdu. Je ne voudrais pas conserver pour moi seul la joie de connaître enfin ma mère. Si je la voyais toujours triste et toujours inconsolée, ne serait-ce pas un reproche pour moi, et n'aurait-on pas le droit, quelque jour, de m'accuser d'égoïsme?...

Bernard eut un sourire ironique.

— Puis, d'autres considérations viennent se mêler à celle-là, dit-il — n'est-ce pas, monsieur Gironde?... des considérations que vous passez sous silence... La mère est riche, occupe dans le monde une situation élevée... son mari est puissant par sa famille et

par son titre, par son rang... Il y a là toute une mine
à exploiter... Quel rêve, monsieur Gironde, pour un
pauvre garçon élevé dans la misère, jamais sûr du
lendemain, quel rêve de retrouver ainsi, d'un jour
à l'autre, une famille qui désormais le mettra à
l'abri du besoin...

— N'est-ce pas justice? fit Gironde, inquiet.

— Certes. Je suis loin de le contester... Hier,
l'enfant perdu était pauvre, en quête d'une situation, gagnant misérablement sa vie à la solde des
autres. Et peut-être avait-il des désirs de luxe!
Peut-être enviait-il les heureux qu'il voyait passer
près de lui! Peut-être tenait-il de sa naissance
le goût des belles choses! peut-être aimait-il les
beaux tableaux, les meubles somptueux, les tapis
magnifiques, les bibelots coûteux, les armes de
prix, les chiens et les chevaux!... Et quand il
voyait, aux Champs-Élysées, dans sa voiture, em-
mitouflé de fourrure, quelque visage délicat, aux
grands yeux brillants qui ne le regardaient même
pas, peut-être avait-il l'envie de se jeter sous les
pieds des chevaux!... Eh bien, du jour au lendemain, ce jeune homme trouvera le luxe, car sa
mère n'aura rien à lui refuser... Les beaux meubles, les bibelots coûteux, les beaux chiens et les
chevaux superbes, les voitures et les maîtresses,
tout cela se vend et tout cela s'achète! N'avais-je
pas raison de dire également que ce serait un beau
rêve!

Il avait parlé comme à lui-même.

Il était évident que cela s'adressait à Gironde, —
mais Gironde seul pouvait le deviner.

Et le complice de Patoche se disait qu'il avait en
Bernard un ennemi, dont l'hostilité sans doute se
ferait bientôt sentir.

Marjolaine avait écouté, émue.

N'était-elle pas mère, déjà, par le cœur, puisqu'elle avait élevé Jacques ? Elle pensait, en cet instant, à la mère qui, en un moment de folie et de
détresse, avait abandonné ce petit bébé qu'elle
avait recueilli dans la neige de la forêt de Russy.

Gironde sentit qu'il fallait répondre :

— En supposant même, dit-il, que l'enfant dont
vous parlez fût préoccupé de pareilles ambitions,
pourriez-vous lui en faire un reproche ? Serait-ce
sa faute, s'il portait dans le sang le goût de ce luxe ?
N'en aurait-il pas toute sa vie souffert davantage ?

Bernard l'examinait d'un regard singulier.

Et sous ce regard, Gironde était mal à l'aise.

Bernard dit lentement :

— A cet enfant je ne ferais aucun reproche...
mais...

— Mais ? dit Gironde avec un sourire.

— Je plaindrais — de tout mon cœur — la mère !...

Quelques minutes après, Jacques et Marjolaine
prenaient congé.

— A demain ! dit Jacques... N'oubliez pas, Bernard, qu'il faut être à l'appel... En dehors du service, si le hasard vous met dans ma compagnie, je
serai toujours heureux d'être votre ami... et —
ajouta-t-il — vous savez pourquoi j'aurai sans
doute bien besoin de votre amitié ?...

— A demain, Jacques, comptez sur mon affection !

Gironde également s'éloigna.

Bernard lui serra la main froidement.

Mais quand Gironde tendit la main à Jacques,
celui-ci se contenta de faire le salut militaire.

Madame de Cheverny n'avait point reparu.

Elle était chez elle avec Bernerette.

Ce fut chez sa mère que Bernard monta.

Bernerette était en larmes quand il entra. Nerveuse, les yeux rouges, le mouchoir mordillé par les dents, elle regardait par la fenêtre entr'ouverte sur le jardin et Marguerite lui parlait à demi-voix, derrière elle.

— Que se passe-t-il? fit Bernard.

— Bernerette n'est pas sage, dit madame de Cheverny alarmée. Elle me reproche de l'avoir emmenée du salon au moment même où ce... ce jeune homme, M. Gironde, y entrait...

Bernard prit sa sœur dans ses bras et l'attira de force sur ses genoux.

Et en riant :

— Tiens, tiens... Et pourquoi voulais-tu rester au salon?

— Demande-le à ma mère, fit Bernerette.

Madame de Cheverny était toute décontenancée. Elle murmura :

— Bernerette est folle et cherche à nous faire de la peine. Nous avons tort d'aimer cette enfant-là!...

— Qu'a-t-elle fait? Qu'a-t-elle dit?

— Elle vient de m'avouer...

Marguerite se leva, la gorge contractée, ne pouvant plus prononcer un mot. Elle faisait des efforts inouïs pour ne pas pleurer. Elle se promena un peu dans la chambre, reprit du sang-froid, et sourdement :

— Sais-tu ce qu'elle vient de m'avouer... dans une crise de larmes et de sanglots, presque dans une attaque de nerfs?... qu'elle aime ce... Pierre Gironde... qu'elle connaît depuis quelques jours à peine...

Bernard tressaillit.

La situation était cruelle, atroce, sans issue!!

Cette jeune fille délicate, malade — presque condamnée même — aimait ce jeune homme!

Contrarier cet amour, c'était tuer cette jeune fille.

Ne s'y opposer point, c'était permettre quelque chose d'horrible, l'inceste moral... puisque — Marguerite et Bernard le croyaient — Gironde et Bernerette étaient nés de la même mère.

Et la pauvre femme, le cœur serré, se sentant devenir folle, voyait en cela comme un châtiment nouveau de la faute d'autrefois.

Cette faute, elle pensait l'avoir bien expiée pourtant ! Elle avait vu mourir Julien Rémondet !... Elle avait vu son enfant disparaître de sa vie ! Elle avait pleuré toutes ses larmes ! Depuis vingt ans elle avait les regrets et les remords ! Et les larmes allaient recommencer de plus belle, puisque le châtiment recommençait !...

Bernard était, lui aussi, anéanti par cette découverte... Et en comprenant les effroyables souffrances du cœur de sa mère, il se sentait pris pour elle d'une immense pitié !...

Il fut sur le point de lui dire qu'il avait lu la lettre de Patoche, que le secret de Gironde il l'avait, malgré lui, surpris !... Mais il se retint ! Avait-il le droit de dire cela ?... Sa mère eût-elle, entendant cette confidence, éprouvé quelque soulagement ?... N'en eût-elle pas souffert, au contraire, davantage, puisqu'elle aurait été obligée, rougissante de sa faute, honteuse de l'honneur oublié une minute, de baisser la tête devant un fils adoré ?

Et il se tut !

— Mon enfant, disait Marguerite en caressant la jeune fille, fais-moi une promesse... Ne pense plus à ce jeune homme !...

— Pourquoi ?

— Il ne te convient pas !

— Qu'en savez-vous, mère ?

— Je t'en prie, Bernerette, renonce à cette idée, si tu ne veux pas me faire du mal, beaucoup de mal.

— Je l'aime !

— Tu l'oublieras !

— Jamais !

— Mon enfant!... dit-il avec reproche...

Et la pauvre mère tournait son regard affolé vers son fils, comme pour chercher auprès de lui du secours.

— Oublie, dit Bernard... Tu le connais si peu!...

Bernerette secoua la tête...

— Je ne vous en parlerai jamais, dit-elle, mais l'oublier ? non, ce n'est pas possible...

Et passant rapidement entre sa mère et son frère, elle s'enfuit, regagna sa chambre et s'y enferma.

Et Marguerite, tête baissée, pleurait, pensant :

— Est-ce juste?...

Pendant que Bernard, infiniment triste, regardait, sans les voir, quelques oiseaux qui voletaient sur les arbres du jardin.

III

L'oncle César ne perdait pas son temps.

La figure de Patoche — il ne s'en était pas caché — ne lui était guère sympathique.

— Vigeage de coquin! disait-il dans son terrible jargon.

Il avait fait raconter à Jacques, à plusieurs reprises et dans tous ses détails, la soirée qui s'était terminée au cercle par le déshonneur du jeune homme.

Et à force d'y réfléchir, il avait fini par trouver que tous ces détails concordaient vers un but unique : griser Jacques, ou sinon le complètement griser, du moins lui enlever assez de sa présence d'esprit pour qu'il se laissât plus facilement entraîner et ne pût envisager tout de suite la gravité de la faute commise.

— Évidemment mon neveu ne ment pas, se disait César. Il est assez triste, depuis ce jour-là. Il se mange le cœur. Donc, il a dû ne pas même savoir ce qu'il faisait en entrant dans ce cercle. Patoche pourra peut-être me renseigner. Allons voir Patoche.

Et résolument il s'était dirigé vers la rue Saint-Honoré.

L'agent d'affaires venait de rentrer.

L'oncle César n'attendit pas et fut introduit sur-le-champ.

Patoche, dans sa chambre, revêtait un veston de bureau, de telle sorte que l'oncle eut le temps de jeter un coup d'œil autour de lui.

Sur le bureau, des paperasses.

Autour de la pièce, d'innombrables cartonniers avec des étiquettes manifestant hautement que le maître de la maison ne manquait pas d'ouvrage. Il y en avait de toutes les couleurs et pour tous les goûts.

L'oncle, sans doute, se défiait des apparences, car il s'approcha de quelques cartons, au hasard, les tira et constata, avec une évidente satisfaction, que la plupart étaient vides.

La vaste caisse massive et géante trônait toujours, contre le mur du fond, dans son imposante énormité.

L'oncle César eut un sourire en l'apercevant.

Il passa devant elle et la salua profondément.

Évidemment encore, l'oncle César n'avait point trop de respect pour ce monument. Cela devait, pour lui, sonner creux. Et s'il lui avait été permis d'ouvrir, il était bien sûr qu'il n'y aurait rien découvert que la poussière sur les tablettes, ou peut-être le reste d'un repas frugal de Patoche ces jours derniers : un litre à moitié vide, un morceau de fromage et une croûte de pain.

L'oncle prit une chaise et s'assit.

Patoche entra aussitôt, vivement, les mains tendues.

— Mille pardons, monsieur Routard, de vous avoir fait attendre. Est-ce que je serais assez heureux pour pouvoir vous être utile?

— Peut-être bien, monsieur Patoche... chinon à moi... du moins à mon neveu Jacques...

Patoche approcha un siège de la chaise de l'oncle.

Il s'assit, croisa les jambes, atteignit une boîte de cigares sur son bureau et l'offrit à l'oncle.

— Un cigare ? dit-il.

— Jamais... mais j'ai ma pipe... et chi vous voulez bien ?

— Comment donc ? N'êtes-vous pas chez vous ?... Causons... Votre neveu Jacques ?....

— Mon neveu est pauvre et les choldats ont begeoin d'argent. Je ne chuis malheureugement pas riche, mais j'ai économigé dix mille francs en Amérique. Comme je n'ai besoin de rien, puichque je trouve chez Marjolaine le couvert et le lit, vous me feriez plaigir de les acchepter, ches dix mille francs...

— Hein ? fit Patoche avec un sursaut... Moi ?

L'oncle César eut un rire formidable qui résonna dans la pièce comme un coup de tonnerre et alla se perdre contre la caisse imposante.

— Pas pour vous, pas pour vous, dit-il... Je n'ai pas de raigeon pour vous faire che cadeau... Cheulement, comme vous gêtes un habile homme, vous me placherez ches dix mille francs et vous m'en chervirez la rente.,. la rente, je la dechtine à Jacques... Cha lui fera plaigir et il ne chera pas chan le chou...

Patoche réprima avec peine un sourire.

La naïveté du bonhomme l'ébahissait. Ainsi le pauvre diable avait de petites économies et c'était à lui, Patoche, qu'il les confiait, ces économies ! Pouvait-il être mieux inspiré ?...

— Vous refugez ? dit l'oncle avez crainte.

— Mais non, mais non, monsieur Routard. Au contraire, votre confiance m'honore et me touche.

Et mentalement, se mordant les lèvres pour ne pas éclater de rire :

— Si j'accepte? Je te crois, mon bonhomme. Et tu ne les reverras jamais, tes dix mille francs !

L'oncle tirait péniblement, du fond de sa poche un vieux portefeuille déchiré et crasseux.

Il y trouva dix billets de mille francs et les tendi à Patoche.

— Voilà toute ma fortune, dit-il, plachez-la bien, afin qu'elle fructifie... Du chinq ou du chix pour chent, n'est-ce pas?

— Du six, je ne vous le promets pas, monsieur Routard... Mais du cinq, peut-être, en valeurs étrangères...

— Bien, bien, comme vous l'entendrez.

Et Patoche, ayant compté les billets, s'asseyait à son bureau et se mettait en devoir d'écrire :

— Que faites-vous?

— Je signe un reçu.

— Pourquoi faire? un rechu entre nous... ch'est bien inutile...

Patoche lui jeta un coup d'œil surpris. Cette confiance l'inquiéta, pendant une seconde; mais le coup d'œil le rassura. La bonne et large figure de l'oncle, au sourire énorme, aux yeux écarquillés, indiquait si bien la naïveté, éloignait si bien toute arrière-pensée, qu'il n'était pas possible qu'on lui tendît un piège.

Et puis quel piège?

— Non, il est par trop bête, aussi! murmurait Patoche.

Il achevait de signer son reçu.

— Les affaires sont les affaires, monsieur Routard, dit-il en lui passant le papier avec un grand air de noblesse. Je puis mourir et vous vous trouveriez lésé de vos dix mille francs. Ce n'est pas pour vous que j'en parle, puisque vous n'avez besoin de rien, mais pour Jacques auquel vous destinez cette rente.

— Oui, oui, vous avez raigeon... On peut mourir, disait le bonhomme en hochant la tête... et Jacques che trouverait gêné... Je ne le veux pas,.. Il a déjà eu trop d'ennuis, le pauvre gas... Vous avez chans doute appris le malheur, monsieur Patoche?

— Quel malheur?... Je n'ai pas revu Jacques et Marjolaine depuis quelques jours. J'ai eu tant d'affaires!..

— Oui, dit l'oncle en promenant son regard sur les cartonniers vides, beaucoup d'affaires... Chela che voit...

Puis, montrant la caisse du doigt :

— Et des rechettes importantes auchi! Ch'est chela qui donne une fière idée de la fortune.

— Décidément, il m'amuse, le vieux! disait Patoche en lui-même.

— Pour en revenir à Jacques, voilà che qui lui est arrivé.

En deux mots il raconta l'histoire.

Patoche ouvrait des yeux effarés à chaque détail, joignait les mains et jetait des exclamations douloureuses.

— Mon Dieu! comment? lui! oh! le pauvre, le pauvre garçon !

L'oncle avait fini son histoire.

— Alors, vous ne chaviez rien? dit-il.

— Rien de rien.

— Mais vous l'accompagniez, cependant?

— Excusez-moi, dit Patoche en prenant un air digne. J'avais une course à faire au cercle, un client à consulter pour un avis à prendre. Jacques est entré avec moi. Jamais il n'avait mis le pied dans un cercle. Il voulait voir. Je causai longuement avec mon client. Lorsque je voulus sortir, je cherchai Jacques... Quelle fut ma surprise de le re-

trouver installé devant une table de baccarat!... La
fièvre rougissait ses joues. Des frémissements agitaient ses mains. Il gagnait, il gagnait des tas d'or·
J'essayai de l'emmener... Je lui fis des observations... il ne se retourna même pas... Je suis sûr
qu'il ne m'a pas entendu... Alors, navré, je le lais-
sai et je m'éloignai... Comme je ne l'ai pas revu
depuis, j'ignore comment il a achevé sa soirée et
je ne pouvais soupçonner la terrible fin de la partie,
telle que vous venez de me la raconter!...

Et joignant de nouveau les mains, doucereux et
pleurard :

— Oh! le pauvre garçon, le pauvre garçon! Quel
malheur !

— Très malheureux pour Jacques, che qui est arrivé là !

— C'est-à-dire que cela peut briser sa carrière! Si
le colonel l'apprend, Jacques peut être cassé de son
grade...

— Le colonel chait tout. Les journaux lui ont
tout appris.

— Alors, c'est complet.

— Vous allez quelquefois dans ce cercle, monchieu
Patoche ?

— Oh! rarement, et encore pour faire une partie
d'écarté ; je ne joue jamais au baccarat ; c'est
traître, le baccarat.

— Mon neveu n'est ni un voleur, ni un tricheur
au jeu... Perchonne de cheux qui le connaissent ne
peut chonger à l'accuger. Il est donc victime d'un
hageard... d'un funeste hageard...

— Oui, assurément, je le crois comme vous.

— Mais les hageards, chouvent, che chont les
hommes qui les conduigent, qui les mènent par le
bout de l'oreille... quelqu'un avait peut-être triché,
avant mon neveu, et mon neveu ch'élant chervi des

3.

mêmes cartes ch'est trouvé tricher à chon tour...

— Impossible, monsieur Roûtard.

— Impossible, et pourquoi ?

— Parce que des cartes neuves sont données à chaque banquier, toutes les fois qu'il prend la banque... or, vous avez dit vous-même qu'on avait compté les cartes de Jacques, qu'on y avait trouvé neuf cartes de trop et qu'un joueur, du reste, avait prétendu avoir vu Jacques glisser une portée dans son jeu...

— Oui. Chela ch'est paché ainchi. Et pourtant...

L'oncle César se gratta la tête et, oubliant son rôle de pauvre homme, dans une exclamation de douleur et de colère :

— Je donnerais bien chent mille francs pour le connaître, ce joueur qui a accugé mon neveu, oui, je les donnerais bien, les chent mille francs !...

— Cent mille francs !... Et où les trouveriez-vous ? dit Patoche, avec un haut-le-corps, tout de suite pris d'inquiétudes.

L'oncle César rougit violemment.

Il avait failli se trahir.

Il eut un bon gros rire, en haussant les épaules :

— Je les donnerais, chi je les avais ! dit-il.

Et il pensait, en regardant Patoche :

— Eh ! eh ! avec ce rusé coquin, il faut se mordre la langue quatre fois avant de parler !...

Il reprit, après un moment de réflexion :

— Vous ne pouvez rien me dire ?

— Dame ! non, et j'en suis navré, monsieur Roûtard.

— Répondez cheulement à chechi : Chi quelqu'un du chercle avait eu, pour quelque cauge que j'ignore, l'envie de nuire à mon neveu, aurait-il pu glicher dans les cartes, — comment appelez-vous chela ? — une porchion... une...

— Une portée.

— Oui, une portée, chans que mon neveu chen doutât... Répondez !

Patoche secoua la tête.

— Je ne le pense pas. Il faudrait être si habile !...

— Le croupier le pourrait peut-être ? ou un garchon de jeu ?

— A la rigueur. Mais n'oubliez pas que l'on a vu... j'appuie sur le mot... on a vu Jacques glisser les fausses cartes...

— Voilà che que je ne comprends pas... Le connaichez-vous, chelui qui a vu ?

— Non, j'étais parti.

L'oncle resta longtemps pensif. Il avait cru pouvoir tirer un renseignement de cet homme. Mais Patoche était sur ses gardes. Il ne se livrait pas. Il fallait renoncer à savoir quelque chose de ce côté-là. Il était fort ennuyé, l'oncle César.

Il se leva, prit son chapeau et salua Patoche.

— Je vous demande pardon de vous avoir dérangé, monsieur Patoche... Je vous ai fait perdre un temps préchieux...

Et il jeta un regard circulaire admiratif sur les nombreux dossiers vides et sur l'énorme caisse majestueuse.

— Tant pis, que mon neveu che tire de là comme il pourra... Adieu, monchieur Patoche... Plachez bien mes dix mille francs !... N'est-che pas ?

— Ne craignez rien, monsieur Routard, dit le gredin. Votre argent est en bonnes mains, je vous en réponds.....

L'oncle ne répliqua rien. Il pensait :

— C'est bon. Avec toi il faut jouer serré. Mais je n'ai pas dit mon dernier mot !... Je suis sûr que tu es pour beaucoup dans ce qui arrive ! Comment ? Dans quel but mystérieux ? Je l'ignore. Mais quand

je devrais, pour le savoir, dépenser un million, je
le saurai !...

Patoche le reconduisit poliment jusque sur le
carré, puis rentra.

— De quoi se mêle-t-il, ce cuistre, murmura le
misérable en rangeant les dix billets de mille
francs. Heureusement, il n'est pas à craindre !

Il allait mettre l'argent de César dans la caisse
quand il se ravisa.

— Voyons, se dit-il, récapitulons un peu mon
existence. Elle est assez agitée depuis quelque
temps. Les gens de police se battent les flancs pour
trouver le meurtrier de Pontalès. On ne le trouvera
jamais. J'ai des raisons pour en être sûr. Je puis
être tranquille de ce côté-là. Malheureusement, j'ai
trois autres cordes qui me tirent vers le bagne : les
trois faux sur la maison E. W. Jacobson. Ils ne
sont à échéance que dans quelques semaines.
Cependant je suis inquiet. Je ne veux pas attendre
plus longtemps avant de les retirer de la circulation.
Comment faire pour les retrouver ? Je vais passer
chez le premier endosseur, puis chez le second, puis
chez le troisième. Je serai sauvé s'ils ne sont pas
encore arrivés chez Jacobson...

Il fourra quinze mille francs dans son portefeuille
et sortit.

L'oncle César revint chez Marjolaine et passa le
reste de la journée à réfléchir sur ce qu'il devait
faire.

— Et d'abord, se dit-il, il me faut de l'argent
liquide. Rien ne perchuade comme une poignée de
louis ou une liache de billets.

Le lendemain, vers dix heures, il se présentait dans les bureaux de E.-W. Jacobson, son banquier.

Rue de Richelieu, une entrée sombre de vieille

maison, dont la devanture est occupée par des marchands de bibelots, un marchand de poêles nouveau modèle et un pharmacien. Au premier étage, une couturière et un tailleur. Au second, des ménages.

Mais cette entrée conduit, par le porche sombre et humide où se trouve la loge du concierge, dans une très vaste cour carrée, au fond de laquelle s'élève un autre corps de bâtiment, sur le fronton duquel, en lettres d'or, sur une plaque de marbre noir, se détachent ces mots :

BANQUE FRANCO-AMÉRICAINE

C'est la grande et sérieuse maison E.-W. Jacobson.

La banque occupe tout ce corps de bâtiment, — pareille à une maison dans une autre maison.

Elle a une sortie rue Vivienne, presque en face de la Bourse.

En homme habitué de ce chemin-là, l'oncle César traversa le porche, ne demanda aucun renseignement au concierge, et au bout de la cour entra dans les bureaux.

Il se trouva dans un hall encombré de tables sur lesquelles, entre des encriers, des sabliers, des pelotes d'épingles, étaient éparpillés des bordereaux de toutes couleurs.

Des clients déjà étaient assis là, étiquetant des coupons et faisant leurs bordereaux.

L'oncle César traversa le hall, prit un couloir qui longeait les guichets et ouvrit une porte au-dessus de laquelle était écrit :

CAISSE CENTRALE

Un garçon de bureau s'approcha de lui :

— Monsieur désire ?

— Je veux parler à M. William ou à M. Édouard Jacobchon...

— M. William Jacobson est absent de Paris... quant à M. Edouard...

Et le garçon jeta un regard dédaigneux sur la mise modeste de Routard. L'oncle était vêtu d'une redingote grise propre, mais râpée. Il tortillait dans ses larges mains poilues les bords de son chapeau noir, de feutre mou. Il portait, comme toujours et en tous pays, des brodequins solides, garnis d'une triple rangée de clous.

L'oncle César comprit :

— Mon garchon, dit-il, tu n'es pas obligé de me connaître... Va dire à M. Edouard Jacobchon que je dégire lui parler...

— Votre carte, monsieur...

— Une carte ?... jamais je n'en ai pochédé... Mais j'ai un nom qui est fachile à retenir... Chégear Routard... Va, mon garchon, va... Ne crains rien... ton maître me connaît...

L'huissier sortit.

Presque aussitôt accourut vers le bonhomme, les mains tendues, le sourire sur les lèvres, un grand garçon blond, portant toute sa barbe, âgé de quarante ans environ, d'allure sympathique.

— M. Routard !... Ah ! que je suis heureux...

— Et moi aussi, monsieur Edouard...

— Entrez donc...

Et le banquier l'introduisit dans son cabinet.

Un employé qui entrait dans le vestibule se mit à rire de la figure déconfite du garçon.

Il lui frappa sur l'épaule.

— Tu sais, mon vieux, une autre fois ne le fais pas attendre, le bonhomme... Retiens bien son nom... Routard, ancien marchand de cuirs... Et je te souhaite ses cinquante millions de fortune...

L'oncle était entré dans le cabinet d'Edouard Jacobson, le plus jeune des deux banquiers.

Ils se connaissaient de longue date et Edouard avait pour l'oncle l'estime qu'on doit à son plus riche client en même temps que le respect qu'inspirent un caractère bien trempé et une probité commerciale à toute épreuve.

César Routard était connu, en effet, de toute l'Amérique commerçante. On savait qu'il avait commencé comme ouvrier et que c'était à force d'intelligente audace qu'il s'était élevé.

Mais, en Amérique, ces fortunes-là sont ordinaires ; les milliardaires, dont les fils règnent aujourd'hui sur l'industrie et la finance en maîtres incontestés, ont débuté comme ouvriers dans les ports, chauffeurs ou portefaix. Cela est connu, cela n'étonne personne, et l'oncle n'eût pas attiré l'attention sur lui s'il n'avait eu pour se distinguer que sa fortune.

Mais c'était une figure originale que ce brave homme auquel les aventures, les voyages, les tribulations, et finalement les succès, n'avaient pu enlever sa simplicité, sa rondeur joviale et bon enfant, sa naïveté même, car il était resté naïf.

Il n'y avait pas jusqu'à ses gros souliers ferrés, jusqu'à son chapeau à larges bords, qui ne l'eussent rendu populaire, à Chicago et à New-York.

Il n'y avait pas jusqu'à son terrible accent d'enfant de l'Auvergne qui n'eût ajouté à sa figure son originalité.

Tous les accents sont dans l'oreille du peuple, dans ce monde surexcité d'ouvriers et de commerçants d'Amérique ; l'accent auvergnat seul apportait, dans ce concert de toutes les langues, sa note spéciale, étrange...

Ils causèrent affaires pendant quelques minutes.

Puis, Edouard en souriant :

— Je parie que ce n'est pas seulement pour me demander des nouvelles de ma santé que vous êtes passé ce matin à la banque ?

— En effet, dit l'oncle en souriant.

— Vous aviez peur de parler ?

— Hé ! hé !

— Toujours le même.

— Ch'est qu'il me faut une groche chomme.

— Dites combien...

— Je ne chais pas au juchte... mais je crois que provigeoirement, avec chent ou deux chent mille francs, chela chuffira...

— Asseyez-vous à mon bureau. Signez-moi votre chèque et j'enverrai chercher la somme.

Le cabinet du caissier principal donnait sur le bureau du banquier. Ce bureau, du reste, était le centre, pour ainsi dire, de tous les autres ; ceux-ci avaient une porte donnant sur le cabinet d'Édouard Jacobson. La plupart du temps ces portes restaient ouvertes, Edouard, très actif, plus spécialement chargé des affaires intérieures d'administration de la banque, allant et venant sans cesse.

Dans un coin de son vaste cabinet, un téléphone, des sonneries électriques sur le bureau même et des tuyaux acoustiques correspondant avec la banque tout entière.

Au moment où Edouard allait sortir, pendant que l'oncle libellait et signait son chèque, lentement et d'une main lourde, l'appel du téléphone se fit entendre.

Edouard y courut, prit les deux cornets et sur la planchette :

— Allô ! Allô !

L'oncle put entendre alors les fragments de la

conversation suivante, Edouard répondant à son interlocuteur invisible.

— M. Jacobson, c'est moi... Qui me parle? Smith, rue d'Hauteville?... Connais pas... Que me voulez-vous?... Bon... Parlez plus distinctement... Je n'entends pas...

Et se retirant de l'appareil, Edouard dit à l'oncle, en riant :

— J'ai affaire à un Allemand... Il me baragouine... J'aime mieux votre accent, monsieur Routard.

Et il continua d'écouter.

— Recommencez... Vous dites ?... Des billets avec l'acceptation de la banque ?... Qu'est-ce que cela veut dire ?... Vous les croyez faux?... Ah!... ah !... Tirés par qui ?... Je n'ai pas entendu... Par qui ?..... Patoche?... Connais pas... Si vous voulez les apporter... Oui, je suis à mon bureau jusqu'à onze heures.., j'ai dit : onze heures... apportez les billets... nous les examinerons. Tout de suite... Je vous attends... C'est entendu...

Edouard accrocha les cornets à l'appareil et revint à César.

Celui-ci, debout, le contemplait.

— Voulez-vous me permettre une quechtion ?

— Quoi donc, cher ami ?

— Che chont de faux billets que l'on chignale ?...

— Oui, une vétille... quinze mille francs...

— Et le fauchaire... le fauchaire ?...

— Hein? Vous dites ?... Je ne comprends pas...

— Le fauchaire? dit l'oncle dont les grosses mains tremblantes accusaient une violente émotion.

— Ah ! le faussaire ! Diable d'accent! Un nommé Patoche...

— Ah !

— Qu'est-ce que vous avez?

— Rien... Je vous demanderai une faveur.

— Tout ce que vous voudrez.

— L'homme qui détient les billets... il va venir ?...

— Cet Allemand ?... Il a dû prendre une voiture. De la rue d'Hauteville, d'où il me téléphonait, à la rue de Richelieu, il y en a pour cinq minutes.

— Permettez-moi d'achichter à votre entretien ?

Edouard regarda l'oncle avec surprise.

— Certes, dit-il. Je n'y vois aucun inconvénient...

— J'ai le plus grand intérêt à chavoir che qui va che pacher...

— Tenez, voilà des journaux de ce matin... pour prendre patience... Lisez-vous les comptes rendus des théâtres ?... On a donné hier la première à l'Ambigu... d'une pièce militaire moderne... Cela représente...

Il fut interrompu par le sifflet d'un des tuyaux acoustiques.

Il siffla pour répondre et mit le tuyau à son oreille, puis :

— Faites-le conduire dans mon cabinet. Je l'attends.

Et à l'oncle,

— Justement, c'est Smith !... Il n'a pas été long...

Une des portes, — celle qui donnait sur le couloir, — s'ouvrit. Un homme entra, long, mince, efflanqué, une tête de Christ allongée par une barbe en pointe, poivre et sel, de longs cheveux gris tombant sur le col d'une redingote noire très propre ; du linge immaculé.

Il s'inclina à cinq ou six reprises d'une façon bizarre, non point en courbant le dos, mais en fléchissant sur les jambes, de telle sorte qu'il avait l'air de vouloir se mettre à genoux.

— M. Jacobson ? dit-il, regardant alternativement l'oncle et Edouard, et avec un horrible accent tudesque dont nous ferons grâce à nos lecteurs.

— C'est moi, monsieur, dit celui-ci.

Smith, aussitôt, expliqua ce qui l'amenait et ce que nos lecteurs ont déjà compris en écoutant la conversation tronquée qui s'était échangée tout à l'heure par le téléphone.

Trois billets à ordre de chacun cinq mille francs échéant à la même date et signés de Patoche, avaient été présentés à sa caisse. Smith allait les écouler lui-même sur un autre négociant, en les endossant régulièrement, lorsque son caissier, qui connaissait la signature Jacobson, ayant été employé deux ans dans les bureaux de la banque franco-américaine, avait cru remarquer que la signature de l'acceptation était fausse. C'est là-dessus que voulant s'en assurer, Smith avait aussitôt téléphoné.

Il tira les billets de son portefeuille et les présenta à Edouard.

Du premier coup d'œil celui-ci reconnut qu'ils étaient faux.

— Vous porterez plainte, monsieur, dit Edouard. Ce Patoche doit être un coquin qui n'en est pas à son coup d'essai.

Il allait poursuivre quand, pour la seconde fois, le sifflet d'un des tuyaux l'interrompit.

Il y eut le même jeu de scène.

Mais l'oncle César et Smith, qui regardaient le banquier, lui virent tout à coup manifester la plus vive surprise.

— Eh bien, dit-il en remplaçant le sifflet dans la trompe du tuyau, voilà qui tombe à merveille...

— Quoi donc ? interrogea César.

— Savez-vous qui l'on m'annonce ?... qui demande à me parler ?

— Qui ?

— Ce Patoche lui-même !

Il y eut une stupéfaction chez Smith et chez Routard, mais elle se traduisit chez l'un et chez l'autre de deux manières différentes.

L'oncle avait fait vers Jacobson un mouvement, les mains tendues.

Et il avait dit, brusquement :

— Laichez-le entrer... Ne le renvoyez pas !...
Cheulement, il ne faut pas qu'il me trouve ichi...

— Quel diable d'intérêt avez-vous donc avec lui ?

— Plus tard, plus tard vous le chaurez !...

— Bon. Soyez sans inquiétude. Je vais dire qu'on l'amène dans un des bureaux voisins...

D'autre part, Smith, le premier moment d'émotion passé, caressait sa longue barbe d'un air méditatif. Il avait remis les billets Patoche dans son portefeuille et il regardait l'oncle César en essayant de comprendre ce qui se passait en lui.

— Evidemment, dit-il à Jacobson, ce Patoche, après avoir fait les billets et les avoir lancés dans le commerce, a fini par se procurer quinze mille francs. Et comme il craint avec raison d'être inquiété, il veut les retirer de la circulation avant l'échéance.

— Cela est certain, dit Jacobson.

— D'endosseur en endosseur, il sera parvenu jusqu'à ma maison; là, on lui aura dit que j'étais rue de Richelieu et il accourt.

Ses petits yeux clignotaient et ses doigts longs et maigres fourrageaient dans sa barbe.

Il se demandait, en regardant Routard, comme Jacobson tout à l'heure :

— Quel intérêt peut rapprocher ce brave homme de Patoche ? Il y a peut-être là une affaire... ouvrons l'œil !

Et s'adressant au banquier :

— Monsieur, dit-il, les billets m'appartiennent, puisqu'ils représentent pour moi une valeur de quinze mille francs sortis de ma caisse. J'ai donc le droit d'en user comme bon me semble...

— A peu près... bien qu'en toute probité, connaissant leur fausseté, vous ne puissiez plus les relancer dans le commerce...

— Telle n'est pas mon intention... Voyez-vous, monsieur, les affaires sont mauvaises, depuis quelque temps... on a beaucoup de peine à gagner sa vie... Je comprends jusqu'à un certain point, sans toutefois l'excuser, la mauvaise action de ce Patoche... c'est peut-être un imprudent beaucoup plus qu'un coquin... alors, s'il redemande ses billets en les remboursant, je suis tout prêt à les lui restituer... Est-ce votre avis?

— Cela vous regarde.

— Seulement, je vous l'ai dit, les affaires sont dures, pour moi comme pour lui... alors, je lui demanderai, à cet homme, un petit bénéfice... très léger... pour le punir... car il faut bien un châtiment...

Jacobson se mit à rire.

— Ma foi, j'aimerais mieux que vous le livriez tout simplement à la justice, mais à tout prendre je ne vois pas d'inconvénient à ce que vous lui fassiez payer sa vilaine action...

Depuis quelques instants l'oncle César s'agitait, se tournait et se retournait sur sa chaise.

A la fin il n'y tint plus.

Il s'approcha de Jacobson et de Smith.

— Monchieur, dit-il à ce dernier, chi j'ai bien compris, vous allez mettre à prix ces trois billets... Mais ch'il y avait une churenchère, vous les chéderiez au plus offrant...

Smith fut embarrassé...

Il tortillait entre le pouce et l'index l'extrême bout de sa barbe.

— Mon Dieu, je ne dis pas non, je ne dis pas non...

— Ch'est tout ce que je voulais chavoir... Je vous prierai maintenant de jeter un coup d'œil de mon côté, lorchque vous débattrez votre affaire avec Patoche. Je rechterai dans che cabinet... Monchieur Jacobchon, vous permettez?

— N'êtes-vous pas chez vous ? fit le banquier très intrigué.

— Vous rechevrez Patoche dans le bureau voigin et vous laicherez la porte ouverte, afin que je puiche tout entendre... Vous vous tiendrez près de la porte, monchieur Smith, car il faut également que vous me voyiez !...

— C'est entendu, monsieur, c'est entendu, disait Smith étonné.

Jacobson s'approcha de l'oncle et à voix basse :

— Je ne comprends pas un mot à tout ce qui se passe... vous ne voulez pas m'expliquer ?

— Plus tard, vous dis-je, plus tard !

— Vous n'avez pas besoin de moi?

— Non.

— Alors, je vais faire introduire Patoche dans le bureau voisin et j'irai à mes affaires...

— Je vous chuis bien reconnaichant...

— Au revoir...

— Au revoir, monchieur Edouard.

Jacobson souffla dans le tuyau. Un coup de sifflet répondit.

Alors le banquier ordonna :

— Conduisez M. Patoche dans le bureau n° 4. Ne lui faites pas traverser mon cabinet. Faites-lui faire un détour par les Titres et les Ordres de Bourse...

Il replaça le sifflet et sortit.

Smith entra dans le bureau n° 4.

L'oncle César resta dans le cabinet de Jacobson.

Quelques minutes après, il entendit entrer dans la pièce voisine, dont la porte était restée ouverte, selon sa recommandation, et le dialogue suivant parvint jusqu'à lui ;

— C'est à M. Jacobson que j'ai l'honneur de parler...

Tout de suite l'oncle César avait reconnu la voix.

C'était bien Patoche !

— Non, monsieur, je suis le banquier Smith, de la rue d'Hauteville...

L'oncle César, malheureusement, ne pouvait surprendre les jeux de physionomie, mais la voix de Patoche s'étant subitement altérée, il jugea que le misérable devait être ému quand il dit :

— Justement, monsieur, je venais de la rue d'Hauteville...

Et tout de suite, très vite, comme pour se débarrasser d'une affaire importune :

— Vous avez dû recevoir trois billets sur Jacobson, à mon ordre, de cinq mille francs chacun, échéant fin septembre...

— Oui.

— Pour des raisons de cœur... des raisons de famille, je tiens à retirer ces billets de la circulation...

Smith était sur le seuil ayant à sa gauche Patoche, à sa droite l'oncle César. César vit son œil droit sourire.

— Eh ! eh ! monsieur Patoche, vous y tenez, à ces billets.

— Oui, monsieur, et voici les quinze mille francs... Du moins les avez-vous encore ?

— Les voici, monsieur.

Smith les montra, alternativement, à gauche et à droite, à César et à Patoche, comme le crieur à l'Hôtel des ventes exhibe les objets aux surenchères pour tenter les amateurs.

Puis il les refourra soigneusement dans sa poche.

Et avec un flegme admirable :

— Ces billets sont d'un faussaire. L'acceptation Jacobson est imitée.

— Hélas ! monsieur, dit Patoche... je vous ai dit qu'il y avait pour moi des raisons de cœur... de famille... à posséder ces billets... Les membres d'une même famille ne sont pas tous honnêtes... hélas !... J'en sais quelque chose... et cela me coûte quinze mille francs.

Patoche poussa un soupir assez bruyant pour que l'oncle l'entendît.

— Je vous plains de toute mon âme, monsieur, dit Smith gravement.

— Voici les quinze mille francs... monsieur... rendez-moi les billets, et je vous en serai toute ma vie reconnaissant...

— Votre reconnaissance, c'est beaucoup, monsieur Patoche, et certes je serai fier de l'avoir méritée...

Et Smith soupira à son tour.

Puis, continuant l'antienne de tout à l'heure :

— Mais les temps sont durs... les affaires sont mauvaises... Vous ne pourriez croire quelle peine on éprouve à gagner sa vie !... Le krach nous a tués, nous autres financiers.

— A qui le dites-vous, monsieur Smilh... Voici quinze billets de mille francs... Veuillez vérifier si le compte y est...

— Ne pensez-vous pas que j'aurais le droit de vous demander un léger bénéfice ?... Oh ! je ne veux pas abuser de la situation... Je suis un honnête homme... Mais cette fin de siècle est terrible aux malheureux... Ah ! les pessimistes ont bien raison...

— Comment donc, monsieur Smith, disait Patoche après un silence... avec le plus grand plaisir... Ce sera justice...

— Alors, combien ?

— Mon Dieu, dit Patoche, hésitant, si vous croyez que pour vingt mille... c'est une épingle de cinq mille francs, en somme... et c'est fort joli... n'est-ce pas ?

Smith tourna l'œil droit vers César.

Celui-ci, debout contre une haute glace, y marquait du bout de son doigt le chiffre invisible de 25,000 francs.

Et Smith, imperturbable :

— Vingt ? Je ne vous cacherai pas, monsieur Patoche, qu'il y a acheteur à vingt-cinq...

— Qui donc ?... fit le misérable, brusquement.

— Personne. Je plaisante. C'est une manière de vous indiquer mon prix.

— Je vous en offre trente mille, monsieur Smith.

Sur la glace, César écrivit silencieux, un majestueux cinquante mille.

Et poli, se retenant pour ne pas se frotter les mains, Smith disait :

— Il y a preneur à cinquante, monsieur Patoche!

— Vous n'y pensez pas, monsieur Smith...

— C'est comme j'ai l'honneur de vous le dire...

— Mais qui donc aurait intérêt ?

— C'est une façon de parler, je vous le répète, pour vous faire comprendre que je ne lâcherai pas ces trois billets — qui tous les trois peuvent vous conduire en cour d'assises — à moins de...

Il s'arrêta, regardant Patoche, regardant l'oncle César :

— Combien ai-je dit ?

Patoche était atterré. Il sentait qu'il avait affaire à plus fort que lui. Cet homme le tenait. Il avait trouvé son maître. Il coula vers lui un regard haineux.

Smith se mit à rire :

— Peste! dit-il, vous ne semblez pas de bonne humeur...

Patoche devenait fou... La folie du meurtre! Ce simple mot lui rendit sa présence d'esprit.

— Mais enfin, monsieur, dit-il, fixez-moi un prix définitif sur lequel vous ne surenchérirez plus... que je sache du moins à quoi m'en tenir... je ne suis pas riche, monsieur, il s'en faut de beaucoup... Ainsi que vous-même le disiez il n'y a qu'un instant, les affaires sont pénibles... On a beaucoup de peine à joindre les deux bouts... Cinquante mille francs... c'est toute ma fortune, tout l'argent dont je puis disposer... Je ne pourrais ajouter un sou de plus... Songez aussi que cette fortune, je la sacrifie par bonté de cœur... par dévouement pour un membre de ma famille... et qu'au besoin je pourrais abandonner ce parent à son mauvais sort en le laissant se tirer de là comme il le pourra...

— Ce parent vous touche de très près?... fit Smith...

Patoche ne répondit pas. Il se sentait deviné.

Depuis quelques minutes, il remarquait le singulier manège de Smith qui semblait, de temps à autre, s'adresser dans le cabinet voisin à une troisième personne invisible...

Il remarquait également l'obstination de Smith à ne pas quitter la porte qui communiquait d'un cabinet dans l'autre,

Patoche s'était mis à se promener à grands pas, s'éloignant et se rapprochant de Smith, et chaque fois qu'il s'en rapprochait, essayant de jeter un coup d'œil dans la pièce voisine, pour confirmer ses soupçons.

Mais Smith ne bougeait pas, l'empêchant de voir.

L'oncle, devant la glace où il écrivait du doigt ses surenchères, fort de son énorme fortune, et décidé à triompher, dut-il, cette fortune, la sacrifier tout entière, — l'oncle, debout, sérieux, attendait patiemment la fin de cette scène singulière.

Patoche sentait vaguement un péril... et ce péril était pour lui d'autant plus redoutable qu'il ne savait pas d'où il venait.

Il entendait la menace sans savoir qui le menaçait.

— Enfin, monsieur Smith, dit-il, tout ceci, je l'espère, est une comédie, et elle a assez duré... Il me faut ces billets... Vous ne pouvez abuser ainsi d'un malheureux garçon qui dans un moment d'imprudence...

Il n'acheva pas et porta son mouchoir à ses yeux.

Smith souriait.

— Finissons-en, je ne demande pas mieux.

— Votre dernier prix ?...

Smith tourna la tête vers l'oncle César... Mais celui-ci ne bougea pas. Il ne voulait pas faire de surenchères. Il attendait les offres de Patoche pour, immédiatement, offrir davantage.

Pendant ce temps-là, Patoche pensait :

— J'irai au besoin jusqu'à cent mile francs. C'est madame de Cheverny qui paiera. Il me faut ces billets où je suis perdu.

Smith, de plus en plus guilleret, disait doucement :

— Que diriez-vous de soixante mille francs, monsieur Patoche?...

— Soit... fit le misérable d'une voix sourde.

Sur la glace, l'oncle César marqua : soixante-dix.

— Que diriez-vous de soixante-dix ? fit Smith imperturbable.

— C'est un vol... un vol, monsieur... fit Patoche avec rage.

— Qu'en diriez-vous ?

— Soit. Soixante-dix... mais pas un centime de plus.

L'oncle écrivit du bout de l'index : quatre-vingt mille.

— Que diriez-vous de quatre-vingts ?... interrogeait le banquier.

— Vous êtes un misérable... un misérable ! hurla Patoche.

Il s'élança vers Smith les poings fermés, perdant toute prudence.

Le banquier avança le doigt vers une sonnerie électrique...

Un pas de plus... une injure... et je vous envoie au Dépôt.

Patoche s'arrêta, foudroyé.

Il essuya son front couvert de sueur. Le gredin tremblait. Devant Pontalès raide mort, le dos troué d'un coup de poignard, il n'avait pas eu même un frémissement.

Mais cette fois il perdait la tête.

Et d'une voix à peine distincte :

— Monsieur Smith, par pitié !... Je ne vous ai jamais fait de mal, moi, je ne vous connaissais pas avant de venir ici... Nous ne nous étions jamais rencontrés... par pitié, donnez-moi ces billets... Ne punissez pas de cette façon un moment d'égarement, une minute de folie. Monsieur Smith, vous me ruinez... Vous me mettez sur la paille... monsieur Smith, dans trois jours je vous apporterai cent mille francs... oui, cent mille francs... tout ce que je peux emprunter, je le jure... mais promettez-moi de ne pas vous dessaisir de ces billets...

Smith parut réfléchir.

Il ne réfléchissait pas, mais ses petits yeux en dessous allaient consulter la grande glace du cabinet de Jacobson.

L'oncle, impassible, sans émotion apparente, écrivit :

— Cent cinquante !...

— Mon dernier mot, fit Smith... s'adressant aussi bien à Patoche qu'à l'oncle César... mon dernier mot... le voici :

— Je veux deux cent mille francs...

Patoche tomba dans un fauteuil, presque évanoui.

Certes, il eût tué Smith comme il avait tué Pontalès, s'il avait été sûr de l'impunité.

Mais le banquier avait toujours la main tendue vers le bouton de la sonnette électrique.

Une simple pression de la main, et les garçons de bureau accouraient avant qu'il eût eu le temps de s'esquiver.

Non, c'était impossible.

Il se releva, chancelant, la figure décomposée :

— Tant pis pour mon malheureux parent, dit-il, je ne puis vous donner pareille somme... Je vous adresserai cependant une prière... Les billets n'arrivent que fin septembre à échéance... Voulez-vous me promettre de ne pas vous en dessaisir jusquelà ?... Voulez-vous ?... C'est bien peu de chose, ce que je vous demande...

— Soit ! dit Smith, après un geste de l'oncle.

— C'est convenu ?

— Et si d'ici là je vous apporte la somme ?... Vous me rendrez les billets ?... Vous me le promettez ?...

4.

— Oui, seulement... si vous attendez jusqu'à l'échéance... je ne vous promets pas de ne point augmenter mes prétentions...

— Enfin, c'est toujours un délai ?

— Oui.

— C'est bien. Je vous remercie, monsieur Smith.

Il salua humblement, soumis, baissant les épaules et sortit. Quand Smith fut certain qu'il ne reviendrait pas, il ferma la porte, courut vers Routard et lui tendit les billets.

— Vous savez, dit-il, que je ne me crois pas lié par ma promesse vis-à-vis de ce coquin ? Voici les billets.

— Et je vais vous faire compter deux chent mille francs, monchieu Chmith... à l'inchtant même...

Le banquier se frottait vigoureusement les mains.

— Bonne journée, monsieur Routard, bonne journée !...

Et l'oncle, grave, serrant les faux billets dans son portefeuille :

— Bonne journée pour moi également, monchieur Chmith...

IV

C'était une bonne journée pour l'oncle César, en effet, mais le brave homme n'en était pas moins perplexe pour cela.

A quoi cela lui servirait-il, en somme, de savoir que Patoche était un misérable?

Cela le mettait sur ses gardes, voilà tout; mais jusque-là, César ne savait rien de plus de la scène du cercle.

— En supposant même qu'il ait joué son rôle dans cette scène, réfléchissait-il, qu'est-ce que cela prouverait?... Que Patoche est un sinistre gredin?... Mais je l'avais bien jugé du premier coup!... Ce qu'il importe de savoir, c'est la raison qui a poussé Patoche à déshonorer Jacques... si tant est que le coquin est pour quelque chose dans ce déshonneur, ce qu'il me reste à apprendre.

Il fit payer à Smith, enchanté, les deux cent mille francs qu'il lui devait.

Il serra dans son portefeuille deux cents autres mille francs. Ce portefeuille était énorme et il eût contenu tous les dossiers d'une étude de notaire.

Après quoi il sortit.

Mais il était rusé comme un singe, l'oncle César.

Il réfléchit que fort probablement Patoche devait être rue de Richelieu, en train de guetter la sortie du personnage mystérieux dont il avait un moment soupçonné l'existence... de ce personnage qui avait poussé si loin la surenchère des billets faux.

Il savait que la banque Franco-américaine avait deux sorties, — l'une par la rue de Richelieu, l'autre par la rue Vivienne.

Il s'en alla par la rue Vivienne, regarda place de la Bourse s'il ne voyait pas la figure louche de Patoche et, sautant dans un fiacre qui passait, il se fit conduire boulevard Haussmann.

Marjolaine y travaillait, les yeux rouges à force d'avoir pleuré, car son Jacques était parti.

Et il était parti pour Nancy avec de cruels pressentiments.

Marjolaine partageait sa tristesse et son effroi.

Elle était inquiète.

L'oncle César ne lui rendit pas compte de ce qu'il venait de faire. Il était discret et quand il avait une affaire en tête, il ne prenait jamais de confident.

— Plus tard, plus tard, plus tard ! se disait-il... Ou je me trompe fort, ou il me semble qu'avec de la patience, j'apprendrai beaucoup de choses en me servant de Patoche.

Cependant il était de son devoir de la mettre en garde contre ce dernier — d'éveiller au moins sa défiance envers lui.

— Tu rechois toujours Patoche? dit-il.

— Depuis longtemps il n'est pas venu.

— Eh bien, ch'il se présente... fais-lui dire que tu es malade... Ne le rechois pas...

— Pourquoi ?

— Je ne puis te le dire maintenant... Plus tard ! Plus tard !! Tu me promets de ne jamais le revoir?..

— Cependant...

— Ch'est pour ton bien...

— Je vous le promets.

— Je ne t'en demande pas davantage.

Surprise, elle interrogeait l'oncle de son bon regard inquiet ; mais il n'ouvrit plus la bouche.

Le soir, César se rendait rue de la Chaussée-d'Antin.

Il monta gravement l'escalier brillamment illuminé, sans s'occuper des regards narquois que laissaient tomber sur ses vêtements communs, son chapeau et ses brodequins à clous, les laquais en habit bleu à boutons d'or, en culottes de satin rouge, bas de soie blancs et escarpins vernis.

En haut, dans le salon d'entrée, on l'arrêta.

Cette figure était trop originale pour ne pas exciter l'attention. On ne connaissait pas César. On refusait de le laisser entrer.

Il n'insista pas. Il expliqua qu'il voulait parler au commissaire des jeux et au croupier qui se trouvait à la table de baccarat le jour où Jacques avait été accusé et convaincu de tricherie.

Cinq minutes après, le commissaire entrait et ils pénétraient tous deux dans une pièce voisine où travaillait, dans la journée, le secrétaire du cercle.

La porte fermée, l'oncle expliqua l'objet de sa visite.

Le commissaire, un ancien marin, nommé Serpillon, honnête homme, bien que fourvoyé dans ce tripot, l'écouta sans l'interrompre, et quand il eut bien compris :

— Monsieur, dit-il, ce jeune homme a été surpris en flagrant délit. Il est donc impossible de le défendre.

— Chuppogeons un moment, dit l'oncle, qu'on ait voulu lui faire arriver de la peine ?... une vengeanche ou n'importe quoi... je ne chais pas, je cherche... Chuppogeons donc...

— Eh bien?

— Eh bien, était-il impochible à quelqu'un de la partie de mettre les cartes dans le jeu de mon neveu...

— A quelqu'un de la partie?... Impossible.

Oui....Aucun joueur autre que le banquier et le croupier ne touche les chartes...

— Ah! vous dites : aucun joueur autre que le banquier et le croupier... J'écarte le banquier, car je vous le dis, mon neveu qui tenait la banque, est innochent....Rechte le croupier...

— C'est un honnête homme.

— On est toujours un honnête homme, juchqu'au moment où l'on devient un coquin, fit l'oncle avec philosophie.

— Mais, monsieur, quels soupçons avez-vous ?

— Rien, je cherche. Le croupier?... de qui tient-il les cartes?

— D'un garçon.

— Ah! et c'est tout? Pas d'autre intermédiaire ?

— Non.

— Ch'est bien certain ?

— Absolument certain.

— Eh bien, monchieur le commichaire des jeux, dit l'oncle très grave, celui qui a mis les cartes fauches dans le jeu de mon neveu, ch'est ou le croupier lui-même ou le garchon !!

— Je vais les faire venir, dit Serpillon...

— Chéparément... Et je voudrais être cheul avec eux...

— Soit.

Serpillon sortit. Le croupier entra presque aussitôt. L'oncle le dévisagea d'un coup d'œil. Mais Jules — le croupier — avait une figure blanche, froide et morne, derrière laquelle il était impossible de découvrir l'âme. Il salua et demanda :

— Vous avez désiré me parler ?

— Monchieur, dit César, je chuis très riche.

Je vous offre cinquante mille francs chi vous voulez me dire qui a mis les cartes dans le jeu du jeune chergent d'infanterie... l'autre jour ?

Jules eut un imperceptible tressaillement, mais aussitôt :

— Qui ? Mais personne autre que lui-même, monsieur.

Cinquante mille francs, c'était une somme, mais le croupier tenait à sa place qui bon an mal an lui rapportait davantage.

— Je vous en offre chent mille, disait César ému

Jules poliment s'inclina :

— Monsieur, j'ignore absolument le renseignement que vous voulez bien me demander. Et j'ai l'honneur de vous saluer...

— Chent chinquante mille, disait l'oncle, et payés comptant...

— Adieu, monsieur... j'entends qu'on m'appelle... Mille regrets...

Il sortit. L'homme était de marbre. Il avait fait, pour quelques mille francs, de complicité avec Patoche, une vilenie, mais cette vilenie serait ignorée toujours. Cela rentrait dans ses petits bénéfices. César lui offrît-il une fortune, en révélant la vérité, il se perdait. Il aimait mieux se taire.

L'oncle ne fut pas plus heureux avec le garçon.

Celui-là était innocent, on le sait. Il ne comprit rien à ce que César lui demandait.

Le bonhomme sortit du cercle, reconduit par Serpillon.

— Croyez-moi, monsieur, disait le commissaire, une bonne semonce à votre neveu, cela lui sera plus profitable que toutes ces recherches... Au revoir, monsieur.

Mais l'oncle, ses gros sourcils froncés, ne répondit pas.

Sa conviction, il la gardait tout entière.

Jacques était innocent. Patoche avait joué un rôle en cette intrigue. L'oncle pressentait des dangers amoncelés sur la tête de son neveu.

— Heureusement, je veille ! murmurait-il...

Et se souvenant des trois faux si chèrement achetés :

— Et j'ai une bonne arme entre les mains... Laissons venir les événements, sans trop les craindre !...

V

Bernard venait de franchir la grille de la caserne de la Pépinière. La veille avait été son dernier jour de liberté ! Il devait, conformément à l'ordre de son engagement, rejoindre son régiment à Nancy.

Il avait fait le voyage de Paris à Nancy avec sa mère et sa sœur. Depuis deux jours, le colonel de Cheverny avait pris le commandement du 145ᵉ et depuis deux jours aussi Jacques était à la caserne, son congé terminé.

Il faisait un soleil brûlant et les murs blancs des grandes et massives constructions, entourant la cour spacieuse de la Pépinière, renvoyaient des rayons qui aveuglaient.

Près de la grille, le factionnaire se promenait lentement, le fusil sur l'épaule.

Il jeta sur Bernard un regard indifférent.

Sur un banc de pierre, devant le corps de garde, un sous-officier, en tenue de service, cuisait au soleil.

Bernard l'aborda poliment. L'autre le laissait venir :

— Sergent, je suis engagé volontaire... Je viens rejoindre...

— Conditionnel?...

— Non, engagé... par goût...

— Ah !

Il appela un homme de garde qui sortit du poste :

— Foureau, tu vas conduire ce bleu chez le major... Comment vous appelle-t-on ?

— Bernard de Cheverny...

— Vous êtes parent du colonel ?

— Son fils...

— Ah! ah! dit le sergent en se levant, évidemment intrigué. Et vous vous engagez, au lieu d'entrer à Saint-Cyr ou à Polytechnique ?... Nous avons donc fait des bêtises et papa veut nous punir en nous coupant les vivres ?

— Mais non, sergent, je vous assure, dit Bernard en riant. J'ai l'ambition de devenir officier en passant par le rang, voilà tout. Je ne serai pas le premier et il y a dans l'armée d'illustres exemples...

— D'illustres veinards, surtout. Enfin, ça vous regarde...

— Je me permettrai de vous demander un service, sergent...

— Quoi ?

— Bien que familiarisé avec la vie du soldat, je serai certainement très gauche, aujourd'hui... Je connais un de vos camarades, le sergent Jacques... Voulez-vous me faire conduire à lui ?... s'il est libre, il me pilotera...

Le sergent avait fait un geste de surprise.

Il eut un sourire ironique :

— Ah! vous connaissez Jacques, vous?... Jolie connaissance... Un conseil... Ne vous vantez pas trop de cette amitié, si vous voulez rester bien avec vos supérieurs immédiats...

Et se retournant vers le soldat qui attendait:

— Foureau, conduis le bleu au major.

Il se rassit, le dos contre la grille, le soleil sur les jambes, faisant éclater comme un charbon ardent son pantalon rouge.

Le dernier mot du sous-officier avait rendu Bernard inquiet.

Que s'était-il passé?... Quel accueil avait-on fait à Jacques? Il avait hâte de revoir son ami.

Il suivait le soldat, son guide, dans les interminables corridors de la caserne.

— Alors, t'es le fils au colo? fit Foureau.

— Oui.

— C'est drôle tout de même, dit le soldat avec philosophie.

Et s'arrêtant devant une porte:

— Tiens, entre là... Tu paieras un litre, quand je descendrai de garde?

— Volontiers.

Dix minutes après, Bernard, immatriculé, faisait partie de la 1re compagnie du 3e bataillon, la compagnie de Jacques.

Il sortit avec le sergent-fourrier qui le conduisit au magasin d'habillement, chez le bottier, chez l'armurier.

Chargé de ses effets, il monta au deuxième étage, suivant le fourrier qui poussa une porte et entra dans une chambre.

Elle était vide, au moment où ils entrèrent, mais presque en même temps qu'eux y pénétrait, par une

autre porte qui donnait sur les chambres des sous-
officiers, un grand garçon qui, à la vue de Bernard,
laissa échapper un cri de bonheur.

C'était Jacques.

Ils se serrèrent la main.

Bernard regardait son ami, très ému. Jacques, en
trois ou quatre jours, avait bien changé. Il avait pâli,
ses yeux étaient inquiets, son front s'était ridé, ses
joues s'étaient creusées.

Bernard remarquait tout cela.

Et en voyant le ravage que trois jours seulement
avaient amené chez le robuste garçon, Bernard,
pour la seconde fois, se demandait :

— Que s'est-il passé ?

La présence du fourrier l'empêcha de s'en informer. Les deux sous-officiers, qui devaient se connaître, puisqu'ils appartenaient à la même compagnie, ne s'étaient pas salués. Ils ne s'adressaient
pas la parole.

Deux rangées de lits, de chaque côté des trois
hommes, étaient alignées sur des châlits de fer. Les
tréteaux supportaient des planches. Sur les planches
un long sac bourré de paille, un matelas, les draps
et la couverture, un traversin sur lequel le drap
s'enroulait.

Au-dessus des lits, sur des planches, étaient
symétriquement rangés les effets d'équipement, la
capote roulée.

Au milieu de la chambre, accrochée par des cordes
au plafond, la planche à pain, placée là comme un
trapèze.

Au fond, le râtelier pour les fusils.

Au milieu une table graisseuse avec des bancs de
bois.

A ce moment éclata, dans la cour, une fanfare de
clairons et de tambours, en même temps que reten-

tissait le pas rythmique et cadencé d'un régiment.

C'était le 145ᵉ qui rentrait de l'exercice.

On entendit quelques commandements brefs, puis tout à coup une avalanche monta les escaliers.

Les soldats se bousculant, criant, quatre à quatre grimpaient les marches et se précipitaient dans leurs chambres respectives.

Les premiers arrivés s'emparèrent de deux énormes cruches en grès, posées pleines d'eau dans un coin et burent à même pendant qu'un autre, avisé, plongeait un arrosoir dans un seau et l'élevant en l'air, en recevait le jet dans la gorge.

Ils avaient très chaud et dans la chambre aussi, malgré les fenêtres ouvertes et les courants d'air ménagés, la chaleur était étouffante.

Ils se repassèrent les cruches à tour de rôle.

Et quand ils eurent bu, ils rangèrent les fusils au râtelier, enlevèrent leurs tuniques et se mirent à l'aise.

Et tout à coup, — alors seulement, — ils aperçurent les deux sous-officiers qui causaient avec Bernard et les effets que celui-ci venait, avec ses armes, de déposer sur un lit.

— Tiens, un bleu ! firent-ils en chœur.

Et ils se rapprochèrent.

Un bleu, par cette chaleur-là, c'était une aubaine. Il paierait à boire.

Jacques disait à Bernard :

— Je suis de semaine. Je ne suis pas libre et il faut que je vous quitte. J'ai beaucoup de choses à vous dire. Je tâcherai de vous revoir avant l'appel. En attendant, et pour vous débrouiller, je vais vous faire faire la connaissance d'un brave garçon, gai et bon enfant.

Il l'appela :

— Belhomme !...

— Sergent ! dit un petit soldat râblé, déluré, guilleret.

— Voici Bernard de Cheverny, le fils du colonel... Tâche d'être son camarade de chambrée et rends-lui tous les petits services que tu pourras. Tu lui apprendras à faire son lit, à astiquer son fourniment, à nettoyer son fusil... Enfin, c'est compris ?

— C'est compris, sergent.

— Adieu, Bernard. Bon courage, ami.

— A ce soir, Jacques.

Le sergent-fourrier disait au caporal de la chambrée :

— Est-ce que vous avez un lit vacant chez vous ?

Le caporal, un vigoureux soldat à l'air naïf, le visage piqueté de taches de rousseur, fit le tour de la chambre.

— J'en ai un, dit-il... et encore c'est le lit de Lupin, qui a écopé de quinze jours de prison hier...

— Provisoirement vous vous y installerez, dit le fourrier à Bernard.

— Je serai votre voisin, dit Belhomme. Comme ça tombe !

Bernard tendit la main au petit soldat.

— Pourquoi ne me tutoies-tu pas ?

— Ma foi, tu as raison... ça vaut mieux !

Le fourrier était parti.

Presque aussitôt il rentra et jeta une paire de draps sur le lit.

— Tenez, voici vos draps.

Et il s'en alla.

— On t'en donnera comme ça une paire toutes les trois semaines en été, tous les mois en hiver, du 1er octobre au 30 avril. Tu sais, tu ne seras pas malheureux. Oh! pas parce que tu es le fils du colo ; ça ne t'exemptera pas des corvées... Mais à la première du trois, c'est franc... n'est-ce pas, vous autres, que c'est franc? dit Belhomme aux soldats.

Ils furent du même avis et dirent :

— Oui, c'est franc. Les chefs sont raides, mais pas d'injustice.

— Et on trime !

— Oh! ça, faut pas être rossard ni tirer au grenadier. Réveil à cinq heures... Taratata... Tu entendras demain matin... Exercices de six à huit... Gamelle à neuf... Chouette, hein, la gamelle?... Tu verras! Puis corvées, théorie de onze heures et demie à midi et demi. Exercice de une heure à deux heures, puis corvées. Gamelle à cinq heures. Chouette, hein la gamelle? Le reste de la journée, théorie, corvées, etc. Après, on est libre. Oh! tu seras très heureux. Tu n'auras pas le temps de t'ennuyer. Et la haute paie! Tu n'y penses pas? T'as de l'os! tant mieux. Avec ça, nous autres, nous n'espérons pas voir les premières représentations; mais enfin on peut se dire qu'un jour viendra où nous assisterons aux solennités théâtrales...

— Quand cela ?

— Bédame! si nous entrons, notre temps fini, dans le corps des sapeurs-pompiers.

Le caporal qui les écoutait se mit à rire.

Belhomme s'inclina cérémonieusement :

— J'ai l'honneur de vous présenter le caporal Martin, de la première du troisième, le meilleur homme du monde, quoique raseur...

— Belhomme! fit le caporal en fronçant ses gros sourcils.

— Ce n'est pas lui qui a inventé la poudre sans fumée, dit le soldat tout bas à Bernard, mais c'est un brave homme. Il a fait tout ce qu'il a pu pour apprendre sa théorie, juste assez pour recevoir les galons de laine... mais il a échoué pour le grade de sergent. Il sait à peine écrire. Il essaye tous les soirs. Ceux qui savent lui donnent des leçons, mais il a une caboche de fer. Alors, comme il n'a pas de veine, on l'a surnommé dans la compagnie : le caporal Fiche-la-Guigne...

— Tu as la langue bien pendue, toi ! Quelle était ta profession avant d'être soldat ?

Belhomme frisa une moustache à peine perceptible.

— J'appartenais au monde des théâtres.

— Ah ! en quelle qualité ?...

— J'ai été acteur à Paris et dans les grands théâtres de province... mais j'avais une spécialité... je n'ai jamais joué que dans les pièces militaires. Ah ! que c'est amusant les drames militaires. Tu n'en as jamais vu ? C'est dommage !... Ce sont les simples soldats, ou les sergents au plus, qui donnent des conseils aux généraux et leur enseignent la manière de gagner la bataille ! Ah ! les bons vieux drames, avec les drapeaux enlevés dans les charges héroïques, au milieu des cris : Vive la France, et de la fusillade, avec des guêtres bien blanches ou des bottes bien vernies ; avec la visite du général aux grand'gardes, le soir, la veille de la bataille ; avec la croix reçue en plein combat, au milieu des morts, pendant qu'on tient dans ses bras un drapeau ennemi tout déchiré par les balles, et que le général vous dit : « Mais tu es blessé ? » et qu'on lui répond : « Ça ne sera rien, mon général, une égratignure » et qu'on s'évanouit dans les bras des officiers qui vous admirent !... Ah ! les bons vieux drames, avec la cantinière qui vous offre à boire et qui ne vous fait pas payer !... avec l'entrée, musique en tête, dans les villes conquises où l'on trouve tout de suite de belles filles qui vous adorent et qui sont toutes millionnaires... Maintenant, il n'y a plus rien de tout cela !... Dans ce temps-là, on n'avait qu'à se faire tuer, c'était à la portée de tout le monde... Tandis qu'à présent...

— A présent?

— Il faudrait quasi être savant pour avoir le droit de se faire trouer la peau. Mais tu me fais bavarder, toi. Ça t'amuse... moi aussi, mais ça me donne soif.

— Nous irons tous nous désaltérer à la cantine, tout à l'heure.

— C'est pas de refus si tu veux payer ta bienvenue, parce que moi, vois-tu, le porte-monnaie, c'est peau de zèbe, peau de balle et balai de crin. Dis donc, il te manque pas mal de choses... As tu tes effets de petit équipement?

— Non.

— Alors, viens. Sais-tu ce que tu vas recevoir? Écoute-moi-ça.

Et sur un ton lamentable, tout d'une traite et sans reprendre haleine :

— Boîte à cirage, nécessaire d'armes, paire de bretelles, brosse à boutons, brosse à reluire, brosse à fusil, brosse à habits, brosse double à souliers, caleçon, calotte, chemises, paire de ciseaux, courroie de capote, cravate, dé à coudre, étui d'habit, musette, fiole à tripoli, gamelle, assiette, paire de gants, guêtres en cuir, guêtres en toile, martinet, mouchoirs, patience, pompon, sac de petite monture garni, sac de petite monture vide, sachet à cartouches, paire de souliers, sous-pieds de guêtres, tampon de fusil, quart, gourde, trousse garnie, trousse vide... Ouf! Suis-moi... je t'apprendrai comment on se sert de tout cela.

Sur le seuil, près de la cloison qui empêchait les courants d'air, ils croisèrent Fiche-la-Guigne qui dit gravement à Bernard :

— Et si vous avez besoin d'un conseil, adressez-

5.

vous à moi... Pour ses hommes le caporal est un menteur...

— Un menteur ? fit Bernard à Belhomme.

— Il a voulu dire mentor. Il est bête à faire pleurer un vésicatoire. Et avec cela, il sait se faire obéir... et jamais de punitions !...

Le caporal décoiffa Bernard :

— Si vous paraissez demain à l'appel avec cette crinière-là, vous ne couperez pas de deux jours de consigne... Attention, hein, Belhomme ? Tu es responsable...

— Pourquoi nous coupe-t-on les cheveux comme ça, caporal... Ça nous rend si laids ?

— C'est pour empêcher le soldat français d'être irrésistible... Le sexe est toujours charmé de s'appuyer sur le bras d'une culotte rouge...

— Tu vois, dit Belhomme en dégringolant l'escalier... Il est encore un peu de l'ancienne école, Fiche-la-Guigne. Mais pour ce qu'il s'agit de la consigne, inflexible comme un roc. Un vrai soldat tout de même. La chambrée se fiche de lui, mais elle l'adore. Et les volontaires aussi. Et les réservistes ! Tu verras cela dans huit jours aux manœuvres. C'est franc !

Vers cinq heures, toutes les courses étant faites, Bernard se trouva libre. Belhomme l'avait quitté au moment où l'on sonnait le rata.

— Nous nous reverrons ce soir, hein, vieux ?

— Oui. Mais que vais-je faire jusqu'à ce soir !

— Promène-toi.

Bernard se trouvait un peu isolé dans cette grande cour nue où le soleil cuisait toujours le gravier. Ces hautes murailles l'enserraient de leur tristesse et semblaient menacer de retomber sur son cœur.

Hier encore, il était libre. Maintenant il ne s'appartenait plus. Sa vie allait être désormais remplie par une suite continue de petits devoirs rudes qui ne lui laisseraient pas souvent le loisir de rêver, car lorsqu'il rentrerait le soir à la chambrée, il tomberait harassé sur son lit et s'endormirait vite.

Il songea qu'il pourrait profiter de ces heures de liberté qui lui restaient, avant l'appel qui avait lieu à neuf heures, pour aller embrasser encore une fois sa mère.

Mais Marguerite avait pleuré — et aussi Bernerette — en le voyant partir. Ce serait de nouvelles larmes, s'il reparaissait. Elles n'iraient certainement pas s'installer à la campagne avant une quinzaine de jours. La comtesse était provisoirement à Nancy. Il avait donc le temps de la revoir, de courir l'embrasser en une minute de liberté. Il resta. C'était à Jacques surtout qu'il songeait. C'était Jacques qu'il eût désiré voir et avec lequel il eût voulu causer.

Il remonta dans la chambre.

Dans l'escalier il rencontra le caporal qui descendait.

— Savez-vous, caporal, où je pourrais rencontrer le sergent Jacques?

— Je viens de le voir rentrer chez lui.

— Où est sa chambre?

— Juste en face de la nôtre.

— Merci, caporal.

— Pas de quoi... à votre service... Le caporal est le père de ses hommes... Ainsi, jeune homme, vous régalez la chambrée, ce soir?

— Certainement, caporal.

— A quelle heure?

— Dame! caporal, c'est à vous de fixer... moi, je suis libre... Ce sera sept heures, si vous le voulez... je dînerai à la cantine... et, si vous désirez recommencer... à cette heure-là... malgré votre gamelle...

— Merci. Défendu. ce que vous me demandez là...

— C'est bien, caporal.

Bernard acheva de monter l'escalier. Il frappa à la porte de la chambre du sous-officier.

— Entrez !

Il poussa la porte. Une chambre étroite, mais très propre, aux murs blanchis à la chaux. Deux lits, un de chaque côté. Une armoire au fond servant aux deux sous-officiers qui occupaient la chambre. Une malle sous chaque lit. Entre les lits une table.

Et sur le lit, Jacques étendu, les mains sous la tête, rêvant.

Quand il aperçut Bernard, il se redressa :

— Je vous attendais, dit-il. J'ai une demi-heure à moi. Nous pouvons causer.

Et tout à coup il mit devant ses yeux ses mains crispées.

Il avait un sanglot.

— Voyons, Jacques, un peu de calme, mon ami. Dites-moi tout.

— Oui, cela me soulagera. J'ai le cœur gonflé ! Il éclaterait s'il ne trouvait un autre cœur où verser sa confidence.

— Parlez !

Alors, Jacques, d'une voix basse, — comme s'il eût craint qu'on ne l'entendît, — profondément ému, raconta la triste histoire de son arrivée et de son installation au 145e.

Ah ! il se doutait bien, à Paris déjà, de l'accueil qui lui était réservé. Tous les sous-officiers du régiment, comme tous ceux de la garnison sans doute — infanterie et cavalerie — comme tous ceux du 6e corps tout entier peut-être, étaient instruits de ce qui s'était passé au cercle de la rue de la Chaussée-d'Antin.

Comment cela se faisait-il ?... Oui, un journal

parisien avait raconté la navrante scène et c'était ce
journal, marqué d'un coup de crayon, que le colonel
de Cheverny avait reçu !...

Mais les sous-officiers ?

Etait-ce le même ennemi, mystérieux, qui les
avait renseignés ? Toujours est-il que dans le 145° où
maintenant on le connaissait, il ne sentait autour
de lui que du mépris.

Les sous-officiers ont au plus haut point, —
comme les officiers, — le sentiment de la dignité et
de l'honneur. Le corps des sous-officiers représente,
à l'heure qu'il est, ce que l'armée compte de plus
instruit et de plus intelligent parmi ses soldats.
Décriés autrefois, — au temps où l'armée n'était
pas comme aujourd'hui la nation même, — ils sont
maintenant respectés, car ils sont la force, l'espoir,
l'avenir. Il est rare qu'un scandale éclate et qu'un
sous-officier démérite. Laborieux, modestes, ils
attendent l'heure où profitant du travail acquis, de
l'expérience amassée, ils montreront ce qu'ils valent.
Mais en dehors de l'honneur particulier de chacun
d'eux, il y a un honneur général, plus délicat peut-
être encore, plus scrupuleux et plus sensitif, qui
tient à l'esprit de corps : c'est l'honneur militaire,
qui est fait de fierté. La fierté est une des grandes
qualités du soldat. Elle devrait faire, s'il ne la sentait naturellement, partie même de son éducation.
L'homme apprend à mourir pour d'autres ; et il ne
sait même pas si la gloire l'attend. Il n'y songe, à
la gloire, que confusément, comme à une récom-
pense mise à sa portée, mais qui va fuir toujours
plus loin chaque fois qu'il étendra la main pour la
saisir. Ce n'est donc pas, dans le dur sacrifice de sa
vie consacrée aux petits détails de la besogne régimentaire, l'idée de la gloire à acquérir qui le soutient contre les découragements et le fortifie contre

les faiblesses. C'est le devoir, le devoir uniquement, pénible, écœurant bien des fois, mais sain et viril. Chacun de ces hommes, ignorés, humbles et petits, sait qu'il travaille pour la grandeur de la patrie Chacun d'eux sait, comme le disait Belhomme à Bernard, que se faire tuer, c'est la moindre des choses, mais qu'apprendre à se faire tuer est plus difficile. Ils savent, les sous-officiers, que la guerre est la mise en pratique d'une longue et minutieuse préparation. Ils savent aussi que peut-être ils vieilliront, avant d'avoir vu leurs travaux récompensés, la patrie victorieuse. Et c'est ce qu'il faut admirer le plus, chez eux comme chez les officiers. Ils travaillent, avec une espérance lointaine... comme dans un souterrain au bout duquel luirait une vague et mystérieuse lueur... mais ils travaillent sans la certitude.

Chacun d'eux, quand arrive l'heure de la retraite, lorsqu'il jette un regard sur la vie écoulée dans la minutie des détails quotidiens, d'apparence si insignifiante, ne se sentirait-il point pris de regrets, s'il n'était réconforté par la haute pensée d'avoir fait, jusqu'au bout, son devoir ?

Et ne faut-il donc ni courage, ni grandeur d'âme pour ainsi travailler obscurément à cette rénovation dont peut-être on ne récoltera pas les fruits ? D'autres viendront qui trouveront l'arbre fort, le fruit mûr et feront la récolte. Ce seront les heureux, ceux qui seront nés à l'heure marquée par le destin. Et de son éternel silence et de ses ténèbres éternelles, la mort enveloppera les travailleurs modestes et inconnus qui auront creusé, édifié, fondé.

Et voilà pourquoi il faut respecter, dans ces sous-officiers qui passent, la France elle-même qui se recueille, patiente, et qui laisse dans ses veines sourdre et se gonfler le sang impétueux de ses enfants, — rouge trésor superbe qu'elle garde en réserve pour l'heure des grandes justices !...

Chaque heure de la vie de Jacques depuis son arrivée à Nancy, depuis qu'il se retrouvait en contact avec ses camarades, lui avait apporté une blessure nouvelle.

Il avait tendu la main aux sous-officiers.

Ils s'étaient détournés avec ostentation.

Les nouveaux règlements obligent les sous-officiers à se saluer entre eux. Jacques ne reçut aucun salut.

Il le remarqua bien et n'osa se plaindre.

Mais ce fut bien autre chose lorsqu'en dehors de la vie régimentaire qui l'obligeait à de perpétuels contacts avec ses camarades, mais sous l'œil sévère des officiers, il se retrouva dans l'existence plus intime de la pension, de la chambre, surtout, et de la bibliothèque.

A la pension personne ne lui adressa la parole.

Il semblait un inconnu, un étranger pour ces jeunes gens.

En dehors du service, personne ne paraissait le remarquer.

Ils l'avaient mis à l'index.

Le soir, à la chambre, il se trouva en face d'un sergent âgé de vingt-deux ans, élégant, soigné, à l'œil bleu très dur, au menton carré.

Il s'appelait Michel. Il était très estimé. Comme Jacques, il se préparait à l'Ecole de Saint-Maixent. La conformité de goût, de rêves, de travaux, aurait dû les rapprocher. Jacques, la tristesse dans l'âme, fit les avances :

— Michel, dit-il, nous sommes destinés à vivre l'un auprès de l'autre.

— En effet... on ne choisit pas toujours ses compagnons.

— Je ne relève pas le sens injurieux de vos paroles. Je comprends bien, comme vous le pensez, pourquoi l'on m'a fait au régiment un pareil accueil. Devant les autres, je ne me défendrai pas, car je n'aurai avec eux que les rapports qu'exige le service. Mais avec vous, ainsi que je vous le disais, ce n'est pas la même chose. Nous habitons la même chambre. Ce serait un supplice constant, pour vous comme pour moi, s'il existait entre nous un malentendu.

— Il n'y a pas de malentendu possible. Voulez-vous répondre à mes questions ? Elles seront courtes et je n'en ai que trois à vous poser.

— Soit.

— Vous êtes bien le sous-officier Jacques, retour du Tonkin ?... Il n'y a pas un autre sergent, médaillé, portant le même nom ?

— La méprise est impossible. Continuez.

— C'est bien vous qui avez été surpris, dans je ne sais quel tripot de Paris, en flagrant délit de vol au baccarat ?

— C'est moi.

— Et vous êtes étonné que vos camarades du 145ᵉ vous tournent le dos ? Vous êtes étonné qu'ils ne vous parlent point ?

— Non, je vous ai dit que je m'y attendais.

— Voici ma troisième question : Comment avez-vous eu l'audace de reparaître au régiment où vous déshonorez non seulement vos galons et la médaille que vous portez, mais vos camarades sur lesquels rejaillit votre honte ? Dans l'armée, les fautes sont impersonnelles. Celle d'un membre rejaillit sur la famille entière. Comment n'avez-vous pas eu le courage de vous faire sauter la cervelle ?... Vous vous êtes bien conduit au Tonkin. Nous savons cela. Vous n'êtes pas un lâche. Répondez !...

— C'est bien simple. Coupable, je serais déjà mort. Je n'ai pas voulu mourir, parce que je suis innocent.

Michel haussa les épaules.

— Et le flagrant délit ? Qu'en faites-vous ?

— Je ne puis rien vous expliquer. Certainement le mystère s'éclaircira. Alors, vous regretterez tous votre mépris et vos dégoûts. Mais quand, mon Dieu ? Comment ? Je ne sais pas !...

— Eh bien, ce jour-là, quand vous prouverez votre innocence, je serai le premier à vous faire publiquement des excuses. Mais d'ici là ?...

— D'ici là ? interrogea Jacques anxieux.

— Je suis bien obligé de vous considérer comme un voleur.

Il dit le mot brutalement.

Jacques eut un nuage devant les yeux. Mais il avait l'âme fortement trempée. Il eut un sourire désolé et dit :

— Plus tard, j'en suis sûr, Michel, vous regretterez, oui, vous regretterez, vous et les autres...

Ce devait être un supplice de vivre ainsi. Et ce fut la vie de Jacques pourtant. Cette scène qui se passa dans la chambre se renouvela à plusieurs reprises et non seulement dans la chambre mais partout où se réunissaient entre eux les sous-officiers.

Les chefs de corps venaient, à cette époque, d'être invités, suivant les ressources du casernement, à aménager une salle spéciale destinée aux sous-officiers. Dans cette salle, placée à proximité de la bibliothèque, les sous-officiers avaient la possibilité de se réunir pour lire, pour travailler, faire leur correspondance, et ils avaient l'autorisation d'y fumer et de jouer aux jeux dits de bois, dominos, lotos, échecs, dames, etc.

Chaque fois que Jacques entrait là, personne ne faisait attention à lui.

S'il adressait une question, personne ne répondait.

Un jour, le sergent-major dit :

— Si nous faisions une table de baccarat !

Tous les sous-officiers relevèrent la tête. — C'était une provocation directe. Jacques se leva, triste et grave :

— Ce que vous faites est lâche.

— Il est inutile de nous insulter, dit le sergent-major. Vous savez bien que personne ici n'a envie de se battre avec vous.

— C'est être doublement lâche, puisque vous m'insultez avec l'intention de ne pas m'en rendre raison.

— Il a raison, major, dit Michel, le silence vaut mieux.

Jacques eut, dans les traits, une contraction douloureuse.

— Mon Dieu, murmura-t-il, traînerai-je donc ce fardeau toute ma vie ?

Il s'isola dans un coin de la salle, prit un livre et parut ne plus faire attention à ce qui se disait.

Mais il ne pouvait s'en dégager complètement.

Et il entendait le sergent-major, d'une voix sèche et tranchante, dire :

— Dommage pour le 145e, ce qui arrive. On devrait mettre un crêpe au drapeau. Le régiment est de formation récente. Nous sommes tenus à d'autant plus de scrupules. Mais nous avons également le passé à nous rappeler. Ce monsieur l'ignore sans doute ?...

Nous n'avons jamais eu que de l'honneur. Il fallait monsieur Jacques pour nous changer un peu.

Jacques se leva, blême, et en chancelant gagna la porte.

Il entendit, derrière lui, des rires méprisants.

Si toute sa vie de soldat, désormais, devait se passer ainsi, certes, il préfererait le suicide.

Il avait voulu leur dire, une fois pour toutes, et ne plus revenir sur ce sujet, qu'il était innocent.

Ils ne l'avaient pas cru. Et il ne pouvait leur prouver cette innocence.

Toutes ces scènes et cette vie, ainsi commencée et qu'il prévoyait ne devoir jamais changer, l'avaient abattu.

Il ne se sentait plus l'énergie de réagir.

A quoi bon ? Il ne pourrait jamais faire qu'on ne le crût pas coupable. Il s'abandonnait à cette destinée.

Voilà pourquoi il était si triste, pourquoi Bernard, en arrivant, l'avait trouvé si changé.

Telle fut l'histoire qu'il raconta au soldat.

Et quand il eut fini, ses larmes jaillirent. Il étouffait ; depuis trop longtemps il avait envie de pleurer.

Cette douleur était trop profonde, ce désespoir trop grand, pour que Bernard songeât même à le consoler.

Il dit seulement à Jacques, en lui prenant la main :

— N'oublie pas que je suis près de toi et que je t'aime comme si tu étais mon frère...

C'était la première fois qu'il le tutoyait.

Ces paroles allèrent droit au cœur du pauvre garçon, car ses larmes redoublèrent et il appuya la tête sur l'épaule du soldat, en murmurant dans ses sanglots :

— Si tu savais comme je souffre !

Une sonnerie dans la cour le fit tressaillir.

— On sonne au sergent de semaine. Adieu. Tu sais que ta soirée est libre ? Si tu veux aller la passer chez ta mère... Pourvu que tu sois rentré pour l'appel de neuf heures...

— Il est sept heures. Non, je ne sortirai pas. D'autant plus que j'ai donné rendez-vous à toute la chambrée.

— Où cela?

— A la cantine, parbleu !

Jacques sourit.

— Tu trouveras le vin mauvais !...

— Peut-être. Il me semble qu'à la cantine on ne doit pas boire comme avant d'être soldat. Le vin n'est pas meilleur, mais on le boit autrement.

Bernard sortit pour rejoindre ses nouveaux camarades.

Belhomme était en train de lui faire son lit et de préparer tout son fourniment.

Et Jacques, l'ayant regardé partir avant de descendre, se disait :

— Il a la foi. Moi, je ne l'ai plus. On est trop injuste pour moi.

Le soir, avant l'appel, toute la chambrée disponible était réunie à la cantine de madame Catherine, la veuve d'un musicien du 145°, mort quelques mois auparavant.

Catherine était encore jeune, accorte et robuste. Gaie, exubérante, ayant le mot pour rire, elle ne volait pas les soldats et souvent même leur faisait crédit, en se cachant des officiers.

On l'aimait.

Nous ne raconterons pas cette soirée dans tous ses détails. On y mangea, car la gamelle était loin et Catherine dut servir du saucisson, du jambon et du fromage. On y fuma. La grande salle fut bientôt emplie d'un nuage opaque où apparaissaient à peine les képis rouges. On y but aussi beaucoup.

Belhomme qui, selon l'expression de ses camarades, la connaissait dans les coins, avait conseillé à Bernard de ne pas faire de grandes dépenses.

— Du vin ordinaire, vois-tu, ça suffit. Pour deux raisons : d'abord parce qu'il y en aura davantage et ça durera plus longtemps. Ensuite si tu demandes du vin cacheté, ça te coûtera plus cher et c'est le même.

Une vigoureuse tape sur l'épaule l'obligea de se retourner.

Catherine avait tout entendu.

On but, mangea, fuma. Et l'on chanta beaucoup aussi, des chansons folles, ou tristes, ou patriotiques, qu'interrompait de temps en temps un cri de : « Vive la classe ! » ou l'appel de deux soldats, à chaque extrémité de la salle, s'interpellant sans avoir rien à se dire : « Eh ! Simon ! — Eh ! Foureau ! » C'était une folie de jeunesse et d'entrain. La nuit était venue depuis longtemps. Le calme régnait dans la grande cour, traversée de temps à autre par des soldats qui rentraient à la caserne et qui, parfois, s'arrêtaient devant la porte de la cantine, les yeux écarquillés. Ils n'auraient pas mieux demandé que d'être de la fête, ne fût-ce que pour un verre. Mais, ainsi que le faisait observer Belhomme, il fallait être raisonnable et Bernard ne pouvait pas « rincer la dalle » à toute la garnison !... De gros rires éclataient dans ce brouhaha de cris et d'interjections, secouant ces poitrines robustes. Il y avait là vraiment une joie de vivre, épanouie dans des êtres bien portants qui, ayant rempli leur devoir, n'avaient nul souci du lendemain, sachant que le lendemain, leur devoir serait tracé comme la veille et ainsi pour les jours suivants. C'était une joie un peu bruyante, soit, mais gaillarde, toute vibrante de jeunesse. Ceux qui étaient là avaient vingt ans. Enfants par bien des côtés, comme tous les Français, ils n'avaient ni gourme, ni faux sérieux. Ils étaient francs, avec cette mobilité d'impression qui

caractérise notre race, et qui, tout à coup, du rire
fait passer aux larmes, — et dont nos lecteurs auront
tout à l'heure un exemple.

On entendit tout à coup la retraite qui, ayant parcouru son trajet dans Nancy, rentrait dans la cour.

Il y eut une dernière fanfare de clairons, un dernier roulement de tambours sur place.

La cantine s'était vidée. Tous les soldats étaient
rentrés dans la chambre.

Un adjudant passa et jeta un coup d'œil dans l'intérieur.

— Je ferme, mon lieutenant, je ferme, dit Catherine. Oh! ce n'est pas moi qui me ferai pincer. Je
n'attends jamais le couvre-feu.

Dans les chambres, comme ils avaient encore une
heure avant l'extinction des feux, les soldats s'amu-
saient, se faisant des farces. Les uns jouaient au
loto, sur le pied d'un lit; et l'on entendait : 17, l'âge
de ma connaissance; 21, l'âge du conscrit; 31, jour
sans pain, à trente rations par mois; 77, pique et
pioche; 89, nos quatre-vingt-neuf départements... »
Et quand ce chiffre arriva, un soldat ne manqua pas
de dire : « Il n'y en a plus que quatre-vingt-six, des
départements. » Alors Fiche-la-Guigne s'approcha,
lui frappa sur l'épaule : « On les raura, patience. Tu
n'es pas là pour autre chose. » Et, involontaire-
ment, les yeux de quelques soldats se portèrent vers
le mur de la chambre. Là, sur le fond blanchi à la
chaux, un officier avait dessiné au charbon une
vaste carte de France, par provinces. Et une tache
toute noire, signe de deuil, marquait l'emplacement
de l'Alsace et de la Lorraine...

Un troupier qui rentrait, un peu gris, jura et sa-
cra en tapant de toutes ses forces sur son lit qu'il
retrouvait en portefeuille. Il n'avait pu y fourrer
que le pied et tout en jurant il essayait de remettre

de l'ordre dans ses draps qui s'enroulaient d'un côté, pendant qu'il les déroulait de l'autre.

Ses voisins, très graves, comme indifférents à ce qui se passait, bien qu'ils fussent les auteurs de la plaisanterie, le regardaient sans rire.

— Nom d'un bloc, on fait ces farces-là aux bleus, pas à ceux de la classe... Qui qui m'a roulé mes draps, que je le cogne?

Sur la table graisseuse, un volontaire d'un an, Poplard, richissime marchand de vins, connu de tout le Paris qui s'amuse — et que Bernard n'avait pas encore aperçu — apprenait à lire à un gros soldat joufflu qui épelait péniblement.

Et sur la même table, Fiche-la-Guigne écrivait, très appliqué, soufflant et tirant la langue, comme un enfant qui fait des bâtons.

Le brave homme semblait embarrassé.

Il se leva et s'approcha du volontaire; sa lettre à la main :

— Dis donc, toi, 1,500 francs... amour... ça prend une *h*...

— C'est facultatif, caporal, dit Poplard, sans broncher.

— C'est ce que je pensais, dit Fiche-la-Guigne.

Et il continua sa lettre.

Des soldats étaient déjà couchés, en bonnet de coton. Un ou deux lisaient, à la lueur de chandelles piquées dans des pommes de terre ou dans des os à moelle qui étaient retenus par des fils de fer à la planche à bagages. Un autre chantait une chanson patriotique :

> Parler français n'est plus permis
> Aux petits enfants de l'Alsace.

qui faisait cacophonie avec une romance sentimentale :

Quand le soir descendra sur la terre
Et que le rossignol viendra chanter encor.

Le caporal s'approcha de Bernard qui s'apprêtait
à se coucher :

— Jeune homme, avez-vous étudié la peinture ?

Il tenait un balai à la main. Bernard devina une
plaisanterie.

— Non, dit-il en riant.

— Eh bien, prenez votre première leçon. Voilà le
pinceau !... Et vous arroserez ferme... Ça fera de la
fraîcheur dans le paysage.../

Belhomme, à moitié déshabillé, intervint.

— Passe-moi le balai. J'aurai plus tôt fini...

Et il s'exécuta en un tour de main.

Tout à coup l'adjudant parut dans l'encadrement
de la porte, suivi par Jacques.

Tous les hommes qui n'étaient pas couchés se
rangèrent au pied de leur lit, dans une attitude
militaire.

L'appel commença. Devant les lits vides, le caporal disait à Jacques : « De garde ! » — « Permission
de minuit. » — « En prison... » — « A la salle de
police ! » — « Mon lit ! »

Jacques tendit son billet d'appel à l'adjudant et
dit :

— Manque personne, mon lieutenant...

Jacques fit un signe amical à Bernard qui souriait et l'appel recommença dans une autre chambre.

Dix heures approchaient. Presque tous les soldats
étaient au lit. Trois ou quatre, seulement, n'ayant
que leur chemise et leur pantalon, prenaient le frais
devant les fenêtres.

D'un bout à l'autre de la chambrée, deux hommes
s'interpellaient toujours, d'un seul mot, n'ayant
plus rien à se dire :

— Eh ! Foureau!

— Eh ! Simon!

Un autre demanda, de sous les draps où il était enfoui :

— Qui est-ce qui raconte une histoire, aujourd'hui, pour nous endormir?

— Pas moi.

— Ni moi.

— Ni moi. J'en sais plus.

— Moi, je veux bien, dit un petit soldat avec un accent alsacien, Hartmann... C'est une légende russe, que j'ai apprise en voyageant quand je plaçais des grains...

— Va pour la légende russe... les Russes, c'est des amis...

Alors, Hartmann récita lentement ces mélancoliques stances :

« Un soldat venait de tomber sur le champ de ba-
» taille. Il dit avant de mourir : « Je suis content.
» Qu'on le dise à ma mère, dans son village, et à
» ma fiancée dans sa chaumière et qu'elles prient
» pour moi en joignant les mains. Je suis content. »

» Et le soldat mourut.

» Et sa fiancée et sa mère prièrent pour lui en
» joignant les mains.

» Et l'on fit sa tombe sur le champ de bataille, et
» la terre où on le coucha était rouge du sang des
» ennemis.

» Et le soleil disait en le voyant :

— Je suis content !...

» Les fleurs poussèrent sur sa tombe et chaque
» fleur était contente d'y pousser.

» Et quand le vent passait dans les arbres, le sol-
» dat disait du fond de sa tombe :

— Est-ce le bruit du drapeau?

» Et le vent répondait :

6

— Mon brave, tu es mort et le drapeau est victo-
» rieux !

» Il entendit aussi le rire de deux amoureux.

» Et il demanda :

— Est-ce donc la voix de ceux qui se souviennent
» de moi ?

» Et les amoureux répondirent :

— Non, brave soldat. Nous sommes ceux qui ne
» nous souvenons jamais des autres. La terre est
» riante et le printemps est en fleurs. Nous oublions
» la mort.

» Alors, le soldat dit, du fond de sa tombe :

— Je suis content !... »

Dans la cour de la caserne, comme pour rythmer
ces stances d'une tristesse si douce, tout à coup la
sonnerie du couvre-feu se fit entendre, commandant,
avec ses notes longuement filées, mourantes, tristes
aussi, le silence et le repos.

— Eteignez vos camoufles ! dit Fiche-la-Guigne.

Les soldats obéirent, mais la lune dans le ciel
d'un bleu inaltéré, parsemé de clous brillants, faisait par les fenêtres entrer ses rayons et la chambre paraissait éclairée comme par un foyer de
lumière électrique invisible. Très peu de soldats
dormaient, malgré les fatigues de la rude journée.
Etaient-ce les libations inaccoutumées à la cantine
pour saluer l'arrivée du bleu? Etait-ce la chaleur?
Etait-ce le doux récit d'Hartmann qui avait fait vi-
brer ces cœurs de jeunes hommes naïfs et ardents?
Tous étaient nerveux.

— Il en faut encore une pour s'endormir, dit Belhomme.

— Ah! voilà, dit Hartmann, je ne connais que
celle-là...

— C'est bon, c'est bon, vous feriez mieux de dormir, grogna le caporal.

Personne ne parut entendre. Et comme une bravade, éclata :

— Eh ! Foureau !

— Eh ! Simon !!

Tout à coup, Belhomme s'écria :

— Le bleu ! Le bleu va nous en conter une ! Il doit en savoir !

— Mais non, je n'en connais pas ! se défendit Bernard.

— Allons donc ! Impossible !...

Et Belhomme, riant :

— A la couverte, le fils du colo, s'il refuse...

— Eh bien, soit, dit Bernard... Mais tant pis si je vous ennuie.

— Si tu nous ennuies, nous dormirons, fit Belhomme avec logique.

— Mais ce sont des vers...

— Va pour des vers. J'aime ça, moi, la poésie... Quand il y avait une chanson dans les pièces militaires où je jouais, c'était moi qui la chantais, — vous voyez ça d'ici? autour du feu de bivouac, le soir, avec la cantinière toujours là pour nous rafraîchir et les camarades bien en ligne pour entonner le refrain... et les rafraîchissements. Et la chanson était toujours interrompue par l'arrivée des sentinelles avancées qui criaient : « Aux armes. Voici l'ennemi, camarades ! » Et le général tirait son sabre en disant : « A cheval, messieurs ! »

On entendit dans la chambrée quelques éclats de rire.

— C'est ça, tout de même ! firent des voix.

— Allons, le bleu, dégoise ta poésie...

— C'est tiré des *Chants du soldat*. Je m'exécute, dit Bernard.

Il se souleva légèrement sur son lit, à moitié déshabillé, les jambes pendantes et commença :

Le soleil du matin a chassé les étoiles ;
Les flocons lumineux tombent en voltigeant.
Sur la terre la neige a jeté ses longs voiles
Et les branches du bois se couronnent d'argent.

— Alors, dit Belhomme, il faisait plus froid qu'aujourd'hui.

Tout le monde cria :

— A la porte l'interrupteur !

Pendant que deux voix sonores, aux deux bouts de la salle, lançaient leur cri monotone et cocasse :

— Eh ! Foureau !

— Eh ! Simon !

Le silence se rétablit et Bernard put continuer. Il avait une voix chaude, bien timbrée, allant droit au cœur :

Les petits vitriers, — c'est ainsi qu'on les nomme,
Ont mis leur baïonnette au bout de leur fusil ;
Ils passent lestement sous les pommiers sans pomme,
Ils vont et leurs pieds noirs font chanter le grésil.

Les Prussiens sont encore installés dans la ferme.
Il s'agit de la prendre et de les débusquer ;
Le bataillon muet s'avance d'un pas ferme,
Mais des canons sont là, prêts à se démasquer.

Tout à coup, dans le fond d'un ravin où l'on saute,
Un cri de mort se fait entendre : « C'est de l'eau ! »
La glace était récente et la neige était haute,
Et ce linceul avait recouvert ce tombeau.

Bernard s'était levé tout à fait et il était maintenant debout au milieu de la chambre. Des soldats s'étaient assis sur leur lit pour mieux écouter, les genoux dans les mains, pittoresques. Deux qui ronflaient avaient été réveillés rudement à coups de poing. Et comme ils grommelaient, mécontents, on leur avait dit : « Écoutez ! » Plusieurs qui n'étaient pas complètement déshabillés, s'étaient mis debout comme Bernard, et insensiblement, sans y penser peut-être, s'étaient rapprochés du jeune homme. Sur tous les traits de ces grands enfants, dans le cœur desquels, souvent, les officiers évoquaient l'image de la patrie mutilée, une attention extrême, une profonde émotion. Les vers allaient à leur âme comme une musique. Puis, on y parlait de petits soldats bien humbles qui faisaient la guerre et couraient des dangers. Ces soldats, ce pouvait être eux-mêmes, le lendemain, comme ç'avait été les autres, la veille.

Personne ne songeait plus à rire.

Fiche-la-Guigne, responsable de l'ordre dans sa chambre, oubliait la consigne, ne se souvenant plus du couvre-feu sonné.

Il était debout, il écoutait.

Et la lune éclairait doucement le groupe des jeunes gens, riches ou pauvres, instruits ou non, grands ou petits, réunis dans une pensée commune, et se retenant de respirer pour mieux entendre :

Ils sont ensevelis jusques à la ceinture ;
Le courant les renverse et la glace les tient.
— Vaincu par les Prussiens, vaincu par la nature,
O mon pays, quel Dieu terrible que le tien ! —

Les Allemands joyeux sortent de leurs tanières ;
Nous voilà désarmés, les voilà résolus.
Hourrah ! L'heure est propice aux haines meurtrières
Et leur canon se dresse au revers des talus.

Pourtant leur officier apparaît sur la crête :
« Vous n'avez qu'à vous rendre, on va vous secourir. »
Cet atroce marché soulève une tempête :
« Tu peux te retirer, nous n'avons qu'à mourir ! »

6.

Autour de Bernard les soldats se pressaient, la tête penchée, faisant un cercle comme pour le protéger. Leurs yeux brillaient et plusieurs, machinalement, sans penser à rien, s'étaient tendu et s'étreignaient les mains, silencieux, presque farouches.

Mais le vieux commandant, d'un ton triste et sévère :
« Et moi je ne veux pas que vous mouriez ainsi ;
» Rendez-vous, mes enfants, vous ne pouvez rien faire. »
Et tous ces moribonds se rendent à merci.

Les Prussiens, cependant, les hissent sur la rive ;
Déjà les dragons bleus les forment en convoi ;
Quand, à la fin, le tour du commandant arrive :
« J'ai sauvé mes soldats, dit-il, et non pas moi ! »

Et repoussant alors la corde qu'on lui lance,
Il se laisse engloutir par le gouffre glacé ;
Les pauvres prisonniers saluent le trépassé,
Et voyant cette fin, ils ont cette espérance :
La France n'est pas morte encor : « *Vive la France!* »

La plupart, autour du jeune homme, pleuraient, sans savoir.

Ce *Vive la France !* de même, du reste, que toute la strophe qui précédait, Bernard l'avait dit d'une voix très basse, que les autres saisissaient la tête penchée et buvant ses paroles.

Et soudain, de toutes ces poitrines, un même cri, ou plutôt un même soupir, car cela fut dit aussi très bas, avec crainte, mais aussi avec une foi ardente, un attendrissement profond, de toutes ces poitrines le même soupir :

— Vive la France !...

Les farces enfantines étaient oubliées. On ne pensait plus aux grosses plaisanteries. Aucun de ceux-là n'avait vu la dernière guerre. Les officiers seuls la leur racontaient parfois, car beaucoup d'entre eux y avaient pris part. Mais cette guerre, ils la connaissaient, et quoique d'une génération à peine née au moment de l'invasion, sur eux reposait l'avenir.

Voilà pourquoi ils étaient si émus, ces enfants.

Le caporal lui-même toussa et passa la main sur ses yeux.

Bernard était entouré des soldats et Fiche-la-Guigne était un peu en arrière du groupe.

Tout à coup, sur le seuil de la chambre, au moment où Bernard récitait les derniers vers, un sous-officier était apparu.

C'était Jacques.

En voyant les hommes debout, il fronça le sourcil, son visage devint sévère et il étendit la main vers le caporal.

Les soldats ne le voyaient pas.

Fiche-la-Guigne, seul, venait de le remarquer.

Et comme il se sentait en faute, il baissa le dos, tendant l'échine, ses gros yeux roulant, craintifs.

Et il se disait :

— Pour sûr que je n'y couperai pas de mes quatre jours de consigne !...

Jacques avait entendu la dernière strophe. Il avait compris. Il avait vu les soldats pleurer. Il avait entendu, aussi, le cri de « Vive la France ! » échappé à ces cœurs gonflés dont le trop-plein s'en allait ainsi.

Et furtivement il s'était éloigné, ému lui-même, ne se montrant pas, ne voulant pas être obligé de punir.

Et il était rentré chez lui, inaperçu.

Le caporal le suivait du coin de l'œil, relevant son large dos au fur et à mesure que le sous-officier s'en allant, la punition s'en allait avec lui.

Quand Jacques fut parti, il poussa un soupir, soulagé.

Et avec un regard reconnaissant vers la chambre derrière la porte de laquelle Jacques venait de disparaître sans bruit, le caporal dit :

— Celui-là, c'est un bon bougre.

Un quart d'heure après, la chambrée tout entière dormait, sous les rayons doux et neigeux de la lune.

VI

Nous avons raconté l'installation de Bernard à la caserne, mais ce serait nous écarter de notre sujet que de le suivre, lui et Jacques, dans tous les détails de la vie du régiment. Beaucoup de détails de cette vie vont revenir sous notre plume, mais alors intimement mêlés aux scènes mêmes du drame.

Nous passerons donc rapidement sur les jours qui suivirent.

Les grandes manœuvres approchaient et les réservistes arrivèrent.

Pierre Gironde, sous-lieutenant de réserve, rejoignit son régiment à Nancy. Et sa première visite avait été pour madame de Cheverny.

Cet homme souffrait, car il n'était pas mauvais.

Il souffrait doublement dans son cœur, parce qu'il regardait comme un sacrilège d'être obligé de tromper cette mère, et parce qu'il n'avait pas pu voir, sans être infiniment troublé, l'affection naissante de Bernerette pour lui.

Et lui aussi, comme Bernard, comme Marguerite, lui aussi tremblait en prévoyant à quelles inextricables situations pouvait le conduire cet amour.

Seul, il savait qu'il pouvait être aimé de l'enfant et l'aimer.

Mais à quoi aboutirait un pareil amour, s'il s'y laissait aller ?

Dirait-il à sa mère :

— J'aime Bernerette ! J'aime ma sœur !

Et à la pauvre femme, abîmée de désespoir et de honte, dirait-il pour se justifier :

— Je vous ai trompée. Je ne suis pas votre fils. Je suis un misérable. Alors, elle le chasserait loin d'elle.

Et ainsi, il aurait été le meurtrier de son propre cœur, car jamais, — dût-elle en mourir et faire mourir sa fille, — jamais Marguerite ne donnerait Bernerette à Gironde !

Donc, c'était un amour impossible que celui-là, et, étrangeté du cœur humain, plus il envisageait cette impossibilité, plus il aimait. Et au lieu de fuir la maison de Marguerite, au lieu de s'éloigner de Bernerette, il s'en rapprochait au contraire, invinciblement attiré par le besoin de la voir, se sentant dans l'âme un chagrin mortel quand il avait passé quelques heures loin de son sourire, loin de son doux regard chaste et tendre.

Madame de Cheverny voyait le danger depuis longtemps.

Elle résolut de s'en ouvrir à Gironde.

— Ma fille ne peut se douter des liens qui nous attachent. Elle vous a vu, mon ami, et j'ai peur.

Il feignit la surprise.

— Vous avez peur, dit-il, et de quoi donc?

— Elle ignore et il faut qu'elle ignore toujours que vous êtes son frère... Ce n'est donc pas... comme un frère... qu'elle vous aime...

Il essaya de balbutier; ne trouva rien, il se tut.

Marguerite continuait :

— Bernerette est faible de santé. Elle exige les plus grandes précautions. Une tristesse serait dangereuse pour elle. Un amour contrarié la tuerait — si cet amour avait le temps de prendre dans son cœur des racines trop profondes. Peut-être est-il temps encore d'enrayer le mal. Et j'ai pensé à vous, mon enfant, je vais vous demander un sacrifice...

— Parlez, ma mère !

— Je vais vous prier de ne plus venir pendant quelque temps. Je vous verrai où vous voudrez. Mon affection maternelle saura bien trouver le moyen de nous ménager des rendez-vous. Pendant ce temps-là, Bernerette oubliera peut-être. Je lui créerai des distractions. Je ferai tout pour qu'elle vous oublie ! N'est-ce pas votre avis, mon fils ?

— Oui, ma mère ! dit-il troublé, désespéré.

Et comme malgré lui des larmes lui montaient aux yeux, en pensant que sa misérable faute lui défendait ce chaste amour, elle crut que cette tristesse lui venait de ce qu'il ne verrait plus aussi souvent sa mère.

Elle en fut touchée.

— Tu m'aimes donc un peu, mon enfant ?

Il ne répondit pas et baissa la tête.

C'était sa punition, prévue par lui autrefois quand Patoche l'avait forcé d'accepter sa complicité. Il aimait cette pauvre femme qu'il trompait, de laquelle il abusait et se jouait... Il la voyait si franche avec lui, si tendre, si craintive aussi, en même temps que si heureuse de l'avoir retrouvé, ce fils perdu qu'elle croyait mort, que pour ne se point laisser attendrir il aurait fallu un cœur plus endurci.

Et ce châtiment d'aimer, presque filialement, cette femme dont le cœur se serait soulevé de dégoût si elle avait connu la vérité, — se doublait d'un autre plus grand, plus terrible : son amour pour la fille de cette femme.

Car il l'aimait, maintenant qu'on allait l'éloigner de lui, il sentait qu'il l'adorait.

Marguerite voulut le consoler.

— Malgré tout, dit-elle, je ne pense pas que cet amour naissant soit sans remède... Lorsqu'elle sera plus calme, vous reviendrez.

Leur conversation fut interrompue par l'arrivée de Jacques et de Bernard.

Les deux soldats saluèrent l'officier, militairement.

— Mère, dit Bernard, nous avons à parler à mon père.

— Il est chez lui, mon enfant.

Le colonel avait loué une assez jolie maison pas très loin de la caserne; il s'était réservé tout le deuxième étage.

Les deux jeunes gens montèrent chez lui:

Jacques était très pâle.

Lorsqu'il se trouva devant le colonel qui le regardait d'un air sévère, il ne put retenir ses larmes et devint presque faible.

— Jacques, mon Jacques, mon ami... disait Bernard.

Le sous-officier se redressa, refoula ses larmes, et, debout, attendit.

— Qu'avez-vous à me dire?... fit Cheverny brusquement.

Et comme Jacques allait répondre, le colonel l'interrompit.

— Ce que vous avez à me dire, je le sais déjà, aussi bien que vous. — Vous avez trouvé mauvais accueil chez vos camarades du 145ᵉ à votre arrivée. Ils ne frayent pas avec vous. Ils ne vous saluent pas. Le règlement les y oblige, mais puis-je vraiment les punir, puisque je comprends les raisons d'honneur qui les font agir ainsi?... Ils font sans doute toutes les fois que l'occasion s'en présente, des allusions à ce qui s'est passé? Qu'y puis-je? Enfin, que désirez-vous de moi?

Bernard s'appuya sur l'épaule du colonel.

— Père, dit-il doucement, ne te montre pas si dur pour lui... S'il a été coupable, il en est cruellement puni, et moi, père, je suis certain de son innocence. Tôt ou tard elle sera prouvée. Ne sois pas si sévère, je t'en prie, et dis-lui une bonne parole. Regarde-le, et aie pitié de lui. Est-ce que tu le reconnais?... Regarde comme il a maigri, quel air de souffrance!... Considère ses yeux creusés et rougis par la fièvre des insomnies!... Comme il est malheureux et tremblant! Et pourtant, en dépit de tout, vois, comme il soutient franchement ton regard, sans hésitation, sans honte. S'il était coupable il n'oserait. Mais coupable ou non, père, souviens-toi que tu l'as aimé, qu'il t'a deux fois sauvé... que tu donnerais beaucoup pour effacer de la vie de ton sauveur ce passé qui le tue... car il en meurt!...

Le colonel examinait Jacques, silencieusement.

Et il se sentait pris d'une immense pitié pour ce pauvre garçon, si brillant et si brave, à ce point changé...

Dans le rang, à la caserne, à l'exercice, jamais il ne le regardait. Il ne le voulait pas. De telle sorte qu'il ne l'avait pas vu depuis longtemps.

Bernard disait vrai, Jacques était méconnaissable. On sentait que la vie s'en allait à grands pas, de ce corps hier si vigoureux, aujourd'hui miné et délabré par la fièvre.

Il murmura:

— Pauvre garçon! il se rend compte que tout son avenir est brisé! Que puis-je y faire?...

Et après un moment de silence:

II.   7

— Jacques, j'aurais dû, il y a six semaines, vous casser de votre grade. Je ne l'ai pas fait... Que me demandez-vous ?

Il dit d'une voix sourde :

— Mon colonel, je ne puis vous demander justice, car justice est impossible, du moins en ce moment, mais je viens vous dire qu'il aurait peut-être mieux valu me casser de mon grade et me renvoyer, comme simple soldat, dans un autre régiment...

— Pourquoi ?

— Je souffre trop, mon colonel... Je n'y peux plus tenir... Je souffre trop... Je ne peux plus, mon colonel, je ne peux plus...

Il pleurait et à travers ses sanglots, continuait :

— Tous les jours des insultes... et je ne puis répondre... puisqu'ils ont l'air d'avoir raison... mais j'en mourrais si cela devait durer... ou je me tuerais, mon colonel, et je ne veux pas me tuer, parce que ce serait la preuve que je suis coupable... Mais je vous assure, mon colonel, regardez-moi, je n'ai plus de forces... Je ne sais pas si je pourrai prendre part aux manœuvres... Mon colonel, je viens vous demander d'avoir pitié de moi... Faites-moi permuter, mon colonel... ou cassez-moi de mon grade... Je saurai bien le reconquérir dans un autre régiment où je serai inconnu !

Le colonel était profondément ému.

— Vous faire casser de votre grade, non ; c'est une punition qui aurait dû suivre immédiatement la faute, mais je vous promets d'employer toute mon influence pour que vous quittiez le 145e. Vous rentrerez dans un autre régiment comme sergent ou caporal.

— Merci, mon colonel. C'est la vie que vous me donnez !

— Seulement, à quelle époque votre permutation

viendra-t-elle, je l'ignore. Vous prendrez patience. Les grandes manœuvres prochaines apporteront sans doute quelques distractions dans votre vie. Vos camarades seront moins... cruels — il allait dire moins justes, mais il se retint par pitié — envers vous, parce que vous aurez moins d'occasions d'être ensemble. Allez !...

— Mon colonel, voulez-vous me permettre — malgré mon apparente indignité — d'aller saluer madame de Cheverny qui s'est montrée pour moi si bonne, si affectueuse... et qui, de même que son fils, ne croit pas à ma culpabilité ?

Cheverny hésita. Un combat se livrait dans son cœur. Son honneur de gentilhomme et de soldat se révoltait au souvenir de la faute commise par ce jeune homme, mais du fond de son cœur montait, quand même, un attendrissement au souvenir du Tonkin, où ce même garçon avait hasardé sa vie avec tant de gaieté et de bravoure, pour sauver celle de son officier...

Et vraiment Jacques souffrait. Il n'était pas possible d'en douter. Il mourait de sa faute, il le disait bien.

Et le colonel, pour la première fois, se prit à douter.

Il se demanda si Jacques ne disait pas la vérité... s'il n'était pas victime d'un hasard.

Mais comment le savoir ?

Et devant l'impossibilité d'arriver à cette preuve, il soupira.

Il ne crut pas devoir refuser la requête du pauvre sergent.

— Bernard, dit-il, conduis Jacques auprès de ta mère...

— Merci, mon colonel, fit le sous-officier d'une voix entrecoupée, et puisque vous êtes si bon, je vous adresserai une autre prière. J'ai écrit à Marjolaine que j'étais malheureux et que j'avais des idées de mort. Marjolaine, certainement, va venir à Nancy, pour me consoler. La recevrez-vous ?

— Certes, dit le colonel avec chaleur.

— Je n'ai plus rien à vous demander, mon colonel.

Il fit le salut militaire et sortit, pendant que Cheverny se disait :

— Qui donc nous donnera le mot de cette énigme ?

Une demi-heure après, les deux soldats rentraient à la Pépinière.

Bernard voyait Jacques si triste qu'il ne voulut pas le laisser seul. Et Jacques, de son côté, n'osait dire à Bernard de rester auprès de lui. Le soldat suivit le sous-officier dans sa chambre.

Michel était absent.

Les sous-officiers arrangent et embellissent leur chambre comme il leur convient.

Quelques-uns, — des riches, — vont jusqu'à y mettre un piano.

Jacques et Michel n'avaient pas poussé la fantaisie aussi loin, mais tous deux, — chacun de son côté, — avaient essayé de mettre un peu de coquetterie autour d'eux.

Au mur, des eaux-fortes, cadeau de Marjolaine, représentant des scènes de la dernière guerre, reproductions de certains tableaux des deux peintres militaires Neuville et Detaille.

Au mur également quelques photographies, puis des fleurets, un masque, des gants de salle.

Et au-dessus du petit lit de Jacques, un pistolet, richement ciselé, arme de luxe, pendu à un clou, à portée de la main du sous-officier.

Bernard examinait tout cela.

Le pistolet attira son attention.

Jacques le remarqua et eut un sourire triste.

— Je l'ai bien des fois regardé, depuis quelque temps, ce pistolet, comme une suprême ressource. C'est un ami qui me débarrassera de la vie, si elle devient trop lourde. Je l'ai chargé avec un soin méticuleux. La capsule est sur la cheminée, avec du papier par-dessus, pour empêcher la poussière de pénétrer jusqu'a la poudre. Et vois-tu, Bernard, ce pistolet était peut-être prédestiné. Il a joué un rôle à ma naissance alors que j'avais deux jours à peine. Et il va m'aider bientôt peut-être à mourir...

— Pourquoi parles-tu ainsi et me fais-tu de la peine ?

Jacques secoua la tête :

— Tu as raison. Quand on a envie de se tuer, on ne confie son projet à personne... autrement, on semble vouloir dire aux autres : « Vous savez, je vais me suicider. Veillez-y et empêchez-moi! » Ne crains rien, je ne t'en parlerai plus.

— Je veux que tu ne m'en parles plus... je veux aussi que plus jamais tu n'y penses...

— Cela, c'est plus difficile et ne dépend pas de moi... Je ne demande qu'à vivre, moi, et à vivre heureux, en faisant mon devoir... Jadis, j'étais très gai... Est-ce ma faute ?...

Bernard, presque machinalement, avait décroché le pistolet et l'examinait.

Il en avait relevé le chien.

— Prends garde, fit Jacques, je t'ai dit qu'il est chargé...

Les gravures en étaient très fines et Bernard les admirait.

Tout à coup il tressaillit... sa main trembla.

Il était devenu très pâle.

Sous la crosse, il venait de voir une couronne de comte, et sous la couronne, cette devise :

Toujours droit

C'était la devise de la famille de Pontalès, la famille de sa mère !...

Et ses doutes, s'il en avait eu, n'eussent pas tenu longtemps, car, sous la devise : *Toujours droit*, étaient gravées deux initiales :

A. P.

Et il pensa tout de suite à son oncle qui s'appelait Antoine...

Il se leva, les yeux troublés...

Heureusement Jacques était occupé en ce moment à changer de place une gravure des *Dernières cartouches*; il lui tournait le dos.

Bernard remit le pistolet au clou.

Sa main tremblait tellement qu'il crut qu'il n'y arriverait pas.

Et il se rassit sur le lit, pensif.

Qu'est-ce que cela voulait dire ?... D'où venait cette arme, qui certainement sortait de la famille de sa mère? Comment se trouvait-elle en la possession de Jacques?

Tout un monde de pensées, à la fois, dans sa tête.

Et il se rappelait les paroles échappées à Jacques tout à l'heure, en sa tristesse et en son découragement : « Cette arme a joué un rôle dans ma vie, dès ma naissance. Elle m'aidera à mourir. »

Bernard se demandait : « Quel rôle ? »

Si Jacques n'avait rien dit, peut-être Bernard aurait-il pensé que c'était sa mère qui avait fait cadeau du pistolet au sous-officier... Mais non...

Jacques se retourna :

— A quoi penses-tu ?...

Et voyant le jeune soldat pâle et interdit, il s'inquiéta :

— Qu'as-tu donc?

Il accourut vers lui et lui prit les mains.

— Ce sont mes paroles qui t'ont fait de la peine?

— Oui, dit Bernard.

— Je t'en demande pardon... Me pardonnes-tu?

— Je te pardonne !...

— Alors, souris...

Bernard eut un sourire triste et préoccupé. Jacques s'y trompa et reprit l'arrangement de sa petite chambre.

— Ainsi, dit le soldat, tu as ce pistolet depuis longtemps ?...

— Depuis toujours... c'est-à-dire, pardon, je ne le possédais pas, il était d'abord chez Routard, mon père adoptif ; Marjolaine l'a apporté avec elle à Paris, comme une relique, et elle m'en a fait cadeau. Je l'ai pris, en venant à Nancy, pour en orner ma chambre. Il faut décorer de son mieux son chez soi !...

— Sais-tu comment cette arme était venue en la possession de ton père adoptif?

— Pourquoi cette question, Bernard?

— Parce que je m'intéresse à toi comme on s'intéresse à tous ceux qu'on aime. Tu ne m'as jamais raconté l'histoire de ta naissance, sinon d'une façon très vague et sans détails...

— Tu y tiens ?

— Beaucoup.

— C'est drôle. Enfin, je ne demande pas mieux que de te satisfaire, mais ne t'attends pas à une longue histoire, surtout. Elle tiendrait en quatre lignes. Je ne la connais, du reste, moi-même que depuis fort peu de temps. Marjolaine, craintive, s'imaginant que des dangers me menaçaient, n'a

jamais dit là-dessus la vérité à personne et me l'a
cachée à moi, longtemps, par prudence, à cause de
ma jeunesse. Depuis que je suis homme et de force
à me défendre, elle m'a tout dit...

— Et ce pistolet ?

— Raconter l'histoire de ma naissance, c'est te
dire comment je possède cette arme. Tu m'é-
coutes ?

— De toute mon affection pour toi... dit Bernard,
agité par une émotion profonde, sans savoir pourquoi.

— Attends que je mette encore un clou pour re-
dresser ce tableau... Là ! je suis à toi mais je vais
me laver les mains !

Et quand il eut fini, il vint s'asseoir sur le lit.

— Je te disais tout à l'heure que la vérité je la
connaissais depuis fort peu de temps. En effet. Par
crainte d'imprudence de ma part et pour éloigner
de moi des dangers qui pouvaient survenir, car il
paraît que j'ai eu des ennemis à ma naissance,
Marjolaine m'avait raconté qu'on m'avait trouvé
abandonné dans mes langes, sur une grand'route,
du côté de la nouvelle frontière. Ce n'était pas la
frontière, dans ce temps-là, puisque ceci se passait
avant la guerre de 1870. Et Marjolaine, mentant
jusqu'au bout, dans mon intérêt, ajoutait même
certains détails. C'est ainsi qu'elle disait que l'on
m'avait rencontré non loin de la Seille, la petite
rivière qui, de ce côté-là, sépare aujourd'hui la
France de l'Allemagne, à deux ou trois kilomètres
du village de Borange. Eh bien, rien de tout cela
n'est vrai. Tu m'écoutes ?

— Certes.

— Et cela t'intéresse ?

— En doutes-tu ?

— Ma foi, un peu.

— Je t'en prie, Jacques, mon ami, dit Bernard
avec reproche.

Le sous-officier sourit avec mélancolie.

— Je ne retrouverai jamais mon père ou ma mère.
J'en ai fait mon deuil. Et même je me dis que cela
vaut mieux sans doute, car qui sait quels embarras
susciterait ma présence, si j'arrivais tout à coup,
comme un boulet, dans une famille, sans crier
gare !...

Et hochant la tête, plus triste encore :

— Une famille ! J'en ai trouvé une, la tienne,
Bernard. Pourquoi faut-il?... Enfin patience, patience !...

— Mais puisque ces détails sont faux, disait Bernard tout à son idée fixe, où est la vérité ?

— La voici, Marjolaine me l'a racontée depuis mon
retour du Tonkin. Il paraît que ce n'est pas vers
Nancy, et près du village de Borange que Routard
et sa fille m'ont recueilli, mais fort loin de là ma
foi, sur les confins de la Sologne et du Blésois.
Connais-tu le pays ?

— Oui, dit Bernard d'une voix altérée.

— Eh bien, tu es plus avancé que moi. Il paraît
qu'il y a là un massif de forêts entourant le château
de Chambord et s'étendant presque jusqu'à la
Loire.

— Le parc de Chambord, la forêt de Russy et la
forêt de Boulogne.

— Tu es très fort en géographie.

— Ceci n'a rien d'étonnant. J'ai passé plusieurs
fois mes vacances dans le pays, où ma mère a des
propriétés.

— Où donc?

— Du côté de Blois, dit Bernard, sans vouloir
préciser.

— Puisque tu connais si bien le pays, tu peux

I.   7.

voir, d'ici, où j'ai été abandonné... en pleine forêt
de Russy... dans la neige, au mois de décembre, à
cent mètres du Cosson, la petite rivière qui, paraît-
il, passe au pied du château de Chambord.

— En quelle année ?

— Décembre 1859, quelque temps après la guerre
d'Italie.

— Tu ne connais pas d'autres détails ?

— Si. Marjolaine m'a vu, au moment même de
mon abandon. Elle a vu mon père...

— Ah ! Et ton père, elle le connaît ?...

— Non. Rappelle-toi l'âge de Marjolaine ; elle
avait quatre ans à cette époque. Elle ramassait du
bois mort quand tout à coup, dans la forêt, non loin
d'elle, arrivent deux hommes qui se battent. Aucun
des deux coups de pistolet ne part. Et cependant
l'un des deux tombe. L'autre s'enfuit. Moi, j'étais
dans mes langes, couché sur un manteau de fourrure et la neige tombait sur moi. Cependant mon
père — car il faut croire que c'était mon père, Marjolaine l'assure à quelques mots qu'elle entendit —
n'était pas mort. Il se releva, se traîna jusqu'au
Cosson. Ce fut là qu'il trouva la mort. Fût-ce accident, fût-ce suicide ? Routard ne l'a jamais su...

— Et son nom ?

— Nous l'avons toujours ignoré... Routard m'emporta dans sa voiture, quitta le pays, n'y revint
plus jamais, et justement parce qu'il avait vu de
près les dangers amoncelés autour de moi, il se
garda bien de révéler le mystère de ma naissance.

— Et l'autre ? Celui qui s'est enfui ?

— Inconnu aussi...

— Et ce pistolet...

— J'y arrive... Le père Routard le trouva auprès
du manteau sur lequel j'étais couché endormi...

— Auquel des deux hommes appartenait-il ?

— Marjolaine n'a jamais pu le dire... Elle était si petite, si bébé... Puis elle avait peur, elle se cachait... C'était dans la forêt... et la nuit commençait à tomber... Tout n'était plus bien distinct autour d'elle... Et les vingt-deux ans écoulés depuis ce jour-là ont bien brouillé ses souvenirs... maintenant...

— Et depuis, jamais un indice ?

— Jamais.

— As-tu remarqué ces initiales, sur ce pistolet ?

— Parbleu, il y a longtemps, va...

— As-tu remarqué la couronne de comte ?

— Et la devise : « Toujours droit. » Oui, j'ai songé que cela pouvait être un indice ; mais pour cela, il faut supposer que le pistolet appartenait bien à l'homme inconnu qui s'est enfui après avoir vu tomber mon père. Ensuite, cette devise, que prouve-t-elle ? S'il y avait un blason, passe, ce serait assez facile !... J'ai cherché dans certains livres, je n'ai rien trouvé. J'ai feuilleté des nobiliaires, je n'y ai rien vu. L'homme pouvait être d'une famille dont la noblesse était récente, dater de l'empire, par exemple. Et je te le répète, à quoi bon chercher ? Comment serais-je accueilli dans ma famille, si le hasard me la faisait retrouver ?... Courir après elle, n'est-ce pas, peut-être, m'exposer à bien des désillusions, affronter de gaieté de cœur bien des tourments?

— Peut-être, disait Bernard songeur.

Une question lui brûlait encore les lèvres.

Mais il n'osait la poser.

Il avait envie de demander à Jacques :

— Ce drame s'est passé dans la forêt de Russy. L'un des personnages que tu as intérêt à connaître a comme initiales de son nom les lettres A. P. Que ne vas-tu dans le pays chercher à quelle famille peuvent répondre ces deux lettres? Tu en rencontreras beaucoup sans doute, mais tu n'en trouveras qu'une ayant le droit de mettre sur ces initiales une couronne de comte et dessous, cette devise... cela te guiderait?

Ce que Jacques ne faisait pas, Bernard, lui, au premier jour de liberté, se promettait de le faire.

Mais sans doute Jacques venait d'avoir la même pensée, car il secouait la tête et murmurait:

— A quoi bon?

Bernard fut singulièrement troublé par ces confidences.

Et dans la chambrée, le soir, sur son lit étroit, il ne dormit guère. Mille pensées l'agitaient. Ce pistolet, il ne pouvait avoir là-dessus aucun doute, avait appartenu à Antoine de Pontalès.

L'inconnu, c'était donc Antoine... celui-là qui s'était enfui si lâchement, laissant à côté du père qu'il croyait mort, le petit dans la neige.

Et le père? Un mystère impénétrable l'environnait.

Et l'enfant? Et la mère?

Quel intérêt avait Antoine à faire ainsi les ténèbres autour de cette naissance?

Alors, Bernard pensait à sa mère.

Il connaissait, par la lettre surprise, la faute qu'elle avait commise jeune fille.

Cette faute, on l'avait cachée. Tout le monde l'ignorait.

Ce petit abandonné était-il donc l'enfant de Marguerite?

Mais alors, Pierre Gironde? Qu'était-ce?...

Comment expliquait-il sa naissance, celui-là?

Avait-il donc à raconter les mêmes détails que Jacques?

Et si cela était, où trouver la vérité?

De Jacques et de Gironde, l'un des deux était un imposteur, un misérable !

Lequel?

— A moi de le découvrir ! murmura-t-il...

Et le matin seulement, aux premiers rayons de l'aube, alors qu'on s'éveillait autour de lui, il dormit pendant quelques minutes.

Il ne devait pas lui être difficile de rencontrer Pierre Gironde, puisque l'officier de réserve était à Nancy. Il le verrait, soit à la caserne, soit chez son père ; à la caserne il n'aurait pas autant de liberté pour lui parler, pour l'interroger, pour s'expliquer avec lui. Seulement les manœuvres approchaient, il fallait se hâter. Il put sortir le soir du lendemain ; tout de suite il courut chez sa mère.

Mais Pierre Gironde, très occupé par son service, n'était pas venu.

Bernard fut plusieurs jours sans pouvoir l'approcher.

Enfin la veille même des grandes manœuvres, il lui parla.

Marguerite ne devant pas revoir Gironde avant lontemps, aussi bien à cause de ces manœuvres que parce qu'elle l'avait prié de s'éloigner dans l'intérêt de Bernerette, avait tenu à le revoir et à recevoir ses adieux.

Au moment où Gironde venait de quitter madame de Cheverny, il se croisa dans l'escalier de la petite maison avec Bernard.

Gironde était en tenue et Bernard s'effaça, faisant le salut.

Gironde lui tendit la main, en souriant.

Bernard, dans la main de l'officier de réserve, laissa tomber le bout de la sienne. Et, au contact de l'autre, il ressentit un frémissement singulier, avec un mouvement de recul.

C'était la première fois qu'il éprouvait cette instinctive répugnance.

Il était du reste fort embarrassé.

Comment faire pour entamer cette conversation périlleuse? S'il se trompait? S'il n'y avait en tout cela qu'un hasard, un simple rapprochement de circonstances?

Gironde lui dit :

— Vous avez l'air préoccupé, Bernard?

— Peut-être.

— Vous avez quelque chagrin?

— Chagrin, c'est beaucoup dire. Préoccupation est le mot.

— Et puis-je vous en demander le motif?

— Je viens de quitter Jacques... et je l'ai laissé si triste, que cela m'a fait de la peine...

Gironde regarda Bernard mais se tut.

Il ignorait que Jacques fût le vrai fils de Marguerite. Patoche n'avait pas assez confiance en lui pour le lui avoir révélé. Il avait appris, comme tout le monde, la scène du cercle de la rue de la Chaussée-d'Antin, mais sans soupçonner l'ingérence de Patoche en cette affaire.

— Vous savez, disait Bernard, quelle injuste accusation pèse sur le pauvre garçon?

— Injuste! fit Gironde d'un air de doute.

— N'en doutez pas!

— Qui le prouve?

— Rien encore... mais qui sait? plus tard! En attendant, Jacques est très abattu... et voilà ce qui cause ma tristesse... Il a l'âme très tendre... Il est doux comme une jeune fille... peut-être parce qu'il a été élevé par une jeune fille... Et lui qui a toutes les vertus du vrai soldat, il manque d'énergie devant cette accusation... s'il n'avait Marjolaine pour le réconforter, et moi un peu, il se tuerait.

— Il est enfant trouvé... je crois?

— Oui.

Et Bernard ajouta, après une seconde de silence :

— Comme vous, n'est-ce pas, mon lieutenant?

— Comme moi...

Bernard s'enhardit. Ils avaient, en parlant, remonté l'escalier et ils étaient accoudés au balcon qui donnait, du premier étage, sur la belle promenade de la Pépinière, au bout de laquelle se détachaient, sous le soleil de cette soirée d'été, les bâtiments blancs de la caserne.

— Et vous n'avez jamais eu aucun indice qui ait pu vous faire découvrir vos parents?

— Aucun.

— Vous avez cherché?

— Non. Comment l'aurais-je pu?

— Comment vous a-t-on recueilli et quel est le brave homme qui a pris soin de votre enfance et de votre jeunesse?

Gironde était un peu inquiet. Il regardait Bernard du coin de l'œil. Pourquoi toutes ces questions? Pourquoi cette curiosité?

Mais il ne pouvait hésiter à répondre. Ou bien Bernard avait pénétré le secret de sa mère et celui de la naissance de Gironde, ou bien sa curiosité venait, simplement, de sa sympathie.

Alors il raconta à Bernard l'histoire qu'il avait dite à la mère.

C'était un charbonnier qui l'avait recueilli et élevé. Il s'était instruit seul, à force de lectures. Il s'était fait lui-même ce qu'il était. Et il lui prenait souvent des tristesses à lui aussi, et des découragements, quand il songeait qu'il était seul, car tout le monde était mort autour de lui, son père adoptif, sa sœur adoptive, et le vieux maire de Boncourt qui s'était intéressé à lui en son temps.

— Et où vous avait-il trouvé, ce brave homme? demandait Bernard très troublé, car il en arrivait aux questions les plus délicates, celles qu'il avait rêvé de faire.

Cette question il l'avait faite à Jacques.

Ce fut la même réponse qu'il entendit :

— Pas très loin de Blois, dans une grande forêt qui sépare le pays blésois de la Sologne...

— La forêt de Russy?...

— Justement; mon père y avait une vente de charbons.

— Et c'était à quelle époque ?

— En décembre 1859, quelques mois après la guerre d'Italie.

Les mêmes réponses, on le voit.

— Et le charbonnier n'a fait aucune recherche?

— Si, mais elles sont restées infructueuses.

— Et depuis?

— Rien.

Bernard n'osa pas insister ce jour-là.

Du reste, Gironde semblait n'avoir plus rien à lui dire. Que lui eût-il demandé de plus? Ils restèrent quelques instants silencieux, toujours accoudés au balcon. Gironde paraissait soucieux. Sans doute les questions de Bernard, du moins celui-ci le pensa, en remuant ses souvenirs, l'attristaient. Quant au soldat, il était de plus en plus perplexe. Certes, il n'avait pas espéré que la lumière se ferait, après cette conversation. Il avait deviné ce qu'il devait entendre. Ces deux hommes — Jacques et Pierre Gironde — accusaient la même origine, avec des détails identiques. Les dates étaient les mêmes, année pour année, jour pour jour. Les récits ne se différenciaient que par quelques détails presque insignifiants. Seulement, le père adoptif de l'un était un charbonnier et avait emmené l'enfant trouvé à

Boncourt, un petit village de l'Indre ; le père adoptif
de l'autre était un rétameur, — autre nomade, —
qui avait emporté l'enfant à Villars, un petit village
dans les montagnes du Puy-de-Dôme. Tous les deux
étaient morts. Chez Gironde personne ne restait
pour attester la vérité de cette histoire, rien que
des papiers dont les signataires, — Gironde, le père
adoptif, Matoret, le maire de Boncourt, — n'existaient plus. Chez Jacques, Marjolaine seule restait
comme témoin de l'adoption.

Et Bernard réfléchissait toujours en s'en retournant à la caserne.

— L'histoire de la faute de ma pauvre mère a dû
être connue d'un homme qui cherche à en user.
Jusqu'aujourd'hui, celui qui retire profit de sa naissance, c'est Gironde. Jacques semble ignorer que
ma mère peut être la sienne !... Donc, Jacques ne
peut ni mentir, ni inventer. Dans quel but racon-
terait-il cette histoire ?... Elle est vraie... j'en suis
sûr... Pour Gironde, au contraire, que de soupçons !

Cette lettre tombée des mains de sa mère et qu'il
avait lue le soir de la fête donnée rue Ampère...
cette lettre lui revenait maintenant à l'esprit... Un
homme... Patoche... connaissait le secret de la
faute commise... Comment l'avait-il appris ?... Il
l'ignorait... C'était cet homme, ce Patoche, qui
était venu révéler à Marguerite l'existence de son
fils... C'était lui qui avait jeté Gironde entre les
bras de sa mère, — de la mère crédule, craintive,
et pleurant toujours au souvenir de la catastrophe
qui avait brisé sa jeunesse.

Et tout de suite, Patoche avait demandé de l'argent... une somme énorme...

Était-ce la première de ses exigences ?... Et n'avait-
elle pas été suivie de beaucoup d'autres ?...

Patoche !!

Il l'avait vu, deux fois, chez Marjolaine. Et chaque fois son cœur s'était soulevé comme s'il avait touché quelque bête immonde.

Sa mère ne succombait-elle pas à quelque abominable intrigue ourdie par ces deux hommes ?

Qui le lui dirait ? Où était la vérité ?

Et il pensait aussi au mystérieux assassinat d'Antoine de Pontalès, dont l'auteur restait inconnu.

Antoine avait joué un rôle dans l'abandon du fils de sa sœur. N'était-ce pas pour cela qu'on l'avait assassiné ?

Et pour la première fois depuis qu'il était soldat, Bernard regretta de n'être plus libre.

Que pouvait-il faire ? Rien.

Il ne voulait, il ne pouvait confier ses craintes à personne.

Il ne pouvait songer à rendre ainsi public le déshonneur de sa mère, au risque de tout apprendre à Cheverny.

Il devait agir seul, pour sauver sa mère !

Et il était soldat, c'est-à-dire esclave !

Ce n'était pas tout encore. Un autre soupçon lui venait, plus douloureux que tous les autres.

Ne serait-ce pas Jacques, le coupable ?

Pierre Gironde ne pouvait-il être vraiment le fils de la comtesse ?

Qui prouvait le contraire, en somme ?

Gironde n'était peut-être pas complice de la gredinerie de Patoche ? Qui sait s'il ne l'ignorait pas ?...

Et s'il ne fallait pour juger de l'honnêteté des deux jeunes gens que s'en rapporter aux apparences, ces apparences n'étaient-elles pas toutes en faveur de Gironde, au détriment de Jacques ?

Une honteuse accusation de tricherie au jeu pesait sur ce dernier.

Qui triche au jeu est capable de tout. L'occasion le fera ou faussaire ou assassin.

Était-ce donc Jacques qui le trompait ?

Cette seule pensée lui serrait le cœur... Mais Jacques, il l'aimait comme un frère... Il s'était senti attiré vers lui instinctivement, naturellement... Cette voix si douce et si franche... la voix d'un menteur ?... Ce visage énergique aux yeux si droits, le visage d'un fourbe et d'un imposteur ?... Cette âme qu'il croyait connaître, ce cœur qui n'avait qu'une ambition : le devoir, tout cela était de l'hypocrisie ?... Non, on ne dissimule pas à ce point. Ce n'est pas possible !...

Et pourtant l'un des deux mentait.

— Comment savoir ? Comment savoir ? répétait-il avec rage.

VII

Lorsque Bernard avait quitté Gironde, celui-ci était resté, rêveur, appuyé sur la balustrade du balcon et regardant toujours, vaguement, la promenade de la Pépinière.

— Pourquoi m'a-t-il adressé toutes ces questions? se demandait-il. Se doute-t-il de quelque chose?... A-t-il appris la faute de sa mère et sait-il le triste rôle que Patoche me fait jouer?... Ces questions n'étaient pas indifférentes. Elles avaient un but. Lequel?...

Il n'eut pas le temps d'y songer davantage. Il entendit, derrière lui, un bruit léger de pas. Il se retourna et tressaillit.

C'était Bernerette.

La jeune fille, surprise de le rencontrer, était elle-même très émue.

Et ils restèrent un moment, l'un devant l'autre, les yeux baissés, ne trouvant rien à se dire.

— Mademoiselle, dit enfin Gironde, — essayant vainement de refouler jusqu'au fond de son cœur l'amour impérieux qu'il éprouvait pour cette enfant, — mademoiselle, je suis heureux de vous rencon-

trer, car j'ai fait tout à l'heure mes adieux à madame
de Cheverny, et si j'étais parti sans vous revoir,
— vous qui vous êtes toujours montrée pour moi si
bonne et si affectueuse, — j'en aurais emporté un
éternel regret.

— Partir ? monsieur Gironde, dit-elle se rapprochant soudain et venant tout près de lui, — que
parlez-vous de partir ?... Les manœuvres ne durent
que trois semaines... et...

— Je ne parle pas des manœuvres, mademoiselle... La mort tragique de votre oncle m'a privé
de la situation que j'occupais auprès de lui. Je suis
donc sans place. Je serais bientôt sans ressources
si je ne cherchais à utiliser mon intelligence et mon
activité. J'ai résolu de quitter la France...

— Ah !

Elle s'assit lourdement dans un fauteuil, toute
pâle, les yeux cernés. On eût dit que cette nouvelle
l'avait brisée.

— Quitter la France ? Pourquoi ? Est-ce donc utile
pour vous ?

— Nécessaire, mademoiselle.

— Vous avez bien réfléchi ?

— Oui.

— Et c'est pour toujours ?

— Pour toujours.

Elle resta longtemps silencieuse. Elle souffrait
visiblement. Elle gardait les yeux baissés, n'osant
les relever sur Gironde, dans la crainte de lui montrer son amour. Et Gironde, lui-même, profondément ému, ne la regardait qu'avec crainte, considérant comme un crime d'avoir troublé le cœur de
cette enfant.

Elle murmura d'une voix mourante :

— Peut-être avez-vous raison... Vous êtes seul...
Vous ne laissez derrière vous... aucune famille...

Vous êtes libre... indépendant... Vous faites bien, sans doute...

— Vous m'approuvez, mademoiselle ?

— Oui.

— J'en suis heureux... Comme vous le dites, je suis seul, sans ami et sans parents... Personne ne prend intérêt à moi... personne ne m'aime... je n'ai recueilli dans ma vie que la menue monnaie des camaraderies ordinaires... Je pars sans remords...

— Et sans tristesse ?

— Peut-être, dit-il d'une voix sourde... J'ai dit que personne ne m'aimait... je n'ai pas dit que je n'aimais personne...

Le cœur de Bernerette battit à lui faire mal.

— Alors, monsieur Gironde, vous aimez donc sans espoir ?

— Oui.

— Celle que vous aimez n'est pas libre ? Elle en aime un autre ? En dehors de cette raison, il n'y a pas d'amour sans espoir...

Il essaya de sourire, bien qu'il fût bouleversé.

— Il y a bien aussi certaines difficultés qui viennent de la différence des situations, de la naissance, de la fortune...

— Ce sont des obstacles faciles à vaincre...

— Ils sont pour moi insurmontables.

— Vous vous découragez. C'est que vous n'aimez pas.

— J'aime ! dit-il simplement.

— Et vous partez ?

— Je pars.

— Mais si vous étiez aimé, sans le savoir ?

— L'ignorant, ma tristesse ne serait pas plus grande.

— Et si vous l'appreniez, vous resteriez sans doute ?

— Non, mademoiselle, je partirais...

— Alors, il y a, pour vous, d'autres raisons que celle de votre situation perdue et d'une autre situation à reconquérir ?

— Oui, dit-il d'une voix sourde.

— Des raisons bien puissantes ?

— Mademoiselle, je vous en prie, ne m'interrogez plus !...

— C'est bien, monsieur, dit-elle.

Elle se leva péniblement du fauteuil où elle était restée assise, pendant que lui s'était tenu debout devant elle.

Elle était blanche et semblait frêle comme un lis.

Elle garda le silence, les yeux demi-clos.

Puis doucement, avec un sourire d'un infini découragement :

— Je vous demande pardon, monsieur, de vous avoir adressé de pareilles questions, bien déplacées dans la bouche d'une petite fille. Vous êtes seul juge de votre cœur... et puisque vous estimez que votre devoir est de vous éloigner, eh bien, monsieur, éloignez-vous... mais, en partant, ne jetez pas un regard derrière vous, parce que vous pourriez voir peut-être que les affections... que vous laissez... sont plus... vraies et plus... profondes que vous ne le pensez...

C'était un demi-aveu. Pouvait-elle parler plus clairement, dans l'innocence de son cœur ?

Du reste, il avait compris.

Il savait bien qu'il était aimé. Et elle venait, pour lui enlever tous ses doutes, de le lui dire ! C'était le bonheur qui s'offrait à lui !... C'était l'honneur aussi ! Et rien de tout cela ne lui était permis !... Telle était sa situation qu'il ne devait même pas paraître

l'aimer, cette jeune fille !... ou bien il se fût trahi !...
Des larmes lui vinrent aux yeux... Il la salua brusquement, pour dissimuler son émotion, et se hâta
de sortir... Car il était envahi par une envie folle
de se jeter aux pieds de Bernerette et de lui avouer
son indignité, au risque d'attirer son mépris...

Quand il fut dans la rue, marchant d'un pas rapide, il se détourna et regarda la maison qu'il venait
de quitter.

Un rideau entr'ouvert se referma vivement.

C'était le dernier adieu de Bernerette.

Et Marguerite, entrant au même instant, trouva
sa fille sanglotant, en proie à une crise nerveuse.

— Ma fille ! Bernerette ! Qu'as-tu donc ?...

Elle mordait son mouchoir pour étouffer ses
cris.

— Il part ! Il part !...

— Qui ?

— Ah ! tu le sais, méchante,.. celui que j'aime...

Elle se cacha la tête dans le sein maternel.

Et Marguerite n'osant rien dire, épouvantée de la
violence de cet amour, se mit à la bercer lentement,
doucement, avec tendresse , comme lorsqu'elle
était toute petite, pour l'endormir.

VIII

Cependant, Patoche n'était pas heureux.

Il avait compté sur son audace et sur sa chance pour faire vite sa fortune avec celle de madame de Cheverny.

Est-ce que la chance l'abandonnerait, à la fin?

Il n'avait pas réussi à rentrer en possession de ses billets, malgré la somme énorme qu'il avait offerte au banquier Smith.

C'était un échec, cela.

Il se croyait encore rassuré de ce côté-là pourtant, car il supposait toujours les trois billets entre les mains du banquier de la rue d'Hauteville, mais s'il ne les recouvrait pas avant la fin de ce mois de septembre, époque de l'échéance, il était perdu, obligé de quitter la France et de fuir la justice.

Deux alternatives s'offraient donc à lui.

Ou bien il rachèterait ces billets et, sûr maintenant de l'avenir, il attendrait patiemment les événements, rôdant autour de madame de Cheverny comme une menace éternelle.

Ou bien il ne s'occuperait plus de ces billets, essayerait d'arracher à Marguerite le plus tôt possible le plus d'argent qu'il pourrait et, avant l'échéance, passerait prudemment la frontière.

— J'aurai toujours le temps de prendre ce parti, se dit-il. Mais en attendant, il me semble qu'il y a bien longtemps que cette chère comtesse n'a eu de mes nouvelles... Si je lui écrivais?...

Et tout de suite, il rédigea la lettre suivante :

« Madame, mon banquier vient de lever le pied, emportant avec lui tout ce que je tenais de votre bonté généreuse. Je suis de nouveau dans la misère la plus noire. A qui m'adresserais-je, madame, sinon à vous qui m'avez tant de fois déjà donné des preuves de votre sympathie? Croyez, madame, que je suis loin d'être un ingrat. Je garde pour vous la plus vive reconnaissance, et j'irai prochainement vous exprimer, de vive voix, tous les sentiments qui animent mon cœur. Faites, madame, que ce jour-là ma requête ne soit pas vaine et que je trouve auprès de vous, en même temps que des paroles consolantes pour le malheur qui m'arrive, les deux cent mille francs dont j'ai besoin pour vivre heureux désormais, à l'abri de la misère, exempt de tout souci. Je suis si bien convaincu que vous ne me refuserez pas que j'ose vous prévenir de mon arrivée, soit à Nancy, soit à votre campagne des Aulnaies, pour lundi prochain. M. de Cheverny étant aux grandes manœuvres, vous êtes libre pour trois semaines et rien ne vous sera plus facile que de réunir cette petite somme.

« C'est avec un profond respect, madame, que je suis votre humble et dévoué serviteur. »

Patoche, on le voit, était impitoyable dans sa torture.

Lorsque cette lettre parvint à madame de Cheverny, Marjolaine était auprès d'elle.

Jacques l'avait appelée. Il avait besoin de la voir, de reprendre du courage au serrement de sa douce main, de se réchauffer le cœur à son regard si plein de tendresse.

Et, en effet, cela lui avait fait du bien, cela l'avait rendu plus fort pour supporter les injustes mépris qu'il sentait autour de lui.

Et puis, une espérance était née dans son cœur, bien vague pourtant !

De la part de l'oncle César, Marjolaine lui avait dit :

« Ne perds pas patience. Il est possible que bientôt tout se découvre ! »

Il ne comprit pas très bien ce que cela voulait dire. Que découvrirait-on ?

Mais il avait confiance dans l'oncle César. Il ignorait ses démarches ; il ignorait que le bonhomme fût extrêmement riche ; il savait seulement qu'il était intelligent, pénétrant, rusé comme un singe. Et il se sentait aimé par ce rude fils d'Auvergne, comme le père Routard l'eût aimé lui-même, s'il avait été vivant.

Il partit donc plus gai pour les grandes manœuvres.

Marjolaine avait voulu repartir aussitôt après avoir vu Jacques.

Mais madame de Cheverny avait tant insisté pour la garder auprès d'elle pendant quelques jours que Marjolaine avait accepté.

Et si elle avait accepté, c'est que Marguerite lui avait dit qu'elle allait aux Aulnaies, que les grandes manœuvres amèneraient très probablement le 145ᵉ de ligne dans les environs et que de cette façon elle aurait une fois de plus l'heureuse occasion de voir son frère.

Marjolaine pouvait s'absenter à cette époque de l'année sans dommage pour son commerce.

Elle écrivit seulement à la Première pour lui

donner ses instructions. C'était une jeune fille très intelligente, nommée Louise, brune aux yeux rieurs, aux cheveux noirs, aux lèvres rouges et aux dents étincelantes, la bouche aux coins relevés. Marjolaine avait confiance en elle, la sachant très entendue aux affaires.

Elle pouvait donc s'absenter à son aise.]

Marguerite et la comtesse causaient au salon lorsqu'un domestique présenta quelques lettres à madame de Cheverny.

Parmi ces lettres était celle de Patoche.

La comtesse reconnut tout de suite l'écriture, sa main trembla, ses yeux se voilèrent, son cœur se serra.

La pauvre femme sentait autour de son cou se serrer tous les jours davantage les griffes de l'oiseau de proie.

Que voulait encore ce misérable?

De l'argent, sans doute, de l'argent toujours !

Mais elle ne pouvait plus lui en donner!... Chacune de ses demandes — il le disait chaque fois — devait être la dernière. Et chaque exigence était suivie d'une exigence nouvelle.

Elle était aux abois, en détresse, livrée sans défense à cet homme.

Elle tournait et retournait la lettre dans ses mains, n'osant l'ouvrir.

Il fallait s'y résigner pourtant, bien que cette lettre lui parût, plus encore que les précédentes, redoutable, comme si elle avait contenu, sous son enveloppe bénigne, les germes d'un drame qui allait briser des vies et des cœurs.

Elle déchira l'enveloppe.

L'horrible lettre, sous chaque mot de laquelle Marguerite sentait la plaisanterie froide et impitoyable du gredin, elle la lut d'un seul regard...

Et elle n'eut pas besoin de la relire.

Elle sut tout ce qu'elle contenait.

Le désespoir était si bien visible sur ses traits que Marjolaine s'aperçut tout de suite de son état.

— Qu'avez-vous, madame... vous souffrez?

— Non.

— Mais si, vous êtes tremblante et pâle... Serait-ce une mauvaise nouvelle que vous annonce cette lettre?

Marguerite ne répondit pas.

Les yeux fixes, elle rêvait.

Non, cet homme ne lâcherait jamais sa proie, jamais. Elle ne craignait pas d'être ruinée par lui. Ah! s'il ne s'était agi que d'obtenir son silence, s'il lui avait été facile d'user de sa fortune personnelle, elle aurait tout sacrifié, tout.

Mais l'homme ne serait jamais rassasié.

Sans cesse il demanderait, chaque fois augmentant, menaçant toujours et prêt, le misérable sans pitié et sans cœur, à exécuter ses menaces.

Du reste, elle venait d'être prise d'un découragement immense.

A quoi bon plus longtemps lutter!

Il arriverait un jour où, fatalement, elle succomberait, — un jour où elle serait obligée de tout dire, pour échapper à Patoche. Ce jour, elle le voyait s'approcher! Sûrement elle n'y échapperait, à la terrible révélation, que par la mort...

Et elle songeait à mourir...

Marjolaine lui avait pris les mains et la regardait avec tristesse.

Madame de Cheverny ne s'en apercevait même pas.

Alors Marjolaine lui parla avec douceur.

— Madame, vous êtes triste... je n'ai pas le droit

de vous interroger, ni de provoquer vos confidences... vous me connaissez depuis si peu de temps !... Cependant, si vous saviez combien je vous ai aimée tout de suite... en voyant que vous chérissiez mon frère Jacques presque à l'égal de vos enfants !.... Ah ! cette affection-là m'a été tout droit au cœur, croyez-le, chère madame... Et s'il était en mon pouvoir d'adoucir le chagrin que je devine en vous, je serais bien heureuse de le faire.

Madame de Cheverny ne put s'empêcher de pleurer.

— Merci, ma bonne Marjolaine... Je suis, en effet, bien malheureuse .. et je me sens perdue...

— Perdue ! dit la jeune fille avec effroi.

— Oui... c'est fini, perdue, déshonorée, méprisée bientôt peut-être par ceux qui jusqu'aujourd'hui m'avaient aimée et respectée.

— Oh ! ce n'est pas possible, madame !

La comtesse hocha la tête.

Puis elle se mit à considérer la lettre de Patoche.

— Je n'y répondrai pas, pensa-t-elle... et je le fuirai... je ne puis plus rien lui donner... Que la volonté de Dieu se fasse.

Puis, à Marjolaine :

— Mon enfant, nous partirons ce soir pour les Aulnaies, ainsi que je vous l'ai promis. J'ai besoin de solitude. J'ai besoin aussi de votre affection si dévouée. Et là-bas, aux Aulnaies, quand nous serons seuls, je vous ouvrirai peut-être mon cœur, vous raconterai mes angoisses, vous dirai pourquoi, si souvent, vous m'avez surprise tout en larmes...

Et le soir même, en effet, elles étaient parties.

Madame de Cheverny, s'imaginait-elle qu'en s'éloignant de Patoche, elle se mettait hors de son atteinte ?

Si elle avait eu cette espérance, elle eût été bien vite détrompée, car elle trouva aux Aulnaies une lettre qui l'attendait, lettre qui n'était que le double de celle qu'elle avait reçue à Nancy.

Patoche prenait ses précautions. Il voulait qu'elle fût bien avertie. Cela renouvela les terreurs de la comtesse.

— Il me tient, se disait-elle sans cesse, je ne lui échapperai jamais.

Toutes les campagnes qu'elles avaient traversées pour se rendre aux Aulnaies étaient occupées par les soldats.

Artillerie, infanterie, cavalerie, train des équipages, ambulances, services spéciaux, tout cela encombrait littéralement les routes.

Les grandes manœuvres sont intéressantes dans toute la France, mais plus particulièrement les grandes manœuvres du 6ᵉ corps, placé à la frontière nouvelle, comme la sentinelle avancée de la patrie, destinée à recevoir le premier choc en cas de guerre avec l'Allemagne.

34,000 hommes prenaient part à ces manœuvres. Les troupes, après leurs marches de concentration, devaient commencer par exécuter des manœuvres de brigade.

C'était la première période des manœuvres.

La deuxième comprenait des manœuvres de division contre division, dirigées par le général commandant le corps d'armée.

Tous les journaux en avaient publié le programme fixé ainsi qu'il suit, après entente entre le général en chef et le ministre de la guerre :

« La 11ᵉ division (Est) marchera sur Ligny où elle passera l'Ornain et s'assurera du passage de la Marne à Saint-Dizier, tandis que l'ennemi sera signalé entre Châlons et Vitry.

La 12ᵉ division (Ouest) marchera sur Saint-Dizier et se portera au-devant de l'ennemi qu'elle rejettera du côté de l'Ornain.

» Après ces exercices préliminaires auront lieu les manœuvres de corps d'armée à trois divisions contre un ennemi de même force dont les trois divisions seront représentées par trois brigades.

» Le corps d'armée du Nord, figurant l'ennemi, se concentrera sur la ligne de Foucaucourt-Nubécourt.

» Le corps sud concentré vers Ancerville-Stainville, apprenant que l'ennemi a passé la Meuse à Dun et se trouve signalé sur la rive gauche de l'Aire, vers le sud de la forêt de l'Argonne, marchera sur Bar-le-Duc pour couvrir cette ville et se porter à la rencontre de l'ennemi.

» Le corps du Nord se portera sur Loupy, passera la Chée et occupera Bar-le-Duc.

» La dernière partie sera consacrée à des manœuvres de corps d'armée renforcé.

» L'ennemi (corps de l'Est) comprendra une brigade de cavalerie, cinq batteries à cheval et plusieurs bataillons de chasseurs. Ce corps, venant de Saint-Mihiel, prendra position sur les hauteurs de la rive de l'Aire, au nord et au sud du signal de Belrain.

» Le corps ouest, venant de Revigny, recevra l'ordre d'attaquer l'ennemi dans ces positions et de le rejeter sur Saint-Mihiel. »

Tel était ce programme, qui devait être brillamment exécuté et donner lieu, dans la presse, à des discussions intéressantes et rassurantes pour la sécurité de notre frontière de l'est.

Lorsque madame de Cheverny arriva aux Aulnaies, elle s'informa si on avait connaissance, dans les environs, du 145ᵉ de ligne.

On ne put la renseigner, mais le lendemain matin on lui remit une dépêche du colonel, lui apprenant que son régiment avait l'ordre d'occuper les hauteurs voisines des Aulnaies et de défendre le château contre une attaque supposée de l'ennemi.

Le régiment camperait en plein air, bivouaquant, mais le colonel disait à Marguerite qu'elle verrait assurément Bernard et Jacques auxquels il serait facile d'obtenir la permission de venir l'embrasser.

— Quel jour? interrogea Marjolaine.

— Le 7 septembre... c'est-à-dire lundi.

Et la comtesse pensait, le cœur serré tout à coup, que ce jour-là, elle ne recevrait pas seulement la visite de deux êtres aimés, mais celle aussi de Patoche toujours aux aguets, toujours veillant.

Les jours s'écoulèrent ainsi.

Mais les angoisses de Marguerite augmentaient au fur et à mesure que s'approchait la date fatale.

Un mot laconique de Patoche qu'elle reçut le dimanche lui fit comprendre que l'homme se rappelait et ne pardonnerait pas.

« J'espère que madame la comtesse ne me refusera pas le service que je lui ai demandé. Donc, à demain sans faute, aux Aulnaies, où l'un de mes correspondants de Nancy m'a appris que madame la comtesse était en villégiature en ce moment. »

Marguerite était acculée à une situation sans issue.

C'était fini. Elle n'avait pas même essayé de réunir la somme énorme que le misérable exigeait.

Il ferait ce qu'il voudrait pour se venger!...

Elle s'abandonnait à sa détresse, sans se défendre.

Et elle attendait, passive, le coup qui allait la frapper.

Seulement, elle ne résista pas, ce jour-là, au désir de verser dans le cœur de la douce Marjolaine la confidence de ses épouvantes et de ses désespoirs.

— Je ne sais ce qui arrivera, dit-elle, je ne sais ce qui se prépare. Peut-être suis-je sous le coup d'un grand et irréparable malheur. Je vous avais promis, ma chère enfant, de tout vous dire. J'ai confiance en votre loyauté et en votre tendresse.

— Parlez, madame, et si je puis vous être bonne à quelque chose...

— Hélas ! non, ni vous ni personne...

Elle essuya ses yeux. Des sanglots l'étouffaient.

— Ah ! le passé ! le passé ! murmura-t-elle... Personne n'y échappe. Vous croyez qu'il est mort, lorsqu'il se réveille tout à coup...

— Est-il donc des hommes assez cruels pour vous faire de la peine, madame ?

— Un homme... Oui, Marjolaine... un homme qui s'acharne sur moi, fort d'un secret qu'il possède... et qui abuse de ce secret comme de ma faiblesse...

— Pourquoi ne pas vous confier à votre mari ?

— Ah ! c'est que justement ce secret n'est pas connu de lui — et il ne faut pas qu'il le soit, et j'aimerais mieux mourir que de le lui révéler... Ah ! ma pauvre Marjolaine, vous ne connaissez rien de la vie encore !... Vous aviez cru que j'étais heureuse, n'est-ce pas ?

— Certes ! N'avez-vous pas tout ce qu'il faut pour cela ?

— C'est ma vie, cela, mon enfant. En apparence, tout pour être heureuse, et misérablement désespérée, au fond. Pourtant, il faut bien que je le dise, pendant vingt ans les regrets, les souvenirs, les remords s'étaient adoucis... presque effacés...

— Les remords ?

— Oui... J'avais cru, à force de tendresse et de dévouement, réparer la faute autrefois commise... Je m'étais promis d'y consacrer toute ma vie... L'amour de mon mari... l'affection de mes enfants... tout cela me faisait l'existence très douce, et j'étais presque heureuse... autant que je pouvais l'être avec mes souvenirs... Mais cela n'était pas juste, sans doute... et un homme est apparu qui depuis quelques mois me torture...

— Son nom?... le nom de ce misérable?...

— Vous le connaissez, Marjolaine. Son nom est revenu plusieurs fois sur vos lèvres... Il vous a rendu service lorsque vous avez voulu vous établir à votre compte et acheter un magasin de modes...

— Patoche !

— Oui, Patoche ! Ecoutez-moi.

Elles étaient dans le jardin qui entoure les Aulnaies.

La nuit était venue, très claire, grâce à la lune.

Là campagne s'étalait devant elles, ainsi poétiquement éclairée, et les coteaux voisins se découpaient sur le bleu pur du ciel. Des grillons chantaient.

Madame de Cheverny entraîna Marjolaine sur un banc.

Elles s'y assirent.

La comtesse s'essuya de nouveau les yeux.

Pus d'une voix basse, infiniment triste, elle dit :

— C'est un gros secret que je vais vous confier, ma chère Marjolaine... il ne sortira jamais de votre cœur ?...

— Jamais, madame...

J'en suis certaine...

Et après quelques instants de dernière hésitation, — avant de mettre ainsi son âme à nu, elle avait peur.

— Alors que j'étais toute jeune, j'ai eu pour ami un garçon qui grandit près de moi, qui joua tous les jours avec moi, que j'aimai tout d'abord comme on aime un ami d'enfance et comme on aime son frère; mais au fur et à mesure que les années, s'écoulant, faisaient de lui un jeune homme et de moi une jeune fille, notre affection changeait de nature.

— Il en a été de même pour Jacques et pour moi, interrompit Marjolaine. — Du moins je fus payée de retour, et si j'aimai Jacques, il ne fut pas long, non plus, à s'apercevoir qu'il avait pour moi plus qu'une amitié fraternelle.

— Moi aussi, Marjolaine, je fus aimée, aimée ardemment... Mais vous n'avez rien oublié de votre modestie et de votre réserve, vous, mon enfant, et vous pouvez regarder Jacques sans rougir, en attendant que vous puissiez devenir sa femme. Moi, je fus coupable. J'étais trop malheureuse aussi... Mais je ne veux pas chercher à m'excuser. Je fus coupable et je n'ai pas d'excuse. Je ne méritais à ce moment-là aucun pardon. J'ai tant souffert depuis et tant expié, que je les mérite tous aujourd'hui....

Marjolaine l'écoutait et comprenait, un peu interdite.

— Ma faute ne fut connue de personne. Cependant j'étais mère. Mais je dissimulai jusqu'au jour où je fus obligée de prendre ma tante pour confidente. Je mis au monde un garçon. Le père, officier, était en Italie. Longtemps je l'avais cru mort. Il revint le jour même de la naissance, juste à temps pour prendre l'enfant et l'emporter — le sauver des mains de mon frère qui, prévenu, venait d'accourir et peut-être n'eût pas reculé devant un crime.

— C'est horrible. Comme vous avez dû souffrir !

— Comment ne suis-je pas morte ?

Elle s'arrêta, pour prendre haleine, car elle était haletante.

Ces souvenirs ainsi évoqués l'écrasaient.

Et d'une voix sourde, inintelligible, elle ajouta :

— Le père partit, emportant le nouveau-né... et depuis ce jour-là, Marjolaine, je n'ai jamais revu le père, qui s'est noyé... et je devais passer vingt longues années sans revoir l'enfant.

— Quel terrible drame ! murmura Marjolaine.

Et tout à coup, ce mot lui revenant à l'esprit :

— Noyé ? dit-elle... Où cela se passait-il ? Puis-je savoir ?

— Pourquoi vous le cacherais-je ? Nous habitions alors un château, Malpalu, situé pas très loin de la Loire et sur la bordure de la forêt de Russy...

— La forêt de Russy ! dit Marjolaine, debout, blême...

— Qu'avez-vous, mon enfant ?...

— Rien, madame, rien.

— Vous tremblez... des frissons parcourent vos mains... Vous avez froid... Voulez-vous que nous rentrions ?

— Non, madame, non, je vous assure, ne faites pas attention. Je suis très bien...

Et elle répétait mentalement.

— Le père noyé... La forêt de Russy ? Qu'est-ce que cela veut dire ?... Que vais-je apprendre ?...

Et ne resistant pas plus longtemps à son ardente curiosité :

— La forêt de Russy ?... dit-elle. Est-ce qu'il n'y a pas aussi un autre nom ?...

— La forêt de Boulogne...

Le cœur de Marjolaine palpitait :

— Et ces forêts entourent le château de Chambord ?

— Oui. Vous connaissez ce pays, mon enfant ?

— Nous y sommes passés souvent, avec mon père, dit-elle... Et vous disiez tout à l'heure que le... père de votre enfant s'était noyé ?... Dans la Loire, sans doute ?...

— Non, la forêt est traversée par une petite rivière... inoffensive presque toujours, mais qui se gonfle parfois sous les pluies, les neiges fondues, ou même en été par les orages...

— Je me souviens... le Cosson ?

— C'est dans le Cosson que Julien s'est noyé...

— Et l'enfant ? madame... l'enfant ? interrogeait Marjolaine au comble de l'émotion.

— Je ne sais ce qu'il est devenu... ou plutôt, ainsi que je vous le disais tout à l'heure, je l'ai ignoré pendant vingt ans. Et j'arrive tout de suite au moment le plus douloureux de ma vie, aux angoisses mortelles que je traverse...

— Parlez, madame, parlez...

Et Marjolaine qui avait pris les mains de la comtesse, les étreignait de toutes ses forces.

Elle avait peine à se contenir, la douce et gentille fillette.

Mille questions se pressaient sur ses lèvres.

Mais elle n'osait encore les poser, elle voulait attendre.

Est-ce donc qu'elle allait retrouver la mère de Jacques ?

Oui... n'était-ce pas une preuve que ce seul détail de la mort du père, noyé dans le Cosson ?

— Le secret de la naissance de mon enfant n'était connu que de ma tante, qui mourut quelque temps après, et de mon frère Antoine — dont vous avez appris dernièrement la fin tragique. Une autre personne, pourtant, avait surpris ce secret. C'était l'intendant de mon père... Vous le connaissez, c'était Patoche ! !... Cet homme était fourbe et lâche, sorte d'espion à la solde de mon frère et chargé de lui rendre compte de ce qui se passait au château. Par Patoche, ainsi que je vous l'ai dit, mon frère avait été prévenu. C'est donc Patoche qui est cause de tous les drames qui ont accompagné la naissance de mon enfant. Aussi, cet homme, je le haïssais de toutes mes forces... jamais je ne lui avais pardonné... je ne lui pardonnerai jamais... Des mois se passèrent, ma chère Marjolaine ; je fus forcée par mon frère, dont les menaces m'épouvantaient, d'épouser M. de Cheverny. Pendant vingt ans, ce fut un grand calme dans ma vie. J'avais presque oublié Patoche et je croyais aussi que Patoche m'avait oubliée. Jamais il ne m'avait donné de ses nouvelles... j'espérais même qu'il était mort... car la seule pensée de cet homme troublait mon existence. Hélas ! il reparut, il y a quelques semaines... pour me perdre...

— Pour vous perdre ?

— Oui. Il vint se rappeler à mon souvenir tout d'abord, insolent et goguenard, comme il était autrefois, avec, en plus, les flétrissures de tous les vices dont il n'avait jadis que les germes, mais que vingt ans de Paris avaient développés. Il fut doux, patelin, insinuant.

— Que venait-il faire ?

— Me dire que le hasard l'avait jeté sur la trace de mon enfant... de mon enfant perdu, comprenez-vous, Marjolaine... de l'enfant que j'ai tant pleuré et que j'aime peut-être d'autant plus qu'il a été la cause première de tous mes malheurs...

Marjolaine, de plus en plus tremblante et d'une voix qu'étrangle une émotion indéfinissable :

— Ah ! Patoche a retrouvé votre enfant ?...

— Oui.

— Il vous l'a ramené ?

— Il me l'a ramené.

— Vous le connaissez ? Vous l'avez vu ? Vous l'aimez ?

— Oui, oui, disait la mère... Est-ce que je l'aime, pourtant ? fit-elle après une pause. Parfois je doute. J'ai peur de mon cœur...

Et Marjolaine, insistant avec une persistance singulière :.

— Et vous êtes bien certaine, n'est-ce pas, qu'on ne vous a pas trompée ? que ce n'est pas une lâche et sacrilège intrigue que cet homme a formée contre vous ?...

— Il m'a donné des preuves !...

— Est-ce que vous voudriez me dire lesquelles ?

— Mon fils m'a raconté comment il avait été recueilli dans la forêt de Russy, en décembre 1859, — juste la date, — emporté par un charbonnier, élevé par lui...

— Mais ces détails, Patoche les connaissait... Qui vous dit que ce n'est pas lui qui les a communiqués à ce jeune homme...

— J'ai d'autres preuves !

— Ah ! fit Marjolaine, frappée au cœur... d'autres preuves !

— Ce récit a été fait par le père adoptif de mon fils, à son lit de mort, devant le maire du village où mon fils a été élevé... Le maire a reçu la déclaration et l'a contresignée...

— Vous êtes certaine de tout cela ?

— Oui.

Le charbonnier est mort... On ne peut plus l'interroger, mais avez vous écrit du moins à ce maire de village, afin qu'il vous confirme ces détails si importants pour vous...

— Cet homme est mort également.

— Ah ! tant pis... Tant pis !...

— A quoi pensez-vous, mon enfant ?

— Et sous quel nom votre fils s'est-il présenté à vous, madame ?

— Pierre Gironde !...

— Je m'en doutais !...

Et après un silence :

— De telle sorte que les preuves dont vous me parlez se résument à ceci : d'une part l'affirmation de Patoche...

— Et aussi les explications données par mon fils.

— C'est la même chose... et d'autre part certaines pièces relatant la découverte de l'enfant dans la forêt de Russy...

— Oui.

— Et c'est tout ?

— N'est-ce pas suffisant, Marjolaine ? Qui aurait pu inventer cette histoire ? Pierre Gironde ne la connaissait pas... Et les détails qu'il m'a donnés se rapportent absolument à ceux que je connais.

— C'est possible, c'est possible, disait Marjolaine, perplexe et, malgré la conviction qui se formait en son esprit, un peu inquiète.

— On dirait que vous avez une arrière-pensée ?...

— Peut-être.

— Je suis franche avec vous... ne viens-je pas de prouver mon absolue confiance ?... n'ai-je pas droit, ma chère enfant, à un peu de réciprocité de votre part ?

— Certes... mais ce que je voulais dire est si délicat !

— Parlez !

— En quelle estime avez-vous Patoche ?

— Ah ! dit la comtesse, les mains sur les yeux et dans un sombre désespoir, ne vous l'ai-je pas dit ?... Celui-là me perdra !... J'en suis sûre... Il n'a ni cœur, ni pitié !... C'est un misérable qui abuse de ma faiblesse.....

— Eh bien, madame, je me défierais des amis de Patoche... et si je ne me trompe, M. Pierre Gironde est de ces amis-là.

— Le hasard seul a fait cette amitié, Marjolaine...

Elle avait dit cela avec vivacité.

Ne se sentait-elle pas obligée de défendre celui qu'elle croyait son fils ?

Marjolaine ne pouvait discuter avec l'affection de la mère...

Elle le comprit. Elle s'en abstint. Mais elle répondait déjà, à cet instant, à l'interrogation que depuis quelques jours Bernard se posait dans son cœur : de Jacques et de Gironde, quel était l'imposteur ?... Et elle savait bien, elle, que ce n'était pas Jacques !...

— Madame, dit-elle, en quoi vous croyez-vous en danger ? En quoi êtes-vous menacée par ce Patoche ?... Vous ne me l'avez pas dit encore et si je puis vous être utile...

— Tout ce que je vous ai raconté, mon amie, était utile pour vous faire comprendre le reste. Patoche a abusé étrangement, depuis quelques semaines, du secret qui m'épouvante. Ce n'a été de sa part que demandes incessantes... d'argent...

— Ah ! fit Marjolaine avec dégoût, je l'avais deviné aussi.

— Tout d'abord et sous prétexte de relancer sa maison, il m'a demandé cinquante mille francs sous forme de prêt, disait-il. Mais bientôt, il perdit toute retenue. Il exigea, ordonna, purement et simplement. Et je n'eus qu'à obéir. Et à chaque fois ses exigences augmentaient. Ce ne fut plus cinquante, ce fut cent mille francs qu'il fallut. J'empruntai, je demandai à mon mari, je mentis, je jouai la comédie de coquetteries et de dettes imaginaires... Je vendis

mes diamants, mes bijoux... Jusqu'aujourd'hui j'ai
pu le satisfaire et combler le gouffre que ses exigences ouvraient sans cesse devant moi... Hélas ! il
me demande pour demain deux cent mille francs !...
Et il menace ! Et il est sans pitié !... Je suis perdue,
vous voyez bien... Si bien perdue que je n'ai même
pas fait le premier effort pour réunir cette somme.
Mon mari seul pourrait me la donner. Mais cette
fois il aurait le droit d'exiger de moi des explications. Et que lui dirais-je ? Avais-je raison, Marjolaine, d'être désespérée ?... Avais-je raison aussi de
traiter cet homme de misérable ?...

— Comment faire ? Comment faire ?

— Ne cherchez pas, allez, c'est inutile.

— Si j'avais cette somme, si je pouvais l'emprunter... je vous la remettrais avec bonheur...
mais je ne jouis pas d'un crédit aussi important, et
le petit capital qui fait marcher ma maison ne pourrait être réalisé avant longtemps.

— Je n'accepterais pas de vous, ma chérie, un
pareil sacrifice. Du reste, Patoche est insatiable.
Après ces deux cent mille francs, il lui en faudra
deux cents autres... Et toujours ainsi... A quoi bon
attendre ?... L'orage gronde... Je n'ai qu'à baisser la
tête jusqu'à ce que la foudre tombe !...

— Pauvre chère amie ! dit Marjolaine en lui embrassant les mains. Et M. Gironde connaît-il vos
angoisses, vos terreurs ?

— Oh !

— Pourquoi ne les lui confiez-vous pas ?

— A quoi bon ?

— Je vais peut-être vous fâcher, mais ne vous
êtes-vous jamais demandé si, par hasard, ces
sommes énormes qui sortent de vos mains ne profi-
taient pas seulement à Patoche ?

— Marjolaine !

— Oui, je sais bien que je dis-là quelque chose de monstrueux. Pourtant j'achèverai ma pensée... Croyez-vous que cet argent ne profite pas à M. Gironde ?

— Oh ! mon enfant, vous insultez ce jeune homme ?

— C'est qu'entre vous et lui, madame, je vois toujours la figure lâche et cruelle de son ami... peut-être de son complice !

— Mon Dieu, ma chère enfant, pourquoi mettre de pareils soupçons dans mon cœur ? Pourquoi y faire naître le doute ?...

— Qui sait ? Pour vous sauver.

— Que voulez-vous dire ?

— Rien... rien encore... ne m'interrogez pas... je ne pourrais répondre... c'est moi plutôt qui devrais vous interroger ?...

— Je vous répondrai, mon enfant, que voulez-vous savoir de moi ?

— M'avez-vous raconté tous les détails de l'abandon de l'enfant ?

— Je pense n'en avoir pas oublié...

— Vous n'avez donc fait aucune recherche pour retrouver votre fils ?

— Hélas ! Toutes mes recherches ont été infructueuses.

— Et personne ne vous a rien dit ?

— Rien.

— Et sur la mort du père, aucun détail ne vous est parvenu ?

— Aucun. On retrouva son corps, plusieurs jours après. Les médecins l'examinèrent. Il était mort brusquement de sa blessure rouverte. Il n'y avait pas eu de meurtre, comme, un instant, je l'avais soupçonné.

— Et votre frère ?...

— Mon frère avait laissé l'enfant dans la forêt...
Ce fut son crime... Dieu l'en a rudement châtié...

— N'avez-vous jamais pensé que l'assassinat de
votre frère pût se relier à l'histoire du passé?

— Comment?

— Je l'ignore... Votre secret n'était connu que
de deux hommes... Patoche et M. de Pontalès...
l'un puissant, influent, redoutable... l'autre, escroc,
ayant tous les vices... qui sait si l'un n'avait pas
intérêt à faire disparaître l'autre?...

— Dans quel but?

— Pour rester seul maître de ce secret?

Marguerite ne répondit pas.

Cette boue et ce sang remués l'effrayaient.

Marjolaine continuait, cherchant la lumière dans
ce chaos ténébreux, voulant former de plus en plus
sa propre conviction, être certaine qu'elle ne se
trompait pas et que ce fils, que Marguerite croyait
avoir retrouvé en Gironde, ce fils n'était autre que
Jacques.

— M. Pierre Gironde était le secrétaire de
M. Antoine de Pontalès?

— Depuis un an.

— Vous ne trouvez pas un pareil hasard bien
étrange?

— C'est vrai! dit la mère, dont la voix s'altérait.
Qu'en concluez-vous?

— Oh! je ne veux rien conclure... maintenant...
du moins... Dites-moi... lorsque votre enfant fut
abandonné... il n'y avait rien dans ses langes qui
pût le faire reconnaître, plus tard?

— Non. Ma tante n'y mit rien. Nous ne pouvions
prévoir qu'il allait être ainsi délaissé dans cette
neige, en cette forêt...

— C'est vrai, murmura Marjolaine rêveuse... mais

9.

le père, lui, avait pu mettre là un objet quel-
conque... Etait-il décoré ?

— Oui.

— La croix ?

— Oui. Et la médaille militaire...

— C'est bien cela, pensait Marjolaine... Voici
une preuve, déjà...

Elle réfléchit. Que demanderait-elle bien encore ?
Elle ne voulait pas exciter l'inquiétude et la curiosité de la comtesse par trop de précision.

Mais plusieurs questions lui brûlaient encore les
lèvres.

Doucement, comme indifférente, elle dit :

— Vous n'avez pas conservé quelque portrait du
père de votre enfant ?... Vous ne pourriez pas me
montrer ce portrait ?

— Je n'ai rien. Il ne me reste rien de lui que le
souvenir. Mais ses traits sont gravés profondément
dans mon cœur et je le revois comme si, hier encore,
nous nous étions promenés, ainsi qu'autrefois, dans
les grandes avenues de la forêt de Russy.

— Rappelez vos souvenirs, dit Marjolaine, con-
sultez votre cœur et faites-moi son portrait...

Elle lui dit comment était Julien Rémondet.

Et tout à coup, s'interrompant, elle resta silencieuse.

Marjolaine s'inquiéta :

— Je vous fais de la peine en vous interrogeant
ainsi...

— Non... mais j'ai pensé que je n'avais besoin de
vous faire aucun portrait de Julien.

— Pourquoi ?

— Julien, vous le connaissez... presque... et le
hasard a vraiment des rapprochements douloureux...

— Je ne comprends pas.

— Mon grand chagrin, lorsque Patoche m'a amené mon fils, ce fut de ne découvrir, dans la physionomie de celui-ci, rien qui me rappelât le visage aimé de Julien... rien... ni les yeux, ni ce je ne sais quoi qui du père ou de la mère passe à l'enfant et que trahit un regard, un geste souvent... Pierre est beau, élégant, distingué... mais il a le teint chaud des hommes du Midi, que ses traits rappellent... Et comme si Dieu avait voulu quand même faire revivre auprès de moi celui que j'avais tant aimé, c'est en Jacques, Marjolaine, en votre frère, que je retrouve le portrait du père de mon enfant !

— En Jacques ?

Et la jeune fille, interdite, a failli se trahir.

Comment douterait-elle encore, maintenant ?...

Mais elle a hâte de savoir, d'apprendre encore :

— Ainsi, dit-elle d'une voix haletante... Jacques ? Jacques ?

— J'ai été bien profondément émue la première fois que je le vis. C'était, vous vous en souvenez, rue Ampère, quelques jours après le retour de mon mari. En apercevant Jacques, je me suis rappelé Julien, alors qu'il revenait passer chez son père quelques jours de congé. Julien s'était engagé, comme votre frère. Il était pauvre, mais fier, brave, laborieux. Il avait voulu devenir officier, comme Jacques en a lui-même l'ambition et il y était parvenu, de même que Jacques y parviendra... Mais ce ne fut pas seulement cette conformité de carrières qui éveilla mes souvenirs... Il y avait vraiment une ressemblance singulière entre Jacques et Julien. C'est la même taille, la même façon de porter la tête... C'est presque la même physionomie... Quand je pense à Julien, je le revois en ces jours de tristesse et d'épouvante qui ont précédé sa fin tragique et Jacques, justement, ne ressemble jamais plus à

Julien que lorsqu'il est triste... Et depuis quelque temps, c'est la tristesse qui le mine, le pauvre enfant !... N'avais-je pas raison de vous dire, Marjolaine, que le hasard est cruel parfois... puisqu'il donne la ressemblance d'un être qui m'est cher à ce jeune homme que j'aime mais qui n'est qu'un étranger pour moi, — tandis que l'autre ne fait renaître en mon esprit rien des traits de son père !

Marjolaine, violemment émue, tremblante, avait envie de crier à cette pauvre mère qui se trompait :

— Mais va donc où ton cœur te mène ! Gironde est un fourbe. C'est Jacques qui est ton fils !...

Mais elle n'osait encore.

Plusieurs détails restaient bien dans son souvenir, mais elle les gardait en réserve, ceux-là, pour le jour où il lui faudrait prouver que Jacques, selon toute apparence, — et c'était plus que des apparences, car Marjolaine ne doutait plus, — était le fils de Marguerite.

Ces détails, nos lecteurs n'en ont pas perdu le souvenir.

Il y avait ce duel, d'abord entrevu par Marjolaine à travers les broussailles derrière lesquelles elle se dérobait.

Il y avait cette fourrure que le père Routard avait dédaignée.

Il y avait ce pistolet qu'il avait ramassé, au contraire, avec soin, et gardé précieusement.

Ce pistolet, manié par Bernard dans la chambre de Jacques et qui portait sur sa crosse, sous la couronne comtale, les initiales de l'un des Pontalès et la devise de la maison :

« TOUJOURS DROIT »

Jadis, quand le hasard de sa cueillette de bois mort avait conduit la petite Marjolaine en ce coin de la forêt où allait se passer ce dramatique événement, l'enfant, trop loin des deux auteurs du drame, n'avait fait que voir, sans entendre les paroles.

Le bruit des voix était arrivé jusqu'à elle, mais indistinct et elle n'avait remarqué ni les injures de Pontalès à Rémondet, ni ses reproches... Elle n'avait pas entendu leurs noms... Malgré son jeune âge, elle s'en serait peut-être souvenue... Elle aurait tout répété à Routard... Mais elle avait été si effrayée par ces choses qui se passaient devant elle et auxquelles elle ne comprenait rien, que maintenant qu'elle y songeait et qu'elle essayait de se rappeler, les souvenirs lui revenaient confus et brouillés.

Voilà à quoi elle pensait pendant que la comtesse lui racontait combien Jacques ressemblait à Julien, — passant ainsi, la pauvre femme, — à côté de son bonheur, sans le voir.

Et quand la comtesse eut fini, Marjolaine rêvait encore.

Marguerite lui demanda :

— Je vous ai ouvert mon cœur. Vous connaissez ma vie, mon secret tout entier. Quel conseil me donnez-vous, ma chère Marjolaine?

— Je ne puis vous en donner qu'un seul, mon amie. Puisque vous êtes convaincue que M. Gironde n'est pas complice de toutes ces demandes d'argent, il faut qu'il assiste, demain, à votre entretien avec Patoche. Seul, il est capable de vous défendre contre cet homme...

— Mais s'il lui arrivait malheur?

— Ne craignez pas cela, madame... Patoche, il vous l'a prouvé, n'est brave qu'avec les femmes...

La comtesse réfléchit longuement.

— Je suivrai votre conseil, dit-elle... Si Pierre n'ignore rien des honteuses menées de Patoche, c'est qu'il est coupable, lui aussi... Alors, que croire? s'il les ignore, au contraire, et si je les lui dévoile, il trouvera sans doute le moyen d'empêcher leur retour, à l'avenir.

Les deux femmes rentrèrent au château des Aulnaies.

Chose étrange, la comtesse était plus calme.

Il lui semblait qu'elle venait de trouver un secours, une protection efficace, contre les tentatives de Patoche.

Qu'était-ce pourtant que la petite Marjolaine? Une modiste, bien humble, n'ayant que son cœur, son intelligence, son amour.

Mais Marguerite ne réfléchissait pas à tout cela.

Le redoutable secret de son passé de jeune fille l'étouffait.

Elle venait de le confier à une amie, ce secret.

Et il lui était désormais, sans qu'elle sût pourquoi, plus facile de le supporter.

La nuit, — cette nuit qui suivit la confidence, — fut donc meilleure et plus reposante pour elle que pour Marjolaine.

Celle-ci ne dormit guère.

La foudroyante révélation de la naissance de Jacques était bien faite pour la tenir éveillée.

Elle y songea toute la nuit.

En son esprit, elle repassa une à une toutes les paroles de la comtesse.

Elle en arrivait presque à vouloir se prouver qu'elle s'était trompée, qu'elle avait mal entendu, mal compris.

Mais cela n'était pas possible : tous ces détails ne pouvaient concerner qu'un seul homme, et cet homme c'était Jacques.

L'autre, ce Gironde, n'était qu'un fourbe, un intrigant.

Déjà Bernard s'était fait de son côté la même réflexion.

Chez Bernard, cette réflexion avait été suivie d'une grande joie, car il aimait Jacques depuis longtemps comme un frère.

Mais chez Marjolaine, la joie très profonde ne fut pas sans être mêlée d'un peu de tristesse.

Qu'allait devenir Jacques, dès qu'il connaîtrait le secret de sa naissance?

Car elle lui dirait ce secret sans plus tarder.

Qu'allait-il devenir quand elle aurait appris, prouvé à la comtesse que son cœur faisait fausse route?

Elle tremblait, la gentille Marjolaine.

Elle tremblait qu'on ne lui prît son Jacques aimé, autour duquel avaient gravité les pensées de toute sa vie, Jacques, son fiancé, son fils, son frère.

Voilà pourquoi elle était triste.

Mais comme elle était bonne aussi, la tristesse fit bientôt place chez elle à une pensée plus douce, plus réconfortante :

— Lui qui, sans avoir même l'espérance de jamais connaître sa mère, l'adorait, cette mère, depuis son plus jeune âge, quelle va être sa joie !... quels transports ! que de tendresses !...

Et, pendant cette nuit qui fut bien longue, elle compta toutes les demies et toutes les heures qui la rapprochaient de l'aurore, parce qu'elle savait que ce jour-là, qui allait poindre, verrait le 145ᵉ de ligne dans les environs des Aulnaies.

IX

Patoche venait d'arriver à Borange. Il s'était installé dans une auberge, s'était informé si madame de Cheverny était bien réellement au château des Aulnaies.

On lui répondit qu'elle y était arrivée depuis quelques jours.

Alors, il écrivit aussitôt à la comtesse le petit mot suivant :

« Madame, je suis auprès de vous, mais prudent comme toujours et ne songeant qu'à vous, j'attendrai, pour me présenter, votre jour et votre heure. »

Il ne mit pas la lettre à la poste, il la fit porter par un paysan qui lui rapporta la réponse suivante :

« Monsieur, je vous attendrai ce soir, vers neuf heures, dans le pavillon isolé qui est à l'aile gauche du château. »

A la réception de ce mot, Patoche se frotta vigoureusement les mains. Il se croyait sûr du succès. Du moment que la comtesse, en effet, lui indiquait si facilement ce rendez-vous, c'est qu'elle était en mesure de lui donner les 200,000 francs qu'il avait exigés d'elle.

Il déjeuna donc, à l'auberge, d'un fort bon appétit

et fit même tant d'honneur à un petit vin clairet de la Moselle qu'il n'était plus très solide sur ses jambes lorsqu'il se leva de table et alluma un cigare.

— Qu'est-ce qu'il y a à voir dans votre pays, monsieur? demanda-t-il à l'aubergiste.

— Si vous avez quelques heures devant vous, monsieur, vous pouvez vous distraire en allant voir manœuvrer les troupes dans la campagne et sur les coteaux.

On entendit à ce moment la musique d'un régiment qui entrait dans Borange.

— Et tenez, monsieur, voici des soldats qui passent.

Patoche se mit sur le pas de la porte, s'accota contre le mur.

— Dites donc, l'homme, fit-il à l'aubergiste, votre vin me tape dans la cervelle et je ne vois plus très clair...

— Oh! monsieur, c'est bien de l'honneur pour notre clairet.

— Quel est le numéro du régiment qui défile.

— Le 145e, monsieur, qui tient garnison à Nancy...

— Tiens! tiens! murmura Patoche.

Et il fronça le sourcil.

Cela n'allait-il pas déranger ses plans, retarder son rendez-vous?

Il le craignait, car si le 145e campait aux environs, il était certain que le colonel irait passer la nuit, avec son fils Bernard, aux Aulnaies.

Cette idée le dégrisa.

Il attendit le soir avec une certaine anxiété. Mais ne voyant aucun contre-ordre arriver du château, il se tranquillisa.

— Va donc pour ce soir neuf heures, se dit-il.

Et il s'en alla rôder autour des soldats qui emplissaient Borange. C'était de la cavalerie. Le 145ᵉ avait seulement traversé le village pour aller prendre position sur les coteaux et dans la plaine des Aulnaies.

Ce fut vers les Aulnaies qu'il se dirigea.

Madame de Cheverny avait bientôt appris l'arrivée du régiment dans lequel se trouvaient son mari, son fils et Gironde.

Nous avons dit que sa confidence à Marjolaine lui avait redonné du courage.

Elle était encore, le lendemain, dans les mêmes dispositions d'esprit.

La lettre de Patoche ne l'avait pas émue. Elle s'y attendait. Se sentant au bord de l'abîme, dans l'impossibilité de reculer, elle s'abandonnait, en fermant les yeux.

— Si je dois me perdre, se disait-elle, alors que ce soit tout de suite.

Et se rappelant le conseil que lui avait donné Marjolaine, la promesse qu'elle avait faite à la jeune fille, elle écrivit à Pierre Gironde de se trouver au pavillon à l'heure qu'elle avait indiquée à Patoche.

Les soupçons jetés dans son cœur par Marjolaine germaient en dépit de ses efforts.

Et une voix, lointaine encore, grondait, montait en elle, qui lui disait, obstinée, vengeresse :

— Prends garde ! Tu es la victime d'une comédie infâme ! Prends garde !

Dès que Marjolaine avait appris que le régiment de son frère était près du château, elle avait été prise de fièvre.

Elle allait et venait, dans le château et le jardin, ne tenant plus en place.

— Jacques ne viendra pas, se disait-elle... Peut-être ne pourra-t-il s'absenter. C'est à moi d'aller le trouver.

Elle ne résistait pas au désir d'aller le chercher, parmi tous ces soldats, de le prendre à part, et de lui tout dire.

Elle s'était fait renseigner sur l'emplacement du 145e.

D'une fenêtre des Aulnaies, qui donnait sur la plaine, elle le vit se déployer, s'allonger, se replier, se masser, se détendre dans la campagne, machine vivante admirablement montée.

Et quand les bataillons se rapprochaient, parfois arrivait jusqu'à elle un faible bruit de détonations, celles-ci pareilles à des coups de fouet, aux vibrations très sèches.

Vers cinq heures, elle n'y tint plus.

Elle sortit après avoir prévenu la comtesse.

— Je vous comprends, dit Marguerite... allez, mon enfant ! Et si Jacques peut s'absenter et venir au château, dites-lui que je serai heureuse de l'embrasser.

Le 145e devait camper en plein air, cette nuit-là. Tous les villages, toutes les maisons de campagne, toutes les fermes étaient occupés par des troupes de toutes armes.

Les faisceaux étaient formés dans la plaine ; les soldats avaient déposé leurs sacs ; les officiers leurs sacoches.

Il y avait sur cet emplacement un brouhaha de cris, de rires, d'appels, d'interjections.

Des hommes allaient et venaient, se hâtant, revenant de corvées, y allant, chargés de toute sorte de fardeaux.

Des feux s'allumaient ; les cuisiniers rôdaient autour des popotes et des officiers fumaient leur pipe, en causant.

Des soldats dévisagèrent curieusement Marjolaine.

— Un joli morceau ! dit l'un.

— Je permuterais volontiers dans son régiment, fit un autre.

Elle s'informa auprès d'un caporal qui passait, conduisant une corvée à l'eau.

C'était Martin, dit Fiche-la-Guigne.

— Caporal, je voudrais parler au sergent Jacques... Je ne peux pas entrer au camp...

Le caporal interpella un soldat :

— Va donc chercher le sergent, toi, dit-il.

Marjolaine était du reste tombée sur le bataillon de Jacques, sa compagnie était là, près d'elle, à quelques pas.

Nos amis de la chambrée, Belhomme, Poplard et les autres chantaient à tue-tête, pendant que deux voix vigoureuses se lançaient un monotone et retentissant appel :

— Hé ! Simon !

— Hé ! Foureau !

Jacques accourut auprès de sa sœur, la prit dans ses bras, l'embrassa, puis l'entraîna un peu plus loin.

— Tu as quelques minutes à toi ? demanda-t-elle.

— Oui, un quart d'heure... à peu près... ensuite, je serai pris pendant une heure ou deux... Après quoi, la soirée libre.

— Tant mieux. J'ai tant de choses à te dire...

— Quoi donc ? C'est vrai, tu es tout émue ?...

— Tu le seras bien autrement que moi tout à l'heure...

— Tu m'intrigues...

Et tout de suite, pensant à ce qui lui tenait le plus au cœur, à ce déshonneur immérité qui pesait sur lui :

— Aurait-on découvert que je suis innocent ?... C'est le plus grand bonheur qui puisse m'arriver !

Est-ce cela que tu viens m'apprendre... Oh! alors, parle, Marjolaine, parle vite... Tu as donc reçu des nouvelles de l'oncle César?

— Non, ce n'est pas de cela qu'il s'agit... et pourtant je suis certaine de te rendre heureux... cette réhabilitation dont tu parles, est-ce donc tout ce que tu désires?...

— Oui.

— Ah! je croyais, moi, qu'en ton cœur restait toujours une suprême espérance!...

— Marjolaine! dit-il d'une voix altérée.

— Je croyais qu'au-dessus de tous les bonheurs tu mettais le bonheur de retrouver...

Elle ne dit pas le doux mot, mais Jacques devina et, avec un cri tout à la fois de surprise, d'effroi, de joie délirante :

— Ma mère!

— Oui, ta mère!

— Tu sais quelque chose?

— Je sais tout!...

— Mon Dieu! mon Dieu! murmura-t-il, presque fou et les mains au front.

Et il prend Marjolaine dans ses bras de nouveau, et de nouveau il l'embrasse. Et c'est avec une émotion profonde qu'il dit :

— Tu ne me trompes pas?

— Non.

— Ce n'est pas une fausse joie que tu vas me donner?... Prends garde... Vois combien je serais malheureux après, si tu étais obligée de venir me dire : « Frère, oublie mes paroles... J'ai été abusée par mon affection pour toi... Je voulais ton bonheur... Je me suis trompée! »

— Non, non, non, tu n'as pas cela à craindre.

— Mais il y a quelques jours, quand je t'ai quittée, tu ne m'as rien dit.

— Je ne savais rien.

— Tu n'avais aucun doute?

— Aucun.

— Et c'est ici, en cette campagne, en pleines manœuvres, que tu viens m'apprendre?

— Que veux-tu, Jacques, je n'ai pas pu conserver mon secret plus longtemps.

— Parle, Marjolaine, parle, chère sœur aimée...

— Ta mère, tu la connais!

— Je la connais!!...

— Tu l'as vue...

— Souvent?

— Oui, très souvent, en ces derniers temps. Et ton cœur est porté naturellement à l'aimer; tu l'aimes déjà, comme déjà elle t'aime, bien qu'elle ignore encore que tu sois son fils.

— De qui donc veux-tu parler?

Marjolaine souriant.

— Tu ne devines pas? Quelle est la femme vers laquelle s'est élancée ton affection? Qui aimes-tu le mieux, après moi?...

Il avait un nom sur les lèvres... mais il n'osait.

Et comme si Marjolaine avait voulu lui verser le bonheur à petites doses :

— Et auprès de cette femme que tu aimes, tu trouveras un frère et une sœur pour toi par leur affection.

Il serra les mains de la jeune fille à les briser.

— Tu ne te joues pas de moi?

— Dieu m'en garde... j'en serais vite punie...

— Tu veux parler de madame de Cheverny?

— Tu as bien de la peine à deviner...

— Elle!... ma mère!

— Oui... Contiens-toi un peu, si c'est possible... Les soldats qui passent près de nous pourraient t'entendre... et j'aperçois justement là-bas Bernard,

— ton frère, Jacques, ton frère, — qui nous fait des signes d'amitié...

— Ma mère !... ma sœur !... mon frère !... mon Dieu !

Et voilà qu'il regarde Marjolaine jusqu'au fond des yeux.

Marjolaine se met à rire.

Il a l'air si effaré, si épouvanté presque, qu'elle a compris la pensée qui vient de lui traverser la tête.

Et elle lui répond tout de suite, très bas :

— Je t'assure que je ne suis pas folle !

— Comment as-tu appris ce secret?... Parle... Je t'en prie, mais parle donc... On dirait que cela t'amuse de me faire attendre...

— Tu n'as pas oublié les détails, petites circonstances si importantes pour toi, qui ont accompagné ton abandon dans la forêt de Russy, et que je t'ai racontés l'autre jour ?

— Certes, jamais ils ne sortiront de ma mémoire.

— Eh bien, écoute... madame de Cheverny m'a confié tout à l'heure le secret de sa jeunesse — secret douloureux : — le voici.

Et elle lui raconta la conversation qu'elle venait d'avoir avec la comtesse. Elle négligea, au début, tout ce qui avait rapport à Patoche et à Pierre Gironde.

Ce fut à la fin, seulement, et quand elle eut tout révélé à Jacques, qu'elle lui dit l'ignoble intrigue de Patoche.

Elle le vit pâlir, au nom de Gironde.

Et instinctivement, les yeux du sergent s'étaient dirigés vers des groupes d'officiers qui se promenaient, pas très loin.

Gironde se trouvait parmi eux.

— Gironde ! murmura-t-il... Ah ! le misérable ! le misérable !...

Marjolaine s'effraya.

— Prends garde, ami, sois prudent... n'oublie pas qu'il est ton supérieur. Quoiqu'il soit officier de réserve, il jouit, en ce moment, de toutes les prérogatives attachées à son grade. Prends bien garde, Jacques.

— Ne crains rien.

Mais la haine brillait dans son regard.

Et il n'y avait pas seulement, dans ce regard, la haine du fils inconnu dont cet homme avait volé la place, auprès d'une pauvre femme abusée par des intrigants, il y avait aussi le mépris du soldat pour cet officier qui souillait son uniforme et déshonorait ses galons !...

Mais des pensées plus douces lui vinrent.

Sa mère ! son frère ! sa sœur ! tout ce monde qu'il aimait et qu'il allait chérir désormais bien davantage encore ! Son cœur se fondait à cette seule pensée qu'il connaissait sa mère, que sa vie aurait désormais un but...

De grosses larmes lui vinrent aux yeux.

Marjolaine aussi pleurait.

Et ils avaient beau se détourner, s'éloigner du campement autant qu'ils le pouvaient, pour que personne ne vît leur émotion et ne surprît leurs larmes, sans cesse la fourmilière des soldats tournoyait autour d'eux.

Une sonnerie aux sergents interrompit cet entretien.

— Il faut que je te quitte... Ah! que c'est dommage... Tu ne m'as rien dit et j'ai tant de choses à te demander... Qui sait si je pourrai te revoir encore... Et quand!... Tâche de revenir au camp demain matin, de très bonne heure, avant notre départ... Je voudrais t'entendre me répéter ce que tu viens de me dire... Je suis si heureux, mais si troublé! Tu me le promets?

— Oui.

— Ma mère! j'ai retrouvé ma mère! se disait-il, fou de joie.

La sonnerie venait de finir.

Vivement, il lui dit, en l'embrassant :

— Surtout, une recommandation... bien grave, bien sérieuse.

— Laquelle?

— Promets d'obéir...

— Je te promets.

— Tu as bien fait de ne rien dire à ma mère tout de suite. Rien ne presse. Lui révéler, lui prouver que je suis son fils, et son vrai fils, c'est lui dévoiler la fourberie de Gironde et de Patoche, c'est l'entraîner à quelque imprudence vis-à-vis d'eux, et je ne veux pas qu'elle soit livrée ainsi, sans que je me trouve là pour la défendre, à la vengeance de ces deux misérables. Promets-moi donc de ne rien lui dire, tant que je ne serai pas là. Plus tard, nous verrons...

— Compte sur moi... Mais je ne dois pas te laisser ignorer que Patoche et Pierre Gironde ont un rendez-vous avec ta mère ce soir, vers neuf heures, au château... Patoche exige de la comtesse une somme énorme. La pauvre femme est à bout de ressources. Qu'arrivera-t-il?...

— Tu dis ce soir, neuf heures?

— Oui, dans le pavillon de gauche.

— C'est bien.

— Que comptes-tu faire?

— Je l'ignore.

— Ne commets pas d'imprudence.

— Ne crains rien, mais ma mère court un danger, n'est-ce pas?

— Peut-être.

— J'ai bien le droit de veiller sur elle?

— Certes.

— C'est mon droit et c'est mon devoir. Je n'y faillirai pas. Adieu! adieu!...

Il l'embrasse encore et s'enfuit, en lui disant une dernière fois :

— Je suis heureux, bien heureux!

Et Marjolaine reprend doucement le chemin des Aulnaies.

Elle n'est pas tranquille. Les dernières paroles de Jacques ont mis une crainte dans son esprit. Que va-t-il arriver de tout cela? Elle sent qu'elle côtoie un drame. Comment faire pour l'éviter? Cela ne se pourrait. Elle aurait dû peut-être ne rien révéler encore à Jacques... Mais si la comtesse a besoin d'être défendue, pourquoi empêcherait-elle Jacques de la défendre?...

Elle revient au château, très perplexe.

Jacques est rentré au camp.

Sur son chemin, il se croise avec Gironde; son cœur bat; il s'arrête instinctivement; son regard est chargé de mépris.

Des paroles insultantes lui viennent aux lèvres; il voudrait lui dire ce qu'il pense, l'appeler misérable.

Et ses lèvres, même, le murmurent, ce mot, sans le prononcer.

Et peut-être Gironde a-t-il compris, malgré tout, peut-être a-t-il deviné quelque menace, a-t-il senti quelque danger en voyant la figure étrangement pâle de Jacques et son regard chargé de colère, car il riposte à cette menace par une punition :

— Sergent?

— Mon lieutenant?

Jacques s'arrête dans une attitude militaire, et salue.

Mais ses yeux restent droit fixés dans les yeux de l'officier.

— Vous resterez consigné ce soir dans votre section, pour être arrivé en retard à la sonnerie de votre grade.

— Mais, mon lieutenant...

— Vous répliquez ?

Jacques se mord les lèvres, se tait, mais ne baisse pas les yeux.

— Allez !

Jacques s'éloigne, un pli au front, les yeux sombres.

Bernard, près de là, a tout vu, a tout entendu.

— Qu'y a-t-il entre vous deux, Jacques ?... Vous aviez l'air de deux ennemis prêts à s'élancer l'un sur l'autre ?...

Jacques essaye de sourire.

— Mais non, Bernard, tu te trompes...

Et tout à coup ses yeux s'illuminent d'une tendresse.

C'est que ce jeune homme qui est devant lui et qu'il aime déjà de tout son cœur, est né de la même mère que lui ; il est son frère ; quelque chose d'intime et de mystérieux — le même sang — les unit, fait de leur chair deux chairs qui ont la même origine.

Et Jacques, à cette pensée, se sent pris d'une tendresse immense.

Des larmes viennent à ses yeux.

Il serre avec force les mains de Bernard.

Ah ! comme il eût voulu le prendre dans ses bras et le presser contre son cœur et lui donner ce nom de frère qui lui brûlait les lèvres !

Et il y eut certainement dans l'expression de son regard une électricité ; quelque chose de sa tendresse se communiqua certainement à Bernard, car

celui-ci était troublé, remué, et les deux frères restaient indécis l'un devant l'autre, hésitant, souriant, ayant tous les deux sans que l'un les devinât
chez l'autre, la même pensée, le même désir.

— Mon frère ! se disait Jacques mentalement.

Et Bernard, se rappelant ce qu'il avait découvert,
dans la chambre du sous-officier, ses soupçons, sa
presque certitude, murmurait :

— Mon frère, peut-être !... Qui me le dira !...

— Est-ce que tu crois aux pressentiments, Bernard ? disait le sous-officier. Est-ce que tu n'as jamais, dans ta vie, traversé certains moments pendant lesquels ton esprit était, sans cause, préoccupé,
mécontent, inquiet? Tu avais beau chercher dans
ta mémoire, essayer de te rappeler ce qui avait
amené cette situation exceptionnelle, tu ne trouvais
rien, ni parmi tes actes, ni parmi les actes des autres... Et n'as-tu jamais remarqué que ces pressentiments — il n'y a pas d'autre mot pour expliquer
ce que je veux dire — se réalisaient presque toujours?

— Oui, j'ai traversé quelquefois ces états dont tu
parles... mais pourquoi me dis-tu cela ?

— C'est que je prévois, je devine — il aurait pu
affirmer qu'il en avait la certitude — qu'il se passera prochainement de graves événements dans ma
vie.

— Heureux, ou malheureux ?...

— Cela, je l'ignore... S'ils sont heureux, tu en
auras ta part, car je te ferai jouir de ma joie... S'ils
sont malheureux... si je dois en souffrir, quels que
soient les événement, Bernard, je te demanderai de
m'aimer toujours — quand même...

— Et pourquoi ne t'aimerais-je plus ? A quelles
mystérieuses complications fais-tu allusion ? Si tu
es heureux, je partagerai ton bonheur, certes, mais

si tu es malheureux, crois-tu que mon affection pour toi diminuera? N'en augmentera-t-elle pas, au contraire ?

— C'est que, vois-tu, ami, dit Jacques profondément ému, et d'une voix à peine distincte, tu n'auras jamais d'affection plus dévouée que la mienne... Jamais... Je voudrais qu'il me fut donné de te le prouver...

Il s'arrêta, son émotion lui étouffait la voix.

Bernard, interdit, l'examinait anxieusement.

Il sentait une restriction dans les paroles de Jacques, des sous-entendus singuliers, — qui répondaient, chose étrange, à sa propre pensée.

Mais son trouble fut au comble quand il entendit Jacques :

— Je t'aime tant, Bernard, qu'il y a des moments où je regrette de n'avoir point de famille, parce qu'il me semble que si j'avais eu un frère, ce frère n'aurait pu être autrement que toi... Il aurait eu certainement ton caractère fier et doux... C'est de la folie, n'est-ce pas... de penser ces choses-là... Oui, mais c'est une folie bien douce à mon cœur... Et je n'aurais pas de plus grand bonheur que de te nommer mon frère.

— Pourquoi ne m'appellerais-tu pas ainsi? dit Bernard dont la voix s'altéra.

— Hélas ! dit Jacques.

Et effrayé peut-être de ce qu'il avait dit, croyant qu'il était allé trop loin, ignorant que le jeune homme connaissait le secret de sa mère, ne voulant pas le lui révéler, ce secret, ne voulant pas qu'une mauvaise pensée germât en lui, ne fût-ce qu'un regret, il lui dit adieu, d'une voix étouffée, pendant que Bernard, immobile à la même place, pensait :

— Son frère? son frère? Pourquoi cette allusion ?

10.

que sait-il donc? Il se passe en lui quelque chose d'extraordinaire. Il paraissait bouleversé... Et je ne me suis pas trompé... Tout à l'heure, devant Gironde, c'était la haine qui brillait dans ses yeux, — et il n'y a qu'un instant, dans son regard fixé sur moi, c'était une inexprimable tendresse... Son frère! son frère!... Est-ce donc vrai? Ne me trompé-je point?...

Et voyant Gironde qui, étant de service, se promenait tout près, il se dit :

— Le misérable, est-ce donc celui-là? Quoi qu'il soit, il sera puni !....

Un soldat s'approcha de lui. C'était une ordonnance du colonel de Cheverny.

— Le colonel a besoin de vous parler, dit-il à Bernard, je viens vous chercher de sa part. Voulez-vous me suivre ?

Ils rejoignirent Cheverny qui parcourait le cantonnement, veillant avec minutie à ce que rien ne manquât aux hommes, et s'inquiétant en même temps des moindres détails du service.

— Tu n'es pas de garde du camp? demanda-t-il à Bernard.

— Non, mon colonel.

— Tu n'es pas puni ?

— Non, mon colonel.

— Eh bien, je ne vois aucun inconvénient à ce que tu ailles passer la nuit au château, auprès de ta mère... Seulement, demain, le réveil est à quatre heures... N'oublie pas... Tu seras au camp?

— Je me ferai réveiller, mon colonel.

— Bien. Va.

— Mon colonel...

— Eh bien !

— Devrai-je dire à ma mère qu'elle peut s'attendre à votre visite?

— Oui, dans la soirée, mais assez tard... Pas avant dix ou onze heures.

— Et mon colonel passera également la nuit aux Aulnaies?

— Non... le château est un peu trop éloigné... je tiens à rester au milieu de mes troupes.

Bernard fit le salut militaire, pivota et alla prévenir son capitaine.

Après quoi, il sortit du camp, gagna la route, et au pas gymnastique prit la direction des Aulnaies dont on apercevait les élégantes et minces tourelles en poivrière derrière un bouquet d'aulnes, sur le versant d'un coteau occupé par de l'artillerie et un bataillon de chasseurs à pied.

Le soir venait, apportant son apaisement. Des ombres s'étendaient sur la plaine; les oiseaux ne chantaient plus.

Il y eut encore un brouhaha dans le camp.

Les grand'gardes s'organisaient, partaient; des soldats rentraient dans leurs secteurs; la nuit descendait doucement, sans brouillard, et le ciel était serein.

La soirée était chaude.

Des soldats se couchèrent, enveloppés dans leurs couvertures, la tête sur le sac, pendant que les feux des bivouacs s'éteignaient.

D'autres causaient à demi-voix, assis en rond, fumant.

Des officiers glissaient parmi eux, lentement.

Un grand calme se faisait sur toutes choses. Le repos de la nuit commençait pour ces jeunes hommes.

Le colonel alla de compagnie en compagnie. Il aimait ses soldats. Ceux-ci l'adoraient.

Il s'arrêta au milieu de ses hommes, sa haute silhouette se détachant dans sa longue capote, sur la nuit envahissante.

Il ne bougeait pas. Il semblait rêver, le regard perdu dans le lointain, vers des horizons invisibles.

Belhomme poussa le caporal Fiche-la-Guigne, qui était de garde du camp.

— Vois donc le colo... Qu'est-ce qu'il cherche ?

— Il regarde...

— Quoi ?

— Rien.

— Alors, vous vous moquez de moi, caporal ?

— Non... Tu ne devines pas ?... Il regarde du côté de la frontière, imbécile...

— C'est vrai qu'elle n'est pas loin, la frontière !...

Belhomme et le caporal n'étaient pas seuls à suivre des yeux le colonel.

Jacques le considérait aussi, l'âme agitée de pensées pénibles.

Cet homme était le mari de sa mère ! Il ignorait la faute du passé. Il n'avait aucun soupçon. Quelle terrible douleur, si jamais la révélation lui en était faite ?... Pardonnerait-il, dans la généreuse pitié de son grand cœur ?... S'il ne pardonnait pas, c'était le malheur abattu sur ce ménage !... C'était une vie brisée à tout jamais !... Et lui, Jacques, comment pourrait-il désormais parler à son officier, lui, qui était la preuve vivante du malheur, mais de la faute de sa mère !... Est-ce que Cheverny désormais — s'il apprenait le secret fatal, — ne haïrait pas le sous-officier autant qu'il l'avait aimé autrefois ?... Les services rendus, les souvenirs du Tonkin, la vie sauvée, tout cela disparaîtrait... n'existerait plus !...

Et Jacques, en pensant cela, se sentait tout attendri.

— Non, disait-il, il faut qu'il ignore à jamais ce qui s'est passé. Il faut que sa noble vie, entièrement consacrée aux dévouements de son métier de soldat, reste entourée de tous les respects et de toutes les affections. Il ne faut pas qu'un seul nuage passe sur son bonheur... Ce serait une trop grande injustice... Cet homme est bon pour tous. Il a besoin de se sentir aimé. Il faut qu'on l'aime. C'est à nous d'écarter de lui les malheurs.

Il soupira.

— Pourvu que mes pressentiments ne se réalisent pas... et que ce ne soit pas nous qui brisions sa vie !...

Il s'était assis sur le sol et rêvait, la tête dans ses mains.

Très loin, il entendit sonner huit heures à Borange. Il tressaillit.

Il se rappela ce que Marjolaine lui avait dit.

Ce même soir, Patoche et Pierre Gironde devaient voir sa mère. Sa mère allait être exposée à leurs exigences, à leurs menaces, peut-être à leurs insultes. Et Gironde, le fourbe et l'imposteur, appellerait la pauvre femme : sa mère !...

Cette pensée le rendait frémissant de colère !...

Qui la protégerait contre ces deux misérables?

Etait-ce Marjolaine? Une femme! Que pourrait-elle?

Etait-ce Bernard? Certes, il l'aurait pu, mais il n'avait aucun doute !...

Marguerite était donc seule, exposée aux insultes.

Que faire pour la protéger?... sans se montrer?... sans commettre d'imprudence? sans se trahir?...

Il aurait voulu veiller sur elle, dans l'ombre, à ses côtés, comme un ange gardien, toujours.

Il se leva.

— Je veux aller au château... il le faut... je ne puis abandonner ainsi cette pauvre femme!... Qui sait si ma présence ne sera pas nécessaire?... Qui sait si je ne la sauverai pas d'un danger?

Il fit flamber une allumette et consulta sa montre·
Il était huit heures et demie.

Il vit, dans la nuit, passer, devant lui, un officier.

A sa démarche, il reconnut Gironde.

— Il va aux Aulnaies! murmura Jacques.

Gironde s'éloignait.

— Mon lieutenant? dit Jacques.

Gironde s'arrêta, reconnut le jeune homme et demanda :

— Que voulez-vous?

— Vous m'avez puni...

— Eh bien?...

— Je vous prie de lever ma punition...

Des soldats qui fumaient, debout, les bras croisés, avancèrent la tête et écoutèrent. On devinait de la colère concentrée dans les brèves paroles du sous-officier.

— Pourquoi ?... avez-vous quelque raison sérieuse ?

— Je voudrais sortir du camp...

— C'est tout ?

— Oui.

— Eh bien, puisque c'est là votre raison, vous serez consigné un jour de plus...

Jacques serra les dents pour retenir l'exclamation prête à s'échapper de ses lèvres et il avait fait un pas vers l'officier.

Celui-ci releva la tête avec hauteur:

— Qu'est-ce ?...

— Mon lieutenant, il faut que je sorte ce soir, dit Jacques dont la voix était tremblante et qui faisait tous ses efforts pour se contenir.

— Vous resterez consigné trois jours.

— Mon lieutenant ! gronda Jacques... prenez garde !...

— Une menace !...

Et se tournant vers les soldats :

— Vous entendez, vous autres ?

— Non, mon lieutenant, non, pas une menace !... disait le pauvre garçon d'une voix étouffée... Je voulais dire seulement qu'il fallait prendre garde, parce que cela me fait beaucoup de peine de ne pouvoir sortir... J'y ai beaucoup d'intérêt... beaucoup d'intérêt... entendez-vous ?

— Je ferai demain mon rapport au colonel...

— Comme il vous plaira, mon lieutenant.

Gironde s'avança près du groupe des soldats qu écoutaient.

Il les examina :

— C'est bon, je vous reconnaîtrai.

Et d'un pas rapide il s'éloigna.

Ce fut le chemin du château que prit l'officier.

— Le misérable ! Le misérable ! murmura Jacques... Que va-t-il se passer, là bas, mon Dieu?... Et je ne puis y aller !... Je ne puis sortir du camp... Je suis puni... Et puni par lui... par lui!...

Il rôdait autour du factionnaire.

C'était le caporal Fiche-la-Guigne qui commandait le poste de police. Le caporal fumait gravement sa pipe, les mains dans les poches.

Jacques s'approcha de lui.

— Caporal, il faut que je passe...

— Impossible, sergent.

— On n'a pas sonné le couvre-feu... J'ai encore plus d'une heure devant moi... Et j'ai besoin d'aller jusqu'aux Aulnaies.

— Impossible, sergent. Vous êtes consigné.

— Caporal, je vous en prie.

— Impossible, sergent, la consigne...

— Si je vous disais qu'il y va de choses très graves... extrêmement sérieuses... si je vous suppliais, caporal...

— Sergent, je vous aime beaucoup, je me ferais tuer pour vous. Mais, impossible, sergent... c'est la consigne...

— Caporal...

— Ça me fait beaucoup de peine... oui... je ne crains pas de le dire... beaucoup de peine... mais c'est la consigne... Rentrez, sergent... rentrez, il le faut !...

Le sous-officier ne voulut pas insister davantage.

Il comprenait que ce serait inutile. Le caporal était dans son droit. C'était un brave homme, rigide sur la discipline. Il ne faiblirait pas.

Jacques consulta de nouveau sa montre.

Il n'avait plus qu'un quart d'heure devant lui. C'était à neuf heures, ce rendez-vous fatal.

Alors, il se résolut à forcer la consigne, manquant à la discipline, par une faute grave, pour la première fois depuis qu'il était soldat.

— On me punira, se dit-il, je l'aurai mérité... mais, du moins, j'aurai veillé sur elle... sur ma mère !

Sortir d'un camp, en pleine nuit, n'est pas bien difficile. Les factionnaires sont éloignés les uns des autres...

Cinq minutes après, Jacques était sur la route des Aulnaies.

Il est vrai qu'il était à peine parti que le caporal constatait son absence.

— Le sergent se met dans son tort... murmura-t-il... Moi, je suis obligé de rendre compte... Tant pis, tant pis !..

X

Bernard avait dîné avec sa mère, sa sœur et Marjolaine.

Il avait fait à Marguerite la commission du colonel.

Puis ils avaient causé tous les trois, tendrement, pendant le reste de la soirée.

Cependant, et malgré toute la joie que sa mère avait ressentie de son arrivée, Bernard croyait deviner chez elle une·inquiétude qui se manifestait par de fréquents regards vers la pendule. Et cette inquiétude s'augmentait au fur et à mesure que la soirée s'avançait.

D'abord, le jeune homme crut que c'était l'attente du colonel qui rendait ainsi Marguerite nerveuse.

Mais il l'avait trouvée, en arrivant, très fatiguée, très pâle, les yeux cernés. En l'embrassant, il sentit qu'elle avait les mains sèches des fiévreux et que son front brûlait. Elle souffrait, cela était évident, mais de quoi?

Il s'en informa. Elle le tranquillisa tout de suite.

Vers neuf heures, elle se leva, sous prétexte de rentrer chez elle. Marjolaine et Marguerite restèrent un instant seules, pendant que Bernard disait adieu à Bernerette qu'il ne devait pas revoir le lendemain,

car il serait parti avant que l'enfant ne fût ré-
veillée.

Marjolaine disait à la comtesse :

— Je veillerai dans ma chambre... ma fenêtre
ouverte... si vous avez besoin de moi, un cri, un
appel, et je serai auprès de vous...

— C'est bien, dit la comtesse, merci, mon enfant.

Quelques minutes après, tout était éteint dans le
château.

Bernard était dans sa chambre.

Sa mère l'avait embrassé avec passion, avec plus
de tendresse qu'autrefois, puis elle s'était retirée
précipitamment.

Et le jeune homme avait cru remarquer qu'elle
avait des larmes dans les yeux.

— Que se passe-t-il donc ici ? murmura-t-il.

Il s'était mis à sa fenêtre, pensif.

Il ne s'y trouvait pas depuis cinq minutes, qu'il
crut apercevoir vers le bouquet d'aulnes qui précédait le château, une ombre se dirigeant du côté de
la maison.

Comme la lune n'était pas encore levée, il ne pouvait pas reconnaître cette ombre.

Il se dit que ce ne pouvait être que son père.

Il la revit bientôt, plus près cette fois.

Elle s'avançait avec précaution et se dirigeait
vers un pavillon que le colonel avait fait ménager
en salle d'armes.

Il y avait trois pièces seulement dans ce pavillon,
une grande salle destinée aux tireurs, un cabinet
de toilette et un joli salon de repos décoré avec goût.

Elle entra dans ce pavillon. Du moins, elle disparut de ce côté, car Bernard, de sa fenêtre, ne
pouvait pas voir vers la gauche.

— Ce n'est pas mon père!... murmura-t-il...
Alors, qui donc ?

Un vagabond, peut-être ? quelque soldat maraudeur ?

Il descendit doucement, traversa le jardin, alla se poster sous les arbres et là, attendit.

Le pavillon de gauche était faiblement éclairé, de l'intérieur.

— Il y a quelqu'un... qui donc ?... Ce ne peut être que ma mère....

Il s'avança jusque-là... Une des fenêtres était entr'ouverte... Il la poussa légèrement et regarda.

La fenêtre donnait sur le salon.

Dans ce salon, une femme, sa mère...

Et devant elle, un homme qui, souriant, obséquieux, la saluait.

L'homme, c'était Patoche.

Bernard frissonna... Ce hideux personnage auprès de sa mère ! Qu'est-ce que cela voulait dire ?... Il se rappelait la lettre surprise entre les mains de Marguerite évanouie, et par laquelle il avait appris le secret de la comtesse !...

Alors il se rappela la figure fiévreuse et inquiète de madame de Cheverny pendant le dîner.

— Que va-t-il se passer ?

Derrière lui, tout à coup, un bruit de pas sur le gravier.

Il se retourne.

C'est une ombre, encore, qui sort des aulnes et vient à lui.

Il n'a que le temps de se jeter derrière le pavillon, pour ne pas être vu.

Est-ce donc son père, cette fois ?

Il n'ose regarder.

Mais son cœur se serre étrangement. Il tremble pour sa mère.

Il lui semble qu'un grand danger la menace.

Du côté du pavillon où il se cache, la fenêtre de

la salle d'armes aussi est entr'ouverte. Mais la salle
est plongée dans l'obscurité. Il ne peut rien voir.
De ce côté, il n'y a pas d'entrée. La porte ouvre di-
rectement sur le salon. Il escalade la fenêtre, à tâtons, se dirige vers une porte intérieure, écoute...
Il n'entend rien...

Il ouvre. C'est le cabinet de toilette.

Cette fois, il entend. Il distingue plusieurs voix...
celle de sa mère, tremblante et sourde...

Celle de Patoche...

Et une autre, une autre qu'il hésite à reconnaître,
mais qui pourtant lui est bien connue...

La voix de Pierre Gironde !...

Alors Bernard se dit que Dieu sans doute l'a conduit là, avec des desseins secrets...

Il écoute... Il n'hésite pas à surprendre ce qui va
se dire...

Le secret, ne le sait-il pas depuis longtemps ?...

Ce qu'il veut apprendre, c'est le rôle que jouent
ces deux hommes dans la vie de sa mère !...

Ce qu'il veut apprendre aussi, c'est le secret de la
naissance de Gironde !... L'officier est-il vraiment
son frère ?

Et quelque chose lui crie que tout va se révéler !...

Alors, les deux mains crispées sur son cœur pour
en comprimer les battements sonores, le jeune
homme penche la tête, retient son haleine, prête
l'oreille...

Il ne s'est pas trompé.

C'est bien Patoche qui est arrivé le premier.

Pierre Gironde l'a suivi de près.

Patoche était entré avec la plus exquise politesse.

Il se croyait, nous l'avons dit, certain du succès.

Il aborda madame de Cheverny sur un ton de fa-
miliarité affectueuse, un peu comme s'il avait parlé
à un enfant :

— Madame, vous le voyez, je suis exact.

Tirant sa montre, une acquisition nouvelle :

— Juste neuf heures.

Marguerite ne répondit rien.

Elle attendait Gironde.

Mais Patoche, ne soupçonnant pas l'arrivée de son complice, reprenait :

— J'ai hésité longtemps, madame, à vous demander la somme en question. Je la trouvais un peu rondelette. Je me disais que peut-être vous alliez rencontrer bien des difficultés pour la réunir et que vous seriez obligée de commettre des imprudences. Vrai, je l'ai regrettée, ma lettre. Je vous suis, voyez-vous, beaucoup plus dévoué que je ne le parais. J'ai l'air, au premier abord, hurluberlu. Eh ! bien, il ne faut pas se fier aux apparences. Je suis très sérieux et très doux. Mais je vois du reste, chère madame, que mes craintes étaient exagérées. Votre fortune si grande vous a permis de réaliser ces deux cent mille francs sans éveiller les soupçons de votre mari. Je n'en souhaitais pas davantage et c'était, croyez-le, madame, mon plus cher désir.

C'était au moment où il débitait sa tirade que Bernard était arrivé auprès de la fenêtre.

Patoche, étonné et gêné par le silence inquiétant, presque menaçant que gardait la comtesse, Patoche demanda :

— Madame a de la peine à se séparer de cette somme. Ah ! je le comprends, mais l'argent n'a de valeur que pour les pauvres diables comme moi... Il n'en a point pour vous.

Il allait continuer quand madame de Cheverny se leva brusquement.

Patoche lui faisait face, tournant le dos à la porte.

Or, cette porte venait de s'ouvrir et Pierre Gironde venait de surgir sur le seuil.

La comtesse l'avait aperçu et voilà pourquoi elle s'était levée.

Ce n'était plus la timide et pauvre femme qui avait tremblé jusque-là devant Patoche.

Elle ne baissait plus le front. Elle regardait droit dans les yeux du misérable. C'était une suprême partie qu'elle jouait. Mais elle la jouait, du moins, avec cette énergie étrange des gens faibles qui longtemps se sont soumis et qui, tout d'un coup, se révoltent.

Patoche n'avait rien entendu.

Pierre n'avait fait aucun bruit.

Mais il suivit la direction du regard enflammé de la comtesse, se retourna et vit Gironde.

Il tressaillit violemment, fronça le sourcil.

— Tiens, Gironde... murmura-t-il.

Le jeune homme, du reste, était aussi inquiet que Patoche.

Il avait cru à un rendez-vous donné par sa mère, qui désirait le voir encore une fois.

Il ne se doutait pas qu'il allait rencontrer son complice.

Et les deux hommes, décontenancés, restèrent un moment silencieux, les yeux fixés l'un sur l'autre, s'interrogeant du regard.

Madame de Cheverny devinait cet embarras. C'était déjà presque un aveu pour elle.

— Monsieur Patoche, dit-elle, vous semblez surpris de vous trouver en ma présence avec Pierre Gironde... mon fils?

Pourquoi eut-elle tant de peine à prononcer ce dernier mot?

Patoche le remarqua.

Il flairait un danger.

— J'en suis heureusement surpris, madame, croyez-le bien... Il y avait longtemps que je n'avais eu l'occasion de voir ce cher enfant... C'est que je l'aime beaucoup, madame, votre fils, beaucoup... Il sait, du reste, qu'il peut compter sur moi comme à l'occasion je compterais sur lui... Est-ce qu'il n'est pas un peu mon enfant, aussi?... Est-ce que ce n'est pas à moi qu'il doit d'avoir retrouvé sa mère?... Est-ce que si je n'avais pas été là, si je n'avais pas eu autant de présence d'esprit, il aurait aujourd'hui l'immense joie de presser sur son cœur la plus douce, la plus respectable, la plus généreuse des mères?...

Et la voix de Patoche tremblait d'émotion.

Il porta son mouchoir à ses yeux, l'y tint quelques instants.

Puis tout à coup, attirant de force Pierre Gironde :

— Tout cela fait que je le considère un peu comme mon fils, ce brave garçon... Moi, je n'ai pas d'enfant, mais je me suis toujours senti les entrailles d'un père.

Il embrassa Gironde, qui ne retint pas un geste de colère et de dégoût.

Peu importait du reste à Patoche.

Ce qu'il voulait, c'était glisser à l'oreille de Moriani :

— Elle se doute de quelque chose... si tu me trahis.. si un mot imprudent t'échappe, foi de Patoche, je te livre à la justice... Il y va des travaux forcés, ne l'oublie pas !...

Gironde ne pouvait ni se troubler ni pâlir davantage.

Sa mère avait des soupçons ! Qu'allait-il faire ? Qu'allait-il dire ?

Certes, — il faut lui rendre justice, — en ce moment il ne pense pas aux menaces de Patoche, aux dangers qu'il peut courir ; il ne songe, dans le reste de pitié et d'honnêteté qui est toujours dans son cœur, qu'à l'effroyable désespoir de cette mère abusée.

Il ne songe qu'au mépris dont elle lui cinglera le visage, si ses soupçons se confirment.

Il ne songe qu'à Bernerette, qui l'aime... à Bernerette dont le souvenir emplit ses rêves et qui est là, comme une apparition de sainte tout enveloppée de blancs et immaculés nuages, dans le fangeux désordre de sa vie.

— J'ai tenu, monsieur Patoche, reprenait la comtesse, à vous parler devant... mon fils... j'espère pour lui... pour son honneur... qu'il ignore vos exigences... je tiens à les lui apprendre... je veux qu'il soit juge.

Et se tournant vers Gironde immobile, tête basse :

— Je suis la victime de la plus lâche des intrigues... Cet homme abuse du secret qu'il possède... Il joue devant moi, comme vous l'avez vu tout à l'heure, la comédie odieuse de l'émotion et des larmes... alors qu'il sait combien sa présence m'est insupportable... alors qu'il sait que je ne puis croire à son émotion puisque sa présence est une menace terrible pour moi... Cet homme a fait de son secret... mon fils... une source de fortune... ses demandes d'argent se renouvellent sans cesse... sans cesse elles augmentent... Je n'y puis plus répondre... Il y a huit jours, il m'a mise en demeure de lui donner aujourd'hui une somme de deux cent mille francs... Une pareille somme, je ne pouvais me la procurer qu'en ayant recours à mon mari... Mais alors je devais tout lui dire... et cela, je ne le veux pas... Je ne le veux pas...

Patoche, jusque-là conciliant, releva la tête avec insolence.

— Ah ça ! mais, qu'est-ce que je comprends

donc?... Ayez l'obligeance de répéter... Vous n'avez pas la somme?

— Je ne l'ai pas !

— Et vous êtes décidée à ne point la chercher?

— J'y suis résolue.

— Vous oubliez ce que je puis faire...

— Je ne le sais que trop.

— Je suis homme à exécuter mes menaces.

— J'en suis certaine.

— Alors, peu vous importe que votre mari apprenne cette histoire...

— J'en mourrai, voilà tout !

— Il faut croire que vous ne l'aimez guère, le pauvre homme ! Autrement, vous feriez tous vos efforts pour lui épargner une révélation aussi douloureuse...

— Ah ! misérable ! misérable ! comme il me torture !

Tout à coup, elle se précipite vers Gironde, lui prend les mains, les étreint de toutes ses forces.

Lui reste là, anéanti, comme s'il n'entendait ni ces menaces, ni ces insultes, comme s'il était indifférent à ces choses.

Et d'une voix vibrante, elle s'écrie :

— Tu es donc sourd et aveugle ! On insulte ta mère devant toi et tu te tais ! Cet homme menace de briser mon bonheur, ma vie, et ce qui est plus infâme, de briser le bonheur des êtres qui me sont chers, et tu n'élèves même pas la voix pour me défendre !

— Ma mère !...

— Madame, disait doucement Patoche, vous exagérez... Je vous ai rendu un immense service en vous rendant votre enfant. Aujourd'hui je suis dans la gêne... Je vous tends la main... C'est un service que je vous demande, pour un service... Où est la menace ? Où est l'insulte ?

11.

— Elle est dans chacune de vos paroles qui cache la bassesse et la lâcheté de votre caractère.

— Madame, votre opinion de mon caractère m'est d'autant plus pénible que vous me la dites devant votre fils, qui était habitué à me considérer comme un bienfaiteur...

— Ah ! le misérable ! le misérable ! répétait la pauvre femme affolée.

Et à Pierre Gironde, de nouveau :

— Et voilà ce que tu trouves pour me défendre, dans ton affection pour moi ?... Et tu es mon fils ? Toi !... Tu es de mon sang et de ma chair ? Allons donc !...

Elle s'arrête, contemple Gironde, puis :

— Regarde-moi donc, en face.... Pourquoi ne l'oses-tu pas ?... Je te fais peur à présent. Qu'est-ce que je te demande, pourtant ! Peu de chose, en réalité ?... Depuis que tu te trouves devant cet homme, tu ne m'as rien dit... Tiens, tu as même oublié, en entrant, de venir m'embrasser !... Et vois, avec l'insolence dans les yeux et son sourire ironique, cet homme semble être le maître, ici, le maître de nous deux ?... Pourquoi ?...

— Ma mère !

— Ta mère ! Tais-toi ! Je ne veux pas que tu me donnes ce nom-là, entends-tu ?... Moi, la mère de Pierre Gironde qui me laisse insulter et qui dans son cœur ne trouve même ni une bonne parole pour me consoler et me prouver son affection, ni un soufflet pour punir cet homme !... Toi, mon fils... allons donc ?...

— Madame, les preuves... disait Patoche.

— Vous êtes un escroc. Ces preuves, qui me dit que vous ne les avez pas inventées ?... L'histoire de la naissance de mon fils, vous la connaissiez, hélas, comme moi ! Vous étiez au château !... Vous aviez surpris ma faute !... Vous étiez dans la confidence !... Qui me dit que la misère ne vous a pas suggéré l'idée de vous servir de ce secret ?...

— Après vingt ans ?

— Oui, après vingt ans ! Vous aviez besoin d'un complice pour mieux me dominer. Et vous avez inventé cette histoire de Pierre Gironde, autre infâme, aussi infâme que vous !... Et si je n'avais maintenant que des soupçons, rien ne pourrait mieux me les confirmer que l'attitude de votre complice. Tenez... regardez-le... Est-ce qu'il n'avoue pas ?... Il y a sans doute, au fond de son âme, un reste de pudeur et de honte... Il se dit, sans doute, que cela était bien criminel et bien sacrilège de tromper l'amour d'une mère !... d'entrer ainsi dans une famille où l'on trouve les cœurs ouverts et les mains tendues... N'est-ce pas, Pierre ?...

— Mais, madame, tout cela, c'est de l'imagination, Pierre est votre fils, je vous en donne ma parole d'honneur...

Elle, avec un rire nerveux :

— Cet homme parle d'honneur !

Et, s'adressant toujours à Gironde, blême et bouleversé :

— N'est-ce pas, Pierre, que vous pensez ce que je dis ? Si vous n'êtes pas aussi profondément corrompu que votre complice, vous devez vous dire que vraiment cela était trop odieux et trop cruel d'agir ainsi avec moi... Et d'agir ainsi pour de l'argent !... Le souvenir de la mère ne s'oublie et ne s'efface jamais dans le cœur de l'enfant !... Vous, Pierre, vous êtes trop près de l'enfance pour avoir oublié la vôtre, si vous l'avez connue... Est-ce que, si vous n'êtes pas complètement perverti, vous n'avez pas senti la honte vous monter au front lorsque vous me donniez ce nom de mère que je ne

méritais pas?... Et lorsque je vous appelais mon fils
avec tant de tendresse, vous rappelez-vous?...
lorsque mes lèvres s'appuyaient sur votre front...
lorsque je serrais vos mains... lorsque mon regard,
chargé de tout mon amour maternel, allait chercher
dans vos yeux le fond de votre âme... Pierre, est-ce
que vous n'avez pas senti un peu de remords vous
serrer le cœur?...

Certes, si Gironde avait été seul, il se fût trahi.

La présence de Patoche le retenait.

L'homme était là, près de lui, qui ne le quittait
pas.

Et Marguerite, devinant qu'en parlant de sa mère
à Gironde, elle allait l'émouvoir peut-être et l'amener
aux aveux :

— L'as-tu connue, ta mère?... car je ne suis pas
ta mère, moi... Ce n'est pas possible... tu serais à
mes genoux depuis longtemps, si j'étais ta mère...
et tu aurais chassé ce misérable de ma présence...

— Madame! fit Pierre, au comble de l'émotion.

— Tu vois bien... Tu n'oses même plus me
nommer ta mère!! L'as-tu connue, la tienne?... Te
rappelles-tu les jours où, chagrin, malade, tu n'avais
de consolation à ta peine, ou de soulagement à ta
souffrance, qu'en te réfugiant sur son cœur toujours
prêt à te recevoir?... Pour donner ce nom si doux
de mère à une femme qui n'est qu'une étrangère
pour toi, il faut que tu aies oublié la tienne... Il
faut que tu aies oublié ses caresses si bonnes,
ses mots si tendres, ce dévouement de chaque
heure qui dure toute une longue vie, sans jamais
se fatiguer? Est-ce que ce n'est pas le plus grand
crime de voler, ainsi que tu l'as fait, à ta mère,
le nom qui lui était dû et qui devait rester sacré
dans ton souvenir?... Cela ne t'émeut donc point,
tout cela?... Tu restes insensible à toutes les jolies

choses de l'enfance, au visage de ta mère penché
sur ton berceau, les yeux pleins de larmes de
joie... à sa sollicitude inquiète, tout le reste de
ta vie, à cette affection toujours présente, toujours
sur le qui-vive, toujours certaine et toujours égale,
qui n'a point de rivale parmi les autres affections
rencontrées au courant de la vie? Voilà tout ce que
rappelle ce nom de mère... que tu donnes à qui ne
le mérite pas!

Et exaspérée par ce silence de Gironde :

— Et vous n'avez pitié de moi ni l'un ni l'autre...
Vous encore, Patoche, vous êtes dans votre rôle,
vous avez l'âme basse et vile. Je vous connais de
longue date. Envieux et cruel, vous trouvez le
moyen de vous enrichir d'un coup. Peu vous importe à qui vous vous heurtez en chemin, qui vous
écrasez sur votre passage... Mais lui! lui!... Et il se
dit mon fils!... mon fils!!

Et la pauvre femme se mit à rire d'un rire intra-
duisible, qui finit dans un accès de sanglots.

— Alors, voilà tout ce que cela t'a fait de retrouver
ta mère? Tu t'es dit, j'en suis sûre : «. Tiens, elle a
de l'argent, la bonne femme! quelle chance! » Et
voilà tout. Comme amour filial, c'est maigre... Ah!
tu es mon fils?... car tu le prétends toujours, n'est-
ce pas?... Et voilà tout ce que tu m'offres comme
tendresse? Je t'ai pleuré toute ma vie... toi ou
l'enfant que tu me représentes... Il ne s'est pas
passé un jour sans que j'aie pensé à toi... Qu'était-il
devenu, mon pauvre enfant?... Quelle misère! Et
j'ai droit à l'affection de mon fils, parce que son
abandon n'est pas une faute qu'on puisse me reprocher... Je n'en suis pas coupable... Le crime de cet
abandon, un autre que moi l'a commis... Et voilà,
tu aurais dû, si tu es mon fils, m'aimer doublement,
parce que je t'ai pleuré toute ma vie, parce que

j'avais soif de tes caresses et parce qu'en recevant celles de mes autres enfants, je pensais à toi et j'avais comme le remords d'une injustice !... Et tu retrouves ta mère ! Et en fait de caresses, ce que tu lui demandes, toi ou ton complice, c'est de l'argent ; en fait de tendresses, ce que tu lui offres, ce sont d'effroyables angoisses... Toi, mon fils !... Non, non, ce n'est pas possible...

Elle marchait à grands pas dans le salon.

Les paroles sortaient précipitées, hachées de ses lèvres !...

Parfois elle s'arrêtait, portait ses deux mains à son front et les joignait au-dessus de sa tête, comme en une supplication suprême à quelqu'un qui ne la secourait point.

Elle n'était plus pâle comme au début de cet entretien, — quelques minutes auparavant, — elle avait, au contraire, les pommettes des joues très rouges, ses yeux brillaient d'un éclat fiévreux.

Patoche, décontenancé, laissait passer ce flot de colère.

Il n'y avait qu'une chose, en tout cela, qui ressortait pour lui : la comtesse n'avait pas l'argent qu'il avait demandé.

Quant à ce flux de reproches, à cette colère grondante, à ce désespoir de mère, il laissait dire, il laissait passer, car il se répétait :

— Des mots ! Je lui ai donné les preuves que Moriani était son fils... Tant qu'elle n'aura pas les preuves du contraire, elle aura beau faire, elle sera bien obligée de croire.

Et il s'était fait, en écoutant madame de Cheverny, une attitude tout à la fois ironique et pleine de compassion.

Il essaya même d'intervenir, d'arrêter cette colère.

— Madame, vous vous faites à vous-même et à
nous beaucoup de peine, en essayant de réagir
contre votre cœur et de ne pas nous croire... Rappelez-vous que je ne vous ai pas imposé Gironde...
Je suis venu vous dire : Voici votre fils... Il ignore
encore que vous êtes sa mère... Dois-je lui faire
connaître la vérité ?

Elle répliqua, farouche, avec une violence inouïe :

— Mon fils! moi, sa mère!! Taisez-vous, taisez-
vous!... Vous êtes un imposteur!... Je ne veux pas
que vous blasphémiez plus longtemps !

Et à Gironde, effrayé de cette violence chez une
femme qu'il avait toujours vue si douce et si
tendre :

— Toi, mon fils!... Viens donc!...

Elle l'appelle du geste, — d'un geste plein de
menaces.

— Ecoute, il n'est pas possible que tu sois mon
fils... La nature ne fait pas les choses ainsi...
Viens... te dis-je... Viens près de moi...

Au lieu de s'avancer vers elle, il reculait effaré.

— Pourquoi recules-tu?... Pourquoi t'éloignes-tu
de moi? Est-ce que je te fais peur?... Tu as peur de
ta mère, à présent?... Viens donc!... Viens donc!...

Elle l'a rejoint, elle l'a saisi par les bras, elle l'at-
tire et elle rit étrangement.

Il veut se dégager, doucement, il voudrait fuir,
mais elle le retient et elle le force à rester près de
son cœur.

— Plus près!... Plus près encore! Et prends-moi
dans tes bras comme mon Bernard aimé, comme
ma Bernerette si tendre et si aimante, comme eux
quand ils me caressent... Pourquoi veux-tu partir?...
Cela t'épouvante de me dire que tu m'aimes? Ne
suis-je pas ta mère?... Regarde-moi donc dans les
yeux... Montre-les moi, tes yeux... pour que je lise

a u plus intime de ton cœur... Pourquoi n'oses-tu me regarder?... Ah! je m'en doute... Va... je m'en doute... Voyons... embrasse-moi, je t'en prie... je le veux... est-ce que je ne suis pas ta mère qui t'adore?... Car je suis toujours ta mère, n'est-ce pas?...

Embrasse-moi de tout ton cœur et de tout ton amour filial... allons!... allons!...

Elle lui secouait les bras.

Elle l'attirait toujours.

— Embrasse-moi donc! appelle-moi ta mère!

— Pourquoi hésites-tu à embrasser ta mère? disait Patoche, sévèrement.

Gironde se sent perdu.

Il se penche vers le front de la pauvre femme...

Il voudrait bien l'embrasser... non pas pour passer par cette redoutable épreuve... non pas pour obéir... mais parce que, dans son âme, vraiment, est née une affection pour elle...

Mais c'est plus fort que lui...

Il n'ose braver les yeux de la mère qui le fouillent.

Il rejette la tête en arrière.

— Tu recules? tu as peur? tu trembles?... Tes yeux se détournent? tu fuis?...

Elle le repousse, avec une énergie sauvage.

— Tu n'es pas mon fils! Ah! misérable! misérable!!

Lui s'écroule à genoux cette fois... n'y tenant plus.

— Mais tu as donc volé aussi l'uniforme que tu portes!! Va-t-en! va-t-en!... Ne reparais jamais devant mes yeux!...

— Pardon! dit-il d'une voix étouffée... on m'a obligé... je n'ai pu me défendre... Pardon, pardon!...

— Flambé! murmura Patoche.

— Va-t-en ! ou plutôt, non, je vois que tu n'aurais pas la force de marcher, maintenant... Je te cède la place ! Adieu !

Et avec un souverain dégoût à Patoche :

— Vous, faites ce que vous voudrez !

Et elle s'enfuit.

— J'aurais dû me douter de tout cela ! murmura le gredin. J'ai trop tendu la corde, je l'ai cassée...

Gironde était tombé accablé dans un fauteuil.

Patoche s'approcha de lui et lui toucha l'épaule.

— Viens, toi... et n'oublie pas que lorsqu'il s'agit de faire des affaires, il faut oublier qu'on a un cœur ..

Mais Gironde, abîmé dans son désespoir et sa honte, ne répondit pas.

— Reste, si c'est ton bon plaisir, dit Patoche... moi, je trouve que ça sent mauvais pour moi, de ce côté, et je file.

Il remit son chapeau et s'élança vers la porte — cette porte par laquelle avait disparu Marguerite.

Mais il poussa un cri étouffé.

Derrière lui, un homme, un sous-officier, venait de faire irruption dans le salon.

C'était Jacques qui sautait par la fenêtre.

— Tonnerre ! murmura l'ancien intendant... Est-ce que je me ferais pincer comme dans une souricière...

Il s'élança vers la porte du fond.

Au moment où il allait la pousser, cette porte s'ouvrit et Bernard parut, calme, froid, les yeux seulement laissant deviner la terrible colère qui grondait dans son cœur.

Patoche fit un pas en arrière, pris d'épouvante.

Puis, tout à coup, il se précipite sur Bernard qu'il écarte d'un effort désespéré, s'élance dans le cabinet de toilette, traverse la salle d'armes et saute par la fenêtre.

Il se perd dans la nuit, sous le bois d'aulnes.

Dans le salon, les trois soldats restent en présence.

Gironde, à l'aspect des deux jeunes gens, s'est levé, effaré... les yeux fous... les mains pressant son front.

— Est-ce qu'ils ont tout entendu ?...

Un froid mortel l'envahit, glace son cœur...

Et il reste anéanti devant eux, le front bas, bouleversé.

Bernard n'a même pas essayé de courir après Patoche.

Qu'il s'en aille, celui-là !... Il a fait son métier de gredin !... La cour d'assises ou la police correctionnelle le cueillera quelque jour... Du reste, il le retrouvera bien, tôt ou tard...

Celui qu'il veut punir, c'est Gironde.

Et il y a, dans le petit salon, un moment de solennel silence.

Pourquoi Bernard se tait-il ?

Pourquoi reste-t-il ainsi, sans bouger ?

Pourquoi, lui aussi, Jacques est-il comme frappé de paralysie ?

Ni l'un ni l'autre ne regardent Gironde, en cet instant.

Gironde ne semble plus exister pour eux...

Pour Bernard il n'y a plus que Jacques, pour Jacques il n'y a plus que Bernard...

Ils ignoraient qu'ils se retrouveraient, en cette scène, pour le châtiment suprême.

Ils étaient partis séparément : le hasard vient de les réunir, mais le hasard guidé par le secret que tous deux connaissent, guidé par l'affection que chacun des deux porte à Marguerite...

Et s'ils demeurent silencieux, c'est qu'en cette seconde se passe tout un drame dans leur pensée à tous deux.

Jacques sait qu'il est le frère de Bernard.

Bernard maintenant n'a plus de doutes ; il sait qu'il est le frère de Jacques.

D'un regard mouillé de larmes, ils se comprennent.

Il n'y a rien, il ne peut rien y avoir de plus entre eux, ni questions ni explications.

Le secret de la mère, — le secret entier, — leur est connu.

Et en se trouvant ainsi l'un en face de l'autre, amenés par une commune pensée, pour défendre leur mère en péril, ils se sentent pris l'un pour l'autre d'une immense tendresse...

Les larmes s'échappent de leurs yeux.

Leurs lèvres, gonflées de sanglots, se contractent.

Ils se tendent les bras... ils s'étreignent... ils s'embrassent...

Et ils n'ont qu'un seul mot, un seul, mais cent fois répété :

— Mon frère ! mon frère ! mon frère !

Et Gironde, qui les entend, qui comprend que ce fils dont il a usurpé la place dans le cœur de Marguerite, que ce fils n'est autre que Jacques, Gironde sent augmenter son épouvante.

Il ne veut plus rester là, en face de ces deux soldats qui sont ses juges. Il est pris d'un effroi insurmontable. Il fait quelques pas chancelants vers la porte, mais les deux frères le préviennent. Tous deux s'élancent en même temps.

— Tu ne sortiras pas, misérable, dit Bernard... au comble de l'émotion et de la colère...

Jacques, du reste, est aussi ému.

Il a entendu, de la fenêtre du pavillon, la fin de la scène et le terrible défi du baiser porté par la mère à celui-là qu'elle reniait pour son enfant !...

Il a écouté, hors de lui...

Tous deux fougueux, l'âme vibrante, ils sont incapables, en ce moment, de raisonnement et de prudence.

Ils ne songent qu'à la mère, en larmes tout à l'heure, à cette pauvre femme aimante et douce, dont cet homme, en face d'eux, s'est cruellement joué.

Ils ne pensent qu'à punir...

Dans l'excès de leur colère, ils ne réfléchissent pas à la gravité de l'acte qu'ils vont commettre...

S'ils avaient réfléchi, c'est qu'ils auraient moins aimé leur mère...

Et cette mère, ils l'adorent !...

— Tu ne sortiras pas ! a dit Bernard.

Et brutalement le soldat repousse l'officier jusqu'au milieu du salon.

— Prenez garde à ce que vous faites! dit Gironde.

— Il n'y a, ici, ni officier, ni soldat... il n'y a qu'un misérable, c'est toi... et deux hommes d'honneur...

— Laissez-moi passer.

— Non, reste.

— Je vous l'ordonne.

— De quel droit?

— Je suis votre supérieur.

Bernard eut un insultant sourire.

— Tu n'as donc pas entendu ma mère qui tout à l'heure te disait : « Mais tu as donc volé l'uniforme que tu portes ! »

Si coupable qu'il fût — et il était, nos lecteurs le savent, plus malheureux encore que coupable — Gironde n'était pas un lâche.

Il ressentait vivement ces insultes qui le fouettaient et lui faisaient monter le sang au visage.

— Pour la seconde fois, je vous ordonne de me céder la place !...

— Non... pas avant que je ne t'aie dit ce que je pense de toi... Gironde, tu es un infâme et un misérable... Pour avoir ainsi, de gaieté de cœur, rendu ma mère malheureuse, pour avoir commis l'impie sacrilège qu'elle te reprochait tout à l'heure, il faut que tu n'aies dans le cœur ni pitié ni respect... il faut que tu aies l'âme bien basse, bien vile et bien lâche... J'ai tout écouté, j'ai tout entendu... Ah ! qu'il m'a fallu de courage pendant que j'étais caché là, pour ne pas sortir, te sauter à la gorge et te souffleter, imposteur, comme je vais te souffleter maintenant... avec joie... avec joie !...

Et sa main vengeresse se lève et va s'abattre sur la joue de l'officier.

Elle ne retombe pas, pourtant.

Qui l'arrête dans son élan ?... La main de Jacques !... Le sergent s'est précipité sur Bernard...

C'est lui qui empêche l'affront suprême.

Est-ce que la prudence lui est venue ?... Est-ce qu'il a compris où les mènerait, tous les deux, l'effroyable drame d'une pareille insulte, bien qu'elle n'eût pas de témoins ?

Non, Jacques est aussi exalté que Bernard.

Lui non plus ne pense qu'à châtier.

Et s'il a arrêté le bras de son frère, c'est qu'il veut que ce châtiment vienne de lui, non de Bernard.

— Que fais-tu ? dit le soldat.

— C'est moi qui dois punir !...

— Non, laisse-moi.

— C'est moi, te dis-je...

— De quel droit ?...

— Cet homme a pris ma place auprès de notre mère... c'est donc affaire entre lui et moi... Retire-toi.

— Non.

— Pourquoi, Bernard, puisque je te prie... Ne suis-je pas ton frère ?... Ne suis-je pas, comme toi, fils de la femme que cet homme insultait.

— Tu es mon frère...

— C'est donc à moi de punir !

— Non. Punir est mon droit.

— Bernard !

— Mon droit, te dis-je. Moi seul ici ai le droit de punir !

— Bernard !...

— Oserais-tu invoquer ton droit devant d'autres que moi ?

— Oh ! mon frère !

— A qui diras-tu : « Je me suis battu avec cet homme parce que ce misérable rendait ma mère malheureuse ? » Tu es mon frère, c'est vrai... Tu es son fils à elle, c'est vrai... mais c'est notre secret... Ma mère, elle-même, l'ignore... moi seul, ici, ai le droit de défendre ma mère !...

Jacques inclina la tête...

L'argument était sans réplique.

La main du soldat retomba sur le visage de Gironde.

Celui-ci chancela... poussa un cri étouffé...

— Ah ! malheur ! malheur sur vous !...

Bernard s'était précipité dans la salle d'armes ; là, tout autour des murs, des fleurets.

Il en prit deux.

Ils étaient mouchetés, il les démoucheta en cassant le bout.

Il en jeta un à Gironde, garda l'autre.

Et tous les deux, sans un mot, les dents serrées, la rage au cœur, tous les deux engagèrent le fer.

La lutte dura longtemps.

Ils étaient d'égale force, jeunes tous deux, aussi

agiles et vigoureux l'un que l'autre, tous deux habitués des salles d'armes.

Jacques suivait anxieusement ce combat, le front contracté, les mains convulsivement serrées.

Les deux adversaires s'attaquaient à fond, ripostaient et contre-ripostaient, comme à l'assaut.

Aucune de ces retraites prudentes du combat à l'épée.

Si ce n'avait été la pâleur de ces visages, la haine de ces yeux, le rauque sifflement de ces poitrines que la colère gonflait, on se serait cru à une lutte pacifique de deux escrimeurs.

Et c'était bien un combat mortel, car la blessure du fleuret ne pardonne guère. La plaie est étroite, profonde. Le sang s'épand à l'intérieur. C'est l'étouffement, même lorsque le médecin est là.

Tout à coup, sur une préparation, Gironde se fendit à fond.

Bernard para juste à temps, car la lame du fleuret passa si près de son cou que la pointe lui effleura presque la peau.

Il envoya une riposte foudroyante en plein cœur, trompant la parade de Gironde, au moment où il se relevait.

La pointe démouchetée du fleuret entra sous le sein gauche de l'officier, pénétra là comme en quelque chose de mou que rien n'arrêta et ressortit dans le dos.

Le coup fut si violent que la lame se brisa.

Un tronçon du fleuret attaché à la garde resta dans la main de Bernard.

Gironde laissa tomber son arme.

Il resta debout, une seconde, les yeux grands ouverts, la bouche ouverte comme pour crier, puis sans un cri, sans un mot, sans un soupir, il s'écroula, s'abîma sur le parquet.

Le coup l'avait tué raide en lui traversant le cœur...

L'homme était mort.

Alors, brusquement, la haine assouvie, la mère vengée, ce fut comme un épais nuage qu'une invisible main déchirait, écartait, effaçait, devant les yeux des deux soldats...

Jusqu'à tout de suite, ils avaient été ivres.

Maintenant leur ivresse se dissipait.

Ils voyaient maintenant ce qu'ils avaient fait.

Ce duel, c'était un meurtre...

Et le meurtre d'un officier commis par eux, soldats.

Ils eurent la même pensée de l'effroyable danger couru, car ils se tendirent les mains, se les étreignirent :

— Ah ! frère ! frère ! qu'avons-nous fait ?...

— Nous sommes perdus !...

Et ils restaient effarés, les mains unies devant ce cadavre.

Soudain la porte s'ouvre, un flot de soldats en armes, conduits par un officier, un capitaine, envahit le salon.

C'est Patoche qui a ouvert la porte.

C'est Patoche qui est allé les chercher et qui les amène.

Il montre Jacques et Bernard à l'officier :

— Vous voyez... les voici... je vous ai dit ce qui allait arriver... je ne vous ai pas trompé... il est trop tard...

Il se baisse, examine Gironde, le tâte, met la main sur le cœur et se retourne vers l'officier :

— Ils l'ont tué...

L'officier fait un geste aux soldats.

— Emparez-vous de ces deux hommes !

Mais avant que les soldats aient fait un mouvement, Jacques d'une voix ferme s'écrie :

— Mon capitaine, je suis seul coupable... Il est inutile d'arrêter Bernard de Cheverny. C'est moi qui ai tué le sous-lieutenant Gironde...

Bernard le saisit dans ses bras :

— Que dis-tu, malheureux !

Et à l'officier.

— Il ment !... Le meurtrier de Gironde, c'est moi !...

Le capitaine et les soldats restent interdits.

Les soldats se regardent entre eux. Ils connaissent le sous-officier. Ils connaissent Bernard. Ils savent quelle étroite amitié les unit. Cette double accusation les surprend.

Et dans ce moment de désarroi Jacques et Bernard échangent de rapides paroles.

— N'oublie jamais ce que je vais te dire : Tu as vengé notre mère, — ta mère, — dit-il en se reprenant avec un effort, — c'était ton droit. Elle t'aime. Elle ne me connaît pas. Je suis ton frère et je te sauve...

— Je n'y consentirai jamais !

— Je te sauve. Je te défends de t'accuser. C'est mon droit. Pour te battre avec cet homme, tu m'as dit tout à l'heure que tu étais le seul fils de madame de Cheverny... Eh bien, en ce moment, je te dis, moi : Songe à ta mère.

— C'est impossible... je ne veux pas que tu te livres à ma place.

— C'est la mort pour toi.

— Peu importe !

— Bernard ?

— N'est-ce pas la mort pour toi, et ta vie n'est-elle pas aussi précieuse que la mienne ?

— Non... ma mort ne fera pas pleurer ta mère...

tandis que si tu meurs, est-ce qu'elle te survivra ?

— Je ne veux pas.

— Il le faut !

— Je lui dirai qui tu es...

— Non, puisque je te le défends...

— Je le dirai devant le conseil de guerre qui te jugera.

— Jamais.

— Je le dirai... il faudra bien que l'on sache pourquoi ce misérable a été tué !

— Jamais... tu te tairas.

— Non.

— Songe à ton père !

— Mon père !

Le capitaine s'avance vers eux. Il répète son ordre :

— Soldats, emmenez-les...

Et Jacques, fièrement, à haute voix :

— N'oubliez pas ce que je vous ai dit, mon capitaine... C'est moi qui suis coupable du meurtre du sous-lieutenant !

Et Bernard, à son tour, aussi fier, aussi énergique :

— Mon capitaine, le seul coupable ici, c'est moi !...

Le capitaine hausse les épaules.

— C'est bon, c'est bon ! Tout cela s'éclaircira par l'enquête...

Il désigna deux hommes pour rester auprès du cadavre.

Jacques et Bernard furent placés entre des soldats.

Ils allaient partir, quand tout à coup les soldats qui encombraient le seuil s'écartèrent précipitamment.

Un mot circula:

— Le colonel !...

C'était Cheverny, en effet.

Il se rendait aux Aulnaies, ainsi qu'il en avait averti sa femme.

Parti avant que Patoche fût au camp, il ne connaissait rien du meurtre ; mais en arrivant au château, il avait vu avec surprise un attroupement de soldats devant le pavillon éclairé.

Il était allé de ce côté.

— Qu'est-ce donc ? avait-il demandé.

— Un meurtre, mon colonel... Un officier assassiné !...

— Un assassinat, chez moi !

Et il était entré précipitamment.

D'un coup d'œil il comprit ce qui s'était passé.

Le cadavre de Pierre Gironde était étendu au milieu du salon, dans la position où l'avait surpris la mort qui l'avait foudroyé.

Et près de lui, debout, Bernard et Jacques, dans une attitude douloureuse, accablés par la responsabilité d'un pareil meurtre, mais étroitement unis par ce malheur même.

Jacques avait posé son bras sur l'épaule de Bernard et c'est ainsi qu'ils attendaient qu'on les emmenât.

Le colonel s'avança vivement vers eux.

Tout de suite, en entrant, il ne les avait pas reconnus.

Mais lorsqu'il se trouva en face d'eux, lorsqu'il eut vu que c'était Jacques et Bernard qu'on accusait, il recula de plusieurs pas, comme frappé d'un grand coup au cœur, et si faible et si chancelant qu'il serait tombé si on ne lui avait porté secours.

— Bernard ! Jacques ! murmura-t-il... Les malheureux !

On lui avança vivement un fauteuil dans lequel il se laissa tomber.

Et il resta ainsi longtemps, silencieux, les yeux fixés sur les deux jeunes gens qui, eux, n'osaient le regarder.

Puis il se releva et, voulant douter encore sans doute, avec l'arrière-espérance que Jacques et Bernard n'avaient pas trempé dans ce meurtre et qu'ils étaient arrivés là comme les autres, poussés par la curiosité, il demanda :

— Bernard!... Et vous, Jacques, que faites-vous donc ici ?

Ils ne répondent rien.

Le capitaine, alors, s'avance :

— Mon colonel, nous les avons trouvés tous les deux devant le cadavre, lorsque nous sommes arrivés.

Le colonel demande encore :

— Eux aussi, sans doute, avaient trouvé Gironde... déjà mort ?

— Je ne le pense pas, mon colonel, dit le capitaine très ému et qui trouvait que c'était une vilaine et lourde tâche que celle que le hasard lui envoyait...

— Et ce qui vous fait penser le contraire ?...

— C'est qu'ils s'accusent tous les deux du meurtre du sous-lieutenant.

Bernard l'interrompit et tout tremblant, — parce qu'il savait la peine effroyable qu'il allait causer à son père :

— Il n'y a qu'un coupable, mon père, c'est moi.

Mais Jacques, obstiné :

— Je prie mon capitaine de se rappeler ce que je lui ai dit lorsqu'il est arrivé... Il est inutile à Bernard de s'accuser puisqu'il n'est pas coupable...

Et d'une voix ferme :

— Mon colonel, c'est moi qui ai tué Gironde...

— Mon colonel, dit Bernard, le meurtrier, je le répète, c'est moi !

Et de nouveau, devant cette étrange situation, tous ceux qui sont là se regardent surpris.

L'ont-ils tué tous les deux, et l'un des deux veut-il sauver l'autre, ou bien n'y a-t-il qu'un coupable, en effet, et ce coupable, est-ce Bernard ? est-ce Jacques ?

Le colonel garde toujours le silence.

Il cherche à se dominer, à reprendre son sang-froid. Ses efforts sont visibles. Fréquemment il passe la main sur son front, l'y appuie fortement comme pour en chasser une douleur insupportable.

Quel affreux malheur !

Bernard ! Jacques ! Tous deux près de ce cadavre ! tous deux s'accusant ! l'un des deux coupable !...

Lequel ?

Bernard, le fils aimé en qui reposait sa fierté, sur lequel il avait déposé ses espérances paternelles ?...

Et il pensait alors à Marguerite et se disait qu'un pareil coup la tuerait peut-être...

Jacques, le soldat dévoué qui lui avait sauvé la vie deux fois au Tonkin et dont il oubliait l'aventure du cercle, pour ne plus se souvenir que du danger de mort qu'il courait maintenant ?

Et il pensait à la douce et jolie Marjolaine qui adorait son Jacques, qui ne vivait que pour lui.

La jeune fille ne serait-elle pas brisée par cette catastrophe ?

Toutes ces pensées se pressaient en tumulte en son esprit, et bien d'autres encore, et voilà pourquoi il appuyait la main si lourdement sur son front, comme s'il avait craint que sa tête n'éclatât.

Tout à coup, il quitte son fauteuil... il se redresse.

12.

Jacques et Bernard n'étaient des assassins ni l'un ni l'autre.

Dès lors pourquoi ce meurtre ? Qui l'avait amené ?... Quelle si grave insulte ?... Quelle si grave découverte ? Est-ce donc que les jeunes gens avaient été punis injustement et gravement ? Mais il n'y avait pas eu de punition grave dans le 145ᵉ depuis le commencement des grandes manœuvres... Une vengeance ?... Pour quelle raison mystérieuse ?...

Il veut savoir la vérité.

Il les interrogera.

D'un geste bref, il fait signe à Jacques de s'approcher.

Jacques fait deux pas vers son colonel, prend une attitude militaire et attend.

— Vous vous accusez d'avoir tué cet officier ?

— Oui, mon colonel.

— La raison de ce meurtre ?

Jacques se tait. Le colonel insiste.

— Vous m'avez entendu ?

— J'ai entendu, oui, mon colonel.

— Répondez donc.

— Une querelle, mon colonel... une insulte... il n'y a pas eu assasinat, comme vous le croyez, mon colonel...

— Un duel ?

— Oui, mon colonel.

— Pourquoi ? Précisez...

— Je ne puis donner d'autres motifs... Cet officier et moi, nous nous détestions... Il y a des haines qui sont irraisonnées, se hâta-t-il de dire pour éviter une nouvelle question de Cheverny.

Mais Georges secoua la tête.

Il ne pouvait se contenter de ces explications.

— Quelqu'un connaissait-il votre haine ?

— Oui.

— Qui ?

— Bernard.... Voilà pourquoi Bernard m'a servi de témoin...

— Mais... Bernard s'accuse lui-même de ce meurtre ?

— Il ment, mon colonel...

Et avec un doux et triste sourire à son frère pour lui faire accepter la ruse sublime de son dévouement :

— Du reste, vous l'interrogerez, mon colonel, et vous verrez que Bernard ne pourra pas, comme moi, expliquer ce meurtre.

— D'autres que mon fils avaient-ils été les confidents des sentiments que vous éprouviez pour M. Gironde ?

— Personne, mais plusieurs des hommes de ma compagnie ont été témoins, ce soir même, d'une discussion assez vive qui s'était élevée entre M. Gironde et moi.

— A propos de quoi ?

— A propos d'une punition infligée... j'étais consigné au camp...

Cheverny était frappé d'une particularité singulière.

Jacques semblait courir au-devant des charges qui pouvaient l'accabler. L'officier ne put s'empêcher de le lui dire.

— On dirait que vous prenez plaisir à vous accuser...

— Non, mon colonel... seulement je suis franc... je ne cache rien.

— Puisque vous avez tant de franchise, vous me direz sans doute comment il se fait que ce soit ici, dans ce pavillon, chez moi, que vous ayez rejoint

M. Gironde... Comment il se fait que vous ayez déshonoré ma maison en la choisissant pour y commettre un crime ?...

Jacques baissa la tête...

Il sentait bien que dans la situation extrêmement délicate où il se trouvait, il ne pourrait répondre à toutes les questions.

Il fallait à tout prix que le colonel ne se doutât de rien.

Rien ne devait troubler son bonheur.

Le sacrifice, personne ne le connaîtrait, en dehors de Marjolaine, en dehors de Bernard !

Mais qu'importe !... avait-il besoin que le monde connût son dévouement ?... Ne serait-il pas infiniment heureux de mourir pour sa mère et son frère !... Et en mourant ainsi, quel éternel souvenir dans l'âme de celui-ci !... Comme il était sûr que par lui sa mémoire serait révérée !...

Le colonel ne le quittait pas des yeux :

— Votre franchise ne va pas loin, à ce qu'il paraît ? disait-il.

Il était inutile de nier, — puisque c'était l'évidence, — que Jacques connaissait la présence de Gironde aux Aulnaies.

— Je savais rencontrer ici M. Gironde, dit-il.

— Comment saviez-vous cela ?

— J'avais entendu M. Gironde lui-même le dire.

Le colonel parut inquiet. Il se troubla. Un soupçon effleura son esprit.

Il avait aperçu Gironde, en ces derniers temps, à plusieurs reprises, rue Ampère et même à Nancy, depuis que les réservistes, soldats et officiers, avaient rejoint leur corps pour les manœuvres.

Il ne s'était jamais demandé d'où venait l'intimité qui paraissait s'être établie — si rapidement — entre le jeune homme et madame de Cheverny.

Il se le demandait à présent.

Que Gironde vînt à l'hôtel de la rue Ampère — qu'il vînt à Nancy même — cela pouvait être naturel.

Mais comment expliquer la présence du jeune homme au château, à pareille heure — et non pas même au château, mais dans un pavillon des Aulnaies récemment aménagé et où personne n'était encore entré, à l'exception des ouvriers ?

Le soupçon était né dans son esprit... il y devait germer...

Mais cette question si grave, il avait peur de l'adresser à Jacques.

Il avait un remords. Il lui semblait qu'il insultait Marguerite.

Cependant le meurtre environné de mystère, il voulait, à tout prix, en démêler les raisons.

Et il continua, raffermissant sa voix :

— Jacques, répondez sans détour. Que venait faire M. Gironde au château ?

— Je l'ignore, mon colonel.

— Vous le saviez !

— Non, mon colonel.

— Vous mentez !

— Oh ! mon colonel.

Il était possible, après tout, que Jacques l'ignorât. Ce fut la réflexion que se fit le colonel ; mais en même temps qu'il se disait cela, du fond de son cœur montait le soupçon grandissant en même temps qu'une voix lui criait :

— Jacques sait tout ! Jacques ment !

Voilà pourquoi l'officier, le sourcil froncé, regarda longuement le sergent. Et Jacques baissait la tête, parce qu'ayant menti, il n'osait pas soutenir le regard de son colonel.

M. de Cheverny l'éloigna d'un geste et fit signe à Bernard de s'approcher à son tour.

Le jeune homme savait que son père avait pour lui une adoration véritable. Il lui était facile de deviner que la souffrance du colonel était grande. Le mâle et doux visage de Cheverny, dans lequel il y avait, ainsi que chez beaucoup de nos officiers convaincus de la grandeur et de la sainteté de leur mission, quelque chose de sacerdotal, était bouleversé, faisait peine à voir. Certes, depuis quelques minutes qu'il était là, le pauvre homme avait vieilli, tout trahissait l'abattement chez lui.

Et Bernard, voyant cela, souffrait lui-même doublement.

Mais justement parce que la révélation de la vérité eût fait déborder ce vase trop plein de tortures morales inoubliables, Bernard, comme Jacques, se disait que rien au monde ne lui ferait trahir cette vérité, et que, dût-il en mourir, la faute passée de sa pauvre mère descendrait avec lui dans les ténèbres de l'éternel oubli.

Le colonel se heurtait donc à deux énergiques caractères, dont le courage s'augmentait de la grandeur du sacrifice et de la suprême consolation du devoir accompli.

— Bernard, vous n'êtes pas mon fils, en ce moment, vous n'êtes qu'un soldat devant son officier qui l'interroge. Jurez-moi de dire toute la vérité...

— Mon père !

— Votre colonel.

— Mon colonel, fit Bernard, cruellement embarrassé, interrogez-moi.

— Vous ne m'avez pas répondu, dit Cheverny qui remarqua cette hésitation... me direz-vous la vérité ?

— Je l'ai dite tout à l'heure en m'accusant de ce meurtre.

— C'est bien. Je vous ai demandé un serment que

vous refusez de me faire, parce que sans nul doute vous allez mentir, vous aussi, comme a menti ce sous-officier...

Bernard n'avait rien à répliquer.

— Vous prétendez avoir tué cet officier ?

— En duel... Un duel loyal.

— La raison de ce duel...

— Une querelle...

— Vous aussi ! La même réponse que Jacques.

— Cet homme insultait... le nom que je porte... le nom que tout le monde respecte, mon père, qui est le vôtre et qui est... celui de ma mère... je l'ai souffleté...

Jacques intervint :

— Mon colonel, ai-je besoin de vous faire observer que Bernard s'accuse sans motif... Je suis seul coupable.

— Si vous êtes coupable et si Bernard cherche à attirer sur lui le juste châtiment qui attend l'un de vous deux, me direz-vous quel sentiment inspire un dévouement aussi rare ?

— L'amitié qui nous unit, mon colonel.

— L'amitié ! fit le colonel, rêveur. Les temps sont passés où l'amitié faisait faire d'aussi grandes choses. Mais c'est Bernard et non vous que j'interroge en ce moment. Gardez le silence.

Et s'adressant à Bernard qui était au supplice :

— Une insulte à mon nom, disiez-vous ? Eh ! qu'importe ! quelle insulte peut donc atteindre le nom de Cheverny ?... Et puisqu'il s'agissait d'une insulte, pourquoi n'êtes-vous pas venu me trouver ?... N'était-ce pas votre devoir ?... Cela devait être votre première pensée ! Et puis, Bernard, vous êtes bien jeune et bien inexpérimenté pour vous ériger en justicier de mon honneur... Il fallait me laisser ce soin... Mais je crains fort que votre réponse ne soit faite pour cacher quelque nouveau mensonge...

— J'ai dit la vérité.

— Je veux bien vous croire ; mais puisque vous avez dit la vérité et puisque le nom de Cheverny a été la cause directe de ce duel à l'issue fatale, veuillez me faire connaître quel genre d'insulte cet homme avait choisi pour essayer de souiller un blason sur lequel il n'y a jamais eu une seule tache.

Bernard se tut.

— Eh bien ?

— Je ne puis rien dire de plus.

— Voilà qui est singulier...

— N'insistez pas, mon père.

— Votre colonel !... Je vous jure, moi, que je ne pense pas en ce moment que je suis votre père !...

Il se promenait à grands pas dans le salon.

Et sur son visage, ce n'était plus l'accablement de tout à l'heure, c'était maintenant une profonde colère.

Il se heurtait à un parti pris de silence qui l'inquiétait et lui enlevait son sang-froid.

— Votre réponse me fait penser que cette insulte dont vous parlez est imaginaire et que Jacques peut avoir raison lorsqu'il prétend que vous vous dévouez pour lui.

— C'est vrai, dit Jacques.

Bernard tressaillit et les mains suppliantes tournées vers son frère :

— Je t'en prie, ami, je t'en prie !

Le colonel poursuivait :

— Sera-ce vous, Bernard, qui m'expliquerez comment et pourquoi Gironde se trouvait ici ?...

— C'est moi qui lui avais indiqué ce rendez-vous.

— Dans quel but?

— Afin d'avoir avec lui une explication.

— Sur quoi ?

— Je ne puis le dire.

Toujours l'éternelle réponse, revenant forcément. C'est que toujours la mère était là, emplissant ce drame de sa personnalité.

— Pourquoi cette explication n'a-t-elle pas eu lieu au camp ! Pourquoi chez moi ?

Bernard se taisait.

Et Cheverny murmurait, harassé par cette contention d'esprit :

— Que veut dire tout cela ?... Que me cache-t-on ?

Et s'adressant au capitaine qui avait amené les hommes.

— Par qui avez-vous été prévenu de ce meurtre, capitaine ?

L'officier désigna Patoche, resté assez inquiet pendant cette scène.

— Par cet homme

— Approchez-vous ! dit Cheverny.

Patoche s'avança. Bernard et Jacques frémirent.

Qu'allait-il dire, celui-là ? Allait-il, pour se venger, trahir la mère, rendre inutile leur dévouement ?... Ou bien se tairait-il ? Aurait-il peur ?

Le misérable promena lentement son regard louche et rusé sur tous ceux qui se trouvaient là, et l'arrêta sur les deux frères.

On eût dit qu'il voulait faire peser la menace sur ces deux nobles têtes, afin de bien montrer qu'il ne les craignait pas.

Ensuite il regarda le colonel et attendit.

Cheverny le dévisageait.

Ce visage de lâche et de fourbe ne lui était pas inconnu. Il l'avait vu passer dans sa vie, il y avait bien longtemps peut-être. Il essayait de se rappeler mais n'y arrivait pas.

— Où donc vous ai-je déjà rencontré, vous ? dit-il.

Patoche tressaillit. Le colonel l'avait-il vu rue Ampère ?... Peut-être. Ce pouvait être un danger pour lui.

A tout hasard il répondit :

— Mon colonel, il est possible que vous vous souveniez de mon humble personne, bien qu'elle ait rudement changé... J'ai été l'intendant de Malpalu... une des propriétés de la famille de madame de Cheverny.

— En effet... murmura le colonel, ce doit être là... Comment vous trouvez-vous dans ce pays ?

— Mon Dieu, dit Patoche de son air bonhomme, j'étais à Nancy pour affaires et je parcourais le pays autour de Borange, m'enquérant des propriétés à vendre, lorsque j'eus la curiosité de visiter le campement des soldats aux grandes manœuvres... Bien que je n'aie jamais servi — car j'étais fils de veuve — je n'en suis pas moins très patriote. J'adore l'armée et...

— Assez ! dit le colonel auquel répugnait le cauteleux personnage.

— Ce n'est pas mon droit ? fit Patoche avec insolence.

— Que faisiez-vous, dans ce château ?

— Excusez, mon colonel, je n'étais pas dans le château... mais devant...

— Comment avez-vous connu le meurtre ?...

— En passant devant le pavillon pour aller jusqu'au 145e... que je savais campé pas très loin, j'ai entendu un bruit de voix, comme une querelle...

— Ah ! Ensuite ?...

Patoche hésitait, chose bizarre.

— Ensuite, je me suis approché et j'ai vu que le bruit de voix partait d'ici... de ce petit salon...

— Ensuite ?

— Le salon était éclairé... la fenêtre était entr'ouverte... Rien d'étonnant à ce que j'aie entendu... rien d'étonnant, non plus plus, à ce que j'aie vu...

— Et qu'avez-vous vu ?

— Dame ! vous le devinez bien, mon colonel.

— Je ne devine rien... je vous interroge... répondez !

— S'il vous plaît, mon colonel, faites donc attention que je ne suis pas soldat, moi, et que je n'ai pas à vous obéir. Je veux bien vous renseigner... Mais j'aime à ce qu'on me parle poliment, quand moi-même je parle avec politesse.

Le colonel haussa les épaules.

L'homme l'exaspérait.

Les deux frères échangèrent un coup d'œil.

Dans ce regard passait toute leur colère contre le misérable, — toute leur rage d'impuissance surtout.

Mais ils devaient se taire...

En quelque sorte, ils devenaient presque les complices de Patoche, les complices, du moins, de ses mensonges, puisque ces mensonges Jacques et Bernard les souhaitaient, puisque ces mensonges, c'était le salut de la mère !

Patoche reprit posément, sans se presser, narquois :

— Ce que j'ai vu ? Ce que j'ai entendu ? J'ai vu le sergent que voilà et le soldat qui est auprès de lui se quereller avec l'officier qui est étendu devant vous...

— Est-ce qu'il y a eu des voies de fait ?

— Dam ! c'est probable...

— Lesquelles ?

— Un des deux a frappé l'officier... d'un soufflet en plein visage.

— Ah !

Et le colonel très ému, se tut, cette fois.

Il n'osait pousser plus loin ses questions.

C'est qu'il sentait que la vie de l'un des deux jeunes gens qui étaient là dépendait de ce qu'allait dire cet homme.

Et qui allait-il accuser?... tuer?... d'un mot!...

Jacques et Bernard éprouvaient, du reste, à des points de vue différents, la même et terrible émotion.

Bernard se disait, se rappelant le suprême outrage qu'il avait tout à l'heure infligé à Gironde, Bernard se disait que son père n'aurait peut-être pas la force de supporter un pareil coup...

Alors, que deviendrait-il ?

Et Jacques se demandait lequel des deux, de son frère ou de lui, Patoche allait nommer...

S'il accusait Bernard, son dévouement sublime devenait inutile.

S'il l'accusait, lui, Jacques, Bernard était sauvé !...

Et il aurait voulu supplier le misérable de mentir !...

Le colonel, plus ferme, les yeux clos comme pour ne pas voir arriver la blessure :

— Lequel des deux a frappé l'officier?

Patoche, lui aussi, avait eu le temps de réfléchir...

Il sentait bien qu'il était le maître de la situation.

Pourquoi accuserait-il Bernard? pourquoi le perdre? Il n'avait rien contre lui! tandis que Jacques!... C'était Jacques, sa naissance, qui renversait l'échafaudage de son intrigue, s'écroulant au moment où il touchait au\succès.

Depuis longtemps il le haïssait.

Une fois déjà il l'avait perdu, d'honneur...

Jacques ne s'en était pas encore relevé.

Et maintenant ne pouvait-il s'en débarrasser tout à fait?

Il n'avait qu'un mot à dire pour cela.

— Parbleu! je serais bien bête, murmura-t-il.

Et désignant Jacques, d'un geste brusque :

— Le sergent! dit-il...

Il y eut, chez Jacques, de la joie — son dévouement servirait donc à quelque chose — et du dégoût pour ce misérable dont il devinait la sourde haine.

Quant à Bernard, surpris :

— Mais il ment, père, il ment!...

Le colonel respirait, soulagé.

Entre ces deux pauvres enfants, son choix était fait. Il ne pouvait hésiter. Si cruelle que pût être pour lui la mort de Jacques, elle lui serait moins douloureuse que la mort de son fils adoré!

Cependant il crut devoir faire répéter à Patoche la grave accusation.

— Vous êtes sûr de ce que vous dites?

— Ma foi oui, mon colonel... sûr de mes yeux...

— Vous avez vu?

— Le sergent, oui, le sergent souffleter le sous-lieutenant.

— Aviez-vous entendu quelques paroles auparavant qui aient pu vous faire comprendre le sujet de cette querelle?...

— Des paroles vagues et ne prouvant rien, sinon le degré de colère où ils étaient parvenus... le sous-officier traitait le sous-lieutenant de lâche...

— Et ce soldat? fit en tremblant le colonel, désignant son fils.

— Il écoutait, ce me semble, essayant de retenir le sous-officier.

— Mais il ment ! il ment ! je le jure, criait Bernard, éperdu.

— Je dis ce que j'ai vu, fit Patoche. Et je n'en ai pas vu et entendu davantage, parce que j'ai deviné que ça allait chauffer ici et que l'officier devant un pareil gaillard aurait besoin d'aide, — il est mince et frêle, tandis que le sergent a l'air extrêmement vigoureux. — Alors j'ai pris mes jambes à mon cou et j'ai couru d'une traite jusqu'à ce que j'aie rencontré heureusement un poste de grand'garde et le capitaine qui faisait sa ronde... J'ai tout dit... tout... et nous sommes revenus sur nos pas... Par malheur nous avons eu beau faire diligence... il était trop tard...

— Capitaine, dit le colonel, prenez le nom et l'adresse de cet homme.

— Patoche, rue Saint-Honoré, où je suis avantageusement connu, je ne crains pas de le dire, fit hardiment le gredin.

Le capitaine prit note du nom et de l'adresse.

Et le colonel allait faire conduire Bernard et Jacques au camp quand un nouvel incident se produisit.

Lorsque Marguerite était sortie du pavillon, après la scène violente et douloureuse qu'elle avait eue avec Gironde et avec Patoche, elle était rentrée aux Aulnaies dans un état d'agitation extrême.

Mais au lieu de s'enfermer chez elle tout de suite, elle avait pensé à chercher protection auprès de Marjolaine et elle était allée frapper à la porte de la jeune fille.

Celle-ci n'était pas couchée.

Elle attendait, fiévreuse, le résultat de l'entrevue de la comtesse avec les deux hommes.

De temps en temps elle se penchait à sa fenêtre ouverte sur le bois d'aunes et elle regardait.

Mais elle ne pouvait distinguer ce qui se passait dans le pavillon; elle n'apercevait celui-ci que de côté et elle ne pouvait se douter du drame qui s'y accomplissait.

Madame de Cheverny le lui raconta, dans tous ses détails.

Et quand elle eut terminé, Marjolaine la consola.

— C'est fini, dit-elle, jamais plus vous ne les reverrez... Ce Patoche est un misérable, mais il a laissé percer à jour son intrigue... il n'osera plus reparaître... Quant à ce Gironde, il a été entraîné, sans doute... car d'après ce que vous me dites il ne me semble pas qu'il ait le cœur gangrené jusqu'au fond... Il se repentira, celui-là, espérons-le... mais vous l'avez vu aujourd'hui pour la dernière fois...

Marguerite se prit à pleurer :

— Certes, j'ai bien souffert depuis que Patoche est revenu jouer ce rôle dans ma vie, mais j'ai eu aussi quelques joies... j'ai cru, ne fût-ce qu'un jour, que Pierre était mon fils... maintenant, je le comprends bien, mon imagination trompait mon cœur... il faut que je renonce à l'espoir de jamais retrouver mon enfant... Il est mort à présent, je ne doute plus.

Marjolaine avait envie de lui crier :

— Mère aveugle! ton fils est auprès de toi... Pourquoi ton cœur ne vole-t-il pas vers lui?...

Hélas! la pauvre femme, privée du fils de Rémondet, avait eu tant besoin de cette affection qui lui manquait, qu'elle s'était un instant attachée à un être indigne...

Mais Marjolaine avait promis à Jacques de se taire, aussi longtemps que Jacques jugerait à propos de rester inconnu à sa mère.

Ce secret ne lui appartenait pas.

C'était celui de Jacques.

Elle se tut.

Du moins, il ne lui était pas défendu de rendre une vague espérance à cette mère... L'espérance, c'est le plus joli cadeau que Dieu nous fait, quand il nous donne la raison.

— Pourquoi maintenant vous désoler, mon amie ?

— Hélas !

— Pourquoi désespérer ?

— Je ne veux plus y songer.

— Songez-y, au contraire.

— A quoi bon ?

— Qui sait ? Dieu vous doit une compensation.

— Dieu, dit-elle dans un sanglot, ne s'occupe pas toujours des souffrances des mères ! Elles sont au monde pour aimer et pour souffrir... Il leur a donné un cœur capable de montrer des dévouements infinis, de supporter des tortures atroces... Il les a bien partagées, puisque si leurs larmes sont amères, leurs joies sont divines... Mais c'est le hasard de la vie qui règle la part des unes et la part des autres... Je n'espère plus, je ne peux plus espérer... Gironde a tari en moi la source des consolations intimes qui me venaient d'une espérance, malgré tout, restée au fond de moi-même... Je ne serai jamais consolée...

— Et moi, dit Marjolaine, je vous dis que le bonheur n'est pas perdu pour vous...

Ses yeux brillaient. Il y avait une vibration dans sa voix.

Marguerite en fut frappée...

— Pourquoi me dites-vous cela ? fit-elle.

Mais Marjolaine, craignant de s'être avancée, se tut.

Leur attention fut distraite, du reste, au même instant, par une rumeur qui monta de la cour.

On eût dit qu'il y avait là beaucoup de monde.

Elles écoutèrent.

On ne distinguait aucune des paroles.

Le pavillon était trop loin.

Cependant la nuit était très calme. Pas de vent dans les aunes. Le ciel était pur, l'air était doux, presque trop chaud et sans prévision d'orage.

Marjolaine regarda.

Dans les ténèbres, des ombres passaient.

— Ce sont des soldats, sans doute, fit Marjolaine.

— Que viendraient-ils faire, à pareille heure ?

— Peut-être une ronde... peut-être un poste avancé... venant occuper le château, avant demain...

Je crois que nous n'avons pas à nous en préoccuper...

— Non.

Elles se mentaient toutes deux, car elles étaient inquiètes.

La lampe allumée dans le petit salon du pavillon projetait une traînée lumineuse fort peu large, sur le gravier de la cour, dans la direction du bois des aunes.

Et de temps en temps, des hommes traversaient cette lumière.

Marjolaine s'était remise à la fenêtre et regardait toujours.

— Oui, dit-elle, ce sont bien des soldats. Je viens de voir leurs fusils ! Ils ont même la baïonnette au bout du canon...

— Marjolaine, dit Marguerite tremblante...

— Mon amie ?

— Je suis sûre qu'il se passe là quelque chose d'extraordinaire.

— Qui vous fait croire ?...

— La présence de ces soldats.

— Rien de plus naturel, puisque ce château est

13.

situé au milieu même de la campagne où se font les manœuvres.

— Vous tremblez vous-même.

— Je vous assure ! fit la jeune fille qui essaya de rire.

— Si le château avait dû être occupé par la troupe, mon mari m'eût prévenue...

— Peut-être un ordre qui vient d'arriver...

— Ecoutez, mon enfant, j'ai laissé tout à l'heure ces deux hommes en présence dans le pavillon...

— Eh bien ?

— Qui sait ce qui est arrivé ? un malheur ! Marjolaine, mon cœur me dit qu'il est arrivé un malheur...

— Il faut aller nous informer...

— Tout de suite...

— Courons.

Elles descendirent, traversèrent la cour, mais alors qu'elles étaient encore dans l'ombre du bois, protégées par la nuit, elles s'arrêtèrent.

Ah ! comme leur cœur battait, en ce moment !

Elles se trouvaient en face du pavillon.

Elles ne pouvaient distinguer ce qui s'y passait, ni les personnes qui s'agitaient derrière la fenêtre éclairée.

Cependant il leur semblait bien que là aussi étaient des soldats.

Et on parlait...

Les mots n'arrivaient pas jusqu'à elles, mais le son des voix les frappa...

Un homme semblait interroger.

C'était la voix du colonel de Cheverny...

D'autres voix répondaient... la voix aimée de Bernard, celle de Jacques... de temps en temps, une voix inconnue, celle du capitaine amené par Patoche...

Puis, en dernier lieu, la voix de Patoche lui-même.

Mais jamais Gironde !

Comment Bernard et Jacques étaient-ils là ?

Les pauvres femmes se le demandèrent en même temps.

Marguerite ignorait que Bernard connût son secret.

Elle ne pouvait deviner qu'il avait guetté Patoche et Gironde,

Mais Marjolaine, le cœur angoissé, le front mouillé d'une sueur d'épouvante, Marjolaine qui savait Jacques au courant du fatal secret, au courant de l'entrevue de sa mère avec les deux hommes, Marjolaine, défaillante, soupçonnait la terrible vérité !...

Elle prit la comtesse par la main.

— Venez, dit-elle, venez...

Elles sortirent de l'ombre du bois et s'avancèrent vers le pavillon. Des soldats gardaient la porte.

On ne voulut point les laisser entrer.

Elles insistèrent. La comtesse dit son nom :

— Je suis madame de Cheverny... J'ai bien le droit de savoir ce qui se passe dans mon château et pourquoi vous êtes chez moi.

C'était la femme du colonel ; les soldats s'écartèrent.

Elle passa, suivie de Marjolaine.

Et au moment où Cheverny, se retournant vers le capitaine, allait faire emmener Jacques et Bernard, — ainsi que nous l'avons dit, — les deux femmes parurent sur le seuil.

Là, elles s'arrêtèrent, frappées de terreur, devant le spectacle qui s'offrait à elles.

Gironde mort ; le colonel, auprès du cadavre, interrogeant Jacques et Bernard, qui semblaient deux accusés.

Les deux frères aperçurent Marjolaine et Margue-rite.

Un cri leur échappa, cri de douleur, car ils auraient voulu leur épargner la vue de cette scène.

— Ma mère !

— Ma sœur !!

Et celui des deux qui avait dit : « Ma sœur ! » ajouta, mentalement, avec une indicible émotion, comme l'autre : « Ma mère ! »

Jacques regardait Marguerite comme s'il ne l'avait jamais vue... comme s'il se trouvait devant elle pour la première fois.

Et n'était-ce pas vraiment la première fois qu'il la voyait ?...

Elle lui paraissait tout autre.

Jamais il ne l'avait vue ainsi.

C'est qu'hier encore, il ne savait pas que Margue-rite fût sa mère, tandis que depuis quelques heures, il n'ignorait plus rien !...

Sa mère, tant rêvée, vers laquelle il avait tant de fois reporté ses pensées, depuis son très jeune âge, elle était devant lui.

Il la dévorait du regard.

Son cœur s'élançait vers elle ; il sentait en lui comme un tumulte de tout son être, dont elle était la cause.

Ses bras se tendaient instinctivement vers cette femme enfin apparue en sa réalité, après avoir été pendant vingt ans une fiction de son imagination.

Ses yeux se mouillaient de larmes de joie.

Et ses lèvres murmuraient, comme pour mieux faire prendre corps au rêve :

— Ma mère ! ma mère !

Bernard comprenait cette émotion intérieure dont la violence se reflétait dans tout le désordre de la physionomie de Jacques.

Il lui pressa le bras, et très bas :

— Tu l'aimes bien, n'est-ce pas ?

Et Jacques, sur le même ton, sans que personne entendît, Jacques répliqua brièvement, alangui tout à coup, les nerfs détendus, avec un soupir où s'exhalaient l'ivresse de son cœur, la joie de son dévouement, le bonheur de sacrifier sa vie pour elle :

— Oh ! Bernard, je suis infiniment heureux !

Les deux femmes, à la vue du cadavre, s'étaient presque évanouies ; le capitaine et Cheverny s'étaient précipités pour les soutenir, les avaient fait asseoir.

Cheverny était douloureusement impressionné par l'arrivée subite de Marguerite.

Comment lui dire la vérité ?...

Heureusement, l'accusation de meurtre semblait s'éloigner de Bernard pour se resserrer, au contraire, autour de Jacques... Si cette accusation se confirmait, Bernard était sauvé. Mais c'était la mort du sergent, du sergent aimé de Marjolaine... Et que dire à celle-ci ?

Quand madame de Cheverny eut repris quelque force :

— Georges, dit-elle à son mari, que s'est-il passé ?

— Plus tard, tu sauras tout... Ici maintenant, il m'est impossible de t'expliquer...

— Pourquoi ces soldats entourent-ils Bernard et Jacques...

— Plus tard, dit le colonel, plus tard...

Et pour couper court à la pénible scène qu'il prévoyait, il fit un signe au capitaine qui comprit.

Jacques fut mis entre quatre hommes, Bernard entre quatre autres.

— Mon Dieu, dit Marjolaine, on les emmène !

Et elle se précipite, affolée, dans les bras de Jacques.

— Jacques, où vas-tu? Qu'as-tu fait? que se passe-t-il?... Un mot, Jacques, un mot !

Jacques lui murmure à l'oreille :

— Je t'ordonne de garder pour toi le secret de ma naissance.

Et il passe...

Il va sortir...

Madame de Cheverny se pend au cou de son fils...

Elle aussi est folle.

Elle n'a pas le courage de parler.

Elle étreint contre son cœur Bernard qui la couvre de baisers et ne lui dit pas un mot...

C'est une scène muette, profondément douloureuse.

Mais Bernard, tout à coup, s'échappe des bras de la pauvre femme.

Il lui désigne Jacques, qui déjà est sur le seuil et qui vient de se retourner pour apercevoir le visage aimé de sa mère... de celle qui ne l'aura jamais connu... qui est vraiment perdue pour lui, cette fois, bien vraiment.

Et Jacques tressaille jusqu'au fond de son être en écoutant Bernard qui, dans une sublime inspiration de son cœur, s'écrie :

— Mère, ne laisse pas Jacques partir ainsi...

— Mon fils !

— Mère, embrasse-le aussi... mère, je t'en supplie, embrasse-le comme moi, comme tu m'embrasses, mère !...

Les soldats qui sont là ne comprennent rien à ce qui se passe, et pourtant cela est si navrant qu'ils pleurent.

En chancelant la mère s'est avancée vers Jacques, qui tremble de joie et qui sanglote, le visage inondé de larmes.

Le colonel et le capitaine, émus, laissent faire.

Marguerite est tout près de Jacques.

Elle lui prend la tête entre ses mains flèvreuses ; elle lui fait pencher le front et sur ce front elle appuie un long et doux baiser maternel...

Puis les deux jeunes gens sortent du pavillon.

Ils disparaissent dans la nuit, vers le camp.

Dans le salon, il ne reste que deux soldats qui vont veiller à ce que personne ne dérange le cadavre jusqu'à l'arrivée de l'officier qui sera chargé de l'instruction.

Le colonel entraîne vers le château Marguerite et Marjolaine qui ont peine à se tenir debout.

Il ne veut pas qu'elles restent là plus longtemps.

Il a pitié d'elles, mais lui-même fait pitié à voir, tant il est défait.

Les soldats sont loin, déjà, dans la campagne déserte.

Ils approchent du camp, conduisant les frères prisonniers.

Ils passent devant les factionnaires.

Les voici en plein bivouac, d'où ils sont partis quelques heures auparavant... ayant encore dans le cœur leurs rêves de gloire, dont l'avenir leur réservait la réalisation, maintenant à jamais, pour l'un des deux, évanouis !...

Tous leurs camarades sont couchés et dorment la tête sur le sac, un mouchoir roulé autour des oreilles et passant par-dessus le képi.

Les couvertures entourent leurs jambes.

Les faisceaux se profilent en lignes régulières visibles encore, dans la lumière presque éteinte des derniers foyers mourants ; sur deux des faisceaux, le drapeau du 145e de ligne.

Une grande paix, un grand silence...

La nuit douce semble vouloir protéger de ses voiles le sommeil de ces braves gens.

Et Jacques passe lentement entre ces groupes d'hommes, pour gagner la tente qui va lui servir de prison.

Il pense à Marjolaine, à sa mère!

Il pense aussi à lui-même, à ses rêves si chers!...

Instinctivement il tourne la tête et regarde, dans la nuit noire, des choses qu'il ne voit pas.

C'est de ce côté-là que le colonel regardait aussi tout à l'heure, quand Fiche-la-Guigne expliquait :

— Vers la frontière.

Elle n'était pas loin, la frontière! Quelques lieues seulement.

Et Jacques soupire.

— Mon beau rêve, à jamais perdu! murmure-t-il...

Et comme il s'est arrêté, un soldat lui dit avec douceur, croyant qu'il songe à s'échapper :

— Voyons, sergent, il faut marcher.

Jacques reconnaît la voix, c'est un soldat de sa demi-section.

— C'est toi, Belhomme?

Il n'en dit pas plus et passivement obéit.

XI

Au château, Cheverny était obligé de rendre compte à Marguerite et à Marjolaine de ce qui s'était passé.

C'était une nouvelle épreuve douloureuse, puisqu'après son propre désespoir, il allait être le témoin du désespoir des deux pauvres femmes.

Ce fut madame de Cheverny qui, la première, l'interrogea !

— Georges, dis-moi tout ce que tu sais...

— Hélas ! ce que je sais ne vous satisfera pas, je le crains... car il y a, en tout cela, un mystère que j'ai essayé de percer, mais sans succès.

Et après avoir un moment réfléchi, il leur raconta ce que les deux jeunes gens avaient répondu quand il les interrogeait.

Et au fur et à mesure qu'il avançait dans son récit, une pensée égoïste venait au cœur de Marguerite, ainsi qu'elle était venue tout à l'heure au cœur du colonel.

— Mon fils Bernard n'est pas coupable de ce meurtre ! Il est sauvé !

Rien ne lui criait encore, à cette pauvre mère en

détresse, que l'autre était son enfant aussi... De sa chair... de son sang... d'elle-même, autant que Bernard...

Rien ne lui disait que, quel que fût le coupable, quel que fût celui qu'atteindrait l'inexorable châtiment, c'était elle que ce châtiment frapperait !

Marjolaine, silencieusement, avait écouté le récit du colonel.

La jeune fille essayait de démêler les motifs de ce duel... les raisons de ce meurtre.

Elle n'avait pas de peine à arriver à la vérité.

Jacques avait surpris la scène entre sa mère et les deux complices.

Il avait voulu venger sa mère après que celle-ci fut partie, et il était intervenu.

Mais le rôle de Bernard, en quoi consistait-il ?

Ici, elle démêlait moins facilement la vraisemblance.

Bernard mêlé à tout ce drame, c'était Bernard au courant du secret de sa mère ; c'était Bernard ayant appris l'indigne substitution imaginée par Patoche ; c'était Bernard ayant voulu, lui aussi, punir Pierre Gironde...

— Oui, sans doute, murmurait Marjolaine, Bernard a tout appris... tout, excepté peut-être que Jacques est son frère...

Et repensant soudain à ce qu'elle avait vu tout à l'heure, à la profonde émotion de Bernard, au moment où — Jacques étant emmené par les soldats, il avait prié sa mère de l'embrasser bien fort... de l'embrasser comme elle l'embrasserait, lui, Bernard, — en repensant à cette scène poignante de désespoir contenu, elle se disait :

— Qui sait si Bernard ne connaît pas le secret tout entier ?

Mais le trouble de Marjolaine n'égalait pas celui

de la comtesse. Que de pensées dans sa tête, en une seconde !

De même que Cheverny, elle se demandait :

— Pourquoi, comment Jacques et Bernard étaient-ils là ?...

Elle avait laissé Gironde et Patoche en présence.

Et tout à coup survenaient Bernard et le sous-officier.

Dans quel but?

Elle avait donc été épiée par eux?... Soupçonnaient-ils à quelle situation désespérée Patoche l'avait conduite?... Mais pour cela, il eût fallu être dans la confidence de son triste et lourd passé !... Bernard savait donc !...

Elle frémissait de honte et de crainte à cette idée.

Et remontant dans les souvenirs des derniers mois de sa vie écoulés depuis le retour de Patoche, elle se rappelait la grave et triste figure de Bernard un jour qu'elle s'était évanouie, une lettre de Patoche à la main expliquant tout. En reprenant connaissance, elle avait trouvé auprès d'elle Bernard... et la lettre gisait sur le tapis !

L'avait-il lue? Quelle terreur avait-elle ressentie à cette pensée!...

Et comme elle le questionnait, voulant savoir, avec quelle profonde émotion il lui avait dit, en l'enveloppant de ses bras :

— Oh! mère, je ne t'ai jamais tant aimée!

Mais s'il savait, lui, Bernard... que venait faire Jacques en tout cela ?

Sa pauvre tête s'y perdait.

Elle avait traversé, en cette nuit, tant de crises, qu'elle ne pouvait plus penser. Il y avait du trouble dans ses réflexions, et même, à force de larmes, ses yeux ne voyaient plus.

Ce qui l'étonnait, aussi, c'était ce détail du récit

fait par le colonel : Jacques et Bernard s'accusant, l'un pour sauver l'autre !

Certes, elle avait vu avec joie, entre les deux jeunes gens, leur amitié naissante, mais voilà que brusquement cette amitié se changeait en un dévouement fraternel.

Pourquoi ?...

Si Jacques n'était pas coupable, comment pouvait-il aimer Bernard au point de perdre, pour le sauver, la vie et l'honneur, plus précieux que la vie ?

Et si Bernard n'était pas coupable, à son tour, quelle si puissante affection pour Jacques lui faisait ainsi oublier, en s'accusant, son père, qu'il déshonorait en même temps qu'il se déshonorait lui-même, sa mère réduite au désespoir et qui mourrait des coups qui tueraient son fils, sa sœur Bernerette, si faible et si délicate, — dont il n'ignorait pas l'amour et qui allait voir désormais avec horreur dans son frère, jadis chéri, le meurtrier de l'homme qu'elle aimait !...

Le colonel laissa Marguerite et Marjolaine pour retourner au camp où, après le drame de cette nuit, sa présence pouvait être nécessaire.

Les deux femmes restèrent seules.

Mais elles avaient le cœur trop gros, elles étaient trop désespérées pour avoir la force de parler, pour échanger quelques consolations.

Elles s'étreignirent silencieusement et rentrèrent chez elles.

Bernerette, couchée de bonne heure, ne se doutait encore de rien et ce n'était pas ce qui préoccupait le moins madame de Cheverny.

Comment supporterait-elle une pareille catastrophe ?

L'enfant n'avait plus reparlé de Gironde, depuis

qu'elle avait vu que son penchant pour le jeune homme déplaisait à sa mère.

Mais celle-ci ne se faisait pas d'illusions : elle voyait clairement que sa fille y pensait toujours.

Souvent elle la surprenait pensive, vaguement souriante, comme si elle évoquait quelque gracieux rêve de son imagination.

Mais, plus souvent, elle la voyait pleurer... ou essuyer furtivement ses larmes.

A qui pensait-elle?... à Gironde... Qui la faisait pleurer? Sa mère.

Marguerite avait, jadis, assez souffert de son amour pour Rémondet, pour comprendre ce que devait souffrir Bernerette et pour la plaindre.

Aussi la nuit qui s'écoula fut-elle bien cruelle.

La comtesse ne dormit pas.

Comment ferait-elle, pour cacher la vérité à sa fille?

Comment ferait-elle pour l'empêcher de voir ce cadavre, que la justice allait venir visiter, demain, certainement; que l'on mettrait sur un brancard ou dans une voiture d'ambulance et que l'on transporterait au campement?...

Elle aurait beau rester auprès de Bernerette pour essayer de la distraire, l'emmener bien loin, s'il était possible...

Un hasard ne la mettrait-elle pas au courant?

Et alors?...

Elle tremblait, à cette pensée.

Elle savait que, le matin, parfois Bernerette se levait de bonne heure et chaudement vêtue, allait courir au jardin autour des fleurs qu'elle aimait.

Il ne fallait pas qu'elle sortît, ce matin-là.

Et Marguerite écoutait sonner la pendule.

Les heures s'écoulaient rapides et lugubres.

Elle mit une fois la tête à la fenêtre et regarda du côté du pavillon.

L'aube grise commençait à poindre.

Elle put distinguer les deux soldats de faction devant le pavillon où le cadavre de Gironde était étendu !...

Il faisait froid. Elle referma la fenêtre.

A la fin, dans son extrême fatigue, le sommeil la gagnait.

Elle lutta, ne voulant pas se laisser surprendre, songeant à Bernerette.

Mais elle était si abattue que le sommeil fut le plus fort.

Elle s'endormit dans son fauteuil, profondément.

Le soleil était levé et Bernerette, matineuse, n'ayant, la pauvrette, nul soupçon de ce qui s'était passé en cette nuit dramatique, sortait de chez elle.

En septembre, les matinées sont déjà fraîches.

Elle aimait ces fraîcheurs presque hivernales.

Cela la reposait des lourdes chaleurs de la journée de la veille et la préparait aux chaleurs de la journée qui commençait.

Elle gagna le jardin, cueillit des fleurs encore froides de la nuit et baignées de rosée glacée.

Elle alla jusqu'au bois des Aulnes, s'y promena quelque temps, le traversa et sur l'autre lisière s'arrêta.

Toute la belle campagne lorraine s'étalait devant elle, dans sa variété magnifique et sa vigueur de dessin.

Le soleil levant chassait les nuages et il éclatait ruisselant dans le ciel d'un bleu pâle, comme un brasier d'argent en fusion.

Et cette campagne semblait vivre, ce matin, d'une vie plus intense que d'habitude.

Aux chants des oiseaux — que l'automne faisait

plus rares déjà — aux meuglements des troupeaux, aux cris des coqs, aux hennissements des chevaux, aux abois des chiens de toutes les fermes environnantes — bruits de tous les jours — se mêlait à cette heure, et seulement pour un matin, une rumeur mystérieuse qui semblait venir de tous les côtés à la fois, réveil de tous ces régiments cantonnés ou bivouaquant aux environs.

Des appels de clairons, d'infanterie ou de cavalerie, déchiraient l'air de leurs notes aiguës.

Des équipages s'ébranlaient, là-bas, derrière les coteaux, et des roulements sourds, qui faisaient gémir la terre, indiquaient le passage de l'artillerie.

Pour qu'elle conservât son calme d'esprit, madame de Cheverny n'avait pas prévenu sa fille que le 145e campait aux environs et très près des Aulnaies.

Mais Bernerette savait que le régiment était non loin d'elle, peut-être à quelques lieues, peut-être à quelques kilomètres, et elle pensait que dans ce régiment se trouvait un officier qu'elle aimait et auquel, à Nancy, chez sa mère, la veille du départ, elle avait presque avoué son amour !

Oui, Gironde était là !

Puisque cet amour déplaisait à sa mère, la jeune fille s'était promis de ne jamais plus en reparler.

Mais elle le conservait, du moins, précieusement tout au fond de son cœur.

Elle y pensait toujours.

Et cet amour, au lieu de s'effacer, au lieu de s'éteindre, revivait de lui-même et se réchauffait à son propre foyer.

— Pierre ! murmurait-elle de temps en temps, comme si elle avait voulu donner de la réalité à son rêve... mon Pierre !

Sur la route qui va de Borange aux Aulnaies, elle aperçut tout à coup plusieurs voitures.

Il y avait des carrioles, des charrettes de paysans.

Elle n'y eût pas autrement prêté d'attention si une voiture d'ambulance, conduite par un soldat ayant un autre soldat sur le siège auprès de lui, n'avait paru prendre le chemin du château.

Et cette voiture était suivie de deux gendarmes à cheval, un gendarme et un maréchal des logis, et d'un médecin militaire.

Machinalement elle les suivait des yeux.

Le chemin bordé de sapins qui dessert particulièrement les Aulnaies tombe sur la route à un kilomètre environ du château.

Ce fut ce chemin-là que prit la voiture.

Bernerette, à la croix rouge, à la forme de la voiture, avait facilement reconnu les ambulances, mais elle n'avait nulle crainte, nul soupçon.

Seulement elle se demanda :

— Pourquoi cette voiture, si tôt, au château ?

Car le chemin que la voiture venait de prendre ne conduisait qu'aux Aulnaies.

Bernerette traversa de nouveau le bois.

Et de l'autre côté, elle aperçut soudain les factionnaires qui gardaient le pavillon.

Cela l'étonna.

Des soldats au château ? Cela était tout naturel. Mais elle n'avait entendu aucun bruit d'arrivée de troupes dans la nuit. Et pourquoi montaient-ils la garde, ceux-là ? On avait donc établi le poste à cet endroit ?

Elle les regardait, amusée, quand le roulement des roues sur le gravier et le bruit de plusieurs chevaux lui firent tourner la tête.

C'était la voiture escortée des gendarmes.

— C'est là sans doute, fit le maréchal des logis en désignant le pavillon.

Il descendit de cheval. Le gendarme et le major en firent autant et l'un des deux soldats garda les chevaux pendant que l'autre, le conducteur, faisait tourner la voiture et la présentait de dos au pavillon, prête à recevoir le corps.

Alors, dans l'esprit de Bernerette germa la première inquiétude. Il y avait donc là des blessés ?

Elle s'approcha et s'informa auprès d'un soldat, les gendarmes étant entrés dans le pavillon avec le major.

— Qu'est-ce que vous venez chercher ? demanda-t-elle.

— Un officier, mademoiselle.

— Malade...

— Oh ! non.

— Blessé ? Un accident ?

— Oh ! mieux que cela !

— Mort ?

— Oui, tué en duel, à ce qu'il paraît, cette nuit..,

— En duel, ici, dans le château de mon père ?...

— Ah ! vous êtes la fille du colonel ? fit le militaire curieusement.

Et il fit un salut respectueux et attendit qu'on l'interrogeât.

— Vous vous trompez peut-être ? dit Bernerette.

— Non, mademoiselle, tout le régiment connaît l'histoire...

— Et... quel régiment ?

— Le 145ᵉ, qui bivouaque de l'autre côté du bois...

— Le 145ᵉ ! Et pourquoi ce duel ?

— Ah ! dam ! voilà ce que nous ne savons pas, nous autres.

— C'est un officier, dites-vous... qui s'est battu avec un autre officier, sans doute ?

— Non, et c'est le plus grave... c'est un sous-off, un sergent, qui a tué un sous-lieutenant...

— Ce sergent, vous le connaissez ? dit-elle prise de crainte.

— Non.

— Et l'officier ?

— Non plus. Je sais seulement qu'il est officier de réserve. Ça n'empêche pas le cas d'être aussi grave, du reste.

Bernerette avait retenu un cri d'effroi.

Sous-lieutenant de réserve !

Elle n'avait entendu que ce mot... Il avait résonné jusqu'au plus profond de son cœur... Un sinistre pressentiment lui serrait le cœur, l'étouffait, la rendait chancelante.

Il y avait là un banc... Elle s'y laissa tomber.

— Cette pauv' petiote, murmura l'ambulancier, si elle savait que son frère est arrêté aussi !

Et tout haut, avec commisération :

— Mademoiselle, faudrait peut-être mieux ne pas rester là...

— Pourquoi ?

— Parce que ça peut vous faire de la peine de voir un homme mort. Ce n'est pas beau, allez... Vaut mieux ne pas voir !

Elle se raidit.

— Si, je veux rester...

— C'est inutile, pourtant... insistait le brave garçon.

— Non, non, je veux le voir !...

— Mademoiselle, je ne peux pas vous commander, vous êtes chez vous.

Elle voulut pénétrer dans le pavillon.

Un factionnaire l'en empêcha.

— On ne passe pas.

Elle revint vers l'ambulancier.

— Que font donc ces gendarmes ?

— Ils prennent des notes pour leur rapport... sur la blessure... la position du cadavre... Il faut que le major examine tout cela pour faire, lui aussi, son rapport... Il s'agit du conseil de guerre, voyez-vous, mademoiselle,.. C'est rudement grave... Le sergent écopera de l'exécution, c'est probable.

— Est-ce que cela durera longtemps ?...

— Non. Et même, tenez, c'est fini, car voici le major.

Le chirurgien remonta sur son cheval et partit au trot, regagnant le camp, sans plus s'occuper de ce qui allait se passer.

Bientôt les gendarmes eux-mêmes sortaient.

Le maréchal des logis refermait son carnet, dans lequel il venait de prendre les notes nécessaires à la rédaction de son procès-verbal.

Il glissa le carnet dans la poche de sa tunique.

Puis, faisant un signe aux ambulanciers :

— Vous pouvez enlever le cadavre. Le major le permet.

Les deux hommes ouvrirent la voiture et pénétrèrent dans le pavillon où ils disparurent pendant quelques secondes.

Les gendarmes remontaient à cheval et partaient au galop, après avoir salué Bernerette qui ne les vit et ne leur répondit pas.

La jeune fille, le cœur étreint par son angoisse, se tenait devant le pavillon, les yeux fouillant dans cet intérieur, mais sans rien voir.

Tout à coup, elle vit !

Les ambulanciers avaient pris le corps de Gironde par les pieds et par la tête et l'emportaient vers la voiture.

Elle vit les pieds, d'abord, puis le corps, puis la tête.

Et elle poussa un cri rauque et tomba raide.

Elle avait reconnu Gironde.

— Allons, bon, firent les hommes en glissant le cadavre dans la voiture... qu'est-ce qui lui prend, à la demoiselle?

Et l'un d'eux ajouta :

— Je lui avais dit de ne pas rester là...

Ils refermèrent la voiture, grimpèrent sur le siège, pendant qu'un des soldats qui avaient passé la nuit devant le pavillon allait sonner vigoureusement aux Aulnaies.

Un domestique accourut.

— C'est la demoiselle qui se trouve faible, dit le fantassin.

Et mettant son fusil sur l'épaule, il courut rejoindre son camarade; voiture et soldats disparurent aussitôt.

Transportée dans son lit, Bernerette fut longtemps sans reprendre connaissance.

On était allé avertir madame de Cheverny que l'on avait trouvée profondément endormie dans son fauteuil.

Madame de Cheverny était accourue bien vite.

— Voilà ce que je redoutais! murmura-t-elle. Voilà pourquoi je ne voulais pas dormir!...

Quand l'enfant revint à elle, qu'elle eut repris la suite de ses idées, elle considéra sa mère avec une sorte d'épouvante.

On eût dit qu'elle la rendait responsable de ce qui s'était passé, que cette mort, c'était sa mère qui en était coupable.

— Ah! mère! mère! dit-elle.

Et elle éclata en sanglots.

Marguerite pleurait aussi et lui essuyait doucement ses larmes, ne trouvant rien pour la consoler :

— Ma Bernerette ! ma chère Bernerette !...

— Mort ! Pierre est mort !... Ah ! mais je veux savoir ! Je veux savoir ! Comment cela est-il arrivé ?... Qui l'a tué ?... On m'a dit que c'était en duel ?... Pourquoi ?... Ah ! mère, je veux que tu ne me caches rien !...

— Oh ! ma pauvre enfant ! Si tu m'avais écoutée ! que de chagrins tu te prépares !

— Parle, mère, je le veux... J'ai le droit de savoir... Songe donc, je l'aimais... Je te l'avais dit...

— Chérie, cet homme n'était pas digne de toi.

— Qu'en sais-tu ?

— Je le sais.

— Que lui reproche-t-on ?

— Je ne puis te le dire.

— Tu vois bien, tu vois bien !

Elle pleura silencieusement, s'interrompant toutefois de temps en temps pour dire à voix basse :

— Il est mort ! Il est mort !...

Elle eut une crise de nerfs. Quand elle fut plus calme :

— Qui donc l'a tué ?

Il fallait bien le lui dire. Ne l'apprendrait-elle pas tôt ou tard ?

— Jacques ! dit Marguerite.

Elle parut ne pas comprendre.

— Jacques ? Qui donc ? qui cela, Jacques ?

— Le frère de Marjolaine.

— Grand Dieu ! La raison de ce duel ?

— On l'ignore.

Elle aimait Gironde d'amour, mais elle avait également pour Jacques une vive et sincère affection.

Son cœur était donc déchiré doublement.

Et d'une voix altérée, oubliant Pierre un instant pour ne plus penser qu'à l'ami de Bernard :

14.

— Il a tué un officier. C'est la mort...

Puis elle fut prise de frissons violents. En même temps, elle avait un accès de toux qui lui brisait la poitrine et lui amenait un peu de sang au coin des lèvres.

Marguerite, effrayée de l'état dans lequel elle la voyait, la déshabilla et la porta dans son lit.

Dans les cantonnements et les bivouacs, les salles de discipline sont remplacées par le poste de discipline, placé en avant du front de bandière, à cent mètres environ, dans un endroit découvert et à proximité de la garde de police.

C'était au poste de discipline que Jacques et Bernard avaient été conduits.

Ils devaient être, selon les règlements militaires, remis le lendemain dès le matin à la gendarmerie de Borange, chargée de les écrouer à la prison du quartier général.

Deux sentinelles veillaient sur eux.

Le colonel avait, la veille, en arrivant au bivouac, fixé le réveil à cinq heures.

Etendus par terre, côte à côte, Jacques et Bernard avaient passé la nuit sans dormir.

Et de toute la nuit ils ne s'étaient pas dit un mot.

Trop de graves et tristes pensées emplissaient leur esprit.

Seulement, de temps en temps, se comprenant sans rien se dire, sans doute parce qu'au même moment la même pensée leur venait à tous deux, ils étendaient la main l'un vers l'autre, dans l'obscurité, à tâtons. Leurs mains se rencontraient et se serraient longuement.

Et cela voulait dire tant de choses qu'ils n'avaient plus besoin de se parler. Leurs âmes étaient sœurs. Leur tristesse était commune. Et ils avaient un grand bonheur de souffrir ensemble.

Une seule fois seulement, pendant cette nuit-là, ils échangèrent une parole.

Ils étaient si immobiles l'un et l'autre, étendus sur le dos, la face vers le ciel étoilé, que chacun des deux fut persuadé que l'autre dormait.

Et ils se soulevèrent en même temps.

— Tu dormais?

— Non. Et toi?

— Oh! non, frère.

Ce fut tout. Ils reprirent leur immobilité et leurs rêves.

A cinq heures le clairon de service sonna le réveil.

Depuis une demi-heure déjà les cuisiniers étaient levés, avaient allumé les feux et comme, la veille, dans toutes les escouades, les caporaux avaient fait emplir les bidons de campement, ils n'avaient pas eu à courir chercher de l'eau et ils firent tout de suite bouillir le café.

Le café était prêt quand les hommes s'éveillèrent, engourdis par cette nuit à la belle étoile, s'étirant, mais reposés quand même et déjà de belle humeur.

Le soleil n'était pas levé encore.

Il était cette heure où une lumière indécise apparaît vers l'orient, pareille à une sorte de nuage moins opaque que la nuit même.

Mais si indécise qu'elle soit, c'est l'annonce du soleil, du réveil de toutes choses, de la vie de la terre, de la gaieté.

Bientôt le soleil chassa cette brume violette de l'aube.

C'était l'heure où devant le pavillon, Bernerette se trouvait en face du cadavre de Gironde...

Une demi-heure après le réveil, sonna le premier appel de la journée, sans armes, par escouades.

Presque aussitôt apparurent, sur le front de bandière, les silhouettes des gendarmes, prévenus par Cheverny, et qui venaient prendre les prisonniers.

Un piquet de quatre hommes, commandé par le caporal Martin, les escorta jusqu'à Borange.

Dans la journée même, ils prenaient le train, faisant route pour Châlons-sur-Marne, quartier-général du 6e corps où allait se dérouler l'enquête, et où ils allaient passer en conseil de guerre.

FIN DE LA DEUXIÈME PARTIE

TROISIÈME PARTIE

CONSEIL DE GUERRE

I

Tout conseil de guerre comprend deux parties distinctes, comme toute cour d'assises est précédée de l'enquête des juges : le jury et le parquet.

Nous n'avons pas à nous occuper maintenant du jury, c'est-à-dire de la composition même du conseil qui devait juger Jacques et Bernard.

Nous l'expliquerons à son heure.

Nous ne nous occuperons que de l'instruction de l'affaire qui devait être minutieusement conduite et donner lieu à des scènes émouvantes entre quelques-uns des personnages de notre roman.

Le parquet de tout conseil de guerre comprend :

1° Un commissaire du gouvernement.

2° Un rapporteur.

3° Un greffier.

4° Des substituts.

5° Des commis-greffiers.

C'est, on le voit, au militaire, la composition d'un parquet au civil. Le commissaire du gouvernement, en effet, remplit les fonctions de ministère public. Il a donc un rôle analogue à celui du procureur de la République près les cours et tribunaux ordinaires.

Le rapporteur est chargé des fonctions de juge d'instruction. A Châlons, à cette époque, ces fonctions étaient remplies avec autant de tact que de finesse par M. Jean Segond, capitaine en retraite. Le rapporteur, juge d'instruction de l'armée, continue ses fonctions, quelles que soient les modifications apportées à la composition du conseil de guerre en raison du grade de l'accusé. Dans le cas seulement où l'accusé est maréchal de France, les fonctions de rapporteur sont attribuées à un général de brigade.

Les greffiers tiennent les écritures. Ils ont le grade d'adjudant et sont toujours choisis parmi les officiers d'administration du service de la justice militaire.

S'il est besoin, le commissaire de la République et le capitaine rapporteur peuvent être aidés et substitués dans leurs attributions par des officiers en activité de service. Depuis quelques années même, dans certaines divisions territoriales, et par exemple à Paris, cet emploi est tenu à tour de rôle par des capitaines du service actif que l'on initie de cette façon, par un stage de quelques années, aux minuties et aux délicatesses de fonctions qu'ils auront à remplir dans les cours martiales en temps de guerre.

L'ensemble de la procédure devant les conseils de guerre constitue plusieurs opérations successives, et en premier lieu le rapport de la police judiciaire (en ce qui concerne Jacques et Bernard, ce fut le rapport du capitaine que prévint Patoche annexé au procès-verbal de la gendarmerie de Borange). Ces rapports ou procès-verbaux furent transmis, le jour même de l'arrestation des deux frères, au général commandant la circonscription.

Celui-ci transmit les pièces à Châlons, au commissaire du gouvernement, et lui ordonna de commencer la procédure.

La justice militaire est expéditive.

Il n'y avait pas cinq jours que Gironde avait été tué dans le pavillon du château des Aulnaies que le capitaine Segond avait toutes les pièces entre les mains et pouvait procéder à l'instruction, assisté de son greffier.

Jacques et Bernard furent interrogés séparément.

Le capitaine Segond était un homme de taille moyenne, aux cheveux blancs et à la moustache blanche. Des yeux bleus, un peu durs, constamment abrités par un lorgnon en or. Très soigné dans sa tenue, parlant peu, sur un ton presque monotone et à voix basse toujours. Il était très aimé pour la franchise et la droiture de son caractère. On ne lui connaissait que des amis, pas un ennemi. Il savait adoucir, envers les inculpés qui défilaient dans son cabinet pendant l'instruction, la sévérité de son regard, faire oublier la rigueur de ses fonctions par des reproches qui, partis de cette âme haut placée où jamais n'avait failli le sentiment du devoir, allaient souvent frapper et émouvoir les cœurs rudes de quelques soldats mal conseillés, entraînés, ayan fait un coup de tête et qui pleuraient alors, pareils à de grands enfants grondés, le front bas et le képi tournant dans leurs mains.

Un d'eux, une fois, lui avait dit:

— Il aurait fallu entendre, avant, vos bonnes paroles, mon capitaine ; maintenant, il est trop tard.

— Pourquoi ?

— Parce que je suis devenu un mauvais soldat.

— Il n'est jamais trop tard pour redevenir un honnête homme.

— Je vous jure que je le deviendrai, mon capitaine.

Segond était marié et père de famille. Deux grands garçons, officiers, l'un dans les hussards, à Châlons même, l'autre en garnison à Lyon, continuaient la tradition des vertus de simplicité et de droiture que leur avait enseignées ce bon soldat, ce brave et digne homme.

En même temps que les pièces régulières de la procédure concernant les deux frères, le capitaine Segond avait reçu une lettre adressée à lui particulièrement.

Elle était signée de Cheverny.

Bien longue et bien émue, cette lettre.

Le colonel y racontait la scène de la nuit lugubre, à laquelle le hasard l'avait si intimement lié.

Il disait que Bernard était son fils.

Il disait que Jacques, ce Jacques qui était le principal inculpé, lui avait sauvé deux fois la vie pendant la campagne du Tonkin, et qu'il l'avait considéré longtemps, lui aussi, comme un second fils.

Il disait tout son désespoir.

Il racontait qu'en ce flagrant délit de meurtre commis chez lui, il avait voulu connaître la vérité.

Il avait interrogé Bernard et Jacques, aussi Patoche.

Et il rendait compte des réponses des trois hommes.

Il terminait ainsi :

« Je ne veux pas influencer votre jugement, ai-je besoin de le dire, mon cher capitaine, et pourtant je vous écris le cœur bien navré. Mon fils va comparaître devant vous. Un autre enfant, son ami, mon sauveur, va être interrogé par vous. Eh bien, mon cher capitaine, avant que ces interrogatoires ne commencent, j'ai tenu à vous dire ceci : De toutes les réponses qui m'ont été faites par ces deux jeunes gens, la nuit où je les ai interrogés, il est résulté pour moi une conviction, c'est qu'ils mentent tous deux; ils m'ont menti en me cachant les causes d'une querelle qui a amené un meurtre; ils vous mentiront aussi, je le crains, en vous cachant les vraies raisons de ce meurtre. Ces raisons, mon cher capitaine, il faut les connaître, car elles doivent être bien graves! Elles doivent être surtout bien extraordinaires. Et qui sait si ces raisons, une fois connues, ne diminueront pas la responsabilité terrible qui incombe à l'un de ces deux malheureux égarés? Voilà ce que j'espère. Voilà pourquoi je vous écris. Je ne demande, ni pour l'un ni pour l'autre, une indulgence que vous ne pourriez leur accorder. Je vous demande seulement de vous souvenir que vous allez avoir devant vous deux soldats, dignes en tous points, jusqu'aujourd'hui, de porter le nom de soldats. Quelle haine, subitement éclatée, quelle insulte mortelle et imprévue a pu faire d'eux des accusés, des criminels? A vous de le deviner, mon cher capitaine.

» Je vous serre affectueusement les mains. »

Et il avait signé : Georges de Cheverny, colonel au 145ᵉ de ligne.

Le rapporteur avait relu plusieurs fois cette lettre dont les termes l'avaient rendu tout pensif.

Il avait parcouru les interrogatoires et il y avait

vu, aussi, que les paroles du soldat et du sous-officier décelaient un mystère.

Mais, il était aussi fin que bon, le capitaine rapporteur.

— S'il y a un mystère, je le pénétrerai, se dit-il.

Et il écrivit au colonel :

« Je comprends votre tristesse et vos inquiétudes.
Je les partage. N'ai-je pas deux fils qui sont soldats? Je ferai tout ce qui dépendra de moi pour
connaître la vérité, d'abord parce que c'est mon devoir strict, ensuite parce que je vous plains, enfin
parce que j'espère, comme vous, mon colonel, que
dans ces choses inconnues que nous soupçonnons,
nous trouverons de quoi atténuer le grand crime
qui a été commis. S'il n'est pas possible de sauver
la liberté de l'un de ces deux jeunes gens, peut-être
lui sauverons-nous du moins la vie. »

La lettre partit et rejoignit Cheverny vers Saint-
Mihiel, où devait avoir lieu une revue des troupes
qui avaient pris part aux manœuvres.

La prison militaire de Châlons où étaient écroués
les deux frères et le conseil de guerre où ils devaient être jugés plus tard, sont situés dans des bâtiments contigus, rue de l'Arsenal.

La prison présente des parties de construction
moderne et une moitié à peu près qui n'est que
l'ancien arsenal construit à la fin du seizième
siècle. Il y a un peu de tout dans ce haut bâtiment
qui ressemble plutôt à une caserne qu'à une prison;
toits obtus et mansardes; murs de crépi avec portes
et fenêtres montées en briques; toits aigus, élancés
comme la flèche d'un clocher; porte à plein cercle
avec un pilastre dorique de chaque côté. C'est la
porte principale de l'ancien arsenal. Elle est murée
et au-dessus du linteau on lit en grosses lettres gravées dans la pierre :

Prison militaire.

La guérite tricolore du factionnaire est auprès.

Les bâtiments de la prison communiquent par les cuisines avec ceux où siège le conseil de guerre et où se fait l'instruction des crimes et délits passibles de ce conseil.

Ces derniers bâtiments semblent également dater du seizième siècle, comme la partie principale de la prison.

Le conseil est au n° 7 de la rue de l'Arsenal; la prison en forme le n° 5.

C'est un quartier peu fréquenté, — si ce n'est les soirs, dans les rues avoisinantes, par des soldats en goguette.

Tout, de ce côté-là, a l'aspect monotone et triste : Ecoles, vieilles maisons, casernes des ouvriers de l'administration, longeant la rue déserte, au bout de laquelle on aperçoit, au-dessus de quelques toits rouges, le couronnement de la porte Sainte-Croix, arc de triomphe élevé sur le passage de Marie-Antoinette lorsqu'elle vint épouser Louis XVI.

La prison est divisée en deux dans sa longueur; d'un côté, les cours, et dans la dernière, la plus grande, dont les murs donnent sur la cour de la caserne des ouvriers d'administration, la guérite du factionnaire. Sur l'autre côté, tout d'abord, le poste de la garde, puis la prison des détenus, ensuite l'installation réservée aux prévenus, différente de la première.

C'était dans une des cellules, non loin des cuisines, que Jacques et Bernard avaient été enfermés.

Au premier étage de la prison sont les ateliers de cages et ouvrages en fil de fer.

Au rez-de-chaussée des bâtiments du conseil de

guerre sont la salle des témoins, le greffe, les cabinets du commissaire du gouvernement et de son substitut.

Au premier étage, la salle du conseil, la salle des délibérations, le cabinet du rapporteur, le cabinet du substitut.

Pressentant une affaire très embrouillée et pénétré de l'extrême gravité de cette affaire, le capitaine Segond résolut d'abord de faire une enquête approfondie sur tous les personnages qui allaient y jouer un rôle, sur Jacques d'abord, qui lui paraissait le principal inculpé, sur Bernard ensuite; sur Gironde lui-même, sur Gironde surtout, car qui sait si des révélations ne lui apprendraient pas le mot de l'énigme que cachait ce meurtre?... Enfin sur ce personnage de Patoche, intervenu dans ce crime comme un mauvais génie et dont la déposition était si importante, si accablante pour Jacques.

Oui, cette enquête, il allait l'ordonner en envoyant des notes explicites à la Préfecture de police à Paris.

Mais auparavant il voulut interroger les deux jeunes gens. Lui feraient-ils les mêmes réponses qu'au colonel de Cheverny?

N'allaient-ils pas dire la vérité, ou du moins n'allaient-ils pas se contredire au premier interrogatoire?

Il se rendit rue de l'Arsenal, ce matin-là, avec l'intention de les presser de questions, avec son habileté ordinaire.

Il les avait interrogés une fois seulement, pour se conformer à la loi qui veut que les prévenus le soient dans les vingt-quatre heures de leur arrestation.

Mais il s'était contenté, pour obéir au texte même de la loi, de leur demander leurs noms et de s'assurer de leur identité.

Puis il les avait fait reconduire dans leurs cellules.

Ce matin-là, il les envoya chercher.

Jacques et Bernard sortirent des cellules et furent remis au caporal, de garde à la prison, qui les escorta avec quatre hommes jusque dans le cabinet du rapporteur.

Chaque fois que les détenus sont ainsi extraits pour être amenés devant le rapporteur ou pour passer devant le conseil, le caporal de garde place des sentinelles au rez-de-chaussée, à la porte d'entrée du conseil.

Jacques et Bernard devaient être interrogés séparément.

Bernard resta sous la garde des hommes pendant que Jacques était introduit dans le cabinet du capitaine Segond.

Ils ne s'étaient pas vus.

Ordre avait été donné de les empêcher de communiquer ensemble.

Le capitaine était à son bureau, assurant d'un geste machinal son binocle d'or sur son nez.

Un commis-greffier, adjudant, préparait des feuilles à l'en-tête du conseil pour y consigner les réponses de Jacques.

Le jeune homme entra, fit le salut militaire et resta debout, au milieu du bureau, pendant que le caporal de garde s'asseyait sur une chaise, auprès de la porte.

Si énergique qu'il fût, bien qu'il eût sa conscience pour lui, cependant Jacques souffrait beaucoup et son visage reflétait ses tortures morales.

On ne passe pas ainsi, sans secousse, sans un terrible ébranlement de l'âme et du corps, d'une vie d'honneur, sans tache, consacrée tout entière au devoir, à l'accusation d'un meurtre, — et, chose plus grave, du meurtre d'un officier.

Certes, tout au fond de son cœur, restait l'immense joie de sauver sa mère, l'ivresse sublime du sacrifice de sa vie à l'affection que sa mère lui inspirait.

Mais, malgré cette joie, malgré cette ivresse, son visage avait maigri encore depuis plusieurs jours.

L'accusation qui pesait sur lui, depuis l'affaire du cercle, l'avait déjà bien changé...

Hélas ! qui l'eût reconnu, à présent, le pauvre garçon ?

Il semblait n'avoir plus qu'un souffle. Ses yeux étaient cerclés d'un large trait noirâtre, comme meurtris par un choc ; son nez semblait s'être effilé et le menton apparaissait énorme, trahissant une volonté surprenante, sur tout le visage maintenant souffreteux, autrefois frais, reposé et souriant.

De la gare de Châlons à la prison, dans ce triste trajet qu'il fit entre les deux gendarmes de Borange, sous les regards curieux des gens qu'il rencontrait, le cœur lui manqua ; il eut une faiblesse en passant dans la rue de Vaux, chancela sur ses jambes et s'écroula sans connaissance.

Les gendarmes le conduisirent à la pharmacie Michel où des cordiaux lui furent administrés.

Le capitaine Segond, bien qu'il ne l'eût jamais vu, n'avait pas de peine à deviner les ravages faits sur ce garçon par la tristesse de son avenir brisé. Jacques avait vingt-deux ans à peine et il avait l'air d'en avoir trente !

Il réfléchissait à tout cela en le regardant. Et Jacques, le front incliné, les bras pendants, les talons rapprochés, la pointe en dehors, Jacques tête nue, attendait.

— Tout, dans ce garçon, dénote énergie, fierté, intelligence...

C'est dommage! C'est dommage! murmurait le rapporteur.

Et tout à coup, il se dit que les finesses ordinaires des juges d'instruction ne réussiraient sans doute pas avec cet homme et qu'il valait mieux faire appel à sa franchise, frapper à son cœur, surexciter son honneur de soldat.

Alors, doucement, simplement, il dit :

— Jacques, vous êtes sous-officier, vous avez la médaille militaire, vous vous êtes conduit comme un brave au Tonkin... vous alliez être officier... vous aimiez votre régiment qui était votre vie... Jacques, vous me direz la vérité...

— Je vous la dirai, mon capitaine! fit le sous officier ému.

— Non pas celle que vous avez dite à votre colonel...

Et insistant, d'une voix toujours douce, mais plus ferme :

— La vérité... vraie!

Jacques se tut.

— Vous voyez, dit le capitaine, que j'ai raison d'insister et que les réponses que vous avez faites n'étaient pas l'expression même de cette vérité que je vous demande?

— Vous vous trompez, mon capitaine. Il n'est rien de ce que j'ai répondu à M. de Cheverny que je ne sois prêt à vous répéter dans les mêmes termes... Et j'ajouterai, mon capitaine, que rien dans ces réponses ne peut vous porter à croire que j'ai voulu altérer la vérité...

— Ainsi, vous haïssiez M. Gironde, votre officier?

— Je le haïssais.

— Vous étiez son ennemi?

— Je l'étais.

— Quelles étaient les raisons de votre haine?

— Je ne puis les définir, mon capitaine.

— Allons donc! vous haïssiez un homme sans savoir pourquoi?

— Le sous-lieutenant m'était profondément antipathique...

— Encore une fois pour quelle raison?

— Aversion instinctive.

— Il vous avait puni...?

— Consigné, mon capitaine.

— Justement?

— Il était dans son droit, je n'ai rien à dire puisqu'à l'appel de mon grade je suis arrivé une ou deux secondes en retard. Mais il était évident que cette punition était cherchée, attendue.

— Vous n'avez pas tenu compte de cette punition et vous vous êtes échappé du bivouac, sans qu'on s'en aperçût?

— C'est exact.

— Quelle si grave raison vous amenait au château des Aulnaies et vous faisait ainsi manquer à la discipline?

— Aux Aulnaies se trouve Marjolaine, que j'aime. Je n'étais pas de service. Aucun officier ne m'eût refusé d'aller au château passer une heure, sans cette punition.

— Et rencontrant Gironde au château, vous vous êtes pris de querelle et vous l'avez tué?

— Oui, mais loyalement, en duel.

— Gironde n'aimait-il pas cette jeune fille?

— Marjolaine! Non. Il n'y a pas eu là de querelle de jalousie.

— Si Gironde n'est pas venu aux Aulnaies dans l'espérance d'y voir Marjolaine, savez-vous pourquoi il s'y trouvait à pareille heure?

— Je l'ignore.

Au fur et à mesure que Jacques répondait, le capitaine compulsait ses notes et hochait la tête.

Tout ce qu'il entendait, c'était bien ce qu'avait répondu Jacques au colonel.

Il était évident que chez le sous-officier il y avait un parti pris énergique de ne rien dire de plus.

— A moins que je ne l'y oblige! murmura Segond.

Et après quelques secondes de réflexion :

— Dites-moi, sergent, quel rôle a joué ce Patoche en toute cette affaire?

Jacques tressaillit. Le capitaine ne le perdait pas de vue.

— Le rôle d'un témoin, je suppose.

— Vous le connaissez, cet homme?

— Oui.

— Depuis longtemps?

— Oh! depuis mon retour du Tonkin...

— J'ai sous les yeux quelques notes qui m'ont été transmises de votre régiment. Vous avez été surpris, il y a quelque temps, en flagrant délit de tricherie dans un tripot parisien.

— Oui, mais j'ai toujours protesté de mon innocence.

— En marge de ces notes votre colonel a ajouté que vous aviez été conduit dans ce cercle par ce même Patoche, qui vous avait fait, paraît-il, trop bien dîner ce soir-là...

— C'est vrai.

— Ne trouvez-vous pas surprenante l'intervention de cet homme dans ces deux graves événements de votre vie?... D'abord, au cercle de la rue de la Chaussée-d'Antin où il vous conduit et d'où vous ne sortez qu'avec une accusation déshonorante; ensuite, dans ce pavillon des Aulnaies, où vous arrivez tout à coup pour vous rendre coupable d'un grand crime... alors que celui qui vous livre, qui

est allé chercher la force armée, qui prétend vous
avoir vu frapper votre officier, est ce même Patoche
dont la conduite a été si louche au cercle?

— J'ai pensé à cela. En effet, cet homme m'a été
fatal.

— Vous n'avez pas cherché à comprendre?

— Comprendre quoi, mon capitaine?

— Si cette intervention n'était pas prévue, es-
comptée...

Le sous-officier ne répondit pas. Il avait fermé les
yeux et se raidissait contre la haine et la colère qui
l'envahissaient.

Certes, il le comprenait, le rôle de Patoche.

Le misérable avait deviné que Jacques était le fils
de la comtesse et parce qu'il craignait que ce secret
n'arrivât jusqu'à la pauvre femme, il avait déshonoré Jacques pour l'éloigner de la famille de Cheverny.

Il avait compté sans la tendresse du cœur de
Marguerite qui n'avait pas cru Jacques coupable,
l'avait quand même retenu auprès d'elle pour le
consoler et le réconforter.

Et ce n'était pas tout.

C'était Jacques qui détruisait, par son apparition,
l'intrigue de Patoche et renversait à jamais sa fortune avec l'échafaudage de ses odieux mensonges.

Et Patoche, en accusant Jacques, se vengeait.

— Vous ne me dites pas la vérité, sergent, fit le
rapporteur avec calme, la main appuyée sur la
monture de son lorgnon.

— Mon capitaine, je vous assure...

— Quand on est un soldat sans reproche comme
vous l'avez été, on ne devient pas, pour un prétexte
futile, le meurtrier de son officier. Vous me cachez
ce que j'aurais grand intérêt à connaître, ce qui
vous sauverait peut-être....

— Oh! mon capitaine, ma vie est peu de chose, et le sacrifice en est fait depuis longtemps.

— Moi, je représente la justice, sergent, vous pouvez faire le sacrifice de votre vie, mais la justice n'accepte pas ces sortes de compromis. Ce que vous me cachez, je le connaîtrai tôt ou tard, soyez-en sûr.

Jacques baissa la tête.

Il sentait que l'interrogatoire était fini pour ce jour-là et que le supplice ne durerait pas plus longtemps.

En effet, le rapporteur faisait un signe au caporal qui se levait. Jacques salua Segond, mais avant de sortir :

— Mon capitaine, veuillez me permettre d'ajouter un mot.

— Je vous écoute.

— Vous ne pouvez retenir Bernard en prison plus longtemps. Bernard est entièrement innocent du meurtre de Gironde. Son amitié pour moi est si vive qu'au premier moment il a voulu pousser cette amitié jusqu'à l'héroïsme et s'accuser à ma place. Mais la justice ne peut s'arrêter à une accusation pareille. S'accuser soi-même ne compte pas pour elle, s'il n'existe pas d'autre preuve. Bernard n'avait aucun motif de haine contre Gironde. Lorsqu'il entra dans le pavillon, attiré par le bruit des fleurets qui s'entre-choquaient, ce fut trop tard pour sauver Gironde, trop tard pour arrêter mon bras... Gironde était frappé... On ne peut donc rien reprocher à Bernard... Bernard devrait être libre... Remettez-le en liberté... Laissez-le aller retrouver sa mère dont vous devez comprendre le désespoir... et son père, mon capitaine, son père qui doit rougir de voir son fils en prison et supporter la honte, ne durât-elle que quelques jours, d'une aussi grave accusation.

— Je suis seul juge d'une pareille mesure, dit le capitaine avec douceur. Il faut que j'interroge Cheverny, d'abord.

— Mon capitaine, implorait Jacques.

— C'est bien ! dit Segond.

Et il renouvela, vers le caporal, le signe d'emmener le sous-officier.

Jacques sortit.

Quelques minutes se passèrent. Jacques avait été réintégré dans sa cellule. Bernard était introduit devant le rapporteur.

Comme il avait fait pour Jacques, le capitaine considéra longuement le soldat. Il examinait ainsi tous les inculpés qui défilaient dans son cabinet, cherchant, avant ses interrogatoires, à se rendre compte du caractère de l'homme, à démêler quels avaient pu être, étant donné ce caractère, les mobiles qui l'avaient poussé au crime.

La caractéristique de la physionomie de Bernard, c'était, nous l'avons dit, la douceur mélangée de fierté.

En ce moment, il y avait, de plus, non point de la honte, comme on aurait pu s'y attendre d'un soldat coupable, mais une tristesse profonde.

Bernard pensait aux Aulnaies, au désespoir des siens.

Comment sa mère, si aimante et si tendre, comment sa sœur, dont la santé était si délicate et qui adorait son frère, comment son père surtout, frappé dans son honneur et dans son cœur par l'arrestation de son fils, comment tous ces êtres chéris avaient-ils pu supporter un si terrible coup ?

Après un long silence, le capitaine fit doucement :

— Et vous, Cheverny, me direz-vous la vérité ?

La réponse de Bernard fut celle de Jacques.

— Mon capitaine, vous ne m'avez pas encore interrogé, mais je suppose que mon père a dû vous envoyer quelques notes et que dans ces notes il a relaté les questions qu'il a adressées, aux Aulnaies, à Jacques et à moi?

— Eh bien?

— Eh bien, mon capitaine, je n'ai rien à changer à ce que j'ai déclaré à ce moment-là.

— Etrange entêtement des deux côtés, murmura le rapporteur. Evidemment l'un des deux se dévoue pour l'autre !... Lequel des deux? Et pourquoi un aussi grand, un aussi complet dévouement? Quelle terrible responsabilité pour moi !...

Segond fit au jeune homme les mêmes questions qu'à Jacques; il ne put en obtenir aucun éclaircissement.

Bernard, pas plus que Jacques, ne voulut expliquer les vrais motifs du duel; pas plus que Jacques, il ne dit pourquoi Gironde se trouvait, à cette heure, dans le pavillon du château; il n'avait qu'un seul moyen de s'expliquer, de se sauver, mais employer ce moyen-là, c'était trahir sa mère, et il n'y songeait même pas.

Le rapporteur appuya surtout sur le dévouement qu'il devinait chez l'un des deux hommes :

— Il y a longtemps que vous connaissez Jacques?

— Quelques semaines seulement. Jacques a sauvé deux fois au Tonkin la vie de son commandant, qui était mon père! A son retour, mon père nous l'a présenté, ainsi que Marjolaine qui lui a servi de mère, et il nous a plu beaucoup...

— Il me semble, en effet, que cette amitié est allée tout de suite à l'extrême, et que la plus grande preuve que Jacques puisse en recevoir est celle que vous lui donnez en ce moment.

— Comment cela?

— En vous dévouant pour lui.

— C'est lui qui cherche à se dévouer pour moi.

— Dans quel but?

— Pour me sauver... Jacques n'a pas de famille... Dernièrement, on a essayé de le déshonorer... Il en a été désespéré... Il a voulu, il me l'a avoué, se suicider... Son dévouement d'aujourd'hui n'est pas autre chose qu'un suicide... Le raisonnement qu'il s'est tenu est sans doute celui-ci : Je n'ai ni père ni mère pour me pleurer, quand je serai mort. J'ai trouvé sur mon chemin de braves gens qui m'ont aimé comme si j'étais leur fils... la famille de Cheverny. Cette famille serait cruellement frappée par la mort de Bernard... Je mourrai à la place de Bernard.

Et après avoir soupiré :

— Jacques a le caractère haut placé... C'est un héros, mon capitaine, un héros timide et bon. Croyez que la vérité est là...

— Supposons un instant que cela soit vrai. Cherchons maintenant le sujet de cette querelle. Gironde fréquentait votre maison à Paris?

— Depuis peu.

— Quelles relations aviez-vous avec lui?

— Polies, mais non affectueuses. Cet homme me déplaisait.

— Sans raison?

— Oui, disait Bernard en hésitant, sans raison.

— Comment est venu votre duel?

— Après une discussion.

— Sur quoi?

— Des choses futiles : questions de service, défaut d'entente, sévérité excessive de la part de Gironde, que ses galons d'officier rendaient hautain et insupportable.

— Ce n'est pas ce que me disent les premiers rapports qui me sont parvenus sur Gironde et qui me le représentent au contraire comme très poli, très doux, même un peu triste.

— Ce que j'ai dit est la vérité. Il m'a insulté, je l'ai frappé, nous nous sommes battus.

— Jacques était là ?

Bernard réfléchit une seconde. Puis il eut la même pensée que Jacques avait eue tout à l'heure, celle d'éloigner de son frère jusqu'au soupçon même d'une complicité dans ce meurtre, et il répondit :

— Jacques est arrivé trop tard... Gironde venait d'être frappé...

— C'est, fit Segond, justement ce que le sous-officier a dit de vous dans l'interrogatoire que je lui ai fait subir tout à l'heure.

— Il prétend ?... fit Bernard, comprenant la noble pensée de son frère et ému jusqu'aux larmes.

— Il prétend que vous n'avez pas assisté à ce duel et que lorsque vous êtes arrivé, attiré par le bruit du combat, des lames qui se froissaient, du piétinement des deux adversaires, il était, comme vous le disiez vous-même, trop tard, car Gironde tombait mortellement frappé.

Bernard se tut. Son émotion était trop grande pour lui permettre de prononcer un mot en cet instant.

Et le capitaine répétait en lui-même :

— Quel est celui des deux qui dit la vérité ?

Il était inutile de pousser plus loin son interrogatoire.

Le capitaine Segond le comprit.

Bernard fut reconduit dans sa cellule.

— Il est évident, se disait le rapporteur, que ces jeunes gens ne parleront pas. Il faut donc, pour ne pas perdre mon temps et si je veux pénétrer le secret de cette affaire, il faut que je ne m'occupe plus d'eux, que je cherche en dehors d'eux des indices, des documents, des preuves qui me permettront plus tard de les interroger de nouveau et de les mettre en contradiction avec eux-mêmes.

Restait cependant un homme qu'il était intéressant pour lui de connaître, c'était ce Patoche qui semblait si intimement mêlé à la vie de Jacques depuis son retour du Tonkin.

Sans bien clairement définir les raisons qui le faisaient penser ainsi, le capitaine estimait que ce Patoche devait peut-être lui faire des révélations intéressantes.

Son intervention lui paraissait louche.

La gendarmerie de Borange l'avait averti que cet individu n'avait pas quitté le pays, en prévision des témoignages que la justice pourrait lui demander.

Il était encore à l'auberge où il était descendu, avant son rendez-vous avec madame de Cheverny.

Et c'était vrai.

Patoche n'avait pas voulu fuir, se disant avec juste raison que s'il fuyait, s'il passait à l'étranger, il attirait forcément sur lui l'attention de la justice militaire.

Il pensait, du reste, avoir fort peu de choses à craindre.

Les deux frères ne parleraient pas.

Même s'ils parlaient, s'ils trahissaient Marguerite, que pourrait-il en résulter de dangereux pour lui ?

L'autorité militaire ne tient pas compte des raisons d'un crime. Elle n'en recherche pas les dessous. Un officier avait été assassiné. Le meurtrier était sûrement perdu.

Et Patoche s'arrangerait pour que le meurtrier fût Jacques.

Il raisonnait juste en cela, mais il ne se doutait

pas, toutefois, que le capitaine Segond, frappé du côté mystérieux de cette affaire, en voudrait connaître le fin mot, allait commencer une enquête dont la minutie ne le céderait en rien à l'instruction la mieux conduite d'une affaire criminelle civile.

— Puis, se disait Patoche, si je me sens inquiété, la frontière est à deux pas. En quelques minutes je suis hors de France !... Je suis tranquille là-dessus !...

Il y avait bien les billets Jacobson dont le souvenir le tourmentait, mais outre que l'échéance n'en était pas encore arrivée, il se croyait également en sûreté contre toute poursuite venant de Paris, car il n'avait pas dit, rue Saint-Honoré, où il allait et il était fort probable que les agents de la Préfecture ne viendraient pas le relancer dans un village perdu de la frontière lorraine.

Patoche dormait donc sur ses deux oreilles.

Une lettre, apportée par un gendarme, l'invita à se rendre au parquet militaire de Châlons, devant le rapporteur.

— Je m'y attendais ! se dit-il...

Et il partit.

Quand, le lendemain, Patoche entra dans le cabinet du rapporteur, le capitaine lui fit passer ce court et silencieux examen dont il avait l'habitude.

Mais Patoche était trop rusé pour s'en trouver mal à l'aise.

Il avait vu quelques juges d'instruction dans sa vie d'aventures, il avait subi quelques interrogatoires.

M. Segond ne l'effrayait donc pas.

Celui-ci, déjà, avait sur Patoche son opinion faite :

— Jacques et Bernard de Cheverny sont les victimes de cet homme... Patoche est un gredin capable de bien des choses.

Et brusquement, après lui avoir demandé son nom, son adresse, son état-civil :

— Vous avez un casier judiciaire, vous ?

Patoche fut démonté. Certes, s'il hésita à répondre, ce ne fut pas longtemps, mais pendant quelques secondes il resta un peu interdit par ce coup d'œil du juge qui tout de suite pénétrait son individualité.

— Et moi qui croyais avoir l'air d'un honnête homme, murmura-t-il entre ses dents.

Il se remit bientôt, du reste, car s'il avait côtoyé le Code bien souvent, jamais il ne s'était mis dans le cas d'une action en justice et il n'eût eu aucune crainte à cet égard, s'il avait pu rentrer en possession des billets Jacobson, sa première imprudence, sa première folie, faite en un moment de rage contre le sort, dans une heure de dénuement complet !

— Je ferai observer à monsieur le rapporteur qu'en réclamant son casier judiciaire d'un brave homme comme moi, il me fait une injure gratuite...

Mais Segond ne se laissait pas prendre aux belles paroles.

— Vous n'avez jamais été condamné ?

— Jamais. Du reste, je rappellerai à M. le rapporteur que je ne viens pas ici en accusé, mais en simple témoin. Je n'ai pas sollicité le moins du monde la faveur d'être entendu, — j'appelle ce dérangement une faveur, — et si ma figure ne plaît pas à M. le rapporteur, je ne tiens pas autrement à la lui montrer davantage.

Il fit mine de regagner la porte.

La voix impérieuse de Segond l'arrêta :

— Restez !

— Comme monsieur le rapporteur voudra.

Il revint, prit sans façon une chaise, s'y laissa tomber lourdement et croisa les jambes.

Segond lui fit alors préciser les différents détails de la scène du meurtre à laquelle Patoche, on s'en souvient, prétendait avoir assisté. Patoche redonna, sans se contredire, les renseignements sur lesquels il s'était déjà étendu avec M. de Cheverny.

A deux reprises, M. Segond lui demanda :

— Vous êtes bien sûr de ne pas vous tromper?... Vous avez vu le sous-officier lever la main sur Gironde et le frapper?...

— Je l'ai vu!

— C'était bien le sous-officier?... Ce n'était pas le soldat?...

— Le sous-officier, monsieur.

— Vous le connaissez, du reste, ce jeune homme?

— Oui, c'est moi qui ai acheté le magasin de mode à sa sœur d'adoption, mademoiselle Marjolaine... Et je me suis trouvé à plusieurs reprises en relations avec lui...

— Notamment au cercle de la rue de la Chaussée-d'Antin ?

— Ce soir-là, en effet.

Segond n'eut garde d'insister sur cet ordre d'idées. Il craignait trop de donner l'éveil à Patoche. Et Patoche lui paraissait un rusé compère, très attentif à ce qui pouvait l'intéresser.

Cependant il y avait une question qu'il voulait lui adresser, ce qu'il fit d'un ton indifférent comme s'il pensait, en la faisant, à autre chose, bien que cette question-là fût grave et pleine de sous-entendus.

— C'était la première fois que vous veniez en ce pays ?

— La première fois... Quel beau pays, monsieu le rapporteur; moi, j'adore la campagne, voyez-vous et, si j'étais riche, je...

— Vous ne connaissez pas Pierre Gironde, l'officier tué ?

Patoche toussa, un peu inquiet.

— C'est curieux, dit-il, je me serai refroidi l'autre nuit...

— Vous ne répondez pas.

— Mais si, mais si... Pour sûr, je me suis enrhumé!

— Ma question vous embarrasse?

— Là! ça va mieux... Mais non, monsieur le rapporteur, je ne suis pas embarrassé le moins du monde... Vous me demandiez si je connaissais Pierre Gironde?...

— Oui.

— Et comment? Où l'aurais-je connu, monsieur le rapporteur?

— A Paris, où cet officier demeurait en dehors de son temps de service militaire.

— Je ne l'ai jamais rencontré.

— Vous le jurez.

— Certes... je... je le jure!

— C'est bien. Une autre question...

Patoche respira. Du moment que le capitaine passait sur une autre question, c'est qu'il ne reviendrait pas sur la première. Et il tenait, malgré tout, à ce qu'on ne connût pas ses anciennes relations avec Gironde.

Le rapporteur reprenait :

— Vous étiez inconnu du colonel de Cheverny?

— Ah! absolument, dit vivement Patoche, sûr de son fait.

— Et de madame de Cheverny?...

Patoche fut repris par sa toux et le mouchoir sur les lèvres il se tordait, devant le capitaine, toussant et crachant, mais ne répondant pas.

Il ne s'apercevait pas qu'à chaque accès de toux, M. Segond faisait un signe à l'adjudant greffier qui tenait compte des réponses de Patoche.

Et chaque accès, témoignant d'une hésitation à répondre, était noté sur le papier par une ligne de points.

Cette simple remarque devait attirer plus tard l'attention du rapporteur sur les questions mêmes qui avaient motivé ces hésitations.

— Et de madame de Cheverny étiez-vous connu? répéta Segond.

— Un peu... finit par murmurer le misérable.

Segond ne retint pas un geste de surprise.

— Comment cela ! vous étiez en rapport avec elle?

— Oh ! ce n'est pas là l'expression exacte, j'ai eu l'honneur d'être reçu par elle en ces derniers temps... simplement...

Et pourquoi ces visites?

— Je me trouvais gêné. Les affaires n'allaient pas. Je savais la comtesse bonne et généreuse. Je me suis hasardé à me présenter chez elle et à lui demander un secours d'argent.

— Et c'était la première fois que vous vous trouviez en sa présence ? Vous alliez à elle sans recommandation ? Cela me paraît étrange.

— Permettez, monsieur le rapporteur, permettez... Ce n'est pas d'hier que je connais madame la comtesse de Cheverny.

— Que ne le disiez-vous ! Ensuite ?

— Je l'ai connue lorsqu'elle était encore jeune fille.

Elle habitait en Loir-et-Cher la propriété de Malpalu, dout j'ai été l'intendant. J'ai quitté Malpalu un peu avant le mariage de la comtesse et je suis venu chercher fortune à Paris.

Segond ne faisait pas semblant d'écouter.

Et cependant il prêtait une attention extrême à ses moindres paroles. Il lui semblait, sans se rendre bien compte des raisons qui le faisaient penser ainsi, que c'était un coin du voile qui se déchirait. Du moment que Patoche connaissait Marguerite, ce n'était plus le hasard, ainsi qu'il le prétendait, qui avait conduit le misérable aux Aulnaies, le soir du meurtre.

Il était venu, amené là par ses intérêts.

Ses intérêts, quels étaient-ils ?

C'était ce qu'il importait de savoir, mais le rapporteur avait confiance dans l'avenir. Il le saurait.

Il arrêta là ses questions à Patoche.

Il lui demanda seulement :

— Vous n'avez plus rien à nous dire ?

— Non, monsieur le rapporteur.

— Voulez-vous signer votre déclaration ?

— Avec plaisir, monsieur le rapporteur, dit Patoche, heureux d'en être quitte à si bon compte.

Il prit la plume, signa d'un paraphe triomphant, mais tout à coup, avisant les lignes de points qui ponctuaient certaines de ses réponses.

— Tiens, dit-il, qu'est-ce que cela ?

— Vos accès de toux, monsieur ! dit le capitaine en saluant et sans qu'un muscle bougeât sur son visage.

Patoche le quitta et en s'en allant il se disait :

— Mes accès de toux ! Mes accès de toux ! C'est un pince-sans-rire, il faudra s'en méfier.

II

Au château des Aulnaies, le plus profond désespoir.

Les deux femmes étaient sans nouvelles de
Jacques et de Bernard.

Et comme elles connaissaient toutes deux l'inexorable discipline de l'armée, elles se disaient que
peut-être déjà les deux jeunes gens étaient passés
en conseil de guerre, que l'un des deux avait été
condamné, que le chef de l'Etat, voulant faire un
exemple, avait refusé sa grâce, et que...

C'était horrible. Pouvaient-elles vivre dans des
angoisses pareilles? Ces inquiétudes étaient mortelles.

Les journées s'écoulaient silencieusement.

Elles n'osaient échanger toutes les pensées dé-
sespérantes qui leur traversaient la tête.

D'un seul regard ne se comprenaient-elles pas?

Le troisième jour, Marjolaine n'y tint plus.

— Nous ne pouvons rester ainsi sans nouvelles,
dit-elle à madame de Cheverny... je vais aller à
Châlons...

— Oui. Je craignais de vous le demander, ma

pauvre enfant... Ah! comme je voudrais vous accompagner!... mais puis-je quitter Bernerette, souffrante, dangereusement malade quoi qu'en dise le médecin...

— Je vais partir.

— Vous tacherez de voir Jacques...

— Jacques et Bernard, oh! oui, je les verrai. On ne me refusera pas, j'en suis certaine.

La comtesse se mit à pleurer.

— Partez, mon enfant, partez vite... Revenez vite aussi.... J'ai peur de mourir d'épouvante toute seule en ce château...

Le soir même, Marjolaine était à Châlons où elle prenait une chambre à l'hôtel du Renard ; pendant tout ce voyage, une terreur irraisonnée l'avait paralysée.

— J'arriverai trop tard, se disait-elle. L'un d'eux est mort !

Aussi tremblait-elle violemment en interrogeant le soir de son arrivée, M. Fournier, le maître de l'hôtel du Renard.

— Monsieur, y a-t-il eu ces jours derniers une exécution militaire à Châlons-sur-Marne ?

— Non, mademoiselle, mais il y a une grosse affaire qui s'est passée pendant les manœuvres. Un sous-officier et un soldat, le fils même du colonel, ont tué un officier de réserve.

— La loi martiale ne pardonne jamais ?

— Oh! non, mademoiselle, sûrement ils sont perdus... Mademoiselle a-t-elle besoin de prendre un bouillon ?...

— Merci, veuillez m'indiquer ma chambre.

Elle s'y enferma, resta une heure à se reposer, songeuse, effrayée de son isolement, puis, quand la nuit fut venue, ressortit, descendit dans la cour de l'hôtel et demanda où était située la prison militaire.

— Rue de l'Arsenal. Je vais vous mettre sur le chemin, lui dit un domestique... Mais si vous avez une permission, il est trop tard ; à cette heure-ci vous n'entrerez pas.

Elle ne répondit rien.

Ce qui la poussait vers cette prison, c'était le besoin instinctif de se rapprocher de Jacques.

Elle resta longtemps à rêver ainsi devant les sombres bâtiments de la prison et du conseil de guerre.

Elle s'assit sur un banc de la place de l'Arsenal et les mains entre les genoux, affaissée, elle pleura en silence.

Jacques était là à quelques pas d'elle, derrière ces hautes murailles noires. Il ne reverrait le gai soleil, à l'air libre, que pour faire jusqu'au fossé où il serait exécuté, quelque matin à l'aube, sa lugubre et dernière promenade.

Elle resta là, sur cette place, bien longtemps à pleurer.

Le ciel s'était couvert de nuages. Il pleuvait et elle ne s'en apercevait pas.

Enfin, il lui fallut bien quitter son banc.

Elle revint à l'hôtel.

L'heure du dîner était passée depuis longtemps.

— Vous n'avez donc pas faim ? lui demanda-t-on.

Elle avait le cœur gros et l'estomac serré. Elle ne songeait guère à manger. Elle n'avait envie que de pleurer.

Le lendemain, elle alla sonner à la prison.

L'adjudant greffier de la prison vint ouvrir et fut fort surpris de se trouver en face d'une jeune et jolie fille toute pâle, au visage fatigué, et dont les yeux rouges trahissaient une nuit passée dans les larmes.

— Qu'y a-t-il pour votre service, ma belle enfant?

— Je voudrais embrasser mon frère... dit-elle.

Et des sanglots lui coupèrent la voix.

— Mais ce n'est pas de refus, mademoiselle. Quel est votre nom ?

— Marjolaine, dit-elle naïvement.

— Ce n'est pas un nom de femme, ça... c'est un nom de fleur, et joli, et qui vous va bien, ma foi, dit le vieux soldat, galamment.

— Mon frère s'appelle Jacques.

L'adjudant fronça le sourcil.

— Le sous-officier Jacques ? ah ! diable... c'est une autre affaire. Est-ce que vous avez une permission en règle ?

— Je n'en ai pas.

— Alors, impossible, mademoiselle, impossible. Je le regrette beaucoup, mais la consigne !

Il fit mine de refermer la lourde porte.

— Monsieur, donnez-moi du moins un conseil. A qui faut-il que je m'adresse pour avoir cette permission ?

— En ce cas particulier, je ne sais trop si elle vous sera accordée, mademoiselle. L'instruction est à peine commencée et les deux inculpés sont au secret. Adressez-vous au parquet du conseil de guerre... Vers dix heures... C'est à deux pas... vous voyez la porte d'ici... Vous vous ferez conduire devant M. Segond, le rapporteur. Il vous renseignera et peut-être obtiendrez-vous la permission sans passer par le commandant de place, ce qui vaudrait mieux...

Il n'était que huit heures du matin.

Il fallait qu'elle attendît deux heures.

— Ne pourrais-je voir mon frère, monsieur, ne fût-ce que de loin, pendant une seconde, sans lui parler ? J'en serais si heureuse, monsieur...

— Hum ! hum ! fit le greffier visiblement ému...

Mais surmontant son émotion :

— Impossible, mademoiselle, la consigne, voyez-vous...

— Je n'insiste pas !...

— A la bonne heure.

Il referma la porte, grommelant dans sa rude moustache :

— Elle a bien fait de ne pas insister, morbleu, avec ses grands yeux qui me fondaient le cœur; j'aurais été capable de l'oublier, la consigne.

Marjolaine alla reprendre sa place sur le banc, patiente.

Elle vit plusieurs personnes entrer au conseil de guerre.

Elle aperçut même Patoche.

Elle attendit qu'il fût ressorti.

Le misérable passa auprès d'elle sans la regarder.

Elle le poursuivit d'un regard haineux, aussi loin qu'elle le put voir.

C'était par lui que tout arrivait.

C'était lui la cause de tout le mal !...

. Et elle avait reçu cet homme chez elle ! Et c'était chez elle, boulevard Haussmann, que Jacques avait fait sa connaissance.

De ce jour-là dataient tous les malheurs arrivés depuis.

Patoche disparut au bout de la rue de l'Arsenal.

Marjolaine se leva et courut au parquet.

Le concierge l'arrêta, la questionna.

Elle dit ce qu'elle voulait et se fit conduire devant le capitaine Segond.

Elle expliqua naïvement au rapporteur qui elle était, ce qu'elle voulait.

Segond s'était dit, dès le premier jour, qu'il l'interrogerait, cette jeune fille, et puisqu'elle se présentait d'elle-même, il allait du moins en profiter pour lui poser certaines questions.

— Je vais faire tout mon possible pour que vous obteniez la permission que vous demandez. Auparavant, je voudrais, mademoiselle, vous prier de me dire quels pouvaient être les motifs de haine qui existaient entre votre frère adoptif et Pierre Gironde... Un aussi bon soldat que l'était Jacques ne devient pas ainsi, du jour au lendemain, de gaieté de cœur, le meurtrier d'un officier. Jacques n'était ni violent, ni emporté. Ce meurtre a été commis avec réflexion, avec préméditation même, peut-être. Pourquoi ?

— Monsieur, je suis trop accablée pour vous répondre..... Comment ne suis-je pas morte ?... Comment ai-je pu résister à un pareil malheur ? Je ne sais.

— Le renseignement que je sollicite de vous, mademoiselle, songez qu'il peut être d'une extrême gravité dans cette affaire ! Songez que je ne cherche pas du tout à aggraver l'accusation qui pèse sur votre frère, mais bien plutôt à la diminuer... Il y va de sa vie, mademoiselle... Réfléchissez-y bien... de sa vie... Le code militaire admet rarement des circonstances atténuantes, si ce n'est dans certaines affaires d'exception... Des circonstances atténuantes pourraient seules sauver Jacques... Dites-le-vous, mademoiselle, afin que vous n'hésitiez plus, s'il est en votre pouvoir de le sauver.

— Ah ! monsieur, monsieur, dit-elle, si je savais, si j'étais sûre, si vous pouviez m'affirmer...

Et Segond murmurait :

— Il y a un secret qu'on me cache, j'en étais sûr.

Marjolaine était bien tentée de tout raconter, mais elle s'effraya de la responsabilité d'une pareille révélation.

Ce secret, avait-elle le droit d'en disposer ? Il ne lui appartenait pas. Il appartenait à Jacques.

Jacques seul pouvait lui dire :

« Sers-toi de ce secret. Sauve-moi, si tu peux me sauver. »

Le capitaine insistait :

— Si vous étiez sûre, dites-vous ? Je ne puis vous donner cette certitude, car je ne suis pas, je ne serai pas le juge de votre frère ; mais il est de mon devoir de vous faire remarquer que s'il existe en tout cela un fait que j'ignore et qui soit capable de modifier l'opinion du conseil de guerre, vous seriez grandement coupable vis-à-vis de la justice, vis-à-vis de Jacques, envers votre conscience, si vous ne faisiez point connaître ce fait.

— Oui, pensait Marjolaine, il dit vrai... et pourtant !

Pourtant elle se taisait.

— Très coupable, très coupable !... répétait le juge. S'il arrive — ce qui est certain si vous gardez le silence — s'il arrive que Jacques soit passé par les armes, vous pourrez vous reprocher sa mort... Rien ne vous prouvera, en effet, que vos révélations eussent été inutiles à sa cause... Tout vous criera, au contraire, qu'en parlant vous lui eussiez sauvé la vie !...

— Mon Dieu ! mon Dieu ! disait la pauvre fille.

Elle pleurait, se tordait les mains.

Puis tout à coup, l'héroïsme de son amour pour Jacques lui faisant chercher une autre chance de salut :

— Mais, monsieur, dit-elle, en tout cela vous parlez de mon frère comme s'il était coupable... coupable de ce meurtre... Ainsi que vous le disiez vous-même, on ne hait pas sans motif, on ne tue pas sans de graves raisons... Et pourquoi Gironde aurait-il été tué par Jacques et non par Bernard de Cheverny ? Qui vous prouve que ce soit Jacques et non pas Bernard ?...

16.

— Il y a des preuves, mademoiselle, je puis bien vous le dire.

— Des preuves, dit-elle, frappée au cœur.

— Oui.

— Est-ce possible ?

Puis, tout à coup, se souvenant de l'intervention de Patoche dans le pavillon des Aulnaies et de son accablant témoignage :

— Ah ! monsieur, dit-elle, ces preuves ? ces preuves ?

— Des preuves morales, d'abord.

— Ah ! fit-elle, ne comprenant pas très bien.

— Gironde et le sous-officier avaient eu le soir même une altercation assez violente, entendue par plusieurs soldats qui en déposeront lorsque les grandes manœuvres seront terminées.

— Une altercation ?... A quelle heure, monsieur ? Puis-je savoir ?

— Vers cinq heures du soir.

— Après ma visite au camp, pensa Marjolaine, après ma confidence ! après que je lui eus dit que Marguerite était sa mère... et que dans le cœur de cette mère Gironde usurpait sa place.

Et tout haut, implorant le juge :

— Ensuite, monsieur, ensuite ?

— Jacques a été consigné par Gironde. Il a trompé la surveillance des sentinelles et forcé la consigne.

— Il a mal fait, monsieur, il a mal fait... mais est-ce une preuve ?

— Une preuve morale... Car il venait de voir partir Gironde et s'il a essayé de s'enfuir, s'il a quitté le camp malgré sa punition, pour quelle raison, si ce n'est pour rejoindre l'officier, lui chercher querelle et se battre avec lui ?

— Oh ! monsieur, qui vous prouve qu'il n'y avait

pas une raison bien plus grave, tenant au cœur
même de Jacques, à sa vie !...

— Dites-la, si vous la connaissez !

Elle se mordit les lèvres.

Non, elle ne parlerait pas, du moins maintenant.

— Tout cela n'est encore qu'une supposition...
Cela ne constitue pas des preuves... Cela n'accuse
pas plus Jacques que Bernard.

— Il y a son aveu...

— Un aveu arraché dans un moment de folie...
Et qui vous dit que ce ne soit pas pour sauver Bernard ?...

— Un pareil dévouement !...

— Entre frères d'armes... on en a vu souvent
d'aussi sublimes.

— Il y a deux mois, ils ne se connaissaient pas,
ils ne s'étaient jamais vus !

— Les nobles cœurs se comprennent et se
rapprochent vite.

— Il y a une déposition plus accablante que tout
ce qui précède.

— Une déposition ?

— Celle d'un témoin qui, s'il n'a pas vu le meurtre,
a vu l'insulte...

— Patoche ! dit-elle avec un cri de haine et de
colère... Vous voulez parler de Patoche !

— C'est lui, en effet !

— Le misérable ! Le misérable !

— Pourquoi ! Il n'a fait que répondre à mes questions ; il a dit ce qu'il avait vu. Rien de plus !

— C'est un misérable, monsieur, un misérable que
vous ne devriez pas interroger, car c'est lui, c'est lui...

Elle mit les mains sur sa bouche, pour s'empêcher de parler.

Le capitaine eut un léger frémissement du bout
des doigts.

Il sentait que Marjolaine était à bout de forces, et que peut-être il allait tout savoir.

— C'est lui ? demanda-t-il...

Et Marjolaine avec un grand cri de soulagement et en éclatant en sanglots :

— C'est lui, monsieur, c'est lui qui est cause de tout !

— Comment cela ? dit Segond.

Mais les larmes détendaient ses nerfs.

La jeune fille reprenait son sang-froid.

— Non, rien, rien... dit-elle... je n'ai rien dit.

— Au contraire, mademoiselle, vous en avez trop dit pour vous arrêter en chemin. Je vous prie... d'achever.

— Non, non.

— Je vous l'ordonne !

Elle releva la tête... Elle ne parlerait pas tant que Jacques ne le lui aurait pas permis.

— Monsieur, vous m'avez montré assez clairement tout à l'heure quel était mon devoir... je ne l'oublierai pas... J'aime Jacques de tout mon cœur et je devais être sa femme... Cela doit vous rassurer, n'est-ce pas, et vous pouvez être certain que s'il existe quelque moyen de le sauver, je l'emploierai... Cela dit, je ne parlerai pas.

Elle s'était exprimée avec tant d'énergie que le capitaine comprit qu'il n'en obtiendrait rien de plus.

— Elle reviendra, se dit-il... un peu de patience...

— Monsieur, pourrai-je voir mon frère aujourd'hui ?

— Je l'espère, mademoiselle...

— A quelle heure le saurai-je ?

— Dès que M. le commissaire du gouvernement sera au parquet.

Vous pouvez attendre dans mon cabinet... si cela vous est agréable.

— Merci, monsieur.

Une demi-heure se passa. Segond était sorti. Il revint et présenta une permission à Marjolaine.

— Vous n'avez plus qu'à la faire signer à la place, dit-il.

— Et je verrai Jacques tout de suite ?

— Oui, mais pas après quatre heures.

Elle lui prit les mains et les lui embrassa en pleurant.

Le capitaine, ému, les retira :

— Allez, mademoiselle, et n'oubliez pas ce que vous m'avez promis ; je compte que vous ferez votre devoir !

L'adjudant-greffier de la prison ouvrit à Marjolaine une heure après. Il la reconnut tout de suite.

— Ah ! ah ! dit-il, nous nous sommes pressée ? sommes-nous en règle ?

Il regarda la permission.

— Oui. C'est bien. Entrez.

La lourde porte se referma sur la jeune fille avec un bruit retentissant. Le greffier conduisit Marjolaine dans une pièce assez vaste, dont les murs nus étaient blanchis à la chaux. Il y avait un banc et quelques chaises.

Une fenêtre, haut percée dans la muraille épaisse, prenait jour sur la cour intérieure.

De gros barreaux de fer la défendaient.

Elle n'attendit pas longtemps dans cette pièce.

Bientôt des pas s'arrêtèrent devant la porte. Cette porte s'ouvrit et Jacques parut.

Le greffier l'avait extrait de sa cellule sans le prévenir de la visite qui l'attendait.

— Venez ! avait-il dit simplement.

De telle sorte que lorsque Jacques aperçut la jeune fille, son émotion fut si profonde qu'il chancela.

— Marjolaine ! ma sœur ! ma chère et bien-aimée Marjolaine !

Il s'élança vers la jeune fille et la prit dans ses bras.

Derrière eux l'on entendait le pas régulier d'un sergent-surveillant qui se promenait dans le corridor.

Les deux jeunes gens se regardaient, silencieux, ayant sur les lèvres un sourire d'ineffable bonheur.

Car tout de suite, en se retrouvant l'un devant l'autre, ils ne pensaient qu'au plaisir qu'ils éprouvaient de se revoir.

Mais bientôt la vraie situation leur revint à l'esprit.

— Mon pauvre Jacques ! dit-elle.

Et elle cacha sa tête sur la poitrine du soldat et se mit à pleurer.

Il la considérait avec tristesse.

C'était vrai pourtant qu'elle était perdue pour lui, à jamais perdue, cette adorable fille ! C'était vrai que tous ses rêves d'avenir étaient évanouis ! Plus de bonheur possible ! Plus d'amour ! Plus de mariage à son premier galon d'officier ! Plus rien ! La mort ! !

Et cette pensée était celle de Marjolaine aussi, car elle dit :

— La mort ! la mort ! Est-ce possible, mon Jacques ? N'est-il aucun moyen de te sauver ?

— Aucun.

— Ainsi, c'est bien toi qui as tué Gironde en duel ?

— C'est moi, dit-il sans hésiter.

— Et tu l'as tué parce qu'il avait trompé ta mère ?

— Parce que ma mère souffrait et pleurait par sa faute ! Parce que cet homme était un misérable et que sa conduite était odieuse ! parce que j'ai voulu venger ma mère !...

— Hélas ! si j'avais su !

Je ne t'aurais rien dit... J'aurais dû me douter qu'en te retrouvant devant Gironde, ta haine l'emporterait sur toute prudence, le mépris ferait taire toute discipline. J'aurais dû attendre que les manœuvres fussent terminées. Alors, Gironde redevenait un homme comme les autres. Il n'était plus ton officier. L'insulte n'était plus aussi grave... C'est ma faute ! C'est ma faute !... Et je veux la réparer !

— Ma bonne, ma douce Marjolaine, ne pense plus à cela... Tu n'as obéi qu'à ton cœur en accourant me révéler le nom de ma mère... Je t'en remercie et je t'en ai aimée davantage ; mais n'essaye pas, s'il y a eu là de ta part une imprudence, n'essaye pas de la réparer... C'est bien inutile, va. Mon sort est réglé. Je connais la loi. L'incertitude doit torturer les inculpés qui ne connaissent pas la condamnation qui les menace. Moi, je suis très calme, je t'assure. Je suis si certain de mourir !...

Il souriait en disant cela.

— Qui sait ? murmure-t-elle.

Il secoue la tête, et gravement :

— Tu aurais tort de conserver quelque espoir.

— J'espère, malgré tout... Il n'est pas possible que l'on te condamne à mort, lorsque l'on connaîtra tous les détails de ton histoire.

— De quels détails veux-tu parler ?

— De ceux de ta naissance ; de ceux de l'intrigue imaginée par Patoche... de cette substitution qu'il avait inventée, afin de tenir madame de Cheverny sous sa dépendance.

— Ces détails on ne les connaîtra jamais. Qui les raconterait ? Ce n'est pas madame de Cheverny, puisque si elle est certaine aujourd'hui que ce Pierre Gironde n'était pas son fils, elle ignore tou-

jours qu'elle est ma mère... elle ne peut donc avoir
pour moi que les sentiments qu'elle me témoignait
jadis, d'une amitié très vive... Ce n'est pas mon colonel !... celui-là ne doit rien savoir, jamais !... ce
serait être criminel que de lui ouvrir les yeux ! ce
serait briser sa vie !!... Ce n'est pas Bernard qui
sait tout, lui, mais qui ne peut parler sans déshonorer sa mère !... sans faire mourir son père de
honte et de douleur !... Ce n'est pas Patoche qui me
hait parce que j'ai été, sans le savoir, l'obstacle à sa
fortune ! Patoche qui m'a déshonoré au cercle, —
c'est lui, je n'en doute plus maintenant — et qui
aujourd'hui se verra débarrassé de moi avec plaisir !... Compter sur lui pour cela, c'est compter
sur le repentir !... Et ce serait mal comprendre cet
homme que de le croire capable d'éprouver des remords...

Marjolaine écoutait, tête basse.

— Enfin, poursuivait le jeune homme qui évitait
de parler trop haut dans la crainte que le surveillant n'entendît, enfin ce n'est pas moi qui parlerai !... Dès lors, qui donc irait dire au rapporteur, pour l'intéresser à ma cause et lui faire comprendre les motifs sérieux du meurtre de Gironde :
« Jacques est un enfant inconnu de sa mère et
qui a voulu venger celle-ci d'un outrage inno-
mable ? » Qui donc, Marjolaine ?

Elle dit avec énergie :

— Tu oublies qu'il y a quelqu'un qui sait
tout et qui pour te sauver parlera s'il faut parler !...

— Qui ?... Ce n'est pas toi, je suppose ?

— C'est moi !

— Tu ne feras pas cela !

— Je parlerai.

— Je te le défends !

— Je ne t'obéirai pas !

— Eh bien, soit... va révéler mon secret... le mien, tu entends ? un secret dont je suis seul maître... Va... sauve-moi par cette lâcheté... Déshonore cette pauvre femme qui n'est pas coupable de mon abandon, tu me l'as dit !... Déshonore son mari, ce brave officier si doux et si aimé de tous ses soldats !... Va !... sème la ruine et les larmes autour de toi... sauve-moi de la mort... Fais-moi rendre la liberté même, si tu peux !... Et lorsque tu auras fait cela, Marjolaine, tu m'écoutes, n'est-ce pas ? lorsque je serai rendu à la liberté, n'essaye jamais de me revoir !... car je maudirai ton nom, je chasserai ton souvenir !... Je ne te reverrai jamais, je ne t'aimerai plus !!...

— Jacques ! mon Jacques !

— Je n'ai rien de plus à ajouter.

— Mais réfléchis, mon Jacques, c'est une situation horrible que celle-là !... Je ne puis pas te laisser mourir, moi... Ce n'est pas possible ! Mon devoir est de faire tous mes efforts pour te sauver...

— Qui te dit que je veuille être sauvé ?

— Que tu le veuilles ou non, mon devoir est de te sauver, malgré toi, s'il le faut !...

— Et qui te dit qu'en trahissant ce secret tu me sauverais ?... Le crime ne reste-t-il pas le même ? Jacques a tué son officier. Jacques est perdu !... C'est la mort... C'est la loi !... Tes efforts n'aboutiraient pas... Laisse faire la destinée...

— Non... M. Segond, l'officier qui t'interrroge, a déjà deviné que les véritables raisons du meurtre lui étaient cachées. Ces raisons, il veut les connaître... et il m'a dit...

— Il t'a dit...

— Que si elles étaient connues, elles te sauveraient peut-être...

— Tu as déjà parlé, malheureuse...

— Non, Jacques.

— Tu mens !

— Je te le jure, mon Jacques... Oh ! ne me regarde pas ainsi ; tu me fais peur, tu me fais peur !...

— Que lui as-tu dit ?

— Seulement ceci : que Patoche avait causé tout le mal !...

— Tu vas me promettre que jamais plus un mot ne sortira de tes lèvres.

— Non, mon Jacques... je ne puis pas, je ne puis pas.

— Jure !

— Non, non, non !

— Je t'y forcerai bien.

— Non. Toute ma vie je me reprocherais mon silence.

— Mais, malheureuse, réfléchis donc que tes révélations ne peuvent me servir. En quoi changeront-elles la gravité de l'accusation qui pèse sur moi ? Qu'est-ce que cela peut faire à ceux de mes supérieurs qui auront à me juger que je sois ou que je ne sois pas le fils de madame de Cheverny ? est-ce que cela changera quelque chose à mon crime ? La loi martiale est impitoyable. Elle va droit au but. Alors à quoi bon parler ?... Considère quels malheurs tu répandrais autour de toi ! Ces vies brisées par la honte !... Et ma mère, ma mère, penses-tu à la terrible douleur que lui causerait cette nouvelle, si tu lui apprenais que je suis son fils ?... Cela la tuerait !... Pleurer vingt ans un enfant qu'on a perdu... Cet enfant, le retrouver tout à coup, mais le retrouver prisonnier, condamné à mort !... Quel cœur de mère résisterait à une pareille secousse ! quelle raison n'en serait pas ébranlée ?... Tu es bonne pourtant, Marjolaine... Et tu n'as pas pitié de cette pauvre femme !! C'est mal... c'est mal...

— Mais je t'aime, je t'aime !

— Crois-tu donc que je ne t'aime pas, moi ?

— Hélas !

— En douterais-tu ?

— Oui.

— Pourquoi ? Qu'ai-je fait pour que tu en doutes ?

— Tu ne songes qu'à la douleur qui atteindrait ta mère. Tu ne vois même pas que je meurs d'épouvante à la pensée que je vais te perdre.

Le jeune homme fut touché. La plainte était si humble, si douce, qu'elle allait droit à son âme.

— C'est, au contraire, une preuve d'amour que je te donne, ma chère Marjolaine. Tu as le cœur fort, je connais ton courage, la grandeur de ton affection. Et je ne crains pas de t'associer à mon sacrifice. En faisant obstacle à mon dévouement, tu me prouves que tu ne m'aimais pas comme je t'aime. Au contraire, en partageant mon secret, en me laissant mourir comme je veux mourir, tu n'as plus vraiment avec moi qu'une seule pensée, un seul cœur. Et sois certaine, Marjolaine, que lorsqu'on m'aura bandé les yeux et qu'une seconde seulement me séparera de la mort, je ne penserai pas à une autre qu'à toi, à toi seule !

— Ce que tu dis est beau, ce que tu veux faire est grand, sublime, mais c'est au-dessus de mes forces !... Je ne suis qu'une femme, moi !... Si je ne t'aimais pas, il est possible que je me ferais la complice d'une action aussi courageuse, mais je ne suis qu'une femme, te dis-je, et je t'aime !...

— Je t'en supplie, Marjolaine...

Et il l'implorait, les mains jointes, ne trouvant plus rien à lui dire, ayant épuisé tous les raisonnements...

— Ecoute, dit la jeune fille, il y a quelqu'un qui doit être juge, en tout cela il y a une volonté devant laquelle tu devras toi-même t'incliner...

— Une volonté ?

— Celle de ta mère !

— Puisque ma mère ignore...

— Mon devoir est de tout lui dire. Elle souffrira, mais crois-tu qu'elle ne souffrirait pas bien davantage et qu'elle n'aurait pas le droit de m'accuser, si quelque jour, alors qu'il serait trop tard, elle venait à apprendre la vérité sur toi ? Puisque tu le veux, je ne dirai rien à ceux qui te jugeront, mais à madame de Cheverny je dirai tout !...

— Marjolaine !

— Je lui dirai tout... Elle décidera elle-même ce qu'il faudra qu'elle fasse. Et, quelle que soit sa volonté, nous obéirons. Elle est ta mère. Elle a le droit d'ordonner. C'est d'elle qu'il s'agit en tout cela. Et si elle ne veut pas de ton sacrifice, elle a le droit de le refuser !...

Il se taisait.

Il comprenait bien qu'il n'empêcherait pas Marjolaine de parler.

Du moins, il était un autre secret, bien plus grave encore, et qu'il gardait au fond de son cœur.

Personne ne le connaîtrait jamais, ce secret, ni Marjolaine ni les autres ! Bernard seul en était le confident.

Ce secret, c'était son dévouement pour son frère.

Tous les indices, toutes les preuves l'accusaient. Il le savait bien. Et il donnait raison à toutes ces preuves en s'accusant lui-même.

— Va, dit-il tristement, et puisque tu ne m'aimes pas assez pour m'obéir, je ne te retiens plus...

Elle eut un sourire triste, et avec un doux reproche :

— Du moins l'amour que j'ai pour toi n'est combattu chez moi par nulle autre affection.

Elle tendit son front.

Il vit qu'elle était accablée par cette scène. Il craignit qu'elle ne partît avec la conviction qu'elle n'était plus aimée.

Il l'embrassa longuement, la retenant contre son cœur, la regardant tout au fond des yeux.

— Je t'aime, chère et douce enfant! dit-il.

Alors son cœur se fondit et de nouveau elle pleura.

Le surveillant venait d'ouvrir la porte :

— Mademoiselle? dit-il.

Il fallait partir, Ils s'embrassèrent encore. Jacques sortit, lui envoyant, du bout des doigts, un baiser.

Il avait les yeux rouges.

La permission de Marjolaine portait qu'elle pourrait voir Jacques et Bernard l'un après l'autre.

On lui amena Bernard quelques minutes après.

En revenant aux Aulnaies, elle voulait pouvoir dire à la comtesse qu'elle avait vu son fils, elle voulait apporter à celui-ci les tendresses de la mère, rapporter à la mère les consolations et les baisers du fils.

Le premier mot de Bernard fut pour demander :

— Pourquoi ma mère n'est-elle pas venue?

Marjolaine dut lui expliquer que Bernerette, en apprenant la mort de Gironde, en se trouvant tout à coup devant le cadavre de celui qu'elle aimait, était tombée gravement malade.

Tous les ressorts de sa vie semblaient brisés.

— Elle est en danger? interrogea Bernard.

— Oui.

L'enfant aimait Gironde. Cet amour devait lui porter malheur. Bernard et madame de Cheverny, lorsqu'ils avaient deviné cet amour naissant, en avaient prévu les funestes et douloureuses conséquences.

Puis Bernard, après s'être enquis de tous ceux qu'il aimait, demanda à Marjolaine :

— Vous avez obtenu la permission de voir Jacques?

— Oui.

— Vous l'avez vu?

— A l'instant. Quelques minutes avant vous.

— Il ne vous a rien dit de particulier?...

— Monsieur Bernard, votre secret n'en est plus un pour moi...

— Vous savez qu'il est mon frère?

— C'est moi qui le lui ai appris...

— Alors, Marjolaine, écoutez bien ceci : Ce n'est pas seulement pour sauver ma mère que Jacques refuse de parler... Ce n'est pas seulement pour lui épargner une grande douleur... mais Jacques s'accuse d'un crime qu'il n'a pas commis... Il veut me sauver en se sacrifiant, car si on continue de le croire, c'est la mort certaine. Il est innocent. Gironde a été tué par moi. Puisque je le dis, puisque je le crie, pourquoi le croit-on, lui? Pourquoi ne me croit-on pas, moi?... Alors, Marjolaine, il faut le sauver, le sauver, entendez-vous, malgré lui...

— Je ferai tout ce qu'il sera possible de faire...

Ils se séparèrent. Le lendemain dès le matin, elle était de retour aux Aulnaies et rendait compte à madame de Cheverny de ces deux entrevues.

Bernerette était toujours malade et madame de Cheverny était dans la plus grande inquiétude.

Cependant le médecin, depuis deux jours, concevait un peu d'espoir de sauver la malade.

Les jours suivants, l'espérance, si faible, grandit encore.

Bernerette semblait moins abattue.

Et au fur et à mesure qu'elle reprenait quelques forces, la comtesse, de son côté, renaissait à la vie.

C'est à peine si elle avait fait quelques questions à Marjolaine sur Bernard, sur Jacques.

Maintenant, plus rassurée sur le compte de Bernerette, elle voulut tout savoir, ce qu'avait dit Jacques, ce qu'avait dit son fils, ce qu'avait dit surtout le capitaine-rapporteur.

— Jacques et Bernard continuent de s'accuser, Jacques prétendant être le seul meurtrier, Bernard prétendant la même chose.

— Étrange ! murmura la comtesse.

Marjolaine secoua la tête.

Le moment était venu de parler.

— Pas si étrange que vous le dites, madame... Ces jeunes gens s'aiment non pas comme des amis... mais... mais comme deux frères...

Madame de Cheverny tressaillit.

— Comme deux frères !

— Ah ! madame, je sais que je vais vous faire une grande joie, je sais que je vais vous faire aussi une grande peine... Mais mon devoir est de parler...

— Que voulez-vous dire ?

— Si vous saviez, madame, combien je suis troublée, bouleversée, depuis la confidence que vous m'avez faite, un soir, alors que nous étions assises là-bas, tout au fond du jardin.

— Ah !

— J'aurais voulu tout vous dire, à ce moment, mais je n'ai pas osé, mon émotion était si grande ! Puis, ce secret n'était pas le mien.

— Je ne vous comprends pas, ma chère Marjolaine.

— Au fur et à mesure que vous me racontiez l'histoire de votre jeunesse, celle de cette liaison avec Julien Remondet, et surtout les tristes et navrants détails de l'abandon de votre enfant, la lumière se

faisait dans mon esprit, et l'histoire commencée par
vous, madame, j'aurais pu l'achever moi-même...

— L'achever? vous, Marjolaine!...

— Moi. Ah! madame, je vous en supplie, ayez du
courage.

— J'en aurai, mais qu'allez-vous m'apprendre?

— Le nom de votre enfant!...

— Vous le connaissez?

— Je le connais.

Madame de Cheverny regarda Marjolaine d'un
air hébété. Évidemment elle crut, ne fût-ce qu'une
seconde, que la jeune fille avait perdu la raison.
Elle lui prit la main et avec tendresse :

— Mon enfant, dit-elle, mon enfant!

Marjolaine comprit et souriant avec tristesse :

— Oh! madame, je ne suis pas folle!... Non seulement je le connais, le fils que vous avez perdu,
mais je connais aussi les braves gens qui l'ont
recueilli, élevé, la jeune fille qui lui a servi de mère
et qui ne l'a jamais quitté, et qui a fait de lui — elle
a bien le droit d'en être fière — un jeune homme
d'un noble et grand caractère, de tous points digne
de vous! madame...

— Marjolaine, vous ne vous moquez pas de moi?
Marjolaine, c'est vrai? Vous réfléchissez bien à ce
que vous dites?... Ce serait horrible, mon enfant, si
vous vous trompiez!... On ne peut ainsi briser
deux fois le cœur d'une mère...

— Je ne me trompe pas!

— Mon fils?

— Vous le connaissez! vous lui avez parlé maintes
fois, vous le trouvez beau, intelligent, distingué...
Que de fois vous m'avez dit, en parlant de lui,
qu'une mère aurait été heureuse de le nommer son
fils?...

— Mais qui donc? qui donc?

— Et en le regardant, si vous avez songé à l'homme que vous avez jadis aimé, il n'est rien d'étonnant à ce que vous ayez retrouvé des traits de cet homme sur la physionomie de son enfant...

— Marjolaine !

Et elle était, la pauvre femme, dans une émotion difficile à décrire.

Marjolaine se tut. Elle en avait assez dit pour que madame de Cheverny pût deviner.

Marguerite passa lentement la main sur son front.

— Mon Dieu! murmura-t-elle, mon Dieu!

Elle fit quelques pas, marchant par soubresauts, s'arrêtant tout à coup pour rêver, puis regardant Marjolaine silencieuse.

A la fin, elle revint vers la jeune fille.

— Il s'agit de Jacques!...

Elle parlait d'une voix étouffée.

— Il s'agit de Jacques!

— Pourquoi ne m'avoir jamais rien dit?

— Je n'ai connu cette histoire... je n'ai su que vous étiez sa mère que du jour de votre confidence...

— Et lui?

— Le lendemain même je lui ai tout dit.

— Alors?

— Alors, il connaissait l'indignité de Gironde. Il savait que Gironde et Patoche vous rejoindraient dans le pavillon des Aulnaies. Il craignit une insulte de l'un de ces deux hommes. Il voulut être là pour vous protéger.

— Et Bernard? Bernard? Lui aussi était là, écoutait, attendait!

— Bernard sait que Jacques est son frère.

— Mon Dieu! mon Dieu! protégez-moi! murmura la comtesse.

17.

Elle se sentait défaillir. Il lui semblait que sa raison s'en allait.

Elle fit un suprême effort pour reprendre son sang-froid.

— Dites-moi tout! Parlez! Parlez!...

Marjolaine lui fit le récit que nous avons rapporté dans les premières pages de ce roman. Marguerite l'écoutait avec fièvre, suspendue aux lèvres de la jeune fille, sans l'interrompre une seule fois, mais murmurant très bas seulement :

— Mon fils! cette fois, c'est bien mon fils!...

Et en finissant, Marjolaine ajoutait :

— Certes, je suis bien certaine que vous me croirez, moi. Vous avez été indignement jouée par des misérables. Et pourtant votre cœur bat à l'unisson du mien. Je n'aurais pas de preuves à vous donner que vous ajouteriez foi quand même à mes paroles.

— Certes !

— Mais j'ai des indices, qui, en évoquant vos souvenirs, seront pour vous comme autant de preuves...

— Je vous crois, Marjolaine, je vous crois !

— Vous avez vu combien étaient précis, déjà, les détails que je vous ai donnés sur le duel des deux hommes, sur la mort de M. Rémondet, sur l'abandon de Jacques. Je n'ajouterai que deux mots : Mon père, quand il revint dans la forêt pour rapporter Jacques, trouva, étendu sur la neige, un grand manteau de fourrure, abandonné par l'un des deux hommes.

— Le manteau dans lequel Julien avait enveloppé l'enfant, lorsqu'il s'enfuit de Malpalu.

— Et près du manteau, un pistolet oublié. Le manteau, mon père le laissa, mais le pistolet il le prit. Je l'ai conservé. Je l'ai donné à Jacques. C'est une arme très riche dont la crosse porte, sous une couronne de comte, les initiales A. P...

— Antoine de Pontalès ! s'écria Marguerite.

— Et une devise sous la couronne... Cette devise, faut-il vous la dire? Aimez-vous mieux la deviner vous-même?

Et Marguerite, au comble de l'émotion :

— Cette devise c'est : « Toujours droit. »

— Oui. Et maintenant, êtes-vous convaincue, madame?

Madame de Cheverny tomba dans les bras de la jeune fille.

— Ah! dit-elle, je comprends maintenant pourquoi je me sentais tant de tendresse pour Jacques! Que de fois en regardant son visage, en prêtant attention à sa démarche, que de fois n'ai-je pas pensé à Julien dont il est la vivante image! Oh! Marjolaine, Marjolaine, que je suis heureuse!

Tout à coup elle repousse la jeune fille... effarée.

Heureuse, a-t-elle dit!... Heureuse de retrouver son fils, et certaine, cette fois, qu'il est son fils!

Mais elle a oublié, pendant ces derniers instants, la redoutable accusation qui pèse sur Jacques.

Heureuse, a-t-elle dit, et Jacques est menacé de mort!

Marjolaine, effrayée du changement qui vient de se faire en Marguerite, murmure en lui prenant la main :

— Madame, je vous en prie, du calme, du courage !...

— J'ai dit que j'étais heureuse, avez-vous entendu? fit-elle, comme folle.

— Je vous avais prévenue, madame, que j'allais vous faire une grande peine et en même temps une grande joie...

— Mon Dieu, mon Dieu, ayez pitié de nous.

Elle resta longtemps silencieuse ; son accablement était immense.

Elle ne pleurait plus... Elle rêvait !...

Quelle atroce situation !...

Comment sortir de là ?...

Ses deux enfants s'accusaient ! Chacun des deux voulait sauver l'autre !... Et tous les deux lui étaient aussi chers l'un que l'autre !...

Que l'un des deux soit condamné, qu'on l'exécute, c'est son cœur maternel que l'on broie, c'est sa chair que trouent les balles, c'est son sang qui se répand par ces blessures.

Elle ne peut sauver l'un, pour perdre l'autre...

Puis, elle voudrait en sauver un... comment ferait-elle ? n'est-elle pas réduite à l'impuissance ?... Il faut qu'elle attende, passive, inerte, comme indifférente, les événements ! Et voilà, justement, ce qu'il y de plus atroce, de plus odieux !... assister ainsi, les mains liées, la bouche close, à un drame dont les angoisses étaient si terribles qu'elles détruisaient en elle, peu à peu, les sources mêmes de la vie...

Longtemps elle resta ainsi, dans une prostration absolue, et Marjolaine comprenait et partageait trop sa grande douleur pour essayer même par de vaines paroles, d'y apporter quelque soulagement.

Cependant elle devait lui dire, à cette mère, que s'il restait un moyen de sauver les deux frères, Marguerite seule pouvait l'employer. Ce moyen, c'était d'atténuer le crime en l'expliquant, en faisant toucher au rapporteur les raisons de cœur qui l'avaient rendu inévitable.

Les sauverait-on ? Cela était bien incertain toujours.

Mais puisqu'il y avait une chance à courir, devait-on la négliger ?

— Oui, madame, dit-elle à la comtesse — répondant à ses préoccupations et aux réflexions qu'elle venait de se faire — votre devoir est tout tracé. Vous devez aller trouver M. le capitaine Segond et confier à son honneur l'aveu du passé...

— Grand Dieu !

— L'aveu est cruel, je le sais, mais pouvez-vous hésiter ? Songez que cette révélation n'est pas publique, qu'il se peut que M. Segond, tout en faisant profiter son enquête de ce récit, le garde secret... ou du moins ne le confie à son tour qu'à des officiers comme lui, appelés plus tard à juger Jacques et Bernard et dont il aura besoin d'éclairer le jugement. Ces hommes seront prudents, n'en doutez pas. Ils savent qu'il y va pour vous, pour M. de Cheverny, de la vie, de l'honneur !...

— Je ne puis hésiter, en effet, dit la comtesse.

Et confiant Bernerette aux soins de Marjolaine, elle partit pour Châlons et alla trouver le rapporteur.

Qu'il fut long et pénible l'aveu de la pauvre femme !... De combien d'accès de larmes et de faiblesses ne fut-il pas interrompu ! Le vieil officier, profondément ému par ce récit tragique, l'écouta sans lui adresser une seule fois la parole. Mais Marguerite n'avait qu'à le regarder pour être bien sûre qu'elle avait trouvé en lui un homme qui, sans pardonner sa faute, compatissait à ses angoisses.

— Voilà donc le mystère que j'avais deviné ! murmura-t-il. Il ne s'agit plus d'une querelle — au motif futile, comme on voulait me le faire croire. Il s'agit d'une vengeance — ou plutôt d'un châtiment. Certes, comme homme, je ne puis qu'approuver ces jeunes gens d'avoir protégé leur mère.

Mais ce n'était pas l'homme seulement qui pensait et agissait en lui; il y avait l'homme, le père, et celui-là pardonnait au meurtrier — mais il y avait aussi l'officier, le juge, chargé d'une haute mission de discipline. L'officier, le juge, ne pouvait excuser le meurtre de Gironde.

Au fur et à mesure que la comtesse s'était avancée dans son récit, il avait vu se dessiner avec netteté la louche et sinistre physionomie de Patoche.

Patoche avait menti en prétendant qu'il ne connaissait pas Gironde.

Pourquoi?

Mais que pouvait le juge contre cet homme?

Certes Patoche était un misérable, mais le capitaine eût été fort embarrassé, en somme, si, voulant sévir contre lui, il avait été obligé de dire de quel crime ou de quel délit l'agent d'affaires s'était rendu coupable.

Patoche avait inventé une abominable intrigue.

Il avait, à plusieurs reprises, extorqué de madame de Cheverny des sommes importantes.

C'était un maître chanteur, soit, mais avait-il prise contre lui?

Comme il connaissait maintenant tous les menus détails qui avaient entouré la naissance de Jacques et son abandon, il savait quel odieux rôle avait joué Antoine de Pontalès.

Et lorsqu'il pensait à l'assassinat de ce dernier, il n'était pas loin de soupçonner que Patoche pût en être l'auteur.

Mais, outre que cette affaire ressortissait à la justice civile et ne regardait plus le conseil de guerre de Châlons, est-ce que l'accusation de meurtre, soulevée contre Patoche, sauvait les soldats, ou même atténuait leur crime? Non.

Il avait pu faire arrêter Patoche pour faux témoignage, mais c'était une triste et inutile compensation.

Les mobiles du meurtre de Gironde lui étaient donc connus.

C'était, certes, un grand pas qu'il venait de faire.

Restait à savoir si dans l'esprit du conseil de guerre, qu'il aurait soin de prévenir par des notes confidentielles, ces motifs sembleraient suffisants pour écarter la peine de mort suspendue sur la tête de l'un des accusés.

Comme les antécédents de Gironde et de Patoche ne lui étaient pas connus, il envoya une commission rogatoire au parquet de Paris, par l'intermédiaire du garde des sceaux, afin de faire faire des perquisitions rue de Courcelles, au domicile de Gironde, et rue Saint-Honoré, dans les bureaux de Patoche.

Madame de Cheverny, éplorée, n'avait pas quitté son cabinet.

Elle voulait adresser une prière à l'officier et craignait qu'il ne refusât.

Elle s'enhardit pourtant à la fin.

— Monsieur, dit-elle, me sera-t-il permis d'embrasser mon fils... d'embrasser Jacques?...

— Oui, madame, et vous n'aurez même pas besoin d'aller à la prison pour cela, car on va me les amener tous les deux dans quelques minutes.

— Merci, oh! merci, monsieur, pour votre bonté.

Dans cette pauvre âme si cruellement atteinte, si profondément bouleversée, il y avait non seulement l'envie de revoir Bernard, mais surtout un ardent désir de se retrouver en face de l'autre, de Jacques, de l'enfant de la faute d'autrefois, de l'enfant perdu, pleuré pendant vingt longues années, et contre le cœur duquel elle pouvait se serrer maintenant bien fort, car elle savait, cette fois, qu'on ne la trompait plus et que c'était bien son fils !

Avec quelle impatience elle l'attendit !

Jusqu'à cette heure, le capitaine avait interrogé Jacques et Bernard séparément.

C'était la première fois qu'il les entendait contradictoirement.

Quelques minutes s'écoulèrent.

La porte s'ouvrit. Ce fut le caporal de garde qui entra :

— Les deux accusés sont là, mon capitaine ; dois-je les faire entrer ou faut-il qu'ils attendent?

Marguerite se leva brusquement.

Une honte lui venait.

Embrasser Jacques comme son fils devant Bernard! Embrasser devant son fils légitime l'enfant né de la faute de sa jeunesse!

La mère ne pouvait s'y résigner.

Certes, elle savait que Bernard n'ignorait plus rien. Peu importe!... Elle ne voulait pas rougir devant lui!...

Le rapporteur comprenait son irrésolution.

Il lui demanda :

— Voulez-vous, madame, que je les fasse venir ensemble? Ou préférez-vous voir l'un des deux avant l'autre?...

Troublée, sans force, elle fit un signe affirmatif.

— Lequel des deux? demanda l'officier.

Et devinant ce que cette mère devait souffrir, il demanda avec un sourire qui adoucissait ce que la question pouvait avoir d'indiscret en apparence :

— Jacques, sans doute?

Elle baissa la tête et d'une voix étouffée :

— Jacques, oui, monsieur... Vous êtes bon... je vous remercie!

Le capitaine fit un signe à son greffier qui se retira.

Puis s'adressant au caporal qui attendait :

— Vous introduirez Jacques, d'abord... Et vous vous tiendrez dans le couloir.

Le caporal sortit.

Et le rapporteur, avec le même sourire :

— Madame, ma présence serait une gêne pour vous. J'ai éloigné mon greffier. Je m'éloignerai moi-même. Vous serez seule avec Jacques. Je ne veux pas gêner vos effusions.

— Oh ! monsieur, comment reconnaîtrai-je jamais la délicatesse de votre conduite ?

M. Segond sortit.

En même temps, par la porte qui donnait sur le couloir, Jacques entrait seul.

Marguerite entrevit la silhouette du caporal qui refermait la porte.

Jacques ne s'attendait pas à trouver là sa mère.

Il eut une hésitation en la voyant.

Etait-ce bien elle ? Etait-ce bien la comtesse de Cheverny, cette femme amaigrie et pâlie, ravagée par une intense douleur ?

Elle ne lui dit pas un mot.

Mais en le voyant son cœur se souleva, un sanglot monta à ses lèvres, sanglot de joie infinie, sanglot de désespoir immense.

Et de même que, sans un mot d'explication, au moment où Jacques et Bernard, s'étaient retrouvés dans le pavillon des Aulnaies en face de Gironde et de Patoche, les deux jeunes gens s'étaient élancés dans les bras l'un de l'autre en s'appelant frères, de même madame de Cheverny, sans prononcer un autre mot, ouvrit ses bras au sous-officier, en disant :

— Mon fils !...

Et Jacques, comprenant qu'elle savait tout, la poitrine soulevée, tout en larmes, étouffant, tant son émotion était forte, Jacques se laissa tomber dans les bras de sa mère en disant :

— Oh! mère, mère, mère bien-aimée!

Avaient-ils besoin de se dire autre chose? Tout ce qu'ils auraient dit n'eût-il pas été inutile? n'aurait il pas enlevé, même, quelque chose à la suprême joie qu'ils éprouvaient de se regarder, de se sourire. Car voilà tout ce qu'ils faisaient, maintenant : ils se regardaient et se souriaient.

Pendant un moment ils oublièrent où ils étaient, pourquoi ils se revoyaient en ce cabinet austère, à deux pas de cette prison.

Ils ne pensaient qu'à eux-mêmes, et à la félicité qu'ils éprouvaient. — félicité presque surhumaine, — elle de retrouver cet enfant de Julien Rémondet qui lui rappelait sa jeunesse et le drame affreux de Malpalu, qui lui avait coûté tant de larmes, et qu'elle désespérait de jamais rencontrer, lui de revoir cette mère qui avait été l'objet des rêves de toute sa vie... à la pensée de laquelle, tant de fois, son cœur s'était attendri... cette mère pour laquelle il se dévouait en ce moment, dévouement désormais inutile, puisque, quel que fût celui des deux frères que la mort dût frapper, ce n'en était pas moins un fils de madame de Cheverny qui succomberait.

Ils s'entouraient d'une étreinte fiévreuse, ne se détachant pas l'un de l'autre.

Et en pleurant, Jacques murmurait :

— Mère, oh! mère, pourquoi vous a-t-on dit?

— Marjolaine a fait son devoir...

— Non. Je le lui avais défendu.

— Elle a fait son devoir, te dis-je. De quel droit veux-tu m'empêcher de souffrir?

De quel droit voulais-tu m'empêcher de t'aimer...

— Mon Dieu, je suis trop heureux.

— Si tu dois mourir, ne serais-tu pas mort avec un regret : celui de n'avoir pas pu embrasser ta mère? Va, ne reproche rien à Marjolaine, car je ne lui aurais jamais pardonné son silence, si quelque jour il m'avait été donné d'apprendre la vérité...

Et chacune de ses paroles était coupée de baisers.

Et tous ces baisers, toutes ces tendresses, il les lui rendait.

— Vois-tu, disait-elle, je t'ai aimé tout de suite; dès le premier jour où je t'ai vu, lorsque tu es venu rue Ampère, je me suis sentie attirée vers toi... Il est vrai que tu ressembles à ton père... Ce sont les mêmes traits, les mêmes yeux. C'est la même démarche. C'est Julien quand il avait ton âge. Et je t'ai aimé tout de suite, avec tant de maternelle confiance, que jamais je n'ai voulu croire l'odieuse accusation que des joueurs du cercle avaient portée contre toi... Cela me sembla tout naturel de ne pas croire cette accusation... Et aujourd'hui que nous avons vu quel rôle odieux cet infâme Patoche a joué auprès de moi, n'est-il pas facile de deviner que c'est lui, sûrement, qui a tout fait, préparé les cartes, acheté des joueurs même, pour te perdre au prix du plus lâche des mensonges? Il avait, vois-tu, deviné que tu étais mon fils. Marjolaine, sans doute, lui avait raconté les détails de ton abandon, Et il voulait te perdre, parce que toi, honnête homme, tu ne pouvais servir ses projets!... Il avait besoin d'un complice, et ce complice, ce ne pouvait être toi!...

— Il n'y a plus de doute et je pense comme vous, ma mère.

— Cet homme est la cause de notre malheur.

Ils restèrent longtemps l'un auprès de l'autre, oubliant les minutes qui s'écoulaient.

Le greffier qui entra les rappela au sentiment de la réalité.

— Adieu, Jacques, dit la mère désespérée, je ne puis croire que je viens de te retrouver pour te perdre bientôt. Si cela devait être, c'est que Dieu ne serait pas juste. Et je l'ai tant prié, depuis vingt ans, pour qu'il te rende à ma tendresse !... non, te retrouver et te perdre à jamais, te voir mourir, si tu dois mourir, d'une mort infamante, de la mort qu'on inflige aux soldats qui ont oublié les plus sacrés de leurs devoirs, ce n'est pas possible... Je ne le crois pas... Le conseil de guerre connaîtra la vérité et il jugera mieux du fait qu'on te reproche. Il verra que frapper un être indigne comme l'était Gironde, et cela pour venger sa mère, ce n'est pas l'acte d'un soldat qui se révolte contre l'autorité de son officier !... Il n'y a plus là ni discipline, ni indiscipline... Il n'y a plus en présence que deux hommes, dont l'un a pris, auprès de sa mère, la place de l'autre !... Alors, les juges te pardonneront, j'en suis sûre... ou bien, c'est qu'ils seraient inexorables... c'est qu'ils n'auraient pas d'entrailles... c'est qu'ils n'auraient pas de fils et que jamais ils n'auraient aimé leur mère... Aie confiance, Jacques, aie confiance... Moi j'ai bon espoir.

— Oui, mère, j'aurai confiance.

Et il souriait.

Puisqu'elle espérait, à quoi bon lui enlever cette illusion ?

Mais lui savait à quoi s'en tenir sur l'arrêt de ses juges. Les juges le plaindraient, certes, mais tout en le plaignant, le condamneraient.

Jacques partit,

Le caporal, sur un signe du greffier, fit entrer Bernard.

Puis, comme il avait fait pour Jacques, le greffier ressortit aussitôt après pour ne pas gêner les effusions de la mère avec son fils.

Bernard se jeta dans les bras de sa mère.

Ils s'étreignirent silencieusement.

Puis, Bernard voyant que sa mère avait les yeux rouges :

— Tu as pleuré ?

— Oui.

— Pourquoi as-tu voulu voir Jacques avant moi ?...

Elle ne répondit pas. Elle baissa la tête, le front rouge.

Ah ! c'était le châtiment de la faute. Elle rougissait devant son enfant !...

Mais elle avait tant souffert qu'elle était bien digne de pardon.

Elle releva la tête.

Et d'une voix tremblante, très basse, comme humiliée :

— Bernard, tu sais tout ?

— Je sais tout, mère.

— Tu sais que j'ai été coupable.

— Je sais que tu as été malheureuse.

— Tu le sais depuis longtemps ?...

— Je l'ai su le jour où je t'ai surprise, évanouie, pendant la fête que nous donnions à l'hôtel et où j'ai ramassé, à tes pieds, la lettre qui avait causé ton évanouissement...

— Tu ne m'en avais rien dit ?

— A quoi bon ?

— Mon fils, mon Bernard !...

— Ce soir-là, mère, tu avais presque deviné que je venais de lire cette lettre et que j'avais surpris, oh ! bien malgré moi, le secret de ton passé... Tu restas un moment interdite... puis tu me demandas...

— Je m'en souviens... dit-elle, l'interrompant.

Et prenant Bernard dans ses bras et le regardant au fond des yeux, comme elle l'avait fait jadis.

— Ce soir-là, je t'ai demandé : « Bernard, tu m'aimes toujours ! »

Et Bernard, dans les bras maternels, la tête sur le sein palpitant de la pauvre femme :

— Et moi je t'ai répondu ce que je te réponds aujourd'hui :

« Mère chérie, je ne me rappelle que tes tendresses... Je ne veux me souvenir que de tes bontés... de ce que tu as souffert... Mère chérie, jamais je ne t'ai tant aimée !... »

Il y avait à peine une heure que Jacques et Bernard avaient été réintégrés dans leurs cellules lorsqu'un sergent-surveillant vint ouvrir la porte de celle de Jacques.

Jacques, très fiévreux, tout abattu par tant d'émotions, s'était jeté sur son lit en rentrant.

Et tout de suite, il s'était profondément endormi.

Le bruit de la porte bruyamment ouverte ne put le réveiller et le surveillant dut l'appeler à plusieurs reprises pour le tirer de son sommeil.

— Qu'y a-t-il ? fit le pauvre garçon en se dressant sur son lit. Je suis fatigué, brisé. Ne peut-on me laisser dormir ?

— Ce n'est pas ma faute, Jacques, mais il y a quelqu'un au parloir qui vous attend...

— Qui ?...

Et tout de suite son cœur allant vers ceux qu'il aimait :

— Marjolaine ?... Madame de Cheverny ?

— Non.

— Mon colonel, peut-être ?

— Non plus. C'est un sergent du 145ᵉ

— Que me veut-il ?

— Je l'ignore. Sa permission est en règle.

— Son nom ?

— Michel.

— Mon camarade de chambre, murmura-t-il. Que

me veut-on? Il vient de la part des autres, sans doute?

Et se levant :

— C'est bien, je vous suis.

En quelques secondes il fut prêt, sortit, traversa les corridors et entra dans le parloir.

Michel, debout au milieu de la pièce froide et nue, l'attendait, guettant son entrée.

— Michel, que voulez-vous de moi?

Et il lui tendait la main.

Mais l'autre fit semblant de ne rien voir.

— Je viens de la part de tous les sous-officiers du 145e, dit-il. Vous avez déshonoré le régiment une première fois en volant au jeu, et les journaux ont rendu public votre déshonneur. Une seconde fois, vous le déshonorez en tuant votre officier. Tous les sous-officiers du régiment ont pensé qu'il était inutile pour vous d'attendre l'arrêt du conseil de guerre. Vous savez que c'est la mort ?

— Je le sais, dit Jacques, les yeux baissés.

— Mais la mort avec le déshonneur public... Alors, nous avons pensé que vous n'étiez pas un lâche et que, sans doute, vous préféreriez ne pas attendre de comparaître devant vos juges... Nous avons pensé que vous aimeriez mieux vous faire justice vous-même...

Il tira un revolver de la poche de sa tunique.

— Tous vos camarades du 145e, sans exception, vous envoient cette arme. Si vous vous tuez, ils vous pardonneront.

Un silence, entre ces deux hommes, un silence qui avait quelque chose de solennel, presque de religieux.

Puis, Jacques soupira.

Il tendit la main, reçut l'arme qu'on lui offrait et la cacha sur lui aussitôt.

— Merci, Michel, dit-il doucement. Remerciez bien pour moi mes camarades du régiment.

Michel attendit, comme s'il avait espéré que Jacques allait essayer de se disculper, de donner quelques explications.

Mais Jacques gardait le silence.

— Vous n'avez rien à me dire ?

— Rien.

— Adieu !

— Adieu, Michel, et merci encore.

Le petit sergent partit. Quelques instants après, Jacques, rentré dans sa cellule, cachait le revolver sous son lit.

III

Le capitaine-rapporteur avait, nous l'avons dit, envoyé à Paris une commission rogatoire.

Il demandait que des perquisitions minutieuses fussent faites, au domicile de Pierre Gironde d'abord, au domicile de Patoche ensuite.

Il attendit avec une vive impatience le résultat de ces perquisitions.

Huit jours se passèrent.

Après quoi, il reçut de Paris une volumineuse correspondance qu'il se hâta de dépouiller, espérant bien qu'il allait y trouver des renseignements intéressants pour son enquête.

Il y avait des procès-verbaux du commissaire aux délégations judiciaires, chargé par le parquet de procéder aux perquisitions.

Il y avait des rapports d'agents.

Il y avait en outre quelques pièces concernant Patoche et Gironde, qui semblaient n'avoir pas grande importance au premier abord mais que le commissaire de police de Paris avait voulu joindre quand même au dossier.

Voici ce qui s'était passé :

Rue de Courcelles, chez Pierre Gironde.

Le jeune homme n'avait eu garde, depuis longtemps, de laisser chez lui, et dans ses papiers,
aucune trace de sa personnalité d'autrefois. Rien ne
pouvait révéler que son vrai nom fût Moriani. Le
commissaire retrouva tous les papiers que Moriani
avait pris jadis dans la malle de sa maîtresse, après
la mort de celle-ci et la mort de son frère : acte de
naissance de Pierre Gironde, — casier judiciaire,
— extrait mortuaire des parents et même quelques
lettres écrites au frère d'Aimée par des amis d'enfance restés au village.

Ces lettres n'étaient pas intéressantes.

Une seule, cependant, fit faire au capitaine des
réflexions.

Elle parlait à Gironde — au vrai — des difficultés
que celui-ci rencontrait à Paris où il était venu
chercher de l'ouvrage. De cette lettre, il résultait
clairement que Pierre Gironde était ouvrier et que
son éducation était fort restreinte.

La réflexion du capitaine fut celle-ci :

— Comment ce garçon qui n'avait pas d'instruction, ouvrier, sans travail la plupart du temps,
c'est-à-dire absolument dénué de ressources, a-t-il
pu passer des examens pour faire son volontariat
d'un an d'abord, et ensuite les examens beaucoup
plus difficiles pour être reçu officier de réserve ? Et
misérable comme il semblait l'être, comment a-t-il
pu se procurer les quinze cents francs nécessaires
pour éviter de faire cinq ans de service ?

Il prit là-dessus quelques notes.

Il avait l'intention d'éclaircir ce point de l'enquête.

Ces lettres lui donnèrent en outre un détail qui
devait lui être utile également. Elles avaient été
adressées non pas rue de Courcelles, où habitait
Gironde à cette époque, mais rue Saint-Roch où il
paraissait avoir demeuré quelque temps.

Chez Patoche, la perquisition amena la découverte de papiers qui, sans avoir une importance immédiate, pouvaient en acquérir plus tard.

Cette perquisition se fit en l'absence de l'homme d'affaires.

Il n'avait pas reparu chez lui depuis le meurtre de Gironde. Le capitaine Segond l'avait interrogé quand il était à Borange ; mais Patoche, — la gendarmerie en avait informé le rapporteur, — avait disparu également de Borange et l'on supposait qu'il était passé en Allemagne.

Dans les cartons de l'homme d'affaires, peu de papiers.

La plupart étaient vides : l'oncle César, certain jour, s'en était assuré lui-même.

Mais depuis son entrée dans les bureaux, le commissaire lorgnait avec une persistante curiosité l'imposante caisse qui trônait contre le mur, semblant narguer la police avec le mystère de ses portes fermées à secret et de ses profondeurs inviolables.

— Belle caisse, avait murmuré le commissaire, mais d'argent point.

La perquisition n'eût pas été complète si elle n'avait pas porté sur ce meuble d'importance.

Le magistrat fit venir un ouvrier de la maison qui avait vendu la caisse.

Après de longs tâtonnements l'ouvrier reconnut que la caisse n'était pas fermée à secret, mais simplement à clef.

Et il réussit à l'ouvrir.

— Preuve, disait le commissaire, qu'elle ne doit renfermer que de la poussière.

La caisse, en effet, étalait des tablettes vides, des tiroirs vides. Dans l'un de ceux-ci, pourtant, quelques papiers.

Puis, ne l'oublions pas, les restes du dernier frugal déjeuner de Patoche : un demi-litre de vin, une croûte de pain, un morceau de gruyère desséché!...

— En fait de galette, c'est maigre ! dit un agent.

Le commissaire de police fit refermer la caisse après s'être assuré qu'elle ne contenait rien autre chose.

Puis, il feuilleta les papiers qu'il en avait tirés.

La plupart paraissaient sans importance.

Cependant l'un d'eux attira plus particulièrement son attention.

— Tiens, dit-il, voilà qui est singulier !

Et comme les deux agents qui l'avaient aidé dans sa perquisition le regardaient avec curiosité, l'interrogeant des yeux, il lut le papier qu'il tenait à la main :

« Je reconnais avoir fracturé deux tiroirs du bureau de M. Patoche, mon patron, et y avoir volé environ six cents francs. Pris en flagrant délit par mon patron, je lui ai restitué la somme volée. M. Patoche ne m'a pas livré à la justice parce qu'il a eu pitié de moi et je n'ai pu refuser de lui signer cette accusation que je porte contre moi-même et dont il se servira comme il le jugera convenable. Les témoins qui signent avec moi ont entendu mon aveu et son pardon. »

Le papier passa de main en main.

Il portait trois signatures, celle d'Andréa Moriani, celle de Simon, celle de Lequelet.

— Simon, c'est le concierge de la maison, dit un agent. Faut-il l'appeler ?

— A quoi bon ? fit le commissaire, ceci ne nous regarde pas.

Et il continuait à parcourir d'autres papiers.

Parmi ces papiers se trouvait encore le récit imaginé par Patoche pour expliquer dans quelles cir-

constances Gironde avait été recueilli par les char-
bonniers dans la forêt de Russy.

Nos lecteurs se rappellent que lorsque Patoche
était venu trouver madame de Cheverny, il lui
avait dit, pour vaincre ses hésitations, que le père
adoptif de Pierre Gironde avait laissé en mourant
un récit très détaillé de sa bonne action relatant la
date précise à laquelle il avait trouvé l'enfant, comment il était vêtu, où il l'avait trouvé, etc.

Ce récit avait été fait, — prétendait Patoche, —
devant le maire de Boncourt, le village habité par
Gironde, et il semblait d'autant plus authentique
qu'il portait la signature du magistrat municipal,
Matoret.

Patoche, méticuleux en tout, avait poussé la précaution jusqu'à imiter le cachet de la mairie de
Boncourt.

— Ceci, pensa le commissaire de police, peut
être intéressant pour l'enquête. Je l'enverrai au capitaine rapporteur...

Dans le même paquet, le magistrat trouva un
autre papier couvert de ratures, avec des essais
d'écritures de genres différents. C'était le même
récit du père Gironde, le brouillon de ce récit.

Les agents l'examinaient avec lui.

Et tous restaient silencieux.

Ils n'essayaient pas de découvrir si cette déclaration *in extremis* était vraie ou fausse.

Cela leur importait peu, en somme.

C'était une besogne pour eux assez ennuyeuse
qu'ils étaient venus exécuter là, puisque ce n'était
pas eux qui étaient chargés de l'enquête, puisqu'en
somme dans cette affaire que le conseil allait avoir
à juger, tout semblait clair maintenant.

Mais c'était cette tentative d'écriture qui appelai
leur attention, excitait leur curiosité.

18.

Ce même commissaire aux délégations, nommé Ledoux ; ces mêmes agents, le brigadier Vedan et l'inspecteur Bravier, avaient été chargés, quelques semaines auparavant, de l'enquête sur le meurtre mystérieux d'Antoine de Pontalès.

Leur insuccès avait été complet et retentissant.

Pas un indice n'était venu les mettre sur la voie.

Et les journaux ne leur avaient pas ménagé les plaisanteries.

Or, ils venaient de se rappeler que sur le bureau de Pontalès, quelques instants après son assassinat, ils avaient trouvé, parmi des papiers d'affaires, une lettre très courte, d'une écriture bizarre et qui leur avait paru contrefaite.

Cette lettre, qui n'était pas signée, donnait à Pontalès rendez-vous pour l'après-midi, à cinq heures.

Or, c'était à l'heure indiquée pour ce rendez-vous que Pontalès avait été assassiné.

L'assassin, sans nul doute, était l'homme au long pardessus gris dont Joseph, le valet de chambre de Pontalès, avait pu donner le signalement.

Et cet homme, avec l'auteur de la lettre de rendez-vous, ne faisait assurément qu'un seul et même individu.

Mais, pour le retrouver, tous leurs efforts avaient été perdus.

Et ils en gardaient, au fond du cœur, une sourde colère qui les entretenait du reste dans une attention perpétuelle sur toutes choses, dans un éveil constant de leurs facultés d'excellents limiers de police, un moment en défaut.

Ils avaient fait tirer des fac-similés photographiques de la lettre en question, et chacun des trois hommes en avait toujours un dans son portefeuille.

La lettre de Patoche disait, on s'en souvient :

« J'ai changé d'avis. Il y a peut-être moyen de

s'arranger. Attendez-moi demain vers cinq heures et éloignez les importuns pour que nous puissions causer à l'aise. »

A quoi pensaient les trois policiers en considérant le faux récit inventé par Patoche pour tromper Marguerite ?

Cette écriture venait de les frapper.

Ces pleins, ces déliés, ces queues, ces arrondis, tout cela venait de leur sauter aux yeux comme autant de signes particuliers.

— Nous avons déjà vu cette écriture-là !

Telle fut leur première pensée, ensemble, à tous les trois.

De là à se souvenir du meurtre de Pontalès, de la lettre trouvée sur le bureau, il n'y avait qu'une seconde.

Ils tirent de leurs portefeuilles le fac-similé de la lettre, le consultent, le rapprochent de ces papiers saisis dans la caisse, scrutent chaque phrase, chaque mot, chaque lettre, chaque ponctuation.

Tout cela silencieusement, tous les trois un peu pâles, car ils n'osent encore s'avouer leur espérance.

Ils craignent de se tromper.

Mais cette crainte ne dure pas longtemps.

Ils se regardent, triomphants, le sourire aux lèvres, les yeux pleins d'éclairs :

— C'est lui ! c'est lui !

Et en effet les deux écritures étaient identiques.

— Nous le tenons ! dit le commissaire.

— Ah ! le gredin. Il nous a fait faire du mauvais sang !

— Il le paiera !

— Je vais envoyer ces pièces au parquet, dit le commissaire, mais je conserve ce brouillon et j'écrirai au capitaine rapporteur du conseil de guerre de Châlons pour le tenir au courant.

— Oui, dit Bravier en soupirant, tout cela est bel et bon, mais en attendant, l'oiseau est envolé et comme il m'a l'air de n'avoir pas froid aux yeux, il doit se douter que nous sommes venus perquisitionner chez lui et il n'y remettra plus les pieds.

— Si nous ne le trouvons pas à Paris, nous le trouverons en Allemagne, dit le commissaire. Mais comme il peut, en somme, reparaître ici, malgré que vous pensiez le contraire, vous me ferez le plaisir, vous, Vedan, dès aujourd'hui, d'établir une souricière dans la rue Saint-Honoré, afin de le cueillir si jamais la fantaisie lui prend de revenir.

Et avisant la cheminée de la chambre à coucher :

— Voici une photographie qui est probablement la sienne. Le concierge nous le dira. Vous serez renseigné sur sa figure.

Et ils sortirent.

En quittant les bureaux de la rue Saint-Honoré, le commissaire et les deux agents, dont la voiture attendait en bas, se rendirent rue Saint-Roch.

C'était là — les lettres saisies au domicile de Gironde, rue de Courcelles, l'indiquaient — qu'avait demeuré le jeune homme, avant de devenir le secrétaire de M. de Pontalès.

De la rue Saint-Honoré à la rue Saint-Roch il n'y a qu'un pas.

Ils furent bientôt arrivés.

Rue Saint-Roch, le concierge se rappelait parfaitement les noms de Gironde et d'Aimée.

On n'eut pas besoin de lui poser de nombreuses questions.

Il alla au devant des renseignements qu'on lui demandait et se mit à parler d'abondance.

— Oui, Gironde demeurait ici. Il occupait avec sa sœur deux chambres sous les toits, au sixième.

Ils n'étaient pas heureux, les pauvres gens. Lui était apprenti mécanicien et elle faisait de la couture. Elle crachait le sang; elle s'en allait de la poitrine. Ça faisait pitié de la voir. Et puis, pas de chance. Il y a des gens qui sont au monde pour être malheureux. Rien ne leur réussit. Un jour, le pauvre Gironde se laisse prendre dans un engrenage. Il meurt. Et Aimée, la poitrinaire, n'a pas tardé à le suivre. Ah! celle-là se cramponnait à la vie. Enfin, la misère, les privations, tout cela a achevé de détruire ses forces. Il lui aurait fallu de bonne nourriture. Et elle n'avait rien à manger. Elle est allée retrouver son frère au cimetière Montparnasse.

Le commissaire dressait l'oreille.

— C'est bien de Pierre Gironde que vous parlez?

— Mais oui, dit le concierge, je ne fais que ça depuis dix minutes.

— Et ce Pierre Gironde est mort?

— D'accident, oui.

— Voilà qui est bizarre et je ne comprends plus.

— Qu'est-ce que vous ne comprenez pas?

Le commissaire ne répondit rien.

Il consultait du regard ses agents.

— C'est peut-être un cousin portant le même nom...

— Possible.

Et s'adressant au concierge :

— Ce Pierre Gironde avait-il des parents?

— Sa sœur, je vous ai dit. Vous êtes donc sourd!

— Et c'est tout?

— Ma foi, je n'en sais rien. Vous m'en demandez trop. Tout ce que je puis vous dire, c'est qu'ils étaient orphelins de père et de mère — cela, je le leur ai entendu raconter bien des fois. — Pour ce qui est de savoir s'ils avaient des parents à la cinquième génération, vous comprenez?...

— Ils ne recevaient personne ?

— Personne. Pas le sou, les pauvres gens. Ah ! quelle misère, je vous dis. C'est au point qu'Aimée serait certainement morte de faim si moi, de temps en temps, je ne lui avais monté un peu de bouillon, et si le petit... le petit... un locataire du sixième... je ne me rappelle plus son nom... ne lui avait apporté des médicaments... un brave jeune homme... c'est curieux, je n'ai pas la mémoire des noms... Duport... Verduret... non, ce n'est pas un nom comme ça... ça commence par un *R*, je l'ai sur le bout de la langue... Janvier... non, un *R*, Robinson... ce n'est pas ça..

Le commissaire, impatienté, allait lui dire de passer outre à ses recherches, quand le concierge poussa un cri :

— J'ai trouvé, j'ai trouvé...

— Eh bien ?

— Je savais bien que ça commençait par un *M*...

— Dites, alors...

— Moriani...

— Hein ?

— Moriani... Oui, j'en suis sûr... Un petit, gentil garçon, brun, aux yeux noirs... même que je le surveillais toujours quand il passait devant la loge, à cause de ma femme...

— Ceci devient intéressant, murmura le commissaire.

Les deux agents restaient silencieux, mais leur émotion n'en était pas moins grande...

Le concierge reprenait avec satisfaction :

— C'est bien ce nom-là... Et je me souviens même que Moriani était l'amant de la petite Aimée... Je fermais les yeux et je n'avais pas l'air de m'en apercevoir... Ça ne me regardait pas, n'est-il pas vrai ?

— Ce Moriani, que faisait-il ?

— Employé.

— Chez qui ?

— Chez un homme d'affaires, rue de Rivoli ou rue Saint-Honoré, je ne sais plus.

— Du nom de Patoche ?

— Peut-être bien, je ne pourrais pas l'affirmer.

— Ce Moriani chez Gironde, murmura le commissaire... Gironde mort... Ce nom de Gironde que je retrouve ensuite rue de Courcelles... Qu'est-ce que tout cela veut dire ? Est-ce que Moriani, chassé par Patoche, n'aurait pas éprouvé le besoin de changer de nom et trouvant celui de Pierre Gironde à son goût, ne se le serait-il pas tout simplement adjugé ?

Mais alors il se serait engagé sous ce nom de Gironde ? Il serait devenu officier sous ce nom de Gironde ? Est-ce possible ?...

Il réfléchissait profondément.

Et les deux agents, qui faisaient les mêmes réflexions que lui, suivaient sa pensée sur son visage, et cela si clairement qu'au dernier point d'interrogation que le magistrat se posait, ils formulèrent eux-mêmes une réponse.

— Pourquoi ne serait-ce pas possible, monsieur le commissaire ? Rien de plus facile, au contraire. On n'est pas très exigeant, au recrutement, vous le savez. Gironde n'avait pas à présenter le consentement de ses parents, puisque ceux-ci n'existaient plus. Il a trouvé sans doute les extraits mortuaires. S'il ne les a pas trouvés, il les a demandés. Rien de plus simple. Tout aussi simple pour l'acte de naissance et le casier judiciaire. C'est plus qu'il n'en faut pour être soldat.

— C'est vrai.

— J'ajouterai même que nous n'aurons pas de peine à nous assurer que toutes ces conditions ont été remplies. En allant à la place, ou en écrivant à Nancy ou à Châlons, nous serons renseignés...

Le commissaire de police resta pensif.

— Malheureusement, dit-il après un silence, les deux jeunes gens sont morts... le faux et le vrai Gironde... de telle sorte qu'il ne me semble pas aussi aisé qu'il vous le paraît de démêler la vérité... Si toutes les pièces fournies par le sous-lieutenant de réserve sont en règle, qui nous prouvera que le faux Gironde, c'est lui?... Qui nous prouvera que le faux Gironde, ce n'est pas cet ouvrier mécanicien mort rue Saint-Roch?

— Si nous n'arrivons pas à une absolue certitude, nous pourrons avoir une forte présomption.

— Basée sur le signalement des deux hommes?... Rien n'est plus vague... Vous allez en juger par vous-même?...

Et s'adressant au concierge :

— Est-ce que Moriani et Gironde se ressemblaient?

Le concierge se mit à rire.

— Comme la lune ressemble au soleil...

— Faites-moi le portrait de Moriani...

— Assez petit, élégant, brun, les yeux noirs, très joli garçon... âgé d'une vingtaine d'années environ...

— Très bien. Maintenant, faites-moi le portrait de Gironde.

— De taille moyenne, les cheveux noirs, les yeux bruns, peu soigné et très laid, monsieur, oh! très laid...

— Vous voyez, dit le commissaire aux agents... Si nous les avions l'un devant l'autre, ces deux signalements, dissemblables par le fait, nous suffiraient, mais les deux hommes sont morts; nous ne pouvons plus nous souvenir que des caractères généraux de leur physionomie : ils sont de taille moyenne tous les deux, bruns tous les deux. Donc, pour nous, ils se ressemblent...

— On pourrait exhumer le corps de l'officier... le concierge le reconnaîtrait peut-être.

— Dam ! si l'on ne peut faire autrement... Il est dommage que nous n'ayons pas les photographies de l'un et de l'autre...

Ils prirent congé du concierge en le remerciant.

Rentré dans son bureau, le commissaire de police rédigea longuement son rapport et avec les pièces le transmit au parquet.

C'était ce rapport, c'étaient ces pièces que le capitaine-rapporteur Segond lisait avec tant d'intérêt. Il resta longtemps à les étudier. Il y découvrait toute une intrigue qu'il n'avait pas soupçonnée.

Il lui paraissait évident, ainsi qu'au commissaire de police, que ce Moriani, employé de Patoche, n'était autre que Pierre Gironde, officier de réserve.

Et Patoche avait sans doute abusé de cette accusation, qu'il avait gardée dans sa caisse, pour obliger Moriani à servir ses desseins.

Moriani et Gironde, le même homme !...

Si l'on arrivait à le prouver, qui sait si cela ne sauverait pas Jacques ?

En effet, Gironde engagé, soldat, puis officier, mais n'ayant pas le droit de porter ce nom de Gironde, l'engagement devenait nul de plein droit.

Et dans le pavillon du château des Aulnaies, Jacques et Bernard n'avaient eu en face d'eux qu'un homme comme les autres, qui non seulement n'avait pas le droit de leur commander, mais qui n'avait même pas le droit d'être soldat français !

Et il n'y avait plus là qu'un duel, dans des conditions irrégulières, soit, mais des conditions que la justice pouvait excuser puisqu'elle n'ignorait plus rien des liens sacrés qui unissaient Bernard et Jacques, Jacques et Marguerite.

Mais là était la grande difficulté.

Comment trouver cette preuve ?

Rencontrerait-on, en dehors du concierge de la rue Saint-Roch, des gens ayant connu Moriani ?

C'était fort peu probable.

Il était, au contraire, aisé d'en découvrir ayant connu Moriani alors qu'il se faisait appeler Gironde, et dans le cadavre exhumé, les témoins ne manqueraient pas de reconnaître l'ancien secrétaire d'Antoine de Pontalès.

Cela compliquerait l'affaire au lieu de la simplifier.

Restait le concierge.

Personne n'ayant réclamé son corps, Pierre Gironde avait été inhumé dans le cimetière de Borange.

Le parquet de Nancy fit l'exhumation.

Le concierge de la rue Saint-Roch, appelé de Paris la veille, hésita devant ce cadavre en décomposition, ne reconnut pas, se troubla, ne voulut rien affirmer.

La tentative avait donc échoué complètement.

— Un seul homme pourrait me renseigner, se disait le rapporteur, cet homme c'est Patoche. Il a connu Moriani puisqu'il l'a eu pour employé. Et il a connu Gironde puisque, malgré ses premières affirmations, Gironde a été son complice. Mais Patoche est en fuite. J'aurais dû le surveiller et le faire arrêter au besoin, à la moindre intention de quitter la France.

Il avait envoyé des notes à la Préfecture de police pour faire rechercher l'agent d'affaires.

Il savait que des agents étaient lancés dans toutes

les directions, qu'il y en avait dans toute l'Alsace-Lorraine où l'on supposait que le misérable s'était réfugié, et le capitaine ne perdait pas toute espérance.

— La vie d'un de ces braves soldats en dépend, se disait-il.

Car maintenant qu'il était au courant de ce qui s'était passé, il les avait pris en profonde amitié ces pauvres garçons si éprouvés, — car il n'avait plus à leur reprocher un manque si grave à la discipline militaire.

Ce duel, il l'approuvait au fond de son cœur d'homme.

Malheureusement, il y avait en lui l'homme et le juge, et en dépit de toute sa sympathie, le juge condamnerait peut-être.

— Ce serait un grand malheur, se disait-il, un très grand malheur.

Et il traînait le plus possible l'enquête en longueur.

Ce qu'il voulait, c'était gagner du temps. Autant d'heures gagnées, c'était autant de chances de retrouver Patoche.

Malheureusement les jours se passaient. Il avait épuisé toutes les causes de retard.

Il allait être obligé de clore son enquête.

Lorsque l'information est terminée, le rapporteur transmet toutes les pièces avec son rapport et son avis au commissaire du gouvernement.

Ce dernier, s'il ne lui semble pas que les faits soient suffisamment établis, peut renvoyer le dossier au rapporteur qui procède à un supplément d'informations.

M. Segond comptait sur ce renvoi.

Il se trompait.

Les pièces envoyées, il ne les vit point revenir.

La situation de Gironde au corps était régulière en apparence. Rien ne venait justifier les doutes exprimés par le capitaine dans son rapport. L'enquête de la police parisienne, au recrutement, n'avait rien prouvé. Les agents étaient même allés à Boncourt, dans l'Indre, et là avaient essayé de reconstituer la généalogie des Gironde.

Ils n'avaient appris qu'une chose :

Le père Gironde avait un fils et une fille, Pierre et Aimée.

Il les avait envoyés chez une tante à Paris, pour que celle-ci les mît en apprentissage, le garçon chez un mécanicien, la fille chez une couturière.

Le père Gironde mourut.

La tante mourut.

Au village on ne revit jamais les enfants.

On ne sut jamais ce qu'ils étaient devenus.

Quant au maire Matoret, lui aussi était mort depuis longtemps.

Les agents avaient interrogé les paysans de Boncourt sur la mort probable de Pierre et d'Aimée.

Ils ne savaient rien.

De telle sorte qu'il était, en somme, impossible de prouver que Moriani avait pris le nom de Gironde.

Le père Gironde n'était pas né à Boncourt et ne l'avait habité que pendant deux ou trois ans jusqu'à la mort.

Devant l'incertitude qui planait sur tous ces événements, le commissaire du gouvernement avait passé outre et transmis les pièces au général commandant la circonscription, en les accompagnant de ses conclusions.

Le meurtre de Gironde était connu de tout le 6ᵉ corps.

Les retards apportés à la réunion du conseil de

guerre produisaient un mauvais effet sur les troupes
et l'on craignait que la discipline n'en souffrît.

— L'un des accusés, disaient les soldats, étant le
fils d'un colonel, on essaye de les sauver... Ah ! si
c'étaient de pauvres diables comme nous !

Le mécontentement était visible.

Il était nécessaire que justice fût promptement
rendue.

Quelques jours se passèrent encore.

L'ordre de mise en jugement fut envoyé au commissaire du gouvernement par le général commandant la circonscription. Toutes les pièces de la procédure y étaient jointes ainsi que l'ordre de con-
vocation du conseil de guerre et le jour et l'heure
de la réunion.

L'ordre fut notifié au président.

Le conseil devait se réunir le 21 octobre, à neuf
heures du matin.

Cette date fut annoncée à Jacques et à Bernard.

On les pria, en même temps, de faire choix d'un
défenseur. S'ils s'y refusaient, le président en
nommerait un d'office.

Jacques et Bernard pouvaient charger de leur
défense un militaire, avocat, avoué, ou non, parent ou ami.

Ils étaient libres de se défendre eux-mêmes.

Les deux jeunes gens répondirent qu'ils se défendraient.

Et ils attendirent, résignés, le 21 octobre.

Ils furent quelques jours sans nouvelles du
dehors.

Ils comprenaient bien que tout était perdu et ils de-
vinaient autour d'eux les désespoirs et les larmes.

Pourtant, cinq ou six jours avant la réunion du
conseil de guerre, Jacques reçut un mot laconique
de l'oncle César.

Le bonhomme n'avait pas donné de ses nouvelles depuis longtemps ; il n'était pas venu voir Jacques une seule fois et vraiment Jacques, plus d'une fois, l'avait accusé d'égoïsme et d'ingratitude :

La lettre disait :

« Ne perds pas courage. Ne perds pas l'espérance ! »

Jacques regarda le timbre de la poste.

Le cachet portait :

VIENNE (*Autriche*)

— Il a quitté Paris, se dit Jacques. Et moi qui l'accusais! Mais pourquoi a-t-il abandonné Marjolaine en un moment aussi critique, à une heure aussi douloureuse !

IV

Le 21 octobre arriva.

A Paris, boulevard Haussmann, de même qu'à Nancy, où madame de Cheverny était rentrée après les manœuvres, on avait vu avec épouvante se rapprocher la date fatale.

D'après ce que l'on connaissait de l'enquête, c'était Jacques qui semblait devoir supporter seul la responsabilité du meurtre.

Mais quel que fût le condamné, son cœur de mère n'en devait-il pas être meurtri?

Et il lui venait parfois, à la pauvre femme, des accès de désespoir, presque des accès de folie, en pensant à la fatalité aveugle qui, toute sa vie, s'était acharnée sur Jacques.

Cet enfant naît et il est, au jour même de sa naissance, victime d'une machination horrible.

Il est privé de la tendresse de sa mère.

Son existence s'écoule misérable, rude, toute à la lutte pour vivre au jour le jour, terre à terre.

Puis, après tant d'inexorables cruautés, le ciel semble vouloir devenir plus clément.

Jacques se rapproche d'elle sans la connaître.

Mais elle retrouve en lui les traits autrefois si

chers de Julien Rémondet et elle se prend pour lui d'une affection que vient mettre à l'épreuve bientôt l'accusation portée au cercle contre Jacques.

Elle résiste à cette accusation. Elle défend Jacques quand même, sans savoir qu'elle lui paye ainsi un peu de l'arriéré de tendresses qu'elle lui doit.

Et sa vie se fût écoulée, paisible sans doute, lorsqu'elle est replongée en pleine tragédie ; Jacques est son fils et voilà son fils menacé d'une condamnation à la peine capitale.

Elle n'avait retrouvé son fils que pour le perdre !

Ainsi, Jacques, de par le destin et sans l'avoir mérité, de par le fait de sa naissance, était voué au malheur, à une mort qui frappait de honte à jamais son nom, son souvenir !...

Où était la justice en tout cela ?

Et dans son ménage, elle était obligée sinon de cacher ses inquiétudes, — puisque Bernard était toujours en prison, — du moins de paraître plus rassurée sur le sort de son fils.

Elle devait imiter en cela le colonel de Cheverny qui n'avait jamais pardonné à Jacques l'affaire du cercle de la rue de la Chaussée-d'Antin et qui, le voyant accusé d'un crime aussi grave qu'était le meurtre de l'officier, avait dit à Marguerite :

— C'est un garçon perdu !... Il m'est impossible de le sauver. Que veux-tu ? Il faut qu'il y en ait un de sacrifié. Et je préfère que Bernard se tire de là !...

Certes, sous l'indifférence de ces paroles, il cachait de profonds soucis, et les rigueurs de la discipline militaire n'empêchaient pas, chez lui, un reste d'affection pour Jacques, une affection mêlée de regrets.

Il avait espéré faire, de cet enfant, un homme...

Et il lui en voulait un peu, malgré tout, d'avoir détruit cette espérance par deux fois.

Il voyait sa femme si désolée, si fatiguée, qu'il essayait de la réconforter souvent :

— Voyons, Marguerite, tout s'arrangera. Bernard sortira de cette affaire sain et sauf. Bernard était chez lui, dans ce pavillon. Il n'y a pas eu guet-apens de sa part. Contre lui, on n'a pu réunir de preuves. Il s'accuse, c'est vrai, mais c'est par dévouement, un dévouement que je comprends... Oui, je le comprends, j'en saisis le motif.

Et comme la comtesse le regardait :

— C'est beau, c'est chevaleresque. Je n'en aime Bernard que davantage, mais son dévouement est inutile... Jacques m'a sauvé la vie deux fois au Tonkin... Bernard voudrait, au risque d'y perdre la sienne, lui sauver la vie à son tour...

Et avec un long soupir de regret :

— Vraiment ces deux enfants étaient nés pour s'aimer et pour s'aider mutuellement dans la rude vie militaire... C'est dommage !... C'est dommage !...

Ah ! lorsque le colonel parlait ainsi, comme Marguerite aurait voulu se jeter à ses genoux et tout lui dire.

Comme elle aurait voulu crier, dans une crise de larmes :

— Garde pour Jacques ton affection tout entière. Il en est digne. Il n'a jamais démérité. Il est toujours, comme par le passé, l'honnête, fier et doux soldat que tu as connu. Il a souffert sans se plaindre, jadis, lorsqu'on l'accusait injustement. Il souffre aujourd'hui, encore, mais si les juges militaires le condamnent, tous les cœurs de mère lui pardonneront. Jacques est une victime...

Et vraiment, elle en arrivait, la malheureuse, à

se demander s'il lui était permis de cacher plus longtemps la vérité à son mari.

Ah! si l'aveu de la faute d'autrefois avait pu être utile à Jacques, avec quelle joie elle eût fait cet aveu, se sacrifiant elle-même !

Et elle serait allée au-devant de la colère de son mari, au-devant de son désespoir, au-devant du châtiment peut-être, en se châtiant elle-même !...

Certaine d'avoir sauvé Jacques, elle se serait reconnu le droit de mourir, à moins que Georges ne lui eût pardonné, dans sa généreuse grandeur.

Mais l'aveu briserait ce cœur d'homme, déjà si éprouvé, et ne servirait à rien !...

Mieux valait se taire.

Après des scènes comme celle-là, Marguerite, à bout de forces et ne pouvant plus dissimuler ses terribles angoisses, courait s'enfermer chez elle pour y pleurer à son aise.

Où bien elle allait retrouver Bernerette et restait de longues heures à contempler la malade, bien faible toujours, en son lit, quoique les médecins, maintenant, fussent certains de la sauver.

A Paris, boulevard Haussmann, chez Marjolaine, mêmes larmes, même anxiété, même désespoir.

Et personne pour la consoler, la réconforter, — personne pour pleurer avec elle.

Lorsqu'elle était revenue boulevard Haussmann, elle avait trouvé une lettre qui l'attendait.

La lettre était de l'oncle César.

Le brave homme n'aimait pas les phrases, car la lettre n'était guère plus longue que celle que Jacques avait reçue dans sa cellule de la prison de Châlons.

Elle disait simplement :

« Ma chère Marjolaine, je sais tout ce qui s'est passé, non pas seulement par tes lettres, mais aussi par les journaux qui ont raconté le meurtre de Gironde, et aussi par mes informations personnelles. Ne sois pas étonnée si tu ne me trouves pas chez toi à ton retour. J'aurai quitté Paris. Ne désespère pas trop du sort de Jacques. Ton vieux bonhomme d'oncle te dit : Confiance et courage. »

Oui, cette lettre, du moins pendant les deux ou trois premiers jours, lui avait rendu quelque espoir.

Elle ne comprenait pas ce que César avait voulu dire.

L'oncle n'avait jamais rien raconté de ses projets, de ses découvertes ; il avait gardé le secret sur les trois faux de Patoche.

Et il avait continué, comme auparavant, à se faire passer pour très pauvre.

Puis, n'ayant plus de nouvelles de lui, isolée, sans amis, Marjolaine avait recommencé à désespérer et ne cessait plus de pleurer. Tous les jours, elle écrivait à Jacques. Presque tous les jours aussi elle écrivait à madame de Cheverny. Elle comprenait, la pauvre enfant, que cette mère souffrait plus qu'elle ne souffrait elle-même. Et elle trouvait encore, au milieu de ses propres larmes, à la plaindre et à la consoler.

Deux ou trois jours avant le 21 octobre, elle laissa, pour la seconde fois, à Louise, sa première, l'atelier de modes.

Elle partit pour Nancy.

Le 20 octobre, Marjolaine, madame de Cheverny et le colonel étaient installés à l'hôtel du Renard.

Ils tenaient à être là, au moment où Jacques et Bernard seraient jugés.

Certes, ils n'auraient pas le courage d'aller jusqu'à la rue de l'Arsenal et d'assister au conseil de guerre, mais du moins les deux jeunes gens avertis sauraient que près d'eux battaient des cœurs amis, bien tremblants.

Et c'était une force pour eux.

L'enquête avait été tenue secrète. Rien n'avait transpiré des révélations faites par madame de Cheverny au capitaine-rapporteur. Il n'était pas impossible que le président du conseil demandât le huis-clos. L'honneur et le repos d'une famille étaient en jeu, et si des allusions à ces révélations étaient faites pendant la séance, il ne fallait pas que des curieux, indifférents ou malveillants, les entendissent.

L'arrêt qui frapperait l'un des deux jeunes gens ne devait pas faire une autre victime : le colonel de Cheverny.

Les séances du conseil de guerre, en effet, comme celles de la cour d'assises, doivent être publiques, mais le huis-clos peut être ordonné si le président le juge convenable.

Alors l'arrêt seul est prononcé publiquement.

Les soldats qui assistent aux séances en curieux sont sans armes.

Le conseil qui devait juger Jacques et Bernard était composé d'un colonel, président, d'un chef de bataillon, de deux capitaines, d'un lieutenant, d'un sous-lieutenant et d'un sous-officier.

Le 21 octobre, à neuf heures, le conseil entra en séance.

Il y avait là beaucoup de monde, soldats et civils. L'affaire avait fait beaucoup de bruit et excitait au plus haut point la curiosité publique.

On savait que l'un des accusés était le fils d'un colonel, et, malgré que le secret eût été sévèrement gardé sur leur attitude pendant l'information, on se répétait que les deux jeunes gens avaient tant d'affection l'un pour l'autre que chacun des deux s'accusait du meurtre pour sauver son ami.

Cette attitude avait produit dans le public une profonde émotion.

Aussi la surprise fut-elle grande et grande aussi la déconvenue, lorsqu'au début de la séance le commissaire du gouvernement demanda le huis-clos.

Le conseil se retira dans la salle des délibérations, où, statuant sur les réquisitions du ministère public, considérant que la publicité des débats serait nuisible, inutile et dangereuse, déclara à l'unanimité qu'il y avait lieu de prononcer le huis-clos.

Le conseil rentra en séance publique.

Le colonel président lut les précédents motifs et ordonna aux assistants d'évacuer la salle, conformément à l'article 113 du code militaire dont il donna lecture.

Les assistants évacuèrent le prétoire, non sans murmure.

Cet incident n'était pas fait pour calmer la curiosité publique.

Toutes les formalités préliminaires observées, le président déclara la séance ouverte et donna l'ordre de faire entrer les accusés.

Jacques et Bernard parurent, accompagnés des soldats qui constituaient leur garde.

Leur triste calvaire commençait à tous deux.

Ils allaient entendre raconter tout ce qu'ils avaient fait, depuis des mois ; on allait aussi les obliger à dire une dernière fois ce qu'ils avaient déjà dit.

Ils entrèrent, séparés par les soldats qui veillaient sur eux, comme sur des malfaiteurs, mais ils furent assis l'un auprès de l'autre, et comme ils ne s'étaient pas vus depuis longtemps, comme pendant l'enquête on avait eu soin de ne pas les faire se rencontrer une seule fois, lorsqu'ils se trouvèrent en présence, des larmes leur vinrent aux yeux.

Bernard tendit les mains, ouvrit les bras.

Jacques y tomba.

Ils s'étreignirent silencieusement, car les deux mots qu'ils prononcèrent furent si doux, prononcés si bas, que ce fut plutôt un soupir :

— Frère

— Frère !

Puis ils s'assirent l'un près de l'autre, heureux de se retrouver ainsi, un vague sourire sur les lèvres.

Le président leur demanda leurs noms, prénoms, âge, le lieu de leur naissance. C'était la loi. Il le fallait ainsi.

Jacques, à la dernière question, répondit simplement :

— Je suis un enfant abandonné. Je n'ai jamais connu ni mon père ni ma mère.

Cette réponse, tristement formulée, émut singulièrement le conseil. Tous ceux qui siégeaient là savaient, en effet, à quoi s'en tenir sur la mère de Jacques.

Il y a des courants d'opinion, d'émotion, de générosité, qui parcourent les conseils de guerre comme les cours d'assises.

Des accusés, d'un mot, ont conquis sinon la sympathie, — les juges s'en défendent toujours, — mais la pitié des hommes chargés de les condamner ou de les absoudre.

C'est un sentiment irraisonné.

Quelque chose remue dans les cœurs et tout est dit.

Pas un de ces officiers n'ignorait les pièces secrètes de la procédure. Et grâce au dévouement du capitaine Segond, qui dès le premier jour avait deviné que le meurtre de Gironde avait de mystérieux motifs, ces officiers savaient également que Jacques avait voulu venger sa mère, la délivrer, dans un combat loyal où il hasardait sa propre vie, d'une intrigue odieuse, de lâches et infâmes spéculations.

Tous, certes, si le hasard avait voulu qu'ils fussent, en cet instant suprême où l'existence se joue, substitués à la personnalité de Jacques, tous, ils eussent agi comme lui. Lequel d'entre eux eût conservé assez de sang-froid pour réfléchir que la discipline militaire l'empêchait de porter la main sur Gironde? pour réfléchir que cet homme, de par son grade, devait être sacré?... Lequel d'entre eux n'eût pas senti son sang bouillonner dans ses veines, la colère affoler son cerveau, devant l'homme qui, obéissant à un misérable — coupable ou non, cet homme — avait volé lâchement sa place dans le cœur maternel?

Étrange destinée que celle des juges!

Ils approuvaient Jacques; ils eussent agi comme lui; ils étaient presque obligés de l'admirer, tant son attitude était résignée, tant elle exprimait le sacrifice raisonné de sa vie pour servir d'exemple aux soldats.

Et tout en l'approuvant, tout en l'admirant, tout à l'heure, à coup sûr, ils le condamneraient...

La loi était impitoyable. Elle leur faisait courber la tête. Et pour manifester leur pitié, ils n'auraient qu'un moyen : la condamnation prononcée, ils imploreraient, pour le condamné, la clémence du chef de l'État.

Ils n'en pouvaient faire davantage.

Elle fut bien cruelle, bien lourde à leur cœur, cette séance du conseil; Jacques et Bernard, les mains unies, écoutaient, les yeux baissés, la voix sèche et monotone du greffier qui lisait toutes les pièces de l'information...

Puis, quelques mots du président qui rappela dans quelles circonstances l'officier de réserve avait été tué ; le président ajouta, en appuyant sur les mots, que « les deux accusés, de par la loi, avaient le droit de dire tout ce qui était utile à leur défense. »

Les débats commencèrent alors.

Bernard fut interrogé le premier.

Jamais peut-être questions et réponses ne furent plus simples et en même temps plus dramatiques.

— Racontez-nous comment s'est passé le meurtre de Gironde ?

— Je n'ai rien à ajouter à ce que j'ai dit.

— Vous êtes accusé d'avoir tué cet officier de complicité avec le sous-officier Jacques ?

— Il n'y a pas eu de complicité.

— Vous persistez à prétendre que seul vous avez tué Gironde ?

— Seul, je me suis battu avec lui...

— D'après vous, Jacques n'aurait servi que de témoin.

— Tel fut son rôle, en effet.

— C'est bien ce que vous avez dit pendant l'enquête.

— Et ce que je répéterai jusqu'au dernier moment, car telle est la vérité.

— Pour quelle raison le sergent Jacques s'accuse-t-il et veut-il attirer sur lui la condamnation ?

— Par amitié et dévouement pour moi.

Le président resta silencieux.

Évidemment, l'un de ces deux nobles jeunes hommes se dévouait pour l'autre.

Lequel des deux ?

Il était, malheureusement pour Jacques, presque certain que les preuves s'élèveraient contre lui et non contre Bernard.

Mais comme ils étaient tous les deux pareillement

sympathiques, les juges les plaignaient tous. les deux.

Le président posa à Bernard différentes questions pour lui faire préciser les détails du meurtre.

Puis, d'une voix un peu troublée, qu'il essayait de raffermir, car cet officier supérieur était un ami de Georges de Cheverny, compagnon d'armes et camarade de Saint-Cyr :

— Les raisons du meurtre de Gironde que vous avez données à M. le rapporteur pendant l'information sont-elles bien les seules qui existent?... N'en est-il pas d'autres d'un ordre plus intime ?... Ne se rattachent-elles pas à un secret de famille, secret douloureux, certes, qui a été malgré vous révélé à la justice?

Bernard baissa la tête.

— Répondez. Nous avons ordonné le huis-clos afin que rien de ce qui se passera ici, pendant les débats, ne transpire au dehors.

Et Bernard, doux et ferme :

— Il ne peut me convenir de parler, mon colonel... le sujet, vous le comprendrez, est trop pénible pour moi. Vous êtes mes juges. C'est à vous d'estimer si le meurtre de Gironde doit être châtié... ou si ce meurtre n'était pas le châtiment mérité d'une injure à ma mère...

— Je comprends votre réserve et votre silence. Mais quelles que soient les raisons intimes, quelque sacrées que soient les raisons qui ont amené le meurtre de Gironde, je ne puis vous laisser dire que ce meurtre était un châtiment mérité. Gironde était votre officier, votre supérieur. Bien qu'il appartînt à la réserve, il portait l'uniforme. Il avait toutes les prérogatives de l'officier. Il en avait tous les droits comme tous les devoirs. Vous deviez respecter en lui l'officier que vous représentait son uniforme.

La discipline doit être mise au-dessus de toutes les haines, de toutes les rancunes. Elle est comme une souveraine terrible et implacable à laquelle tout doit être sacrifié...

Bernard répliqua, soumis et résigné :

— Je sais que j'ai été coupable... je suis prêt à subir la punition de ma faute.

Il se rassit.

Le président comprit qu'il n'obtiendrait rien de lui.

Il fit un signe à Jacques, lui posa les mêmes questions préliminaires, puis arrivant tout de suite au fait :

— Vous avouez avoir tué le sous-lieutenant Gironde ?

— Je l'ai tué, oui, mon colonel, mais tué loyalement, en duel, et ainsi que Bernard le disait pour lui-même tout à l'heure, hasardant ma vie contre la sienne.

— Vous avez entendu le soldat Bernard prétendre qu'il n'y a pas d'autre coupable que lui ?

— Je l'ai entendu.

— Et qu'avez-vous à dire ?

— Ce qu'il disait lui-même, mon colonel.

Et tournant vers son frère son doux regard triste :

— Il s'accuse par amitié et par dévouement pour moi.

— Vous persistez, à son exemple, à vous accuser?

— Certes.

Et souriant à Bernard :

— Il est bien assez douloureux de le voir assis à ce banc, devant vous, mon colonel, pour un crime dont il est innocent.

— Étranges garçons ! murmura le président.

Les officiers, perplexes, se consultaient du regard.

Jamais pareille affaire ne s'était présentée à eux.

Lorsque Jacques eut répondu à toutes les questions — et celles-ci portèrent sur les relations du jeune homme avec Gironde, sur l'altercation qu'il avait eue au bivouac, avec l'officier, la veille du meurtre — le président fit entrer les témoins.

Leurs dépositions ne furent pas longues.

Les témoins étaient, d'abord, les soldats qui avaient entendu la querelle de Gironde et de Jacques; le caporal Martin dit Fiche-la-Guigne, qui eut à raconter, très ému le pauvre homme, que Jacques, consigné, avait, malgré sa punition, quitté le secteur, alors que le caporal venait de s'y opposer.

On entendit aussi les soldats qui, avertis par Patoche, étaient accourus au pavillon du château des Aulnaies.

Le capitaine qui les avait conduits déposa également.

Puis le président appela Patoche.

Mais on dut constater que l'homme d'affaires ne s'était pas présenté.

Le président requit contre lui l'application de la loi.

Il arrive parfois que lorsqu'un témoin dont la déposition est indispensable ne se présente pas, les débats sont suspendus.

Le président ne jugea pas à propos de les interrompre. Il passa outre. Le conseil avait été averti, en effet, que Patoche était en fuite et que les recherches tentées jusqu'aujourd'hui pour le retrouver étaient restées infructueuses.

Les témoignages entendus, les interrogatoires terminés, le président donna la parole au commissaire du gouvernement.

Celui-ci, dans un réquisitoire très court, développa les moyens qui appuyaient l'accusation et termina en prenant des conclusions dont le double objet était de démontrer la culpabilité de Jacques et de Bernard par complicité de meurtre sur un officier en tenue, et de demander en conséquence contre eux l'application rigoureuse de la loi.

Seulement, par humanité, il se contenta de citer les articles de la loi applicables aux accusés, évitant ainsi une discussion pénible et douloureuse sur la nature d'une peine dans laquelle leur liberté, — peut-être même leur existence, — était en jeu.

Jacques et Bernard avaient déclaré qu'ils se défendraient eux-mêmes. Cependant le président leur avait donné un avocat d'office qui plaida chaleureusement leur cause, tirant ses arguments des liens secrets de famille qui unissaient Jacques à Bernard, cherchant à émouvoir les juges en leur montrant que ce meurtre n'était pas le crime du soldat se vengeant de son officier, — mais le châtiment infligé par des fils qui vengeaient leur mère.

La grande habileté de sa défense fut que, pendant tout le temps qu'il parla, il eut soin de ne point séparer Jacques de Bernard, Bernard de Jacques.

Il voulait que ce meurtre fût bien un meurtre commun, inspiré par une pensée commune ; il n'essaya pas de charger l'un pour sauver l'autre, certain d'arriver, par le moyen contraire, à jeter les juges dans une cruelle indécision.

Le commissaire du gouvernement ne répliqua pas.

Le président demanda alors aux accusés s'ils n'avaient rien à ajouter à leur défense.

Bernard se leva et gravement :

— Je dois répéter ce que j'ai dit : moi seul suis coupable !...

Et Jacques, la main tendue :

— Seul, mon colonel, j'ai tué Gironde... après l'avoir frappé au visage. Et je regrette que ce Patoche, qui a vu l'insulte, ne soit pas venu renouveler son témoignage.

Ils se rassirent.

Le président déclara les débats clos.

Il fit un résumé de ceux-ci, puis les accusés furent emmenés et le conseil entra dans la salle des délibérations.

A partir de ce moment, le sort des jeunes gens était fixé.

Le jugement devait être rendu sans désemparer et sans que les juges pussent se séparer ou communiquer avec d'autres personnes que les membres du conseil.

Le président posa aux juges les questions suivantes, d'abord en ce qui concernait Bernard, ensuite Jacques :

1° L'accusé est-il coupable du fait qui lui est imputé?

2° Le fait a-t-il été commis avec circonstances aggravantes ?

3° Le fait a-t-il été commis dans telle circonstance qui le rend excusable d'après la loi ?

Le président après avoir posé ces questions recueillait les voix en commençant par le membre du conseil dont le grade était le moins élevé, c'est-à-dire par le sergent, évitant ainsi l'influence que pourrait exercer sur les membres inférieurs l'opinion de leurs chefs hiérarchiques.

Chacune des questions devait être résolue par la majorité de cinq voix contre deux; à défaut de cette majorité il y avait acquittement. Il arrive même que lorsque trois voix seulement se prononcent en faveur de l'accusé contre les quatre autres, l'accusé est acquitté à la majorité de faveur.

Il y eut un quart d'heure de discussion dans la chambre où l'on délibérait sur le sort des deux frères.

Puis de l'ensemble des votes il résulta que Bernard était acquitté.

Quant à Jacques, on le reconnaissait coupable.

Mais le conseil admettait, à l'unanimité, des circonstances atténuantes.

Ce fut ce qui lui sauva la vie.

Sans les circonstances atténuantes, la loi était formelle, c'était la mort.

Le conseil revint en séance.

Le président prononça le jugement qui condamnait Jacques à la dégradation et aux travaux forcés à perpétuité.

Il ordonnait en même temps la mise en liberté de Bernard.

Immédiatement le jugement fut transcrit par le greffier et signé, sans désemparer, par le président, les juges et le greffier.

Puis on introduisit Jacques et Bernard.

Le conseil se retira, à l'exception du greffier et du commissaire du gouvernement.

La garde du conseil assemblée se tenait au port d'armes derrière les deux frères.

Le greffier et le commissaire étaient debout.

Et cela avait un aspect sinistre, cette demi-solitude dans cette grande salle nue et froide.

Sinistre, mais sans grandeur. La cour d'assises est plus imposante avec son déploiement de mise en scène. Là le jugement est porté par le président devant tous. Ici le jugement est lu par le greffier, le conseil parti. Cela ressemble presque à une exécution brutale, à huis-clos.

Lorsque les deux jeunes gens entendirent cet arrêt qui rendait l'un à la liberté et qui condamnait l'autre au bagne, ils ne purent retenir leurs larmes et éclatèrent en sanglots.

Jusqu'à ce moment ils avaient donné les preuves d'une énergie extraordinaire.

Maintenant, ils étaient abattus, brisés.

Bernard se jeta dans les bras de Jacques en disant :

— Ainsi tu es puni, malgré ce que j'ai pu faire, malgré ce que j'ai pu dire, tu es puni à ma place pour un crime que tu n'as pas commis !... Oh ! mon Jacques, mon pauvre Jacques ! !

Et se retournant vers le commissaire du gouvernement :

— C'est un grand malheur, mon commandant, dit-il, un grand malheur et une irréparable injustice.

Quant à Jacques, s'il pleurait, c'est qu'il avait espéré que le jugement qui le frapperait le condamnerait à mourir.

Et il était condamné au bagne !...

Vraiment, en le condamnant à mort, ses juges n'auraient-ils pas été plus cléments ?

Mais jusqu'à cet instant suprême, il n'abandonnait pas la pensée de l'héroïque dévouement dont il était victime.

— Tais-toi, disait-il avec douceur à Bernard, tais-toi ! à quoi bon, maintenant, puisque tout est fini... Je suis heureux... Très heureux ! Tu consoleras notre mère !

Mais Bernard, à travers ses sanglots, s'adressant toujours au commissaire du gouvernement :

— Mon commandant, je me dois à moi-même, je dois à la justice, de répéter aujourd'hui pour la dernière fois devant le jugement qui condamne mon ami, que Pierre Gironde a été tué par moi... que Jacques est innocent de ce crime et que c'est moi qui devrais être condamné...

Mais Jacques le regardait avec un doux air de tristesse et de triomphe qui signifiait :

— Va, il est trop tard, tu auras beau dire et beau faire, je t'ai sauvé !... Et j'en suis fier !

Les soldats de garde s'avancèrent pour emmener Jacques.

Bernard était libre.

Ils s'étreignirent encore. On eût dit qu'ils ne pouvaient se séparer.

Jacques sortit.

Le greffier s'approcha de Bernard :

— Votre père et votre mère vous attendent dans mon bureau, dit-il ; si vous voulez me suivre.

— Oui.

Pendant qu'ils marchaient, le greffier ajouta :

— Le conseil a été profondément ému par toute cette affaire, je puis vous le dire à présent ; s'il y avait eu un moyen de ne pas appliquer la loi à votre ami, croyez bien qu'on l'aurait employé !..

— Hélas !

— Je puis même vous dire autre chose. Le conseil ne pouvait tenir compte, dans ses résolutions, des motifs de haine qui existaient entre Gironde et le sergent Jacques ; il a dû frapper le soldat qui avait si gravement manqué à la discipline ; il s'est contenté d'admettre — et il faut s'en féliciter — des circonstances atténuantes, mais il ne s'en est pas tenu là et ce que je puis vous dire, c'est qu'aussitôt la séance, il a signé un recours en grâce au président de la République. Espérez donc !...

— Que peut produire ce recours ? La grâce complète ?

— Oh ! non... Du moins, je ne le crois pas. Pensez donc, le meurtre d'un officier. Sur mille et mille fois c'est la mort.

— Un adoucissement à sa peine ?

— Certainement.

Bernard soupira. Il aurait voulu voir Jacques libre comme lui.

Dans le bureau du greffe, le colonel de Cheverny, Marguerite et Marjolaine attendaient.

Tous trois déjà, ils connaissaient le jugement.

Le président, en sortant de la salle des séances, avait rencontré le pauvre Cheverny, qui arrivait bouleversé, et lui avait appris que Bernard était acquitté.

Certes, il en fut soulagé et un profond soupir sortit de sa poitrine. Depuis tant de jours, il ne vivait plus ! De quelles anxiétés avait été faite sa vie ! Comment le dépeindre ? Mais sa joie ne pouvait être complète, car il pensait à Jacques.

Avec quelles effusions délirantes Bernard fut accueilli !

Son père et sa mère se le disputaient pour l'embrasser, l'accablant de questions, pleurant de joie.

Et Marguerite en oubliait, peut-être, que cet enfant ne lui était pas plus cher que l'autre, le condamné !...

Elle ne l'oublia pas longtemps, car des sanglots nerveux, qui partirent du fond du greffe, la rappelèrent au triste sentiment de la réalité.

C'était la pauvre Marjolaine qu'on oubliait et qui, elle, pensait à Jacques !...

Certes, leur égoïsme d'amour était bien naturel.

Ils avaient oublié qu'elle était là !

Ils s'élancèrent vers la jeune fille, tous les trois, l'entourèrent; mais toutes leurs amitiés, toutes leurs paroles de tendresse, ne faisaient que redoubler ses larmes.

Et on l'entendait, murmurant d'une voix entrecoupée :

— Mon pauvre Jacques ! Mon pauvres Jacques !...

— Oui, dit Bernard, sombre. Ils l'ont condamné et c'est moi qui suis coupable !...

Dans sa cellule, Jacques debout rêvait, un navrant sourire sur les lèvres. On venait de lui apprendre le recours en grâce signé par le conseil. Il n'avait rien répondu.

Peu lui importait ce recours en grâce.

Sa volonté était formelle, sa résolution était prise.

Il voulait mourir !

— Jusqu'au dernier moment il avait attendu !... Il voulait être sûr que Bernard serait acquitté.

Maintenant que tout était fini, il était prêt à partir.

Certes, il n'irait pas au bagne !... Il n'aurait jamais le courage de supporter cette vie de honte !... Il s'y tuerait ! mieux valait donc se tuer maintenant !...

Et pensant aux sous-officiers de son régiment qui lui avaient envoyé un revolver, il se disait :

— Ils ont bien fait. Je leur pardonne toutes leurs insultes.

L'arme était cachée dans la paillasse de son lit.

Il écouta si des gardiens ne passaient pas dans le couloir qui longeait sa cellule.

Un profond silence dans toute la prison.

Alors il chercha le revolver.

Il était là toujours chargé de ses six coups.

— Depuis quelques mois, pensait-il, j'ai rêvé plus d'une fois qu'un jour viendrait où je serais obligé d'en finir... et j'avais cru que l'arme qui m'aiderait à ne plus souffrir serait celle qui fut trouvée près de moi dans la forêt, sur la neige, le jour de ma naissance !... je n'ai pas même cette consolation. Enfin !...

Il soupira.

Il arma le revolver et le dirigea contre son cœur.

Mais tout à coup et au moment où son doigt touchait la détente, il pense à Marjolaine qu'il ne reverra plus, à Marjolaine qui est à Châlons peut-être, et qui sans doute, s'il meurt ainsi, se dira qu'elle n'était guère aimée.

Et il veut, du moins, lui laisser un adieu.

Il l'aime tant !... Il eût été si heureux auprès d'elle... Il eût été si fier de l'avoir pour femme !... C'eût été trop beau ! Tant de bonheur n'est pas possible !

Il pose le revolver sur sa petite table.

On lui a donné, quelques jours auparavant, du papier, de l'encre et une plume, pour lui permettre d'écrire à tous ceux qu'il aime.

Hâtivement, il jette quelques mots d'adieu à la jeune fille :

« Chère Marjolaine, pardonne-moi la peine que ma mort te causera. Mais je suis certain que tu conserveras mon souvenir dans ton cœur et que dans longtemps, très longtemps, tu t'attendriras encore en pensant à moi. Je suis sûr également que tu m'approuveras de mourir et que tu comprendras que je n'aie pas voulu vivre au bagne. Tu connais mon cœur, tu connais ma vie, tu sais pourquoi je meurs. Tu m'aimeras quand même. En mourant, je ne veux te faire promettre qu'une seule chose et je m'en irai heureux. Parle de moi souvent avec *elle !* Tu me le promets ? Je te remercie. Adieu pour toujours. Je t'aimais bien. Et c'est ton nom, le dernier et le seul, que je veux prononcer en mourant. »

Il glissa la lettre sous l'enveloppe et écrivit l'adresse de Marjolaine.

Puis il reprit son revolver.

Mais la porte de la cellule s'ouvrait brusquement à ce moment-là. En écrivant, il n'avait pas entendu les pas d'un surveillant.

L'homme comprit, au geste de Jacques, qu'une seconde encore et le prisonnier était mort.

Il se jeta sur lui d'un bond, à corps perdu, et ils roulèrent ensemble. Le coup partait en l'air, la balle trouant le plafond, et le revolver s'échappait des mains du pauvre garçon.

Le surveillant se releva.

— Il était temps !... dit-il.

Et fourrant l'arme dans sa poche avec un geste de mauvaise humeur :

— Voilà ce que c'est que d'avoir confiance, les prisonniers en abusent ! Qui diable a pu vous donner cette arme ?

Jacques ne répondit pas.

Il restait étendu par terre comme si la balle l'avait frappé.

En le voyant immobile le surveillant eut peur.

— Jacques ! Jacques ! appela-t-il.

Jacques avait la tête appuyée sur son bras.

Il pleurait.

— Rendez-moi ce revolver, mon ami, dit-il au gardien. Vous avez été soldat comme moi, vous êtes sergent comme moi. Comme moi vous auriez voulu mourir, si vous aviez été déshonoré. Qu'est-ce que cela peut vous faire que je me tue ?... Ayez pitié de moi... et je vous remercierai...

— Ma foi, non, dit le gardien. Vous êtes dans de fichus draps, c'est vrai, et je ne sais pas comment vous avez fait pour vous y mettre ! Mais malgré votre crime, malgré votre condamnation, vous avez dû remarquer que j'avais quand même de l'amitié pour vous.

— C'est vrai ! Prouvez-le moi une dernière fois et laissez-moi mourir !...

— Non.

— Pourquoi ?

— On va vous le dire au greffe. Suivez-moi. Vous y trouverez du monde qui vous attend.

— Qui ?

— Vous allez voir.

— Ne peut-on me laisser tranquille ?

— Ne faites pas le méchant. Venez.

— Soit.

Jacques suivit docilement.

Au greffe, il y avait Cheverny et son fils, Marjolaine et Marguerite.

En apercevant tout ce monde, — tous ceux qu'il aimait, — le pauvre garçon fut si ému qu'il pâlit et faillit s'évanouir.

Le gardien le soutenait avec une rudesse amicale :

— Allons, du nerf. Vous étiez plus robuste que cela il y a cinq minutes quand vous vouliez vous faire sauter la cervelle.

— Que dit-il ?

Et tous, il se précipitent vers Jacques.

— Oui, disait le surveillant, il était temps d'entrer dans sa cellule. Une seconde et ça y était. Même que le coup est parti et a failli nous tuer tous les deux... Voilà le revolver... Et monsieur était un homme d'ordre ! Monsieur n'a pas voulu partir sans faire ses adieux. Sur sa table, il y avait une lettre qu'il venait d'écrire... adressée à mademoiselle Marjolaine Routard, boulevard Haussmann...

— C'est moi ! s'écrie Marjolaine.

Elle s'empare de la lettre, la parcourt d'un coup d'œil et se précipite dans les bras de Jacques.

— Méchant ! méchant ! tu voulais mourir !

— Cela eût mieux valu ! dit-il d'une voix étouffée.

Et ses yeux mouillés de larmes rencontrent le regard fiévreux de Marguerite. Sa mère voudrait s'élancer vers lui, le presser contre son cœur, mêler ses larmes aux siennes. La présence de Cheverny l'en empêche, mais elle souffre une torture inexprimable.

Elle lui tend les mains.

Il les prend, les embrasse avec transport.

Il dit d'une voix entrecoupée :

— Oh ! madame, que vous êtes bonne d'être venue... que vous êtes bonne, ma... madame !

Ce mot lui brûle les lèvres.

Ah ! comme il voudrait, en cet instant, l'appeler sa mère !

— Jacques, dit le colonel, j'ai une bonne nouvelle à vous annoncer.

— Une bonne nouvelle, c'est l'annonce d'un bonheur, mon colonel, et il ne peut plus y avoir rien d'heureux pour moi.

— Peut-être, dit Bernard. Écoute.

— Le conseil de guerre a signé à l'unanimité un recours en grâce auprès du président de la République.

— Ah ! un recours en grâce... dit-il avec un sourire triste. Mais ce ne sera pas la grâce entière, mon colonel, ce ne sera qu'un adoucissement... et la mort eût mieux valu, je le répète.

— Espère, dit Cheverny.

V

Le président de la République commua la peine des travaux forcés à perpétuité en celle de dix ans de travaux forcés.

La dégradation militaire était maintenue forcément.

Ainsi le veut la loi, pour toute peine infamante, que la dégradation doit accompagner toujours.

Comme il n'y avait aucun motif de cassation du jugement, comme les délais d'appel étaient expirés, le jugement devenait exécutoire dans les vingt-quatre heures qui suivirent.

Jacques allait être dégradé !

Très souvent, ces tristes cérémonies militaires ont lieu dans l'intérieur même des casernes.

A Châlons, elles se passaient toujours sur la place de l'Hôtel-de-Ville.

Une section de tous les régiments qui formaient garnison à Châlons devait y assister ; et, en outre, une section prise dans le 145e, en garnison à Nancy, le régiment de Jacques.

Lorsqu'il y a des recrues ayant moins de trois mois de service, elles y assistent sans armes ; on veut que le châtiment serve d'exemple et soit profitable à la discipline des jeunes soldats.

A cette époque de l'année, les recrues n'étaient pas encore au corps.

Il n'arriva donc le matin, à la première heure du jour, sur la place de l'Hôtel-de-Ville, qu'un détachement du 145° de ligne, où figuraient Belhomme et le caporal Martin, lesquels, aimant Jacques, auraient bien voulu se dispenser d'un aussi cruel service.

Puis défilèrent et prirent place les détachements des différentes armes formant la garnison de la ville.

Une section d'un régiment d'infanterie.

Une section d'un régiment de hussards.

Une section d'un régiment d'artillerie.

Les quatre détachements arrivèrent en armes, les cavaliers à pied, sabre au clair, le manteau roulé en sautoir, clairons en tête.

Ils formèrent le carré et attendirent.

Des ouvriers se tenaient derrière la troupe, témoins émus et silencieux de ce triste spectacle.

Aussitôt la dégradation, Jacques devait être remis à la gendarmerie.

Le colonel de Cheverny en tenue civile, madame de Cheverny, Bernard et Marjolaine, étaient là sur cette place, bien avant le jour, bien avant l'arrivée de la troupe.

Ils n'avaient pas voulu, en cette cruelle minute, abandonner Jacques.

Ils s'étaient dit que le jeune homme ne supporterait pas la honte de la dégradation, s'il ne sentait auprès de lui des cœurs battant à l'unisson du sien.

Et Bernard, plus triste et plus malheureux, certes, que le condamné lui-même, Bernard, voulait être là, lui aussi, pour protester de la voix, même, contre le châtiment qu'un autre recevait à sa place.

Il n'avait pas cessé de répéter depuis la condamnation :

— C'est moi qui suis coupable ! Jacques est innocent !

Ils s'étaient assis tous les quatre, sur un banc de la place de l'Hôtel-de-Ville.

Jacques devait passer devant eux.

Il faisait un froid rigoureux.

Marguerite et Marjolaine grelottaient.

Ils attendirent assez longtemps. Enfin l'aube se leva. Le froid redoublait. Le ciel était gris, bas ; le vent soufflait dans les rues et faisait tourbillonner la poussière sur la place. Et sous l'action du vent, des feuilles mortes échappées des arbres de la promenade, abattues là, roulaient et paraissaient jouer à se poursuivre.

Ils se taisaient.

Sous l'impression d'une lourde et accablante tristesse, ils ne trouvaient rien à se dire.

Marguerite et Marjolaine avaient les yeux gonflés et très rouges.

Les deux hommes étaient très pâles et leur figure était altérée.

On entendit des clairons, très loin dans la ville.

Et cela résonna dans le cœur comme un glas d'enterrement.

Les soldats défilèrent devant eux. On entendit des commandements brefs. Ils s'alignèrent.

Presque aussitôt d'autres clairons, d'autres soldats, exécutant les mêmes mouvements.

Ils étaient tous là maintenant.

On n'attendait plus que le condamné.

Bientôt, il parut escorté par quatre hommes, deux de chaque côté de lui, ayant le fusil au port d'armes, sous la conduite d'un sergent, le plus ancien de grade du régiment d'infanterie en garnison à Châlons.

Jacques, blême, marchait la tête sur la poitrine.

Il faisait peine à voir.

Quand il passa devant le banc où l'attendaient tous ces êtres si chers à son cœur, il s'arrêta les jambes molles.

Il leur adressa un regard d'une tristesse immense, infinie.

Ils s'étaient levés avec le geste de s'élancer vers lui.

Et Bernard, dans un sanglot :

— Jacques ! mon Jacques ! C'est horrible ! horrible ! c'est moi qui devrais être à ta place !

Mais Jacques passa, se retournant vers eux, les remerciant de son sourire, le pauvre soldat, pour la force que toutes ces créatures si bonnes venaient de lui donner.

Et Marguerite, sans courage, se laissant aller défaillante, se trahissant presque, Marguerite murmurait :

— Mon enfant ! mon pauvre enfant !

Cheverny l'entendit bien, mais il crut qu'elle s'adressait à Bernard, alors qu'elle ne pensait qu'à l'autre, au fils perdu, retrouvé pour le reperdre, dans d'aussi tragiques circonstances.

Jacques avait pénétré dans le carré formé par la troupe.

Malgré la discipline rigide, il avait l'air si défait, il était si changé, qu'à son aspect il y eut une sorte de rumeur de compassion dans les rangs de la section du 145e, ses anciens camarades.

Le caporal Martin murmura :

— Le pauvre bougre !

Et Belhomme, le cœur tout retourné, disait :

— C'est dur tout de même pour un brave soldat !...

Et il l'était, n'y a pas à dire, il l'était !...

Un commandement rude se fit entendre :

— Silence dans les rangs.

Et un capitaine passa devant le 145ᵉ, le sourcil froncé.

Au milieu du carré des troupes, entre les soldats ses gardiens, Jacques attendait.

Dans le carré, un greffier du conseil de guerre.

Un chef de bataillon, commandant la parade.

Jacques avait sa tenue ordinaire, sans armes, en tunique.

On lui avait préalablement, décousu les passementeries, les galons, les boutons, les médailles, tous les attributs militaires, et on les avait recousus en les faufilant seulement, afin que le sergent qui devait le dégrader n'eût pas de peine à les enlever, et aussi dans un but d'humanité, afin que cette douloureuse cérémonie, à laquelle si peu de soldats restent insensibles, durât moins longtemps.

Si endurcis qu'ils soient, il est bien peu de condamnés qui résistent à ce châtiment.

Beaucoup pleurent de grosses larmes.

Quelques-uns même défaillent.

Le greffier s'approcha et lut l'ordre de parade.

Il était ainsi conçu :

« Le conseil de guerre permanent du 6ᵉ corps d'armée siégeant à Châlons-sur-Marne a, dans sa séance du 21 octobre dernier, condamné le nommé Jacques, sergent au 145ᵉ régiment d'infanterie en garnison à Nancy, aux travaux forcés à perpétuité, peine commuée en celle de dix ans de travaux forcés par le chef de l'État — et à la dégradation militaire pour meurtre sur la personne d'un officier en uniforme.

» En conséquence, le susnommé devant subir la dégradation militaire sera conduit à la parade le samedi 28 octobre à six heures du matin, sur la place de l'Hôtel-de-Ville.

» M. le général commandant la place et M. le commissaire du gouvernement près le conseil de guerre de la région, sont chargés, chacun en ce qui le concerne, d'assurer l'exécution du présent ordre.

» Après avoir défilé, ce militaire devra être remis entre les mains de l'autorité civile, chargée de le diriger sur sa destination pénale. »

Le greffier avait terminé sa lecture.

Le chef de bataillon, commandant les troupes présentes sous les armes, s'avança à son tour.

Mais avant qu'il eût rien dit, une voix s'éleva, derrière les soldats en carré :

— Jacques est innocent, je le jure à la face de tous ! Jacques est innocent !... C'est moi qui suis coupable !...

C'était Bernard, échappant à son père, qui protestait une dernière fois !...

On l'emmena, fou de colère, de désespoir, se débattant dans une crise de nerfs, de cris, de larmes inexprimable.

Jacques ne pleurait pas.

Il avait fermé les yeux pour ne plus rien voir de ce qui se passait autour de lui.

Il avait entendu le cri de Bernard.

Mais rien, sur sa physionomie, ne prouvait qu'il l'eût entendu.

Il montait le dur calvaire de sa honte imméritée.

Mais il l'avait voulu.

Il ne s'en plaignait pas !

Ses mains, convulsivement tremblantes, qu'il laissait pendre inertes le long de son corps, trahissaient, seules, son atroce angoisse, son épouvante de soldat brave et dévoué, d'honnête homme sans remords.

Le chef de bataillon s'approcha de lui.

Et d'une voix très claire, sèche, la voix habituée au commandement, il dit :

— Jacques, vous êtes indigne de porter les armes. De par la loi, nous vous dégradons !

VI

Il y a un personnage de notre roman qui a joué un certain rôle et que nous avons négligé à dessein depuis quelque temps.

Ce personnage, c'est l'oncle César.

Nous l'avons vu un matin, dans les bureaux de la banque Jacobson, acheter très cher au banquier Smith les trois billets de Patoche, malgré tous les efforts et tous les sacrifices de celui-ci pour rentrer en leur possession.

Ces billets, il les avait conservés précieusement.

Il attendait l'échéance.

Il avait continué à vivre à Paris, ne trahissant rien à Marjolaine de son immense fortune, se réservant pour plus tard et se faisant déjà une fête de la joie de ses enfants, lorsqu'il révélerait qu'il était très riche.

Le meurtre de Gironde vint le surprendre en pleine quiétude.

Jacques, meurtrier de son officier! Il le sentit perdu.

Le coup était rude pour le brave homme.

Il avait espéré, — et ses efforts y tendaient, — qu'il ferait réhabiliter Jacques de l'accusation de vol qui lui avait fait tant de mal; et les billets de Patoche, dont il soupçonnait l'ingérence dans cette affaire, devaient lui servir.

Mais ce meurtre détruisait tout l'échafaudage préparé.

Pourquoi ce meurtre? Un pareil crime?

Il n'y comprenait plus rien.

Il attendit anxieusement, pendant les jours qui suivirent, une lettre de Marjolaine.

Enfin cette lettre arriva.

Elle lui racontait tous les mystérieux détails du drame; elle disait, cette lettre, que madame de Cheverny avait été victime d'une infâme intrigue imaginée par Patoche; que Gironde avait été son complice; elle racontait, cette lettre, que Patoche avait fait passer Gironde pour être le fils de madame de Cheverny, né d'une faute de jeunesse, alors que cet enfant, par un miraculeux hasard, n'était autre que Jacques. Marjolaine l'avait prouvé à la comtesse. Enfin, la lettre terminait en disant que Patoche qui s'était tenu à Borange pendant quelque temps, à la disposition de la justice militaire, avait disparu du village.

Cette fois, il n'y avait plus de temps à perdre.

L'oncle le comprit.

— Patoche seul peut dénouer toute cette intrigue, se disait-il. Il faut retrouver Patoche.

Il courut rue Saint-Honoré.

Il rencontra, dans la loge du concierge, un agent de la Préfecture qui y attendait patiemment le retour de l'homme d'affaires.

La souricière était toujours tendue.

L'oncle César se présenta à la Préfecture, fut reçu par le chef de la Sûreté.

Là on lui donna communication des renseignements que l'on avait recueillis dans les perquisitions chez Patoche et rue de Courcelles, chez Pierre Gironde.

Ces renseignements, qui laissaient supposer que Gironde et Moriani étaient une seule et même personne — et qui laissaient supposer également que cette personne n'avait pas le droit de porter le nom sous lequel on la connaissait — confirmèrent l'oncle César dans la certitude où il était que Patoche tenait la clé du mystère.

— Il faut retrouver Patoche! dit-il au chef de la Sûreté.

— Pas commode, monsieur, car il n'est plus en France.

— Et bien, il faut le chercher à l'étranger.

— Ces recherches-là coûtent cher et l'on nous restreint tous les ans notre budget. Je ne puis pas vous promettre de réussir.

— Mais il le faut, monchieur, il faut réuchir, à tout prix.

— A tout prix!

— Qu'à chela ne tienne, chi ch'est l'argent qui vous manque. Je chuis très riche. Je payerai toutes les dépenches de vos agents.

— En ce cas, c'est une autre affaire.

— Mieux que chela, même, mieux que chela... Donnez-moi un agent cholide, n'ayant pas froid aux yeux, et connaichant de vue Patoche. Je l'emmène avec moi et je vous promets de ramener le gredin.

Le chef sonna. Le garçon de bureau entra.

— Faites venir l'inspecteur Benjamin. J'ai à lui parler.

Cinq minutes après, Benjamin était là.

C'était un garçon très jeune, vingt-cinq à vingt-huit ans, qui sortait de faire son service militaire.

Très actif, très rusé, il était en train d'acquérir une excellente situation au service de la Sûreté.

Il s'était trouvé en rapport à plusieurs reprises avec Patoche.

Car l'homme d'affaires avait été mêlé à des escroqueries qui plusieurs fois avaient failli l'amener en cour d'assises.

Il avait toujours eu la chance de s'en tirer.

Il expliquait cela à l'oncle César devant le chef.

— Un malin singe, votre Patoche, disait-il, il a vingt fois frisé la cour d'assises sans jamais s'y asseoir.

— Eh bien monsieur Benjamin, dit l'oncle, ch'est peut-être moi qui lui avancherai un fauteuil.

— Ce n'est pas de refus.

Benjamin fut mis par le chef à la disposition complète de l'oncle César.

— Vous ne manquerez de rien ! dit celui-ci avec un gros rire.

— Je m'en doute.

Benjamin prit connaissance de toute l'affaire. Mais, ne se contentant pas des rapports et des procès-verbaux du dossier, il alla trouver le commissaire de police aux délégations. De là, il revint, dans l'après-midi, auprès de son chef.

Enfin, le soir, il rejoignit César boulevard Haussmann.

— Je suis prêt à partir, dit-il, tout de suite, si vous voulez. Et le plus tôt sera le mieux ; figurez-vous que nous allons faire probablement d'une pierre deux coups, si nous arrêtons Patoche ; car, outre que cela pourra être utile au sous-officier Jacques, nous éclaircirons peut-être le meurtre de M. Antoine de Pontalès, le député assassiné l'été dernier.

— Vous choupchonnez Patoche ?

— Mon Dieu oui, il y a même plus que des soupçons !...

Le soir même, gare de l'Est, ils prenaient le train pour Nancy.

Mais auparavant, l'oncle César avait laissé un mot à Marjolaine pour lui dire d'espérer.

Et il se promettait d'écrire à Jacques, aussitôt qu'ils auraient retrouvé la piste de Patoche.

Le lendemain ils étaient à Borange.

A l'auberge où Patoche était descendu, où ils descendirent eux-mêmes, on ne put leur donner que des renseignements assez vagues.

Pourtant, on leur précisa le jour du départ de Patoche.

Ils apprirent que l'homme d'affaires était retourné à Nancy, — un paysan de Borange l'avait rencontré à l'hôtel un jour de marché.

Etait-il encore dans la ville?

C'était peu probable.

Benjamin et l'oncle César avertirent la gendarmerie de Borange, afin que l'on arrêtât sur-le-champ Patoche, dans le cas, improbable du reste, où le gredin se représenterait au bourg.

Puis ils se rendirent à Nancy, à l'hôtel de la Croix, indiqué par le paysan de Borange comme étant celui où Patoche avait logé, le jour du marché précédent.

A l'hôtel, le nom de Patoche était inconnu. Personne ne se le rappelait, bien que huit jours à peine se fussent écoulés depuis l'arrivée de l'agent d'affaires.

— Il a pu changer de nom, dit Benjamin, c'est même probable, car il doit craindre d'être poursuivi et il va essayer tout le temps de nous dépister.

Et au maître de l'hôtel, il donna le signalement détaillé de Patoche.

— En effet, dit l'homme, je me souviens de cette tête-là...

Il appela sa femme et s'entretint avec elle à voix basse, pendant quelques secondes. On leur entendit répéter plusieurs fois le nom de *Vauters*.

Après quoi :

— Le voyageur en question a occupé le numéro 20 pendant deux jours, ma femme croit qu'il a dû partir pour Munich car il a demandé l'heure du premier train pour cette ville. C'est tout ce que nous pouvons vous dire.

— Cela nous suffit, provisoirement, dit Benjamin. Merci.

Et comme ils n'avaient plus rien à faire à Nancy, ils partirent pour Munich.

— Les voyages, ça me plaît, disait Benjamin.

Mais l'oncle César hocha la tête.

Les voyages lui plaisaient à lui aussi, mais il songeait au désespoir de ceux qu'il aimait, à Jacques dont la vie, peut-être, dépendait du succès de son voyage.

Et il était triste, lui si gai, si exubérant d'habitude.

Ils avaient télégraphié à la Préfecture de Paris afin de se procurer des lettres d'introduction auprès de la police de Munich.

A Munich, ils attendirent l'arrivée de ces lettres qui leur parvinrent, du reste, par retour du courrier.

Ils passèrent deux jours en recherches inutiles.

Au bout de deux jours, et grâce à l'aide de la police locale, ils acquirent la certitude que Patoche n'avait fait que traverser la ville, y séjournant seulement quelques heures et qu'il s'était dirigé sur Vienne.

— Est-che qu'il va nous faire faire le tour du monde ? murmura l'oncle César, de plus en plus inquiet.

Et Benjamin, guilleret, se frottant les mains, répétait :

— Ça me plaît, ça me plaît !

— Vous n'avez jamais voyagé, môchieu Benjamin?

— Non.

— Cha che voit. Quand vous aurez vigité comme moi les chinq parties du monde, le goût des voyages vous pachera.

— Possible, possible, monsieur Routard, disait l'agent de police, mais en attendant...

Et il se prélassait sur les sièges rembourrés des premières.

Bien nourri, voyageant avec toutes ses aises, compartiments réservés, cigares de choix, vins généreux, jamais Benjamin ne s'était trouvé à pareille fête.

Il aurait, à ce compte-là, cherché volontiers Patoche tout le reste de sa vie.

Ils avaient demandé également à Paris des lettres d'introduction auprès de la police autrichienne.

Ils se heurtèrent là à des difficultés qu'ils avaient bien prévues du reste, mais qu'ils avaient espéré vaincre, confiants dans leur étoile.

Où retrouver Patoche, dans cette grande ville ?

Heureusement ils savaient sous quel nom Patoche voyageait.

Ils avaient entendu ce nom à l'auberge de la Croix , à Nancy : Vauters.

C'était sous ce nom qu'à Munich ils avaient cherché et retrouvé Patoche.

Et Patoche, se croyant en sûreté, sans doute, maintenant qu'il s'éloignait de la France, n'avait pas dû changer de nom en arrivant à Vienne.

Ce fut donc sous ce nom de Vauters qu'ils firent leur déclaration et donnèrent des renseignements à la police viennoise.

Il y a à Vienne, comme dans toutes les grandes villes, un service des garnis, organisé à peu près sur les mêmes bases que celui des garnis parisiens.

Patoche devait ménager son argent et ne point se loger dans les meilleurs hôtels.

Les premières recherches commencèrent donc par les garnis.

Elles furent longues et minutieuses.

Au bout de huit jours seulement, on put leur dire que Vauters était à Vienne.

Mais, prudent malgré tout, il avait, en huit jours, changé quatre fois de domicile, allant passer la nuit, tantôt à un bout, tantôt à un autre bout de la ville.

Enfin un renseignement plus précis arriva.

Depuis la veille, Patoche avait élu domicile dans un hôtel borgne, en terrain désert, au fond de l'impasse des Deux-Nations, dans un angle du faubourg de Prague.

Lorsque ce renseignement leur fut apporté, Benjamin et l'oncle César achevaient un excellent déjeuner.

Ils conférèrent sur-le-champ pour arrêter un plan de conduite.

Savoir que Vauters était impasse des Deux-Nations, c'était bien.

Mais Vauters était, à Vienne, couvert par les lois autrichiennes.

Certes la police, sur le mandat que Benjamin lui avait confié, n'hésiterait pas à le mettre en état d'arrestation.

Mais, Patoche arrêté, le gouvernement français devait entamer des négociations avec le gouvernement autrichien pour arriver à l'extradition.

Et ces négociations sont parfois longues et interminables.

Il est même à remarquer qu'elles sont d'autant

21.

plus longues et interminables que des traités d'extradition existent d'un pays avec un autre pays.

Pendant cela, que se passerait-il en France ?

De rares lettres étaient parvenues à l'oncle César.

Il ignorait où en était l'enquête.

Il télégraphia à Marjolaine ; en même temps, et à
tout hasard, il envoyait deux mots à Jacques.

« Courage et confiance ! »

La réponse de Marjolaine lui apprit tout ce qui
s'était passé : l'enquête, le conseil de guerre, la condamnation de Jacques, le recours en grâce signé
par tous les membres du conseil et dont on attendait
tous les jours le résultat.

— Il n'y a pas de temps à perdre ! se dit César.

Et s'adressant à Benjamin qui, avec un soupir de
regret, vidait au même moment la dernière goutte
d'un vieux vin de Bourgogne, conservé et soigné
depuis dix ans dans les caves allemandes :

— Monchieur Benjamin, il va falloir agir promptement.

— Je suis prêt, monsieur Routard.

— Avec la dernière énergie.

Benjamin avait la reconnaissance de l'estomac.

— Vous m'avez trop bien traité depuis notre départ de Paris, monsieur Routard. Je ferai tout ce
qui vous plaira.

— Ecoutez-moi donc.

L'oncle César expliqua quel était son projet.

Il préviendrait la police viennoise, afin d'éviter,
par un coup de maître, la longueur des négociations
internationales.

Lui et Benjamin iraient impasse des Deux-Nations.

Ils arrêteraient Patoche.

Patoche se réclamerait des lois autrichiennes.

Ils n'en tiendraient aucun compte.

Ils l'enlèveraient, — c'est le mot, — à la barbe de

la police, et, bon gré mal gré, par la douceur ou par la violence, ils l'emmèneraient en France.

— Moi, ça me plaît, disait Benjamin.

— Cheulement, acheva César, une recommandachion très chérieuse.

Et il pria Benjamin de ne faire, s'il se trouvait en présence de Patoche, aucune allusion à l'assassinat d'Antoine de Pontalès.

— Pourquoi?

— Vous le comprendrez plus tard!

— Bien.

— Ch'est convenu?

— Certainement.

— Eh bien, dès che choir, nous nous présenterons impasse des Deux-Nations, pour arrêter Patoche, mais vous vous tiendrez caché.

— Pourquoi?

— Patoche vous connaît.

— Oui, et il me craint.

— Justement, je ne veux pas qu'il vous aperchoive... Car je veux que tout che pache en doucheur. Et ch'il vous voyait, chela gâterait mon plan. Il che douterait qu'on le trompe et tout cherait perdu.

— Mais Patoche est un homme dangereux.

— Je le chais.

— Capable de tout.

— Je le crois.

— Robuste.

— Cha m'est égal... Je ne chuis pas un enfant.

Et tirant tranquillement un revolver de son pardessus :

— J'ai de quoi me défendre.

— C'est très bien d'avoir un revolver. Ça donne une contenance. Du moins, si vous voulez me tranquilliser, dites-moi si vous avez la ferme résolution de vous en servir.

Benjamin avait parlé sérieusement.

Ce fut sérieusement que l'oncle répondit :

— Parfaitement. Je le tuerais comme un chien...

— Alors, c'est bien. Je n'ai plus d'objections...

Ils allumèrent chacun un cigare — de ces cigares que Benjamin fumait en véritable gourmet amateur.

L'oncle César reprit, en sortant du restaurant et en passant familièrement le bras sous celui de Benjamin :

— Il faudra que nous choyons très prudents, car si jamais Patoche che doutait de quelque choge, nous aurions manqué notre affaire. Ainchi, Benjamin, j'entrerai chez notre homme chans vous... Je me débrouillerai chans vous... Vous vous tiendrez aux environs afin de me voir redeschendre... Je reviendrai avec Patoche, j'y compte, et chi tout va bien je ne vous ferai aucun chignal. Vous vous contenterez de me chuivre à dichtanche, de manière à ne pas être vu... Ce que je ferai, vous le ferez. Chi je rentre à l'hôtel avec Patoche, vous rentrerez à l'hôtel... Chi je me dirige vers la gare, vous vous dirigerez vers la gare... Chi je prends une voiture, vous prendrez également une voiture et vous me filerez chans me perdre de vue. Ch'est compris ?

— C'est compris, monsieur César.

— Dans le cas où j'aurais des ordres à vous donner, où je changerais mon plan, par exemple ch'il churvenait quelque choge de grave, vite je vous ferais parvenir un mot, par un homme de l'hôtel, par un commis des chemins de fer, par un commichionnaire, par n'importe qui...

Et après un silence.

— Il faudra toujours, chans que nous ayons l'air de nous connaître, que nous choyons en communicachion.

— J'ai compris, monsieur César, j'ai compris, disait Benjamin dont les yeux intelligents brillaient.

— Dans le cas où j'aurais maille à partir avec Patoche, dans l'hôtel de l'impasse où il demeure, j'ouvrirais la fenêtre, j'agiterais mon chapeau, vous monteriez hardiment. Et nous avigerons.

— Si Patoche demeure sur la cour, je serai dans la cour. S'il demeure sur la rue, je serai dans la rue. J'ouvrirai l'œil, ne craignez rien. Vous êtes un trop bon compagnon de voyage pour que je vous laisse courir le moindre péril.

Ils attendirent impatiemment le soir.

Vers neuf heures, ils prirent deux voitures, car dans les parages déserts où ils se rendaient, ils n'étaient pas bien sûrs d'avoir un véhicule à leur disposition, au moment où ils en auraient besoin, et ils voulaient prévoir toutes les éventualités.

Ils eurent assez de peine à trouver l'impasse des Deux-Nations.

Elle était composée, cette impasse, de cinq ou six maisons à deux étages, étroites, sordides, d'aspect sinistre.

Au fond le haut mur d'un ancien couvent incendié.

C'était, du reste, avec les débris du couvent que les maisons avaient été construites, de telle sorte que les poutres et les pierres noircies des maisons neuves semblaient indiquer que ces maisons elles-mêmes avaient subi les atteintes du feu.

Au fond de l'impasse, une maison borgne, avec une enseigne indiquant qu'on y logeait en garni, la nuit.

— Vrai coupe-gorge ! murmura Benjamin, ça me rappelle des coins de Montmartre, de Charonne et de la barrière d'Italie.

— Eche que vous avez peur ?

Benjamin se mit à rire.

— Ne plaisantons jamais sur ces choses-là, papa
César !...

Ils arrivèrent à l'hôtel.

Aucune lumière, ni en haut, ni en bas, n'indiquait qu'il fût habité. Et il avait bien l'air abandonné, en effet, car il n'y avait même pas de rideaux
aux fenêtres.

La porte était fermée.

— Cachez-vous dans un coin, dit César. Et n'oubliez pas mes recommandachions.

La nuit était très noire. Il pleuvait même un peu.
Il n'y avait là aucun bec de gaz. Rien de plus facile
à Benjamin que de se dissimuler, accroupi dans le
renfoncement d'une porte.

Il devint tout de suite invisible.

L'oncle César frappa vigoureusement à la porte,
après avoir dégagé son revolver de sa gaîne et
l'avoir préparé, dans sa poche, à portée de sa main,
à tout événement.

Il avait la poigne solide et il avait cogné rudement.

Personne ne répondit.

La porte était fermée à clef.

Il frappa derechef.

Rien encore.

Il frappa pour la troisième fois, mais avec une si
vigoureuse insistance que cette fois ses efforts furent
couronnés de succès.

On entendit des pas furtifs dans le corridor.

Une clef grinça dans la serrure, des verrous
furent tirés, la porte s'entre-bâilla et une tête de
femme parut, prudemment éclairée par une bougie.

C'était une vieille aux cheveux gris mal peignés
et dont le visage enluminé trahissait éloquemment
des habitudes alcooliques.

— Que voulez-vous? qui demandez-vous?

Et elle défila aussitôt toute une série de jurons germaniques à l'adresse de César.

L'oncle, heureusement était familiarisé avec l'allemand, comme avec le français, l'anglais et l'espagnol.

En Amérique, pour se débrouiller, il faut savoir toutes ces langues et l'oncle les parlait couramment.

Il demanda à la vieille :

— Je voudrais une chambre.

— Vous êtes seul?

— Oui.

— C'est vrai, au moins?

— Dame ! regardez, la mère, et vous verrez.

La vieille se pencha. Elle parut rassurée, après inspection faite des alentours. Rien de suspect n'apparaissait. Un homme seul n'est jamais dangereux. Elle ouvrit toute grande la porte.

— Entrez !

Ce qui la rassurait plus que le reste, la sinistre hôtelière, c'était la mise modeste de l'oncle César.

Il avait l'air d'un bon paysan venu des environs pour vendre des bestiaux aux Halles de Vienne.

Il rentra, referma lui-même la porte et sans autre préambule :

— N'avez-vous pas ici un nommé Vauters?

La vieille ne répondit pas tout de suite.

Ses premiers soupçons lui étaient revenus.

— Pourquoi?

— J'ai besoin de le savoir.

— Non, je n'ai personne de ce nom-là.

— Votre mémoire ne vous fait pas défaut?

— Personne, je vous le dis, et si vous venez pour ça, vous pouvez repartir.

Et elle fit mine de reconduire César à la porte.

Mais cela ne faisait pas l'affaire de l'oncle qui l'arrêta.

— Attendez donc! Quel mauvais caractère vous avez!... Donnez-moi votre main... Tendez, voyons, tendez!

Et comme la vieille s'y refusait, il lui prit la main de force, une main longue, jaune, ridée, parcheminée.

— Cherchez bien dans votre mémoire, dit-il... Je parie que vous avez un locataire dont le nom commence par un V?

En même temps il lui mettait une pièce d'or dans la main.

Les yeux de la vieille s'allumèrent.

Mais elle ne parlait pas encore.

— Et après le V, je parie qu'il y a un A?

Et une nouvelle pièce d'or suivait chaque lettre.

Quand l'oncle fut à la dernière, il s'arrêta.

— Eh bien? je vous ai rafraîchi la mémoire?...

La vieille tendait toujours la main.

— Il n'y en a plus? demanda-t-elle, ouvrant par un large rire sa bouche flétrie, édentée.

— J'ai fini d'épeler le nom.

— C'est dommage, mais je ne savais pas... je ne connais pas l'orthographe, dit-elle... L'homme n'a pas un prénom?...

— Assez de plaisanteries!... Vous êtes payée! Exécutez-vous..

— Oui. Vauters habite chez moi, dit-elle à voix basse.

— Ah!

Et l'oncle poussa un soupir de soulagement.

— Il est rentré?

— Il n'y a pas un quart d'heure.

— Conduisez-moi vers sa chambre.

— Oh! vous ne pouvez pas vous tromper. Inutile

que je vous conduise. La porte du premier, en face de l'escalier...

— Pas de numéro sur la porte ?

— Non.

— Prêtez-moi votre bougeoir.

— Voilà ! mais pas de bruit, n'est-ce pas ?

— Non, vieille sorcière, je suis un honnête homme, moi.

Il prit résolument le bougeoir et monta un escalier aux planches disjointes et branlantes, s'étageant le long d'une muraille jaune qui suintait l'humidité. Mais tout à coup, il réfléchit que si Patoche prenait peur, il faudrait parlementer, que cela perdrait du temps, réveillerait peut-être les autres sinistres locataires de ce bouge ; alors il redescendit et demanda à la femme :

— Vous n'avez pas une deuxième clef de la chambre ?

— Si.

— Donnez-la moi !

— C'est que je ne sais pas où elle est.

— Cherchez et dépêchez-vous.

La vieille se hâtait mais ne trouvait pas. L'oncle comprit et lui glissa une seconde pincée de louis dans la main.

Cela fut aussitôt suivi d'effet.

La clé fut retrouvée instantanément.

L'oncle s'en empara et regrimpa l'escalier, introduisit doucement la clef dans la serrure, poussa la porte et entra.

— Qui va là ? fit la voix de Patoche.

Puis sans doute que l'agent d'affaires réfléchit qu'on ne le comprendrait pas, car se rappelant quelques mots d'allemand qu'il connaissait, il fit la même question.

— Wer da ?

Et il sauta de son lit.

— Ne vous fâchez pas, monchieur Patoche, dit César, c'est moi.

— Qui ça, vous ?

— Routard, vous vous rappelez bien ?

— L'oncle de Marjolaine ?

— Oui.

Il faisait nuit complète dans la chambre.

César fit flamber une allumette et alluma une bougie qui se trouvait sur une table de nuit, près du lit.

Patoche, en chemise, un revolver à la main, le regardait faire, si interdit par cette entrée, par cette apparition, qu'il en perdit un moment son sang-froid.

Il finit pourtant par se remettre.

— Ah ça ! quelle est cette comédie et qu'est-ce que vous me voulez ?

— Vous ne me reconnaichez pas ?

— Si, je vous reconnais. Après ?

— Et vous ne me tendez pas la main, comme à un vieil ami ?

— Un ami !...

Patoche doutait, évidemment. Il fit pourtant contre fortune bon cœur et serra la main qu'on lui tendait.

— Est-ce qu'il est une heure à se présenter chez les gens ? bougonnait-il.

— Dites donc... votre revolver me gêne beaucoup, monchieur Patoche. Ech-que vous ne pourriez pas le rentrer ?

— Non, il ne me quitte pas.

— Ah ! vous êtes prudent ?

— Oh ! très prudent.

— Moi auchi, du rechte, fit le père César avec gravité.

Et tirant à son tour son revolver, il l'étala complaisamment sous les yeux de Patoche.

— C'hest une arme américaine de première qualité... Voulez-vous la regarder ?... la fabricachion en est chupérieure.

— Merci. Ça ne m'intéresse pas. Ce qui m'intéresse davantage, c'est de savoir ce que vous êtes venu faire chez moi. Et vous ne vous hâtez guère de me l'expliquer.

— Je vais vous le dire.

— Ce n'est pas trop tôt.

— Vous permettez que je prenne une chaige ? Je ne cauge pas bien lorchque je chuis debout.

— Asseyez-vous, ne vous asseyez pas, je m'en moque ! dit Patoche que commençaient à exaspérer ces préambules ; mais au fait, au fait.

— Ne vous énervez pas, che cherait inutile. J'y viens, au fait. Je pourrais vous dire que vous ayant prêté dix mille francs pour mon enfant Jacques, j'ai le droit de vous demander che que vous en avez fait, de ches dix mille francs...

— Ils sont placés en rentes sur l'Etat.

— Je ne vous le demande pas... chi j'ai fait allugion à cette affaire, ch'est que je tenais à vous echpliquer que j'avais le droit de m'occuper de votre dichparichion choudaine...

— Alors, on ne peut plus voyager pour son plaisir ?...

— Mais chi, mais chi, monchieur Patoche. Les voyages forment la jeunèche et reforment l'âge mûr.

— Passons, passons !

— Je vous cherche, monchieur Patoche, parche que j'ai le plus grand begeoin de vous.

— Et pourquoi, s'il vous plaît ?

— Je chuis venu pour vous le dire. Vous n'i-

gnorez rien de ce qui ch'est paché en France, aux
Aulnaies et à Châlons, depuis votre départ?

— Aux Aulnaies, oui, mais à Châlons?

— Jacques a été condamné à la dégradachion militaire et aux travaux forchés à perpétuité.

— Je l'ignorais.

— Je vous l'apprends.

— Merci. Pauvre jeune homme !

— Ch'est un grand malheur, en effet, monchieur Patoche, et je chuis bien heureux de vous y
voir compatir.

— Malheureusement, je n'y peux rien.

— Peut-être.

— Comment ?

— Si au lieu de fuir vous étiez resté en France,
où vous ne couriez aucun danger... vous auriez pu
donner au concheil de guerre des rencheignements
très préchieux chur la perchonnalité de Pierre
Gironde, votre compliche... Et qui chait, monchieur Patoche, chi ches rencheignements n'auraient pas chauvé la liberté de ce pauvre Jacques?

— Je n'avais aucun renseignement à donner...

— Ne mentez pas. Vous ne couriez, je le répète,
aucun danger. Vous avez voulu faire, — ce qu'on
appelle, — chanter madame de Cheverny avec le
checret de cha jeunesche. La loi n'a pas grand
moyen de punir le chantage. Donc, vous étiez à
l'abri de la loi. Et même encore maintenant, que
pourrait-on contre vous ?

— Rien, je le sais.

— Vous le voyez. Rien, abcholument rien. C'est
à peine si vous auriez une petite amende pour
n'avoir pas répondu à la chitachion du greffier du
concheil de guerre. Vous avez donc eu tort de
prendre la fuite, monchieur Patoche.

L'autre ne répondit pas.

S'il avait fui, c'est qu'il y était poussé par des raisons impérieuses, talonné par l'échéance des faux billets sur la maison Jacobson.

— Je viens donc vous prier, monchieur Patoche, de rentrer avec moi dans votre pays.

— Ce n'est pas possible, mon brave monsieur Routard.

— Il le faut... il faut que vous choyez là pour dire aux juges tout ce que vous chavez sur Gironde... et vous en chavez long... tout le monde ch'en doute.

Patoche eut un sourire narquois.

— C'est vrai que j'en sais long !

— Et vous ne perdrez pas votre temps, je vous en donne ma parole !... Revenez avec moi... et je vous fais riche jusqu'à la fin de vos jours.

— Riche ? Vous me faites riche, papa Routard ? Et Patoche éclata de rire.

— Oui, moi, oui, moi ! répétait l'oncle.

— Vous devriez alors commencer par vous faire des rentes.

— Pourquoi ?

— Pour vivre, donc.

— Des rentes, j'en ai trop, je ne chais que faire de mon argent.

De nouveau Patoche riait :

— Ah ! farceur, qui est-ce qui dirait, à voir sa bonne grosse figure, que le papa César est un fumiste ?

— Écoutez-moi bien, monchieur Patoche. Je vais vous rappeler une petite histoire qui vous convaincra, en même temps qu'elle éclaircira un mychtère qui a dû vous préoccuper longtemps. Vous chouvenez-vous qu'un jour vous vous trouviez à la banque Jacobchon, rue de Richelieu, pour y retirer trois billets de chinq mille francs chacun ?...

Patoche se leva avec violence.

— Oui, après ?

— Le banquier Chmith qui détenait les billets a voulu vous les faire payer un bon prix, car ils étaient faux...

— Deux cent mille francs.

— Chavez-vous quel était l'amateur d'autographes qui, dans le bureau voigin — vigible de Chmith — pouchait à ce point les churenchéres...

— Non.

— Ch'était moi, dit paisiblement César.

Patoche regardait César avec autant de surprise que d'effarement. Et il répétait, écarquillant les yeux :

— Ah ! c'était vous ! c'était vous !...

Et il l'examinait des pieds à la tête.

— Ah ! ça, puisque c'était vous, vous êtes donc riche ?...

— J'ai un peu de fortune... je chuis dans l'aigeanche...

— Permettez, permettez... les gens qui sont dans l'aisance n'ont pas deux cent mille francs à sacrifier de gaieté de cœur, pour la satisfaction d'une fantaisie... Vous êtes riche à... à millions ?

Et ce mot de millions faisait luire une flamme dans les yeux de Patoche.

— Je le crois ! disait flegmatiquement l'oncle. Je dois avoir dans les chinquante à choichante millions... Je ne sais pas au juchte.

— Soixante millions !... Excusez...

Et machinalement Patoche, troublé, saluait.

— Ch'est bien embarrachant, allez, et je ne vous les chouhaite pas, monchieur Patoche.

— Ne vous gênez pas, monsieur César, pour si peu qu'ils vous gênent, je me mets à votre disposition...

— Eh ! eh ! monchieur Patoche... je ne chuis pas éloigné de faire votre fortune...

— Ma fortune ?

— Oui.

— Comment cela ! Qu'avez-vous donc à me proposer ?

— Quelque choge de très chimple.

— Encore faut-il que je sache.

— Ne le devinez-vous pas ?

— Non.

— J'ai chez moi les trois billets fabriqués par vous...

— Ça m'est égal. Je ne suis plus en France.

— Permettez que j'achève... Je vous les rendrai à une condition, ch'est que vous viendrez avec moi apprendre aux offichiers qui ont condamné Jacques toute la vérité chur votre ami Gironde...

— Ma foi, non. Vous avez mes billets, gardez-les.

— Bon, mais chi je vous offrais avec chacun de ches billets une petite somme de chent mille francs... Chela vous ferait trois chent mille francs pour vivre tranquille... Les billets en votre main, vous n'aurez rien à craindre de la juchtiche franchaise.

Et vous pourriez vivre heureu x.

— Trois cent mille francs ! disait Patoche ébloui.

— Chent mille avec chacun des billets, répétait 'oncle.

— Mais qui me prouve que vous tiendrez votre parole, et qu'une fois en France, vous ne me ferez pas coffrer ?

L'oncle haussa les épaules.

— Vous êtes bête, monchieur Patoche. Je viens vous chercher pour que vous chauviez Jacques que j'aime comme mon enfant, autant que ma petite

Marjolaine... Chi je vous fais coffrer, comme vous dites, vous ne parlerez pas...

— Sûrement.

— Alors Jacques chera perdu, puichque cheul vous pouvez le chauver.

— Vous me donnerez donc mes billets avant que je ne parle ?

— Non. A mon tour de me défier de vous. Vous n'auriez qu'à anéantir les billets et à refuger de parler...

— Alors, comment faire ? Puisque je n'ai pas plus confiance en vous que vous n'avez confiance en moi ?...

— J'ai trouvé le moyen.

— Dites, je suis curieux de savoir.

— Je vous amènerai devant le rapporteur chargé de l'enquête.

— Bon.

— Et là, je vous remets votre premier b'llet, enveloppé dans une liasse de chent billets de mille francs.

— Et les autres ?

— Vous divigerez votre dépogichion en trois parties. Chacune des parties vous chera ainchi payée.

— C'est bien tendant, ce que vous m'offrez là.

— Je le chais, dit l'oncle en souriant. Aucun danger à craindre, car je chuis obligé de vous défendre, afin que vous chauviez mon pauvre Jacques. Et en outre, une petite fortune à palper.

— Vous ne donnez pas des arrhes ?

— Combien ?

— Vingt mille.

— Je ne les porte pas chur moi. Quand on vient voir des gens comme vous, monchieur Patoche, choit dit chans vous offencher, on che munit d'un

revolver pour che protéger, et non d'argent pour
les tenter.

— Merci. Vous êtes aimable quand vous voulez.

— Accheptez-vous ?

— Oui.

— Et les vingt mille balles ?

— Je vous les donnerai tout à l'heure, à l'hôtel, je
vous le jure.

— Oh ! je vous crois, je vous crois !...

Patoche n'avait pas eu un moment de défiance.

Ce que lui proposait César lui paraissait, en
effet, très acceptable et sans danger pour lui.

Si l'oncle, manquant à sa promesse, voulait se
servir contre lui des billets faux, Patoche ne parlerait pas.

Et il saurait bien réserver pour la fin la plus
intéressante partie de son témoignage.

Donc, il était sûr de César.

Quant à l'assassinat de Pontalès, il ne se doutait même pas qu'on pût le soupçonner, tant ses
précautions avaient été bien prises. La nuit était
profonde autour de ce meurtre, et la police s'était,
il le savait, heurtée à un impénétrable mystère.

C'était un coup de fortune inespéré.

Vraiment il avait de la chance !

Tout était perdu, il n'y avait qu'un instant... Et
voilà maintenant qu'il pouvait gagner une somme
qui lui assurait à jamais le calme, qui l'exemptait
de tous soucis !

Son rêve ! un rêve pour la réalisation duquel il
avait torturé un pauvre cœur de mère ! pour la réalisation duquel il n'avait pas craint de devenir un
assassin !!

— J'accepte, dit-il résolument.

— A la bonne heure.

— Quand partons-nous ?

II.   22

— Il n'y a pas de temps à perdre. Le premier train est à chinq heures du matin. Et il faut que nous allions à l'hôtel.

— Bien. Dans un quart d'heure je serais habillé.

— J'ai une voiture, heureugement.

Quelques minutes après, ils sortaient de l'hôtel.

Sur le seuil, Patoche, aux aguets, inspecta minutieusement les environs.

Par bonheur, Benjamin était soigneusement caché.

Patoche ne pouvait l'apercevoir.

Telle était, quand même, l'inquiétude du misérable qu'il n'avançait qu'à petits pas vers la voiture stationnant au bout de l'impasse.

Il scrutait les ténèbres.

Il inspecta l'intérieur de la voiture avant d'entrer.

L'oncle César le laissait faire.

— Nous pouvons aller à pied, chi vous le dégirez...

— Mais non, mais non, disait Patoche.

— Je veux que vous choyez convaincu que je chuis de bonne foi. Je ferai donc tout che que vous voudrez pendant votre voyage.

La bonhomie avec laquelle César avait parlé enleva toute l'inquiétude de l'homme d'affaires.

Il monta résolument dans la voiture.

En fermant la portière, l'oncle put voir l'ombre de Benjamin se mouvoir dans l'impasse.

— Allons, pensa-t-il, ce n'a pas été trop difficile... et il me semble bien que le plus difficile est fait.

Ils arrivèrent à l'hôtel.

— Montez avec moi, dit César.

Patoche suivit.

César lui compta vingt mille francs.

— Cheulement, monsieur Patoche, dit-il avec un

bon sourire, je n'avais pas prévu que vous me de-
manderiez chette chomme... ch'est tout ce que j'ai
apporté avec moi... alors... vous allez être obligé de
payer les frais de voyage.

Il pensait :

— De cette façon-là, le camarade n'aura pas l'idée
de m'assassiner en route.

— Volontiers, monsieur César, qu'à cela ne
tienne.

— Je vous rembourcherai... du rechte.

— Je vous en prie, ne parlons pas de ça.

— Non pas, non pas. Je chuis rond en affaires,
moi, je vous rembourcherai.

— Comme il vous plaira.

Dans la nuit ils prenaient le train de France.

Et dans le compartiment voisin s'installait un
pauvre vieux cacochyme, toussant, geignant, em-
mitouflé de fourrures, une longue barbe blanche
descendant sur la poitrine.

— En voilà un qui ne fera pas de vieux os, dit
Patoche.

Il ne se doutait pas que c'était Benjamin.

VII

Le chef de bataillon qui commandait la parade, sur la place de Châlons-sur-Marne, venait de dire :

— Sous-officier Jacques, vous êtes indigne de porter les armes. Au nom de la loi, nous vous dégradons !...

Et Jacques avait fermé les yeux, comme pour ne rien voir du déshonorant et douloureux supplice.

Un soldat s'était approché du pauvre garçon et avait porté la main sur lui.

A ce contact, Jacques rouvrit les yeux et sembla se réveiller.

Il eut un cri sourd de désespoir effrayant, d'angoisse.

Le sergent arracha sa médaille militaire :

— Non, pas cela ! pas cela ! dit Jacques... Mon Dieu, je ne pourrai jamais... C'est trop ! c'est trop...

Le sergent, impassible, bien que ses mains fussent tremblantes et ses yeux mouillés de larmes, tant cette scène est impressionnante, porte la main sur les galons.

D'un geste brusque, il les arracha.

Mais on eût dit que du même geste il avait arraché

le cœur du condamné, car on vit Jacques pâlir tout
à coup, faiblir, battre l'air de ses bras et tomber
évanoui.

Il y eut dans les rangs des soldats une rumeur
d'émotion.

Beaucoup pleuraient, même parmi ceux qui ne
connaissaient pas Jacques et ne l'avaient jamais
vu.

Un homme alla chercher de l'eau pour jeter à la
face du sous-officier.

La triste cérémonie se trouva forcément interrompue.

Alors, à ce moment, on vit arriver, au grand
galop du cheval, une voiture qui s'arrêta sur la
place, derrière les détachements. La portière s'ouvrit. Un homme descendit.

C'était l'oncle César.

De loin, Marjolaine le reconnut.

Elle jeta un grand cri et se précipita à sa rencontre.

— Mon oncle! Mon oncle! Sauvez-le!!

— Je vais échayer! dit le brave homme. Je ra-
mène Patoche.

Jacques était toujours évanoui.

L'oncle s'approche du commandant. On veut
l'éloigner. Des soldats le repoussent.

Alors, il crie:

— Mon commandant, je demande que l'on m'é-
coute. Je demande que l'on churchoie à la dégradachion.

Mais que peut faire la voix du brave César devant
la rigueur de la discipline et l'inflexibilité de la
loi?

Cheverny l'a entendu.

Il fait un signe au commandant qui se rapproche
de lui sans sortir du carré.

22

— Commandant, je cours chez le général en chef. J'obtiens un sursis. Pouvez-vous attendre?

— Je vous attendrai, mon colonel.

Du reste, Jacques ne revient pas à lui.

On ne peut dégrader cet homme à demi-mort.

On est bien forcé d'attendre.

— Prenez ma voiture, dit l'oncle, vous irez plus vite.

Il en fait descendre Patoche qui n'est guère à son aise et commence, devant cet appareil militaire imposant, devant ces douleurs, ces désespoirs — son lugubre ouvrage — à regretter d'avoir obéi à César.

— J'aurais mieux fait de rester à Vienne, pense-t-il.

Et il regarde derrière lui, pour s'enfuir.

Mais César le surveille.

Il relève la tête et fait contre fortune bon cœur.

Cheverny est parti.

Le général commandant le 6ᵉ corps demeure rue Saint-Nicaise, à peu près au milieu de la rue.

Le colonel est bien vite arrivé.

Le général est chez lui. On introduit Cheverny.

Pour tous ceux qui sont restés là-bas, sur la place de l'Hôtel-de-Ville, l'entretien semble bien long.

Des minutes et des minutes se passent.

Puis tout à coup la voiture reparaît.

Depuis quelques instants, Jacques est revenu à lui.

Il s'est relevé, entre les soldats qui le gardent.

Et il ne comprend pas pourquoi on le fait ainsi languir, pourquoi on ne termine pas d'un coup son supplice.

Bernard lui crie :

— Courage! Confiance! Nous allons te sauver!!

Il n'entend pas.

Marjolaine dit :

— Mon Jacques! Mon Jacques!

Il n'entend pas non plus. Il ne reconnaît pas la douce voix de celle qu'il aime.

Cheverny descend de voiture et fait passer un ordre au commandant.

Celui-ci en prend lecture.

Aussitôt suivent quelques commandements brefs et toutes les sections défilent, retournant à leur caserne respective.

Jacques reste sur la place avec ses gardes.

Que se passe-t-il? Est-ce enfin fini?

On le reconduit à la prison.

Mais au lieu de l'amener dans sa cellule, c'est devant le commissaire du gouvernement et devant le capitaine Segond, au parquet militaire, qu'on le conduit.

Et en même temps que lui entrent César et Patoche.

Il voit son oncle. Il reconnaît l'homme d'affaires.

Il croit rêver. Pourquoi ceux-là, à cet instant de sa vie?

Le commissaire du gouvernement fait un signe à César.

— Parlez, monsieur, j'espère que vous avez à nous dire des choses bien graves, bien importantes, pour n'avoir pas craint de vous interposer ainsi en cette condamnation?

— Chertes, oui, graves et importantes.

Et se tournant vers Patoche fort gêné :

— Voichi Patoche, que M. le capitaine-rapporteur connaît et qui n'a pas voulu che prégenter devant le concheil. Parlez, monchieur Patoche, ainchi qu'il est convenu.

— Ainsi qu'il est convenu, dit Patoche, payez d'abord avant que je parle.

— Ch'est juchte !

Et l'oncle César lui tendit un portefeuille.

Patoche y jeta un coup d'œil rapide, s'assura que l'un des billets faux s'y trouvait, avec une liasse de billets de la Banque et sourit, tranquillisé.

Tout se passait bien, en somme, ainsi que César le lui avait promis.

Alors il commença :

— J'ai à dire, messieurs, que Jacques n'a pas mérité d'être accusé d'avoir triché au jeu. Il y a bien eu tricherie, en effet, mais les cartes avaient été glissées, préparées dans son jeu par le croupier lui-même.

— Ah ! misérable ! s'écria Jacques.

— La preuve ? demanda le capitaine Segond.

Patoche répondit simplement :

— J'avais payé le croupier pour qu'il en fût ainsi.

— Dans quel but ?

— Pour déshonorer Jacques.

— Mais dans quel intérêt !

— Jacques est le fils de madame de Cheverny. Il me gênait.

— Misérable ! c'était toi ! disait le sous-officier.

En quelques mots, cynique, insolent, audacieux, Patoche raconta l'intrigue dans laquelle il avait attiré madame de Cheverny, de concert avec Pierre Gironde, complice malgré lui.

Les officiers l'écoutaient, écœurés, mais silencieux.

Patoche se tut.

— Continuez, dit le rapporteur.

Et au greffier :

— Vous écrivez, n'est-ce pas ?

— Oui, mon capitaine.

— Bien.

Patoche, flegmatique, en pleine possession de son sang-froid :

— J'ai fini.

— Comment? Ce n'est pas possible.

— Si, j'ai fini la première partie de ma déposition.

Il cligna l'œil vers César.

L'oncle lui passa un second portefeuille. Patoche s'assura que celui-ci, comme l'autre, contenait les précieux billets, le coula dans sa poche et dit :

— Je dois ajouter que j'ai menti, toujours dans l'intention de nuire à Jacques, lorsque j'ai prétendu l'avoir vu, dans le pavillon des Aulnaies, frapper Pierre Gironde. Je n'ai rien vu. Donc, j'ignore absolument si le meurtrier de Gironde est Jacques, ou M. Bernard de Cheverny.

Le rapporteur, très froid, dit au greffier :

— Vous écrivez ?

— Oui, mon capitaine.

Patoche fit un signe à César qui comprit et s'exécuta.

Le misérable poussa un soupir de soulagement quand il se sentit maître des trois billets.

Il n'avait plus rien à craindre et il était riche.

Ses poches étaient gonflées de billets de banque.

En somme, c'était une excellente affaire.

Et si peu de risques ! Une remontrance ! Une amende ! Quelques jours de prison pour faux témoignage ! Qu'était-ce ? Rien, puisque tout cela lui valait une fortune !...

— Continuez, dit le commissaire du gouvernement.

— J'arrive au plus intéressant. Pierre Gironde a été tué en duel par Jacques ou par M. Bernard de Cheverny. Mais quel que soit celui des deux qui a tué Gironde, il n'a pas tué Gironde, il n'a pas tué un officier français !...

Un vif mouvement de stupéfaction parmi ceux qui étaient là.

Patoche s'y attendait, car il sourit, savourant son effet.

— Expliquez-vous, disait Segond, vraiment ému.

— C'est bien ce que je suis venu faire.

Et s'adressant au greffier :

— Monsieur le greffier, ne perdez pas une de mes paroles. Pierre Gironde n'avait pas le droit de porter ce nom, car son vrai nom était Andréa Moriani ; Pierre Gironde s'est donc engagé, a fait son volontariat, est devenu officier de réserve sous un nom d'emprunt ; en outre, Pierre Gironde, non seulement n'avait pas le droit d'être officier, mais il n'avait même pas le droit d'être soldat français, car il est Italien de naissance, né à Moneglia, sur la côte, près de Sestri-Levante, ainsi que vous pourrez vous en assurer. Le vrai Pierre Gironde, qui était apprenti mécanicien, est mort rue Saint-Roch, il y a deux ou trois ans. Voilà ce que j'avais à dire...

Et Patoche s'assit.

Il y eut un profond silence.

Tous étaient singulièrement émus.

Cette révélation changeait si complètement la nature de l'affaire, qu'il n'y avait plus aucun doute à avoir, Jacques était sauvé...

Il n'y avait plus le meurtre d'un officier.

Il n'y avait plus qu'un duel avec un étranger, un imposteur...

Un duel avec un seul témoin, un duel irrégulier, mais un duel.

Le capitaine-rapporteur s'avança vivement vers Jacques qui, interdit, tremblant, regardait tout le monde en n'osant croire ce qu'il entendait :

— Jacques, je suis bien heureux...

— Mon capitaine !

— Vous serez gracié... Vous serez rendu à la liberté... réintégré dans votre grade... votre décoration vous sera rendue... et vous rentrerez dans l'armée... je vous le jure.

Il se tourna vers le commissaire du gouvernement :

— N'est-ce pas, mon commandant ?

— Sans nul doute !

Alors, Jacques pleura.

— Mon Dieu, que je suis heureux ! que je suis heureux ! répétait-il... Plus de déshonneur ! plus de honte ! Soldat, toujours soldat !

— Et toujours bon soldat, n'est-ce pas ? dit le capitaine.

— Ah ! certes ! dit-il avec un geste d'orgueil.

Jacques, alors, se précipita dans les bras de son oncle :

— Mon oncle, c'est à vous que je dois ce bonheur !... Comment vous le paierai-je jamais ?

— Je t'aime comme mon enfant, Jacques, dit César les yeux humides. Rien que de naturel dans tout che que j'ai fait.

Patoche se leva.

Toutes ces effusions le gênaient.

— Pardon, excuse, la compagnie. Je suis bien content de vous voir heureux... mais je voudrais savoir ce qu'on va faire de moi !

— Vous garder provisoirement, dit Segond.

— Et ce provisoire durera longtemps ?

— Jusqu'à ce que vous nous ayez aidés à trouver les preuves de tout ce que vous venez de nous dire.

— Oh ! ce ne sera pas long.

— Tant mieux pour Jacques. Toutes ces preuves, avec un rapport et les pièces à l'appui, seront envoyées au chef de l'État qui fera cette fois grâce pleine et entière.

— Alors ?

— Alors Jacques sera libre.

— Et moi?

— Vous aussi... sans doute... si vous n'avez pas autre chose de lourd sur la conscience.

Patoche eut un frisson dans le dos.

Mais il se remit bien vite.

— Oh! rien du tout, je suis bien tranquille.

Jacques fut reconduit en prison. Patoche l'y suivit.

Marjolaine et la famille de Cheverny furent vite instruites des révélations de Patoche concernant Pierre Gironde.

— Il est sauvé! dit Cheverny. Et nous pourrons l'aimer comme par le passé, sans qu'il y ait de nuage sur notre affection.

VIII

Ils restèrent tous les quatre à Châlons pendant les jours qui suivirent; Cheverny et Bernard avaient obtenu un congé.

Ils ne voulaient plus s'éloigner de Jacques.

Grâce à l'activité déployée par Segond, grâce aux révélations de Patoche, les preuves attendues arrivèrent bientôt.

Andréa Moriani était bien Italien de naissance.

Cela détruisait l'échafaudage même de l'accusation.

La grâce arriva presque aussitôt, accompagnée d'un ordre qui envoyait Jacques en garnison au 127e de ligne, à Givet, dans les Ardennes, et Bernard à Grenoble.

Après leur mise en liberté, comme ils avaient trois jours pour rejoindre leur régiment, Bernard et Jacques allèrent passer ces trois jours aux Aulnaies, auprès de Cheverny, de Marguerite et de Bernerette.

Ce furent trois journées de bonheur infini pour toutes ces créatures si aimantes et si tendres.

Jacques ne se lassait pas de regarder sa mère.

Et celle-ci s'abandonnait sans réserve à toute la

joie de retrouver son fils, espérant que Dieu, l'ayant
assez éprouvée, l'épargnerait désormais.

Bernerette, mieux portante, mais toujours triste,
fut seule à pleurer, en ces jours-là.

Le souvenir de Gironde, — le premier qui eût
troublé son cœur, — restait en elle.

L'oncle César ne pouvait être oublié, au milieu
de ce bonheur qui lui était dû.

On lui fit raconter son odyssée avec Patoche.

Et il dut avouer son immense fortune.

— Ils chont à vous, mes millions, dit-il à Jacques
et à Marjolaine, à vous deux, le jour où vous vous
marierez — le jour où tu cheras nommé officier,
mon Jacques... Moi, j'ai toujours vécu de peu, et je
n'ai pas begeoin de tant d'argent !...

Le lendemain de son arrivée aux Aulnaies — la
veille de son départ pour Givet, — Jacques vit descendre au château un sergent du 145ᵉ de ligne.

C'était Michel, son ancien camarade de chambre.

Il demanda Jacques.

— Jacques, lui dit-il, je suis envoyé par nos camarades du 145ᵉ pour vous demander pardon...

Jacques lui tendit les mains, ému :

— Je vous pardonne et je ne me souviens plus de
ce qui s'est passé. Dites-le-leur bien.

IX

Patoche, en cellule, trouvait le temps long.

En vain, tous les jours, demandait-il au surveillant :

— Dites donc, mon brave, c'est pour aujourd'hui ?

— Je l'ignore.

— Alors, pour quel jour ?

— Je n'en sais rien.

— Pourquoi me garde-t-on ?

— Impossible de vous le dire. Je ne suis pas dans les épinards.

Il perdait patience.

Ses trois cent mille francs étaient au greffe. Il avait hâte d'en jouir.

Enfin, un matin, les gardiens de la prison vinrent le chercher. On le fit passer au greffe.

— Que me veut-on ?

— Vous allez quitter Châlons, lui dit le greffier.

— Je suis libre ?

— Pas tout à fait.

— On se moque de moi.

— Non.

— Que me veut-on ? Où m'envoyez-vous ?

— A Paris.

— En prison ?

— Oui.

— Mais je ne suis pas condamné, moi !

— C'est vrai. Vous êtes inculpé seulement.

— De quoi?

Le greffier ne répondit pas.

En ce moment, entrait Benjamin, souriant, la mine futée. Il salua profondément Patoche.

— Enchanté, monsieur Patoche, de me retrouver avec vous.

Patoche pâlit.

— Benjamin ! Qu'est-ce que cela veut dire ?

— Nous allons faire route ensemble, monsieur Patoche. C'est moi qui suis chargé de vous accompagner.

— Ah !... Eh bien, vous, du moins, vous allez m'expliquer ?

— Volontiers, personne ne m'a défendu de parler.

— Je vous écoute.

— Vous êtes inculpé, mon bon Patoche, d'avoir assassiné M. Antoine de Pontalès, le député.

Patoche chancela.

Une grosse sueur vint à son front.

Il essaya de rire, pourtant, afin de faire bonne contenance. Mais il se sentait perdu.

— Vous êtes renseigné, dit Benjamin, goguenard.

Il lui attacha les bras par une corde passée autour de la taille.

— Allons, enlevez, c'est pesé ! dit-il... En route pour la cour d'assises.

Patoche ne passa pas en cour d'assises.

Trois jours après son incarcération, on le trouva mort dans sa cellule.

Il s'était pendu avec son mouchoir.

FIN

ÉMILE COLIN — IMPRIMERIE DE LAGNY

TABLE

DEUXIÈME PARTIE

TROISIÈME PARTIE

ÉMILE COLIN. — IMPRIMERIE DE LAGNY

www.ingramcontent.com/pod-product-compliance
Lightning Source LLC
Chambersburg PA
CBHW050750030726
47505CB00002B/489